JASMIN HERRMANN

ELEMENT TAMERS

DIE LEGENDE ERWACHT

Band 1

novum pro

www.novumverlag.com

Bibliografische Information
der Deutschen Nationalbibliothek:

Die Deutsche Nationalbibliothek
verzeichnet diese Publikation in
der Deutschen Nationalbibliografie.
Detaillierte bibliografische Daten
sind im Internet über
http://www.d-nb.de abrufbar.

Gedruckt in der Europäischen Union
auf umweltfreundlichem, chlor- und
säurefrei gebleichtem Papier.

© 2022 novum Verlag

ISBN 978-3-99131-480-6
Lektorat: Hannah Lackner
Umschlagfoto: Simon Rosenmüller
Umschlaggestaltung, Layout & Satz:
novum Verlag

www.novumverlag.com

Climate neutral
Print product
ClimatePartner.com/16547-2201-1002

PROLOG

Es war die Nacht der Sommersonnenwende. Der Vollmond stand hoch am Himmel und auf der Waldlichtung am See war alles still. Doch diese Nacht war keine gewöhnliche Nacht. Es war die Nacht des ersten Kristallmondes. Die Nacht, in der alles begann. In der Mitte dieser Waldlichtung stand ein großer Steinblock aus Rosenquarz. Er schimmerte rosafarben im Mondlicht. Daneben war ein kleiner Hügel und am unteren Rand dieses Hügels befand sich eine kleine Ansammlung von Bäumen. Einige davon waren ein wenig vertrocknet, andere trugen ein grünes Blätterdach. Auf der glatten Wasseroberfläche des Sees spiegelten sich die Sterne.

Plötzlich kam Wind auf. Er ließ die Bäume rascheln und kräuselte die Oberfläche des Sees. Der Mond hatte nun seine höchste Position erreicht. Er leuchtete hell auf und ein Mondstrahl fiel auf den Rosenquarz. Er brach sich in dem Stein und vier gleißend weiße Lichtblitze schossen zu dem Hügel, zu den Bäumen und in den See; das vierte Licht wurde in den Himmel reflektiert.

Dann war wieder Stille – jedoch nur für wenige Sekunden, bis plötzlich einer der Bäume mit einem lauten Zischen Feuer fing. Kaum dass er brannte, erloschen die Flammen wieder und etwas Kleines fiel zu Boden. Es war ein Paar feuerroter Ohrringe, in denen die Flammen noch immer züngelten. Als sie erloschen waren, wurden die Wellen im Wasser allmählich immer stärker und es entstand ein riesiger Wasserstrudel in der Mitte des kleinen Sees. Doch einen Herzschlag später hatte sich auch hier das Wasser wieder beruhigt und eine sanfte Welle spülte eine weiße Muschel ans Ufer. Die Muschel klappte auf und eine Kette mit rundem, blau leuchtenden Anhänger und einem Loch in der Mitte kam zum Vorschein.

Dann begann die Erde zu beben und in der Mitte des Hügels tat sich ein Loch auf. Mit lautem Donnern wuchs daraus ein Felsblock empor, auf dessen Spitze ein Armband mit kleinen, grünen

Blättern lag. Als der Wind schließlich verebbte, fiel eine schneeweiße Taubenfeder sachte gleitend vom Himmel.

In dieser Nacht waren vier Schmuckstücke entstanden, die die Macht hatten, ihre Ursprungselemente zu kontrollieren.

Die Element Tamers.

1. KAPITEL

Elena seufzte und drehte sich auf den Rücken, um sich die warme Sonne auf den Bauch scheinen zu lassen. Es war das Ende der Sommerferien. In vier Tagen fing die Schule wieder an und dann begann auch wieder ihr langweiliger Schulalltag. Nur, dass sie dann eine Achtklässlerin sein würde. Bei der Erinnerung daran wurde ihr ein bisschen mulmig. Sie schob sie schnell beiseite und konzentrierte sich lieber auf das sanfte Rauschen der Wellen, die einige Meter unterhalb von ihr auf den weichen Sand schwappten.

Elena war dreizehn Jahre alt, lag am Strand von Sardinien auf ihrem Handtuch und ließ ihre Gedanken wandern. Morgen früh um halb acht würde sie in den Flieger Richtung München steigen und am späten Nachmittag wieder zuhause sein. Sie wohnte in einem kleinen Dorf südlich der bayerischen Metropole und ging in ihrer Nachbarstadt zur Schule. Auch wenn man bei diesem Bundesland für gewöhnlich ein sehr traditionelles Bild im Kopf hatte, traf das auf Elenas Umfeld nicht wirklich zu. Sie und ihre Familie waren vor einigen Jahren zugezogen und somit keine „echten" Urbayern. Das war dem Mädchen allerdings auch ganz recht so.

Jetzt ging es bald wieder in das große Gebäude mit den vielen Klassenzimmern zurück. Das Mädchen seufzte ein zweites Mal, rief sich dann aber die schönen Seiten des bevorstehenden Ereignisses wieder in den Sinn. Zwar sehnte Elena das Ende der Ferien nicht gerade herbei, aber sie freute sich auch auf ihre Freundinnen, die sie lange nicht gesehen hatte.

„Wobei", dachte Elena und musste dabei schmunzeln, „ich war ja nicht einsam hier. Zum Glück ist Tamara mitgekommen, sonst wäre es vermutlich ziemlich langweilig geworden, so ganz allein mit meiner Familie!"

Tamara war ihre beste Freundin. Sie war eine selbsternannte Expertin für Mangas und alte Legenden und besaß viele kryptische Dinge, wobei man bei manchen davon ohne nähere Erklärung beim besten Willen nicht darauf kam, was es war. Irgendwie war das Mädchen schon eine schräge Persönlichkeit, ein bisschen abgedreht und manchmal ein wenig überbegeistert von den Vorstellungen ihrer Fantasie. Aber sie war sehr nett, hatte ein großes Herz und Elena mochte sie gern. Elenas Familie bestand aus ihren Eltern und ihren zwei kleinen Schwestern, Anna und Luisa. Die beiden waren acht und zehn Jahre alt und sehr neugierig.

Urplötzlich wurde Elena aus ihren Gedanken gerissen, als ihr etwas Kaltes ins Gesicht spritzte. Tamara stand über ihr und grinste sie an. Sie schüttelte noch einmal ihre nassen Haare und ein weiterer Tropfenregen ergoss sich auf Elenas Bauch, dessen sonnengewärmte Haut sich von einem Moment auf den anderen anfühlte, als hätte man sie jäh schockgefroren. Das bis eben noch tiefenentspannte Mädchen sprang jetzt kreischend auf und starrte die Übeltäterin drohend an, welche daraufhin nur frech kicherte. Tamara ergriff die Flucht in Richtung Meer und Elena jagte ihr halb lachend, halb zeternd hinterher. Sie sprang federnd vom Sand ab, warf sich direkt neben ihrer Freundin ins Wasser und spritzte Tamara von oben bis unten nass. Prustend kniff das Mädchen die Augen zusammen und begann dann noch im selben Moment, es ihrer Freundin doppelt heimzuzahlen. Diese bekam einen großen Schwall Wasser ins Gesicht ab. Schließlich waren beide außer Atem und wateten tiefer ins Meer, wobei sie immer wieder vor Kälte zischten und gleich darauf lachen mussten. Elena wollte gerade etwas sagen, als wie aus dem Nichts eine riesige Welle vor ihr auftauchte und sie verschluckte. Panisch ruderte sie mit Armen und Beinen und versuchte an die Oberfläche zu kommen, doch sie bekam nicht genügend Luft. Dann wurde alles schwarz.

...

Als sie wieder zu sich kam, konnte sie sich im ersten Moment nicht erinnern, wo sie war. Dann fiel ihr schlagartig wieder ein, was passiert war, und sie setzte sich auf. Einen solchen Ort hatte

Elena noch nie gesehen. Die Wände um sie waren aus Stein und überall mit glitschigen grünen Pflanzen bewachsen. Alles in allem war es sehr dunkel. Die einzige Lichtquelle bildeten die schwachen Sonnenstrahlen, die durch ein Loch in der Decke in die Mitte des Raums fielen. Auf einmal schwamm ein Fisch an Elenas Nase vorbei. Das blonde Mädchen hob verwirrt die Augenbrauen und starrte das Tier an.

„Fliegende Fische? Nein, da ist sogar eine Meeresströmung! Ich bin unter Wasser! Aber wieso kann ich dann atmen?"

Dieser Ort war ihr unheimlich. Elena wollte so schnell wie möglich zurück an den Strand, zurück an die Sonne und zurück zu ihrer Familie und Tamara. Aber wie sollte sie das anstellen?

„Ich muss wohl durch das Loch schwimmen – einen anderen Ausweg gibt es ja nicht! Aber wie bin ich bloß hierher gelangt?", überlegte Elena verzweifelt und verkrampfte angespannt die Finger, während ihr Kopf arbeitete und fieberhaft versuchte, sich einen Reim auf das Geschehene zu machen. Nach einigen Sekunden des Zögerns stand sie auf und gelangte sofort wieder in die Schwerelosigkeit des Wassers. Mit kräftigen Zügen schwamm sie auf das Loch in der Decke zu. Doch je weiter sie schwamm, desto weiter schien sich der Ausgang zu entfernen. Elena ruderte schneller und schneller mit Armen und Beinen, doch es war zwecklos. Sie konnte das Loch nicht erreichen. Irgendwann hatte sie keine Kraft mehr und sank zu Boden. Ihre Verzweiflung wuchs. Wo war sie nur? Wie konnte sie hier herauskommen?

„Hallo? Ist da jemand?" Elenas Stimme hallte schwach in der Höhle wider und zog dabei eine Spur aus kleinen Luftblasen hinter sich her. Ansonsten geschah gar nichts. „Bitte, ich brauche Hilfe!" Dumpfes Schweigen. „Irgendjemand?" Panik durchfuhr Elena und sie biss die Zähne zusammen, um nicht laut loszuheulen. Das konnte sie jetzt wirklich nicht brauchen. Ihre übrigen drei Gehirnzellen mussten bei Verstand bleiben. Aber wie sollte das möglich sein, wenn sie vollkommen orientierungslos im Nirgendwo alleine war?

In ihrer Angst und ihrem Frust prellte sie mit der Hand gegen die Wand, zuckte aber sogleich wieder zurück, als hätte sie einen

Stromschlag bekommen. Sie starrte die Felsmauer entgeistert an. Elena traute ihren Augen nicht: Die Wand war nicht einmal hart! Sie tastete erneut danach, doch die Felsen, die so fest aussahen, verschwammen unter ihrem Blick und sandten kreisförmige Wellen aus. Es sah aus, als hätte jemand einen Stein ins Wasser geworfen. Ungläubig und verängstigt taumelte Elena rückwärts und sank wieder zu Boden. In ihrem Kopf drehte sich alles. Schließlich konnte sie keinen klaren Gedanken mehr fassen und spürte in ihrer anschwellenden Verzweiflung kaum noch, wie ihr überfordertes Bewusstsein unter der zunehmenden Erschöpfung zum zweiten Mal nachgab.

2. KAPITEL

Als Elena wieder erwachte, war es in der Höhle heller geworden. Zuerst glaubte sie, der Morgen wäre angebrochen, doch durch das Loch in der Höhlendecke fiel kein Licht. Es war offensichtlich noch Nacht, denn auch das Wasser hatte sich abgekühlt. „Es könnte aber genauso gut Mittag sein – an diesem seltsamen Ort lässt sich nichts mit Sicherheit sagen!", dachte das Mädchen verbittert. Sie schlang die Arme um ihren Körper, um sich zumindest ein wenig gegen die eisige Kälte abzuschirmen. Dann fiel ihr das geheimnisvolle Licht wieder ein, das sie aus ihrem unerholsamen Schlaf geweckt hatte und ein Hauch von Neugier erfasste ihr unwissendes Herz. Elena blickte sich um und entdeckte schnell, dass es von einer weißen Klappmuschel zu kommen schien, die in der Mitte des Raums schwebte. Noch bevor sie Zeit hatte, weiter darüber nachzudenken, nahm sie hinter sich im Wasser eine Bewegung wahr und wandte sich um, so schnell es ihr unter dem Widerstand des trägen Wassers möglich war. Ein halb durchsichtiger, silbrig schimmernder Delfin blickte ihr direkt ins Gesicht. Er sah ein bisschen aus wie ein Geist und Elena bildete sich eine Sekunde lang ein, er würde lächeln, bevor sie den Gedanken verwarf. Es kam ihr einfach zu absurd vor.

Da ertönte plötzlich eine Stimme.

„Hallo, Elena."

Elenas Verwirrung wuchs von Sekunde zu Sekunde und damit auch ihr Unbehagen. Suchend blickte sie über ihre rechte und danach über ihre linke Schulter, doch außer ihr und dem seltsamen Delfin war niemand da.

Wieder ertönte die Stimme: „Ich bin hier, Elena."

Dieses Mal hatte sie es deutlich gesehen, es gab keinen Zweifel. Diese Worte kamen von dem Delfin!

„D-D-Du kannst sprechen?", stotterte Elena und fühlte sich ein wenig schwindelig. Die ungewohnte Lage überfordert sie. Das geisterhafte Säugetier lächelte weiterhin sein wohlwollendes,

11

ein wenig seltsames Delfinlächeln und betrachtete die hilflose Jugendliche vor sich aus dunklen Knopfaugen.

„Ja, das kann ich wohl. Habe keine Angst, Elena. Ich bin hier, um dir eine wichtige Nachricht zu überbringen."

„Was ist das hier für ein Ort?", fragte Elena, die ihre Stimme nun endlich einigermaßen unter Kontrolle gebracht hatte.

„Und wie kann ich wieder zurück?"

Der Delfin blinzelte liebevoll, dann antwortete er: „Das hier ist deine Vision, Elena. Ich habe eine wichtige Mission für dich. Du wurdest auserwählt, eines der vier Element Tamers zu hüten und zu gebrauchen. Du bist die einzige, die es kontrollieren kann. Ich vertraue dir, dass du es nicht eigennützig oder für Böses verwenden wirst."

„I-Ich verstehe nicht ganz. Was ist ein Element Tamer? Wer hat mich auserwählt und warum gerade mich?"

In Elenas Kopf drehte sich alles, doch sie strengte sich an und hörte aufmerksam zu, um nichts zu versäumen, was später noch wichtig für sie sein könnte.

„Die Element Tamers sind Schmuckstücke, die die Macht haben, ihre Ursprungselemente zu kontrollieren. Es gibt vier davon. Die Ohrringe des Feuers, das Erdenarmband, die Windfeder und die Kette des Wassers. Diese wurde dir anvertraut. Zu jedem der vier Element Tamers gehört ein Geist. Ich bin Nimo, der Geist der Wasserkette. Ich habe dich eine Weile beobachtet und ich denke, du bist so weit, dass du deine Aufgabe meistern kannst.", erklärte der Delfin weiter mit geduldiger, freudiger Stimme und wackelte dabei leicht mit seinen beiden Seitenflossen. Es schien, als habe er tatsächlich eine ganze Weile sehnsüchtig auf diesen Moment gewartet und könne es nun kaum abwarten, das zutiefst verunsicherte Mädchen über seine eigene Bedeutsamkeit zu informieren.

Elena selbst konnte es kaum glauben. Das war doch sicher nur ein verrückter Traum!

Trotzdem war sie ein bisschen neugierig geworden und beschloss, ein wenig weiter nachzuhaken.

„Und was soll ich jetzt tun?", wollte sie mit zögerndem, aber neugierigem Blick von Nimo wissen. „Du musst die drei anderen Element Tamers und ihre Hüter finden. Nur zusammen könnt ihr das große Unheil abwenden." Bevor Elena darauf irgendetwas erwidern konnte, wozu sie allerdings ohnehin viel zu perplex gewesen wäre, begann die bis dahin ruhig schwebende weiße Muschel mit einem Mal ohne Vorwarnung zu pulsieren und mit jeder Sekunde stärker werdende Wellen auszusenden. Der Delfingeist wurde nun ebenfalls unruhig und fuhr hastig fort, wobei er die Stimme etwas gegen das schwappende Geräusch des Wassers erheben musste. „Wir haben nicht mehr viel Zeit. Triff mich in der Nacht des nächsten Vollmondes wieder, am Ursprungsort der Element Tamers. Jetzt nimm die Muschel und geh! Und vergiss nicht die Mission!"

Gerade, als er diese Worte zu Ende gesprochen hatte, hallte Nimos Stimme mit einem Mal tausendfach in der Höhle wider und er verblasste. Die Muschel befand sich plötzlich in Elenas Hand, und einen Herzschlag später begann die Vision zu verschwimmen. Das Mädchen wurde wieder bewusstlos, noch bevor es begriffen hatte, was mit ihm geschah.

3. KAPITEL

„Elena! Elena, wach auf!"

„Schon gut, Tamara. Es geht ihr gut. Das war bloß ein kleiner Unfall."

Als Elena langsam wieder zu Bewusstsein kam, hörte sie vertraute Stimmen.

„Das sind Tamara und Dad. Und sie sind ganz nah! Bin ich wirklich wieder zurück?", war das Erste, was sie dachte. Vorsichtig öffnete sie die Augen und kniff sie gleich wieder zusammen, als sie von grellem Sonnenlicht geblendet wurde.

Das blonde Mädchen lag wieder am Strand auf seinem Handtuch. Um Elena herum saßen ihre Eltern, Schwestern und Tamara. Alle blickten sie besorgt an.

„Du bist ja wach, meine Süße! Wie geht es dir?" Das war ihre Mutter, die ihr mit behutsamer Stimme zuredete.

Ja, wie ging es ihr eigentlich?

Elena schluckte. Ihr war gerade etwas geschehen, das verrückter war als alles, was sie zuvor erlebt hatte. Sicher, sie war nach wie vor verwirrt und hatte auch ein bisschen Angst, doch irgendwie fühlte es sich trotzdem richtig an, fast so, als ob sie auf ein solches Ereignis gewartet hätte. Plötzlich fiel ihr die seltsame Muschel wieder ein, die, wie sie nach hastigem Nachfühlen erleichtert feststellte, immer noch in ihrer Hand lag. Schnell schloss Elena die Finger darum, bevor sie antwortete: „Alles in Ordnung, mir geht's gut. Aber was ist passiert?"

„Du wurdest beim Baden von einer etwas stärkeren Welle umgeworfen und bist bewusstlos geworden. Aber das war bloß ein kleiner Unfall. Einer der Rettungsschwimmer hat uns geholfen. Dir fehlt zum Glück nichts.", meinte ihre Mutter, der die Erleichterung offen ins Gesicht geschrieben stand.

„Ich dachte schon, es wäre weiß Gott was passiert, als ich dich da am Uferrand liegen sah!", erzählte Elenas Vater leicht schmunzelnd und musterte seine Tochter mit einem Ausdruck von Zufriedenheit darüber, dass diese das Missgeschick scheinbar gut weggesteckt hatte.

„Wenn du nur wüsstest!", dachte Elena bei sich und musste dabei unwillkürlich ein bisschen grinsen.

„Na also, dir geht es doch schon wieder besser!", bemerkte Tamara erfreut und boxte ihrer Freundin leicht gegen die Schulter, als der letzte Rest des Schreckens aus ihren Knochen wich.

„Mach das nicht nochmal!", warnte sie das Mädchen dann mit gespielt streng erhobenem Zeigefinger und erntete lediglich ein Augenrollen und ein leichtes Schmunzeln seitens der soeben wieder Erwachten. Elena kam mit einem Mal ein Gedanke und sie grinste schelmisch. Urplötzlich setzte sie sich auf und schüttelte sich wie ein nasser Hund das Wasser aus den Haaren, wobei sie ihre Freundin von oben bis unten vollspritzte. Tamara sprang mit einem entsetzten Quietschen zur Seite.

„Nicht schon wieder!", schimpfte sie zwischen Kicheranfällen und auch Elena konnte ein ehrlich frohes Lachen nun nicht mehr zurückhalten. Die Anspannung fiel mit einem Mal wie eine Last von ihr ab und Erleichterung machte sich wohlig-warm in ihr breit. Endlich war sie nicht mehr in dieser kalten, gruseligen Meereshöhle, sondern wieder zurück bei ihrer Familie!

Ihr Vater räusperte sich. „Wie wäre es, wenn wir nach der ganzen Aufregung ein Eis essen gehen? Ich habe vorhin ein paar Meter weiter unten am Strand ein Eiscafé gesehen, das sah ganz nett aus!"

Die Antwort war einstimmig, und so saßen sie eine halbe Stunde später alle vor riesigen Fruchteisbechern und genossen gemeinsam den letzten Urlaubstag.

...

9 Uhr morgens. Elena saß jetzt seit einer Stunde im Flieger nach München. Geistesabwesend starrte sie aus dem Fenster und versuchte, die Gedanken an ihr seltsames Erlebnis in der Wasserhöhle zu verdrängen. Trotz aller Anstrengungen wollte es ihr partout nicht gelingen, also gab sie nach einer Weile seufzend auf

und ließ den Grübeleien freien Lauf. War denn wirklich etwas Wahres an Nimos Geschichte? Irgendwie konnte sie das nicht ganz glauben. Und doch konnte sie nicht aufhören, ständig daran zu denken. Es war einfach zum Verrücktwerden!

Stöhnend drehte sich Elena auf die Seite. Sie versuchte, ein bisschen zu schlafen, ohne Erfolg. Schließlich zog sie ihr Notizbuch aus ihrer Reisetasche und schrieb alles auf, was sie von ihrer Vision in Erinnerung hatte. Als sie fertig war, las sie sich noch einmal alles durch, was sie notiert hatte, und runzelte dabei nachdenklich die Stirn.

Sie sollte die anderen Hüter der Element Tamers finden und mit ihnen das Böse besiegen. Aber wie sollte sie das anstellen? Theoretisch könnte jeder ein Hüter sein!

Und dann war da noch der zweite Teil der Mission. Der Gedanke daran reichte aus, um sie erschaudern zu lassen. *Das unbekannte Böse …* Was das wohl sein könnte? Elena hatte keine Ahnung. Mit einem ratlosen Seufzer gab sie ihre Überlegungen fürs Erste auf und konzentrierte sich lieber wieder auf die Wolken, die faszinierend schnell an ihrem Fenster vorbeizogen. Sie erinnerten sie dabei ein wenig an das Bild einer fliehenden Schafherde. Das brachte sie zum Lächeln. Über ihr mysteriöses Problem würde sie später weiter nachdenken. Das Flugzeug setzte schließlich zur Landung an und so genoss Elena in den wenigen abschließenden Minuten noch ein letztes Mal das herrliche Urlaubsgefühl, bevor sie wieder in ihre altbekannte Umgebung zurückkam.

4. KAPITEL

Noch ein Tag bis zum Schulanfang, Elena stöhnte innerlich und vergrub das Gesicht in einem Kissen, das neben ihr auf der Matratze lag. Bereits in der zweiten Woche würden sie einen Jahrgangsstufentest in Französisch schreiben, und allein bei dem Gedanken daran verging ihr jegliche gute Laune. Sie hasste den Französischunterricht, oder besser gesagt die Art und Weise, wie ihre bisherige Lehrerin ihn gestaltet hatte. Das Fach war erfahrungsgemäß die meiste Zeit sterbenslangweilig, und wenn es dann einmal wirklich wichtig wurde, war es allzu oft unnötig kompliziert. Jetzt war es endgültig vorbei mit dem Faulenzen. Elena rappelte sich auf und begann bemüht positiv gestimmt, ihren Schulrucksack zu packen. Das hieß, wenn man das überhaupt so nennen konnte, viel brauchte sie ja nicht, sie hatte ja noch nicht einmal einen Stundenplan. Als Elena alles Nötige in ihrer Schultasche verstaut hatte, ließ sie sich wieder aufs Bett fallen und holte die weiße Klappmuschel aus ihrem Reisegepäck hervor. Sie versuchte probehalber die Muschel zu öffnen, doch diese war fest verschlossen, obwohl sie nicht verklebt oder bewachsen war. Elena betrachtete die Kalkschale eingehend von allen Seiten und ließ ihre Finger nachdenklich über die harte, ein wenig raue Oberfläche gleiten. Die Muschel war wirklich schön. Aber sie musste einen Weg finden, sie zu öffnen. Mit einem beiläufigen Seufzer legte Elena sich auf den Rücken und faltete die Hände über ihrem Herzen, ganz so wie sie es öfter tat, wenn sie abends vor dem Schlafen noch ihre Gedanken durch alle möglichen Themen wandern ließ. Dem bei dieser gemütlichen Position aufkommenden Anflug von Müdigkeit nachgebend schloss das Mädchen die Augen und ließ seinen Atem tiefer fließen. Alles war so schön friedlich, und es fühlte sich einen Moment lang rund um geborgen und entspannt. Plötzlich wurde es hinter Elenas Augenlidern heller. Leicht verwirrt öffnete sie die Augen und schnappte dann erstaunt und ein wenig erschrocken nach Luft, als sie das Geschehen vor sich wahrnahm. Von der Muschel, die noch immer über ihrem Herzen lag, ging ein warmes, goldenes Licht aus, das zwischen den beiden Schalenhälften aus deren Innerem heraus zu strahlen schien. Eigentlich hätte Elena jetzt Angst haben oder zumindest eine gewisse Unsicherheit verspüren müssen, doch dem war nicht so. Im Gegenteil, beim Anblick des glühenden Objektes durchströmte sie mit einem Mal ein angenehm beruhigendes Gefühl von Sicherheit und Kraft und die Muschel begann wieder zu pulsieren, als wäre sie sich der Aufmerksamkeit des Mädchens nun bewusst geworden. Fast schien es, als würde sie nach der blonden Schülerin rufen. Elena drehte sich wieder auf den Bauch und starrte die Muschel mit neugierig zusammengekniffenen Augen an. Die Muschel drückte vor ihr eine kleine Mulde in das Kissen und Elena legte leicht zitternd ihre Hand auf die weiße Kalkschale. Exakt in dem Moment, in dem ihre Fingerkuppen die Klappmuschel berührten, begann diese plötzlich noch heller zu leuchten und sie gab ein leises knackendes Geräusch von sich. Vorsichtig, fast schon ehrfürchtig versuchte Elena erneut, die Muschel zu öffnen, und dieses Mal hatte sie überraschenderweise Erfolg. In dem strahlenden Licht, das ihr ganzes Gesicht benetzte, konnte sie sehen, dass auf dem weißen Perlmutt der Innenseite der Muschel eine Kette mit einem schwarzen Band und einem kreisförmigen, blau leuchtenden Anhänger lag. In der Mitte dieses Steins befand sich ein Loch. Das war die Stelle, von der das Pulsieren auszugehen schien. Elena hielt fasziniert den Atem an und verlor sich für einen Augenblick in der außergewöhnlichen Schönheit des Schmuckstücks, welche sie von der ersten Sekunde an in den Bann gezogen hatte. Dann hörte sie plötzlich ihre Mutter von unten rufen und der magische Moment war vorbei. Kurz blinzelte sie, verwirrt über die abrupte Unterbrechung ihrer Trance, und schüttelte dann den Kopf, um wieder klare Gedanken zu bekommen. Behutsam klappte das Mädchen die Muschel zu, verstaute sie sicher in dem Geheimfach seines Bücherschranks und machte sich anschließend auf den Weg nach unten. Während sie beschwingt die steinernen Stufen hinuntersprang, schlich sich unbeabsichtigt ein zufriedenes Lächeln auf Elenas Lippen. Sie hatte noch immer keine Ahnung, wie sie die anderen Hüter finden sollte, doch jetzt da es ihr gelungen war, die Muschel zu öffnen, war sie viel zuversichtlicher auch die übrigen Rätsel ihrer mysteriösen Vision lösen zu können. Glücklich nahm sie mit einem Satz die letzten Stufen und lief dann mit neuer Energie zu ihrer Mutter in die Küche, um diese nach dem Grund ihres Rufens zu fragen.

5. KAPITEL

Piep! Piep! Piep! Pi …
An dieser Stelle landete Elenas Hand unsanft auf dem Wecker und warf ihn mit einem scheppernden Geräusch vom Nachttisch. Gähnend setzte sich die Jugendliche auf und sah sich verschlafen um.

„Komisch", dachte Elena, „hab ich vergessen, das Teil abzustellen?"

Dann fiel ihr wieder ein, was für ein Tag heute war und mit einem lauten Stöhnen ließ sie sich wieder zurück auf ihr Bett fallen. Montag! Womit hatte sie das nur verdient?

Schließlich stand Elena gezwungenermaßen doch auf und schlurfte langsam ins Badezimmer. Ihre Kleidung, die sie bereits am Tag zuvor herausgesucht hatte, ein schwarz-weiß getupftes Top und ein dazu passender, schlichter schwarzer Rock, lag bereits auf einem Hocker. In altbekannter Routine zog Elena sich an, kämmte und frisierte ihre Haare und ging dann schon etwas wacher hinunter zum Frühstück. Dabei summte sie *Have it all* von Jason Mraz vor sich hin, ihr aktuelles Lieblingslied. Mittlerweile hatte sich ihre Laune etwas gebessert und sie freute sich sogar ein wenig auf den kommenden Tag.

„Schon wach? Ich dachte, ich müsste dich heute aus dem Bett ziehen", begrüßte ihre Mutter sie lächelnd, als sie im Esszimmer ankam. Elena umarmte sie kurz und setzte sich dann an den Tisch, den ihre Mutter bereits gedeckt hatte. Die blonde Frau Mitte vierzig war, abgesehen von ihrem Mann, meistens die Erste, die unter der Woche den Tag begann. Elena nahm sich ein Brot und fing an, Marmelade darauf zu streichen. Während ihre Mutter ihre Schwestern wecken ging, überlegte Elena, was sich wohl dieses Jahr alles verändern würde. Von welchen neuen Lehrern würden sie unterrichtet werden? Ob die Klassenleitung wieder dieselbe sein würde? Vielleicht bekamen sie ja sogar ein paar neue Klassenkameraden!

In diesem Moment stürmte Luisa mit lautem Gepolter die Treppe herunter, grinste ihre aufblickende große Schwester breit an und hockte sich dann ebenfalls an den Tisch, um sofort mit hungrigem Blick den Brotkorb zu durchstöbern. Anna folgte ihr etwas langsamer und rieb sich verschlafen die Augen, sodass sie in ihrem hellblauen Schlafanzug beinahe wieder den Anschein eines Kleinkindes machte.

Als die Älteste musste Elena lächeln, als sie die beiden so sah. Im Gegensatz zu ihr selbst war ihre sportliche, zehnjährige Schwester auch früh morgens schon ein richtiges Energiebündel. Und auch Anna war wirklich süß, wenn auch manchmal etwas morgenmuffelig. Nach einem Blick auf die Uhr begann die neuerkorene Achtklässlerin nun endlich zu essen und sammelte all ihre Energie für den ersten Schultag, auf den sie sich mit jeder verstreichenden Sekunde mehr freute.

Nach dem Frühstück und als sie soweit fertig vorbereitet war, kehrte sie noch einmal in ihr Zimmer zurück, um ihr Handy zu holen und bei der Gelegenheit aus Gewohnheit kurz den neuen Instagramfeed zu checken. Als sie die App wieder schloss, stellte sie fest, dass ihr Zug in fünfzehn Minuten am Gleis sein würde. Mit einem leisen Seufzen schaltete Elena das Display aus und wollte gerade wieder nach unten gehen, als ihr Blick an ihrem Bücherschrank hängen blieb. Sie dachte an die geheimnisvolle Kette, die sie darin versteckt hatte, und hielt zögernd in ihrer Bewegung inne. War das Schmuckstück dort wirklich sicher? Sie holte die Muschel aus ihrem Versteck hervor und legte sich die Kette kurzerhand um den Hals. So würde sie nicht verloren gehen. Elena überprüfte ein letztes Mal ihr Spiegelbild und machte sich dann mit klopfendem Herzen auf den Weg zur Schule.

6. KAPITEL

Als Elena das Schulhaus betrat, war sie beinahe augenblicklich von einer drängelnden und laut durcheinanderredenden Menge von Schülern umgeben. Obwohl sie natürlich auch vorher schon darüber nachgedacht hatte, wurde ihr erst in diesem Moment wieder richtig bewusst, dass die Ferien vorbei waren und jetzt ihr gewohnter Alltag wieder beginnen würde, mit Tests und Hausaufgaben und anstrengenden Lehrern und dem ein oder anderen Teenagerdrama. Aber sie war nicht traurig, denn mit all den mehr oder weniger stressigen Aspekten kam auch erneut Vorfreude auf das neue Schuljahr und natürlich vor allem auf ihre Freundinnen in ihr hoch. Mit federnden Schritten und mit offenen Augen nach bekannten Gestalten Ausschau haltend, bahnte Elena sich einen Weg zu ihrem Spind, der praktischerweise im Erdgeschoss stationiert war. Sie tippte mit geübten Fingern die altbekannte Zahlenkombination in das Tastenfeld. Der graue Kasten war so ziemlich das Einzige, von dem sie sich sicher sein konnte, dass es noch genauso war wie im letzten Jahr. Da sie sonst nichts Überflüssiges dabei hatte, stopfte Elena ihre Jacke hinein und hatte den Spind gerade wieder geschlossen, als sich plötzlich von hinten Hände auf ihre Augen legten und ihr die Sicht nahmen. Kurz erstarrte Elena und tastete verwirrt nach den fremden Fingern, doch als sie diese berührte, war ihr die Identität der herangetretenen Person sofort klar und ein breites Grinsen bildete sich auf ihrem Gesicht. Dieses Spiel kannte sie doch!

„Laura!", rief die Überfallene lachend und drehte sich mit einem Ruck um, wobei die Hände sich von selbst von ihr lösten. Das dunkelhaarige Mädchen vor ihr erwiderte ihr Strahlen und die beiden Freundinnen umarmten sich freudig. Elenas Herz hüpfte vor Glück über dieses Wiedersehen. Zu Laura hatte sie zwar keine ganz so enge Verbindung wie zu Tamara, aber sie waren schon seit mehreren Jahren in einer Klasse und Elena hatte sie sehr gern, auch wenn sie manchmal ein wenig verrückt spielte. Laura war nahezu immer guter Laune, brachte wann immer es passte einen frechen Witz und Elena hatte sie eigentlich noch nie besonders ernst gesehen, was in Anbetracht der langen Zeit, die sie sich nun schon kannten, wirklich beachtlich war.

„Hey!", begrüßte Laura sie jetzt auch mit Worten und löste sich immer noch dauergrinsend aus der Umarmung.

„Ist echt cool, dich wiederzusehen! Hast du schon einen von den anderen getroffen?"

Die *anderen*, das waren ihre Klassenkameraden, die restlichen Schüler der 7e.

„Nein warte, 8e", korrigierte Elena sich innerlich. Bei dem Gedanken kam ihre Aufregung zurück und sie wippte leicht auf den Fußballen hin und her, ohne sich dessen bewusst zu sein. Laura hatte es offensichtlich bemerkt und meinte daraufhin mit wissendem Lächeln: „Bist du auch so aufgeregt? Ich frage mich die ganze Zeit, welche Lehrer wir wohl kriegen! Hoffentlich nicht wieder den Müller, sonst kann ich nicht garantieren, dass ich das Jahr überlebe!"

Herr Müller war ihr Geschichtslehrer vom letzten Jahr und wirklich nicht besonders umgänglich. Der ältere Mann war sehr streng und die quirlige Laura schien er besonders auf der Schippe zu haben, da sie sich nicht die Bohne für Geschichte und Jahreszahlen interessierte. Trotzdem, in diesem Fall musste Elena ihrer Freundin rechtgeben, Herr Müller war wirklich unerträglich!

Plötzlich entdeckten die beiden Mädchen ein paar Meter entfernt einige weitere Klassenkameradinnen, die sich vor dem Mehrzweckraum versammelt hatten. Sie unterhielten sich angeregt und mit fröhlichen Stimmen über die Geschehnisse der Ferien und tauschten die neuesten Neuigkeiten aus, wobei ihre Geschichten nicht selten von lebhaften Gesten untermalt und ab und an mit verblüfftem Lachen kommentiert wurden. Eine der Personen war Tanja, eine eher kleine, sommersprossige und sehr aufgeweckte Brünette, deren lange glatte Haare einen leichten Rotstich aufwiesen und regelrecht um ihren Kopf durch die Luft wirbelten, da sie mit ihrer aktiven Art in ständiger Bewegung war. Genau sie drehte sich jetzt als Erste der Gruppe zufällig um und streifte die Schülermasse mit beiläufigem Blick. Ihre Augen leuchteten gleich darauf begeistert auf, als sie an Elena und Laura hängen blieb. Freudig winkte sie wie wild mit den Händen und machte so nun auch den Rest der plaudernden Mädchen auf die beiden neu eingetroffenen Schülerinnen aufmerksam.

Lachend spurteten Laura und Elena gemeinsam los und schlossen sich der Versammlung ihrer Klassenkameradinnen an, welche sie mit großem Hallo und herzlichen Umarmungen willkommen hießen. Als Tanja Elena in die Arme schloss, umwehte die Hüterin ein frischer Geruch von Sonnencreme und Tanjas ganz persönlicher Note, deren Vertrautheit das Mädchen unbewusst lächeln ließ.

„Hi!", begrüßte Fiona, Tanjas beste Freundin, Elena nun etwas weniger stürmisch, aber doch auf ihre spezielle Weise nicht minder liebevoll, und lächelte sie an, was die neu Hinzugestoßene glücklich erwiderte. Fionas Haare hatten einen ähnlichen Rotton wie Tanjas, ansonsten waren die beiden Mädchen allerdings ziemlich unterschiedlich. Gegenüber der eher kleinen, lebhaften Tanja war die hochgewachsene Fiona sehr ruhig. Sie war freundlich und beeindruckend einfühlsam, konnte sich aber durchaus auch für ihre eigenen Ansichten stark machen, wenn ihr etwas nicht passte. Außerdem war sie ein Mensch, der meistens optimistisch dachte, wählte ihre Worte stets mit Bedacht und war immer für Elena da, wenn diese einen guten Rat oder auch einfach nur ein offenes Ohr brauchte, ohne verurteilt zu werden. Fiona lächelte die soeben angekommene Blondine warm an und strahlte damit eine Entspannung aus, die die Nervosität der Wasserbändigerin angenehm linderte.

„Habt ihr schon die Neuen gesehen?", meldete Tanja sich nun zu Wort, nachdem sie Elena endlich losgelassen hatte, und musterte die beiden Ankömmlinge abwechselnd mit neugierig fragendem Blick.

„Ne, bis jetzt noch nicht. Wer ist es denn?", antwortete Laura und sah sich interessiert nach unbekannten Gesichtern um. Elena machte sich diese Mühe gar nicht erst. Sie kannte ohnehin aufgrund ihres eher kleinen, wenn auch engen Freundeskreises viel zu wenige ihrer Mitschüler, als dass sie jemanden außerhalb ihrer Klasse als *neu* hätte identifizieren können, eine Tatsache, die sie selbst regelmäßig bereute.

„Die beiden da drüben", gab Tanja bereitwillig Auskunft und zeigte mit dem Finger in Richtung Aula, die sich langsam aber sicher mit Jugendlichen füllte. Am oberen Ende der wenigen hinabführenden Stufen standen zwei Mädchen in ihrem Alter, die sich dadurch von der Masse abhoben, dass sie ein wenig verloren wirkten und damit zu Elenas insgeheimer Faszination sehr unterschiedlich umgingen.

Die eine hatte feines braunes Haar und trug ein sommerliches Kleid von leuchtend orangener Farbe. Sie überspielte ihre Unsicherheit ziemlich gut, indem sie locker und voller Interesse mit einer anderen Schülerin quatschte. Die andere Neue dagegen machte auf den ersten Blick einen eher verschlossenen und mürrischen Eindruck. Sie stand steif an eine Säule gelehnt und starrte angestrengt auf ihr Handy. Ihre langen, blonden Haare lagen über ihren Schultern. Sie trug eine leicht zerrissene Jeans und ein T-Shirt mit der Aufschrift: *Sorry, I don't talk to idiots!*

Laura verzog das Gesicht.

„Und die soll in unsere Klasse kommen? Das kann ja noch was werden!", raunte sie Elena ins Ohr und hob skeptisch eine Augenbraue. Sie war im Allgemeinen ein sehr aufgeschlossener Mensch, doch der erste Eindruck, den jemand bei ihr hinterließ, zählte durchaus eine Menge. Fiel dieser schlecht aus, so bedurfte es einiger Gegenbeweise, um sich in ihrer Weltordnung wieder gut zu stellen. Gerade in diesem Moment gongte es zur großen Versammlung, die immer am Anfang des Schuljahres stattfand, und die Gruppe setzte sich allmählich in Bewegung, um den anderen Schülern in die Aula zu folgen. Elena zögerte kurz und sah sich noch einmal suchend um. Es waren immer noch nicht alle Klassenkameraden da, aber die würden sie ja dann spätestens im Klassenzimmer treffen. Die blonde Teenagerin holte ein letztes Mal tief Luft und beruhigte ihr nun wieder aufgeregt klopfendes Herz, bevor sie losging, um ihre Freundinnen einzuholen und sie nicht in der Masse der Menschen zu verlieren.

7. KAPITEL

„Herzlich willkommen zurück, beziehungsweise herzlich willkommen an alle unsere Fünftklässler und Neuzugänge! Ich freue mich, dass die meisten von euch auch dieses Jahr wieder an unserer Schule sind und ich hoffe auf ein weiteres erfolgreiches Schuljahr", begrüßte der Direktor die Schüler und blickte von seiner Position auf der Bühne stolz auf die Menge hinab. Er verlor noch ein paar hochtrabende Lobesworte über die Schulgemeinschaft und die in diesem Jahr anstehenden Projekte und kam dann, als die Aufmerksamkeit der Jugendlichen langsam zu schwinden drohte, endlich zum wichtigen Part: „Die Klassenlehrer werden gleich vorkommen und die Klassenlisten vorlesen, danach sammeln sie ihre Schüler zusammen und gehen in die entsprechenden Räume, wo ihr euch ein bisschen kennenlernen und Organisatorisches besprechen werdet. Aber bevor wir damit beginnen, darf ich das Wort an meinen Stellvertreter Herrn Falk weitergeben. Bitteschön!"

Herr Falk nahm das Mikrofon entgegen und räusperte sich kurz.

„Dankeschön. Wie Herr Amberger eben schon sagte …", ab dieser Stelle hörte Elena nicht mehr zu. Ihre Aufmerksamkeit galt stattdessen der Kette, die sie immer noch um den Hals trug und die auf einmal wie aus dem Nichts zu leuchten begonnen hatte. Schnell schloss Elena ihre Finger darum und drehte ihren Freundinnen den Rücken zu, damit diese nichts von ihrem kleinen Dilemma bemerkten. Als sie ihre Hand wieder öffnete, hatte die Kette aufgehört zu leuchten und lag so kühl und leblos da wie zuvor. Elena atmete unmerklich auf und wandte sich wieder dem Geschehen auf der Bühne zu. Doch in ihrem Hinterkopf rumorte immer noch die Erinnerung an das, was gerade geschehen war. Sie schüttelte sich kurz, um den Gedanken zu vertreiben, bereute es allerdings schon im nächsten Moment, als sie von der Schülerin links von ihr einen fragenden Blick kassierte.

„Alles in Ordnung mit dir?", wisperte Tanja ihr ins Ohr und musterte sie skeptisch.

„Jaja, alles okay. Ich habe bloß schlecht geträumt heute Nacht und musste gerade daran denken.", log Elena und setzte eine entschuldigende Miene auf. Die wirkte zu ihrem Glück recht überzeugend.

„Dann ist ja gut", lächelte Tanja, wandte sich nach vorne und schaute weiter Herrn Falk bei seiner Rede zu.

„So, genug der Worte. Dann darf ich jetzt die Lehrer auf die Bühne bitten. Frau Tannhofer, kommen sie bitte nach vorne!"

Frau Tannhofer stand auf und ging zur Bühne. Die erfahrene Lehrerin unterrichtete Deutsch und war sehr konsequent, aber niemals unfair. Sie stieg auf die Bühne und wandte sich selbstbewusst an die Menge, bevor sie sprach: „Also dann. Ich übernehme dieses Jahr die Klasse 5a. Das sind: Adelhofer, Maximilian; Bauer, Emma; Daigner, Sonja; Dirschl, Simon; Einhammer, Luisa; Fritz, Felix; Hirsch, Thomas; Hohenberg, Christian; Krüger, Anna; Lindmann, Teresa; Maurer, Marc; Martin, Franziska; Müller, Tom; Mainhart, Klara; Neumann, Philipp; Otto, Philomena; Parker, Nils; Quinn, Lily; Reusch, Jana; Schreiber, Jan; Ungerer, Kilian; Winter, Timo und Zeller, Xenia. Ihr kommt bitte mit mir in Raum G009."

Danach kamen vier weitere fünfte Klassen, die verständlicherweise alle erfahrenen Lehrern zugewiesen wurden. Als die 5e Herrn Roth als Klassenleitung bekam und dieser angesichts seiner erstmalig verstärkten Einflussmöglichkeit auf die neue Schülergenerartion triumphierend den Kopf reckte, wandte sich Herr König in der Ecke des Lehrerkollegiums ab und bemühte sich kläglich um einen neutralen Gesichtsausdruck, woraufhin einige der älteren Schüler belustigt zu grinsen begannen. Auch Elena musste schmunzeln. Der Wettstreit zwischen den beiden Beamten, wem zuerst eine eigene Klasse zugeteilt werden würde, war eine Art Insidergag, der sich seit Eröffnung der Schule vor einigen Jahren bis heute gehalten hatte. Die zwei Männer waren beide Religionslehrer, Herr Roth für Katholisch und Herr König für Evangelisch, und sie hegten eine beinahe leidenschaftliche Abneigung gegeneinander, was manchmal sehr lustig anzusehen war, wenn sie aufeinandertrafen. Jetzt allerdings war die Namensliste fertig verlesen und die 5e verließ gemeinsam mit ihrer neuen Lehrkraft die Bühne, wobei diese den Blick inzwischen bemüht gelassen geradeaus gerichtet hatte und den noch immer amüsierten Gesichtern der Jugendlichen keine Beachtung schenkte. Weiter ging es mit den sechsten und siebten Klassen, dann kamen endlich die achten Klassen an die Reihe. Elena hörte gespannt zu und wartete darauf, dass einer ihrer Klassenkameraden genannt werden würde. Sie wussten nicht sicher, ob sie wirklich der 8e zugeteilt werden würden, aber sie hatten es einfach vermutet, da sie vorher in der 7e gewesen waren. Diese Vermutung stellte sich wenige Sekunden später tatsächlich als falsch heraus als der Direktor Frau Knopf für die 8c nach vorne bat und sie den Namen *Aigner, Tanja* nannte. Tanja marschierte los in Richtung Rednerpult und nach und nach wurden auch ihre anderen Mitschüler aus der ehemaligen 7e vorgelesen. Elenas Name wurde schließlich ebenfalls aufgerufen. Sie folgte ihren Freundinnen nach vorne und stellte sich neben ihren bereits versammelten Kollegen am unteren Rand der Bühne auf. Aufmerksam hörte die Wasserbändigerin der Ansage weiter zu, bis endlich die Information preisgegeben wurde, die sie so brennend interessierte. Die beiden Neuen hießen offenbar Lisa Schuster und Emily Lorenz.

„Schöne Namen!", dachte Elena bei sich. „Nicht besonders ungewöhnlich, aber es klingt gut."

Als die Klasse schließlich komplett war, verließen sie in einer geschlossenen Gruppe die Aula und machten sich auf den Weg zu ihrem Klassenraum G024. Der erste Schultag hatte begonnen.

8. KAPITEL

„Hallo, mein Name ist Annika Knopf und ich bin ab jetzt eure Klassenleitung. Ich unterrichte euch in Englisch und ich hoffe, dass wir alle ein schönes Jahr zusammen verbringen werden. Wenn ihr irgendwelche Probleme habt, könnt ihr gerne zu mir kommen. Ich würde sagen, wir fangen jetzt erstmal mit einem kleinen Spiel an, damit ihr euch besser kennenlernt.", so begrüßte Frau Knopf ihre Schüler, nachdem sie im Klassenzimmer Platz genommen hatten.

Elena mochte die junge Lehrerin, aber solche Kennenlernspiele fand sie wirklich unnötig. Sie waren immerhin in der achten Klasse! Und abgesehen davon kannten sich ohnehin fast alle, die beiden Neuen mal ausgenommen. Aber es half nichts, sie mussten da ja sowieso durch.

„Bei diesem Spiel sagt jeder von euch der Reihe nach seinen Namen, sein Alter und eine Sache, die ihn oder sie besonders macht oder die er oder sie gerne tut. Dabei gebt ihr diesen Ball herum. Wenn alle durch sind, wirft der Letzte den Ball jemandem zu und muss dabei dessen Namen und die Sache sagen, die derjenige gerne mag oder die ihn besonders macht. Klar soweit?", erklärte Frau Knopf und blickte ermunternd in die Runde. Die Klasse nickte und die Lehrerin fing mit zufriedener Miene an und erhob die Stimme: „Also, mein Name ist Annika Knopf, ich bin fünfundzwanzig Jahre alt und ich fahre in meiner Freizeit gerne Ski."

Sie gab den Ball weiter an den Jungen neben sich und sah ihn erwartungsvoll lächelnd an.

„Ich bin Lars, ich bin dreizehn Jahre alt und ich fahre gerne Rad."

„Ich heiße Jonas, bin dreizehn und fahre Skateboard."

„Ich bin Tim, bin auch dreizehn und ich spiele gerne Basketball."

„Ich heiße Tanja, bin auch dreizehn Jahre alt, ich spiele gerne Fußball und mache Karate."

„Tatsächlich?", hakte Frau Knopf interessiert nach und schenkte dem Mädchen neugierig ihre Aufmerksamkeit.

„Macht das Spaß?"

„Ja, meistens.", antwortete Tanja und grinste.

Sie gaben den Ball immer weiter durch und dann war schließlich Elena an der Reihe.

„Ich bin Elena, bin dreizehn Jahre alt und ich tanze gerne.", sagte sie und räusperte sich anschließend kurz und verlegen. Ihre Stimme klang etwas rau, sie hasste es, vor Publikum zu sprechen. Schnell gab sie den Ball weiter an Fiona, die neben ihr saß und ihr das Objekt mit unauffälligem, mitfühlendem Lächeln sofort abnahm.

„Ich heiße Fiona, ich bin vierzehn Jahre alt und ich verbringe meine freie Zeit gerne draußen.", sagte sie in ruhigem, freundlichem Ton und mit einem so natürlichen Selbstbewusstsein, dass Elena sie insgeheim dafür bewunderte. Fiona hatte den Ball gerade an Florian, der neben ihr saß, weitergegeben, als sich mit einem Mal die Tür öffnete und ein schlankes, blondes Mädchen eintrat. Es war relativ groß und hatte hellblaue Augen, deren Farbe durch ein wenig Mascara strahlend betont wurde. Das war Sofia, in all ihrer klassischen Extravaganz und typischerweise mit einem Sonderauftritt. Sie war schon seit der Grundschule in Elenas Klasse und so ziemlich das komplette Gegenteil von ihr, wenn man die beiden Mädchen überhaupt vergleichen konnte. Von außen sahen sie eigentlich gar nicht einmal so unähnlich aus, aber sie verhielten sich in beinahe jedem Aspekt komplett unterschiedlich und betrachteten die Dinge aus völlig verschiedenen Blickwinkeln.

„Entschuldigung, dass ich zu spät bin!", wandte sich die neu angekommene Blondine nun etwas außer Atem an die Lehrerin, in deren Blick eine Spur von Missfallen über das unangekündigte Hereinplatzen der Schülerin zu erkennen war.

„Das ist heute ausnahmsweise in Ordnung, Sofia. Deine Eltern haben mir bereits Bescheid gesagt, dass euer Flugzeug erst kurz vor Schulbeginn wieder in München gelandet ist. Dieses eine Mal lasse ich es dir durchgehen, aber sorge dafür, dass es nicht wieder passiert!", antwortete Frau Knopf mit einem Seufzen und sah sie dann noch einmal streng an.

„Danke, wird nicht wieder vorkommen!", versprach Sofia mit dem Hauch eines Grinsens, was Elena unfassbar unverschämt fand, und setzte sich auf den freien Platz zwischen Jannis und Sebastian, zwei ihrer Bewunderer. Sofia hatte keine wirklich guten Freunde in der Klasse; die einzige, die man ernsthaft als ihre Freundin bezeichnen konnte, war ihre Nachbarin. Doch die ging auf eine andere Schule und war somit die meiste Zeit nicht in der Nähe. Stattdessen hatte sie allerdings sehr viele Bewunderer, vor allem unter den Jungs, von denen sie sich jedoch nur mit wenigen wirklich abgab. Sofia trug stets die angesagtesten und stylischsten Klamotten und schien alles daran zu legen, cool zu wirken. Auch heute war ihr Outfit perfekt zusammengestellt. Sie trug einen weißen Rüschenrock, eine leichte, rote Bluse mit kurzen Ärmeln, funkelnde, rote Ohrringe und einen dazu passenden roten Armreif, der bei jeder Bewegung leise klirrte. Man hätte sie, so klischeehaft das klang, durchaus als Klassenstar, oder manchmal auch als Klassenzicke, bezeichnen können. Elena konnte sie nicht leiden und Sofia wiederum ließ sie fühlen, dass das auf Gegenseitigkeit beruhte. Aus Gründen der Einfachheit gingen sich die beiden meistens aus dem Weg. Nun, da alle saßen, wurde die Kennenlernrunde wieder aufgenommen und fortgesetzt. Jannis drückte Sofia den Ball in die Hand und sie schenkte ihm ein strahlendes Lächeln, woraufhin er verlegen grinste. Elena ihrerseits verdrehte die Augen, was zum Glück jedoch niemand sah.

„Hi, ich bin Sofia, dreizehn Jahre alt und ich liebe es, Urlaub zu machen.", erzählte Sofia selbstbewusst, nachdem ihr ihr linker Sitznachbar rasch die Regeln zugeflüstert hatte. Mit zufriedener Miene gab sie den Ball weiter an den rechts von ihr hockenden Sebastian und strahlte ihn ebenfalls an, so wie davor Jannis, dem das Grinsen augenblicklich aus dem Gesicht rutschte.

Als sich alle vorgestellt hatten, warfen sie den Ball auf die besprochene Art und Weise wieder zurück, was ziemlich schnell ging, da sie sich ja fast alle schon vom letzten Jahr kannten. Nach einer Weile kam die kleine Stoffkugel auch zu Elena geflogen, sie fing sie auf und warf sie aus spontanem Impuls Emily zu. Dabei sagte sie: „Emily, hört gerne Musik."

„Ja, stimmt", erwiderte die schweigsame Blondine leise und etwas widerwillig und warf den Ball dann schnell weiter zu Lisa.

„Lisa, klettert gerne", stieß sie zwischen den Zähnen hervor und wandte sich anschließend rasch ab, sodass sie das fröhliche Nicken der Angesprochenen nur aus dem Augenwinkel wahrnahm. Elena beobachtete die Neue, Emily, einen Moment lang unauffällig und war zu ihrer eigenen milden Überraschung ein wenig enttäuscht darüber, dass das fremde Mädchen sich so verschlossen zeigte.

Den Rest der Stunde verbrachten sie damit, den Stundenplan abzuschreiben, und dann war es auch schon Zeit für die erste Pause.

9. KAPITEL

Am Nachmittag verabredete sich Elena mit ihren Freundinnen im Freibad, um noch einmal die freie Zeit und das bald seltener werdende sommerliche Wetter zu genießen. Es sollte sozusagen eine Eröffnungsfeier für das neue Schuljahr werden. So waren Tanja, Fiona, Laura und sogar Verena und Sarah, zwei weitere Klassenkameradinnen, mit von der Partie. Im Bad angekommen, ließen sie ihre Sachen halb im Schatten eines großen Baumes auf der Liegewiese stehen und sausten dann lachend auf direktem Wege zum Pool, in den Tanja erst einmal unter erschrockenem Kreischen hineingeschubst wurde. Die neuernannten Achtklässlerinnen tobten eine Weile ausgelassen wie kleine Kinder durch das erfrischende Wasser, bis sie die Erschöpfung schließlich einholte und sie sich nach und nach glücklich, aber vollkommen nass und vor Kälte bibbernd auf ihre Handtücher zurückzogen. Die kleine Gruppe hatte gerade etwas gegessen und sich zum Ausruhen in der wärmenden Sonne ausgebreitet, als plötzlich Sofia auftauchte. Sie legte sich auf die gegenüberliegende Seite des Schwimmbeckens, setzte ihre pinke Sonnenbrille auf und holte eine Zeitschrift aus ihrer Tasche, um damit demonstrativ ihr Gesicht zu verdecken. Die Mädchen beachteten sie nicht. Irgendwann, als sie wieder genug zu Kräften gekommen waren und beschlossen hatten, ein Verhalten an den Tag zu legen, das mehr ihrem Alter entsprach, zeigte ihnen Laura, die im Schwimmverein war, wie sie ohne Luft zu holen bis zum anderen Beckenrand tauchen konnte. Als sie dort wieder hochgekommen war, strich sie sich die Haare aus dem Gesicht und rief zurück: „Versuch es doch auch mal, Elena! Ist ganz leicht!"

„Tzzz …", kam es auf einmal ungefragt von der Seite, „das schafft sie doch nie!"

Sofia, natürlich musste sie wieder ihren Kommentar dazu abgeben! Wütend ballte Elena die Hände zu Fäusten und nahm unmerklich einen tiefen Atemzug in dem Versuch, sich zu beruhigen.

Immer musste diese Zicke sich einmischen! Sie würde es ihr zeigen, dieser verdammten Angeberin!

Ohne weiter zu überlegen holte Elena tief Luft und sprang kopfüber ins Wasser. Sie tauchte unter und tat ein paar kräftige Schwimmzüge, bei denen sie unerwartet ein elektrisierender Schwall von Energie durchfloss und ihr einen Geschwindigkeits-Boost versetzte. Es fühlte sich gut an, und sie war selbst überrascht, wie schnell sie vorankam. Man konnte sagen, sie schoss förmlich durch das Wasser. Als Elena auf der anderen Seite die Oberfläche durchbrach, entstand eine riesig große Welle und Sofia und ihr Magazin wurden klatschnass.

„Spinnst du?", fauchte die triefende Blondine erschrocken und sprang auf.

„Du kannst gerne das Abo bezahlen, das Heft war nicht grade billig!"

Damit schnappte sie sich ihre Tasche und rauschte davon in Richtung Fahrradständer. Elena war viel zu verblüfft, als dass sie ihr etwas hinterhergerufen hätte. Was war denn gerade bloß passiert? Bevor sie ihre Sprache wiedergefunden hatte, schaltete sich Laura ein: „Wie hast du denn das gemacht? So habe ich dich ja noch nie schwimmen sehen! Trainierst du etwa heimlich?"

„Was? Nein, Quatsch, wieso sollte ich denn sowas tun?", entgegnete Elena verwirrt.

„Und wie hast du das mit der Welle gemacht? Mann, das war cool, wie Sofia abgegangen ist! Hat sie verdient, die blöde Ziege!", meinte auch Sarah und klang dabei sowohl begeistert als auch ziemlich schadenfroh. Elena selbst hatte mittlerweile den starken Verdacht, dass ihr plötzliches Talent etwas mit der Kette zu tun hatte, aber das konnte sie ihren Freundinnen natürlich nicht sagen.

„Ich weiß auch nicht, was los war. Wahrscheinlich hatte ich einfach zu viel Schwung, als ich aufgetaucht bin. Aber jetzt bin ich echt kaputt. Spielt irgendwer mit UNO?", versuchte sie schnell vom Thema abzulenken und sah mit erwartungsvollem Blick und innerlich noch immer heftig klopfendem Herzen in die Runde. Zu ihrem Glück klappte es.

„Ja gerne! Sollen wir danach nochmal ins Wasser?", fragte Tanja und schüttelte sich einige Tropfen aus den Haaren, welche Verena besprenkelten, die neben ihr noch außerhalb des Pools stand und nun schaudernd zurückzuckte.

„Klar doch!", lachte Laura und stieß sich vom Beckenrand ab, um Schwung für den Rückweg zu holen.

Der Rest des Nachmittags verlief ohne weitere Vorfälle und bald hatten sie alle den komischen Zwischenfall wieder vergessen.

„Wirklich alle?"

Darüber machte sich Elena Gedanken, als sie am Abend im Bett lag. Die Kette ruhte neben ihr auf dem Nachttisch und schimmerte sanft im Mondlicht, das durch die Lücke zwischen den geschlossenen Fensterläden in ihr Zimmer fiel. Was war, wenn es doch nicht alle als unwichtig erachtet hatten? Was, wenn sich jemand wunderte und seine Schlüsse daraus zog?

Aber andererseits, welche Schlüsse konnte man daraus als Außenstehender denn bitte ziehen? Es war ja nicht so, dass man jeden Tag von magischen Fähigkeiten hörte oder so etwas überhaupt für plausibel hielt!

„Magische Fähigkeiten… Aber was kann ich denn eigentlich damit machen? Wenn die Sache mit dem Bösen stimmt, dann sollte ich mir vielleicht langsam mal überlegen, wie ich die anderen Bändiger finde …", dachte sie. Wie es typisch für sie war, schlich sich augenblicklich Sorge in ihren Kopf. Elena spielte alle möglichen Bloßstellungsszenarien durch, bis sie über diesen Grübeleien schließlich unruhig einschlief.

Als Elena die Augen wieder aufschlug, war sie mit einem Mal zurück in der Wasserhöhle, die sie aus ihrer Vision vom Urlaub kannte. Verwirrt drehte sie sich um und entdeckte Nimo, der mit kräftigen Flossenschlägen auf sie zuzuschwimmen schien. Doch aus irgendeinem Grund konnte er sie nicht erreichen, es sah fast so aus, als ob er gegen eine starke Strömung ankämpfte. Elena erschrak, als sie die Panik in seinen Augen sah und der scheinbare Ernst, der ihr noch unbegreiflichen Lage, in ihr Bewusstsein sickerte. Nimo versuchte mit aller Kraft, ihr etwas zuzurufen, doch es war kein Laut zu hören. Sein Gesicht zeigte Verzweiflung und ängstliche Ratlosigkeit, angesichts derer die gewaltige Verunsicherung der Wasserbändigerin sich nur noch weiter verstärkte. Elena wollte zu ihm eilen, aber sie konnte sich nicht bewegen. Stumm und mit vor Entsetzen weit aufgerissenen Augen musste sie zusehen, wie sich plötzlich scheinbar aus dem Nichts ein schwarzes Loch hinter dem Delfingeist auftat und ihn verschluckte.

„Aaaahhh!", Elena schrie automatisch auf, als ihre Stimme wiederkehrte und saß von einer Sekunde auf die andere kerzengerade in ihrem Bett. Sie hatte das alles nur geträumt!

Doch Elena bezweifelte stark, dass dies bloß ein gewöhnlicher Traum gewesen war. Es hatte sich so real angefühlt, sie hatte sogar die Kälte des Wassers auf ihrer Haut gespürt, die mit ihrer eigenen Angst zusammen für eine beachtliche Gänsehaut gesorgt hatte. Ihre Ahnung bestätigte sich, als sie fröstelnd an sich hinunterblickte. Ihre Haare waren klatschnass.

Nachdem sie einige Minuten lang nur auf ihrem Bett gesessen und versucht hatte, nicht auszuflippen, ging Elena schließlich ins Bad und trocknete sich ab. Danach legte sie sich wieder hin, wickelte sich in ihre Decke und schlief vor Erschöpfung auch bald wieder ein. Die restlichen drei Stunden bis zum Aufstehen vergingen traumlos.

10. KAPITEL

Als Elena am nächsten Morgen erwachte, galt ihr erster Blick der Wasserkette, die noch immer unberührt auf ihrem Nachttisch lag. Sie legte sich das Schmuckstück um den Hals und machte sich dann für ihre Morgenroutine auf den Weg ins Badezimmer. Von jetzt an wollte sie die Kette immer bei sich tragen, um sie zu schützen. Der Traum hatte sie beunruhigt und nun war sie entschlossener denn je, ihre Mission zu erfüllen. Inzwischen hatte sie fast keine Zweifel mehr daran, dass der Delfingeist die Wahrheit gesagt hatte. Gut, von dem Bösen hatte sie noch nichts bemerkt, aber mit der Magie hatte er schon mal recht gehabt. Auch daran musste die Hüterin noch arbeiten. Sie hatte keine Ahnung, was genau sie mit ihren Kräften bewirken konnte, und wie sie sie kontrollieren oder sinnvoll einsetzen sollte, wusste sie auch nicht. Elena wurde bewusst, dass sie es unbedingt so bald wie möglich herausfinden musste. Sie nahm sich vor, gleich nach der Schule mit dem Training zu beginnen, um wenigstens in einem ihrer vielen Fragenpunkte Klarheit zu gewinnen. Zuerst aber musste sie zum Unterricht.

An diesem Vormittag geschah eigentlich nichts Bemerkenswertes. Sie hatten Religion, Geschichte und Deutsch. In letzterem Fach wurde ihnen für den Freitag in zwei Wochen ein Test angekündigt, in dem es um den ganzen Stoff des letzten Jahres gehen sollte, und das bedeutete zum Leidwesen der Schüler viel Lernarbeit. Trotz der Ereignislosigkeit war Elena völlig geschafft, als sie nach ihrem zweiten Schultag wieder zuhause ankam. Doch Faulenzen ging jetzt nicht. Da ihre Mutter nicht da war, ergab sich für sie die perfekte Gelegenheit, ihre magischen Kräfte ungestört auszuprobieren. Nachdem Elena sich Mittagessen gemacht hatte, ging sie in ihr Zimmer und räumte vorsichtshalber alle zerbrechlichen Gegenstände beiseite. Anschließend holte sie eine kleine Plastikwanne aus dem Keller und füllte diese mit Wasser. Elena platzierte sie in der Mitte des Raumes auf dem Boden, den sie zuvor von ihrem leicht ausgefransten Teppich befreit hatte, und trat dann noch einmal zurück zur Tür. Sorgfältig und mit einer gehörigen Portion Aufregung im Bauch drehte sie den Schlüssel im Schloss herum. Sie wollte ganz sicher gehen, dass niemand sie bei ihren Experimenten erwischen würde. Elena setzte sich nun vor der Wasserwanne auf den Boden, krempelte die Ärmel ihres Oberteils hoch, nahm einen tiefen, beruhigenden Atemzug und holte ein zerfleddertes Stück Papier aus ihrer Hosentasche. Darauf notiert war eine Liste mit all den Dingen, die sie ausprobieren wollte. Die Liste hatte sie an diesem Morgen in der Schule erstellt.

Der erste, in hastiger Handschrift daraufgekritzelte Stichpunkt lautete *Eis*.

Kaltes, festes Eis.

Die Wasserbändigerin merkte, wie sie bei dem Gedanken leicht zu zittern begann, und atmete noch einmal tief durch. Jetzt ging es los. Sie würde das schaffen.

Elena hielt die Arme in einer möglichst ruhigen Position über die Wanne, schloss die Augen und konzentrierte sich auf die Vorstellung, die sie beim Erstellen der Notiz in ihrem Kopf gehabt hatte.

Ihre Hände wurden ganz kalt. Als sie nach wenigen Sekunden vorsichtig wieder einen Blick riskierte, hatte sich auf dem Wasser tatsächlich eine Eisschicht gebildet. Elena konnte nicht anders, als diese fassungslos anzustarren. Obwohl sie sich genau das erhofft hatte, brauchte sie einen Moment, um zu begreifen, was sie gerade getan hatte, bevor sie unwillkürlich zu lächeln begann. Zwar war die Schicht so dünn, dass sie schon nach zwei Minuten wieder komplett weggeschmolzen war, aber immerhin hatte es geklappt. Elena probierte es voller Motivation gleich noch einmal und dieses Mal brachte sie sogar eine feste, funkelnde Eisfläche zustande, die für mehrere Minuten bestehen blieb.

Die Wasserbändigerin verspürte ein Glücksgefühl darüber, dass ihr Vorhaben so gut funktionierte, und fuhr eifrig mit der nächsten Übung fort.

Der zweite Punkt auf ihrer Liste war *Wasserdampf*. Logisch, irgendwie musste sie das Eis ja auch wieder zum Schmelzen bringen können. Erneut breitete sie ihre Hände über das Wasser und hielt nun die Augen geöffnet, um das unglaubliche Geschehen beobachten zu können. Diesmal begannen ihre Finger zu glühen, als ob sie Fieber hätte, und Elena musste sich zunächst anstrengen, die Arme nicht zurückzuziehen. Sie staunte nicht schlecht, als sie blaue Blitze aus ihren Fingerspitzen schießen und das Eis durchdringen sah. Innerhalb von einer Minute war die ganze Platte geschmolzen und Elena hatte zusätzlich fast die Hälfte des Wassers verdampfen lassen. Erschöpft, aber zufrieden ließ sie sich mit dem Gesicht zur Decke auf ihr Bett fallen. Wasser zu bändigen war wirklich anstrengend! Aber das würde mit der Zeit bestimmt noch besser werden, wenn sie nur regelmäßig weiterübte.

Elena beschloss, sich jeden Tag zwei Stichpunkte auf ihrer Liste vorzunehmen, immer Zauber und Gegenzauber. Dann würde sie hoffentlich bereit sein, falls sie wirklich einmal gegen das Böse kämpfen musste, was auch immer das sein mochte. Elena entledigte sich eines letzten, von all den neuen Erfahrungen leicht überforderten Seufzers, bevor sie sich aufrappelte und die Wanne wegräumte. Den Rest des Nachmittags verbrachte die Bändigerin damit, darüber nachzudenken, wie sie die anderen Hüter finden sollte. Sie hatte jedoch keine zündende Idee und kam schließlich zu dem Schluss, dass sie wohl einfach abwarten und auf Hinweise hoffen musste. Bis dahin konnte sie nur weitertrainieren und hoffen, dass sie ihre Mission rechtzeitig würde ausführen können.

11. KAPITEL

Eine Woche später war die Schule wieder in vollem Gange. Die Prüfungen begannen sich wie gewohnt zu häufen und die Lehrer nutzten jede Minute des Unterrichts, um ihre Schüler mehr oder weniger effizient darauf vorzubereiten. Eigentlich war das ja auch gut so, doch für Elena war es extrem schwierig, die Schule und die Magie unter einen Hut zu bringen. Sie brütete oft bis tief in die Nacht hinein über ihren Schulbüchern oder versuchte, eine Lösung für ihr magisches Problem zu finden. Es war oft schon nach elf Uhr, wenn sie sich schlafen legte. So war es nicht verwunderlich, dass ihre Mutter sie morgens in dieser Zeit an manchen Tagen kaum aus dem Bett bekam.

Ein solcher Tag war auch heute, Dienstag, der 23. September, und Elena hatte wieder einmal verschlafen. Es gongte gerade zum vorletzten Mal, als sie etwas außer Puste das Eingangstor zum Pausenhof passierte. Bis zum Schulbeginn blieben ihr noch exakt fünf Minuten und so hastete sie in schnellem Laufschritt an der langen Wand des Turnhallenkomplexes entlang und ignorierte das zunehmend stärker werdende Seitenstechen, das durch die ungewohnte Geschwindigkeit aufkam. Diese Schmerzen hatte sie sich selbst zuzuschreiben, sie waren der faire Preis für fünfzehn Minuten zusätzlichen Schlaf. Dementsprechend blieb ihr nun keine andere Wahl mehr, als sie auszuhalten.

Die Wasserbändigerin steuerte geradewegs den Eingang des Hauptgebäudes an und war in Gedanken schon in den Korridor zu ihrem ersten Klassenzimmer eingebogen, als sie mit einem Mal ein seltsames Geräusch vernahm und aus Reflex augenblicklich innehielt, noch bevor sie sich bewusst dazu entscheiden konnte. Der Ton war nur sehr leise, doch wenn sie ganz still war und aufmerksam hinhörte, konnte Elena deutlich etwas wahrnehmen, das wie ein Schniefen klang und bei näherer Analyse vom wenige Meter entfernten Ende des Sporthallenbauwerks zu kommen schien. Einen Moment lang rang die blonde Schülerin mit sich selbst, doch dann siegte ihre Neugier und mit einem innerlichen Seufzen akzeptierte sie die Tatsache, dass sie es heute wohl nicht mehr rechtzeitig zur Religionsstunde schaffen würde. Sie konnte da jetzt nicht einfach vorbeigehen, denn selbst wenn sie es gewollt hätte, hätte ihr schlechtes Gewissen ihr das niemals verziehen. Elena folgte dem Geräusch also weiter an der Wand entlang und ihre leisen Schritte wurden immer vorsichtiger, je näher sie dem Klang kam. Als sie schließlich das Ende der Längsseite erreicht hatte, konnte sie ganz deutlich jemanden weinen hören. Er oder sie musste direkt hinter dieser Ecke sein. Die Wasserbändigerin presste sich nun so eng sie konnte an die Mauer und schlich in langsamerem Tempo weiter, bis sie den Rand des Gebäudes erreicht hatte. Als sie es nach einigen Sekunden des Zögerns und einem tiefen, beruhigenden Atemzug endlich wagte und vorsichtig um die Biegung lugte, traute sie im ersten Moment ihren Augen nicht.

Sofia saß zusammengekauert auf dem harten Steinpflaster und weinte leise schluchzend in ihre auf den Knien verschränkten Arme. Ihre linke Hand umklammerte unkontrolliert zitternd einen kleinen, flachen Gegenstand, der jedoch zum Großteil von ihren langen Haaren verdeckt wurde, sodass er für die Beobachterin nicht sicher identifizierbar war. Erst, als Elena sich noch ein waghalsiges Stück weiter vorlehnte, konnte sie erkennen, dass es sich dabei um ein Foto handelte. Darauf sah man einen Mann und eine Frau, die sich im Arm hielten und in die Kamera lachten.

„Das müssen dann wohl Sofias Eltern sein", kombinierte Elena in Gedanken, „denn sie sehen ihr ziemlich ähnlich." Urplötzlich schossen auf einmal helle Flammen aus den Händen des weinenden Mädchens und das Bild fing Feuer. Es brannte knisternd, knüllte sich fauchend zusammen und war nach wenigen Sekunden nur noch ein rußig schwarzer Haufen Asche. Erschrocken und vor Fassungslosigkeit wie benommen machte Elena einen hastigen Schritt rückwärts und trat dabei auf einen Zweig, der unter ihrem Gewicht brach und ein unüberhörbares Knacken von sich gab.

Sofia erstarrte und schnellte herum. Die ertappte Wasserbändigerin machte fluchtartig kehrt und rannte einfach los. Der

Schock in ihren Knochen pumpte Adrenalin durch ihren Körper und ließ sie noch schneller laufen, wobei sie keuchen musste und ihre Augen sich unwillentlich mit Tränen füllten. Das war heute Morgen einfach zu viel für sie. Elena hätte mit jedem Menschen auf dieser Welt gerechnet, aber niemals, niemals hätte sie geglaubt, dass die Wahl der Tiergeister ausgerechnet auf dieses Mädchen fallen würde. Diese Wesen konnten doch nicht ganz bei Trost sein!

Ohne Pause rannte die Wasserbändigerin weiter, bis sie bei ihrem Klassenzimmer ankam, und blickte dabei nicht ein einziges Mal zurück. Sofia hatte nur noch eine blonde Haarspitze hinter der Mauer verschwinden gesehen, doch sie wusste genau, zu wem diese gehörte.

12. KAPITEL

Elena war entgegen ihrer Erwartungen gerade noch rechtzeitig zum Religionsunterricht gekommen. Herr König hatte zwar das Gesicht verzogen, als sie bloße zehn Sekunden vor Stundenbeginn ins Klassenzimmer gesprintet war, doch zu ihrem Glück hatte er nichts gesagt, sondern sich lediglich mit einem missbilligenden Kopfschütteln wieder seinen Unterlagen zugewandt. Jetzt saß die Wasserbändigerin in der letzten Reihe auf ihrem Stuhl und versuchte mit halbwegs wiedergewonnenen Nerven zu begreifen, was sie gerade gesehen hatte. Sofia war also die Feuerbändigerin. Zum Glück war das Mädchen im katholischen Unterricht, sodass Elena bis zu ihrem nächsten Zusammentreffen mit ihr noch etwas Zeit blieb. Sie überlegte, was sie dann tun sollte, und legte nachdenklich die Stirn in Falten. Sollte sie Sofia darauf ansprechen oder sollte sie doch lieber so tun, als sei nichts passiert? Wenn sie Letzteres täte, müsste sie ihre nun mehr oder weniger zur Mitstreiterin aufgestiegene Klassenkameradin anlügen und mit ihrer Mission würde sie auch nicht weiterkommen. Aber was sollte sie ihr denn sagen? Hallo Sofia! Du bist also die Feuerbändigerin. Das ist klasse, ich bin nämlich diejenige, die Wasser kontrollieren kann! Lass uns doch losgehen und zusammen gegen das Böse kämpfen!

Sofia würde den Schock ihres Lebens bekommen und sie obendrein für komplett bescheuert halten. Dennoch musste sie es ihr irgendwie sagen. Oder konnte sie es ihr vielleicht zeigen? Nein, dazu müsste sie öffentlich ihre Kräfte benutzen und das kam unter keinen Umständen in Frage. Elena stützte den Kopf in die Hände und seufzte ratlos. Dazu fand sie einfach keine Lösung.

Als es klingelte, war die Wasserbändigerin die Erste, die aus dem Klassenzimmer eilte. Sie wollte so schnell wie möglich weg von diesem Ort, bevor sie Sofia begegnete. Doch da hörte sie hinter sich das Geräusch nahender Schritte, die in zügigem Tempo auf sie zukamen. Elena lief in einem Anflug von Verzweiflung ein wenig schneller, um der unangenehmen Konfrontation zu entgehen, doch das half natürlich nichts.

„Warte, Elena!", hörte sie Sofia hinter sich rufen und bemerkte unbehaglich, wie sich die Blicke einiger fremder Schüler auf sie richteten. Gezwungenermaßen blieb Elena schließlich stehen und wandte sich mit einem letzten gequälten Augenaufschlag zur Decke um, um das unwillkommene und doch scheinbar unvermeidliche Gespräch hinter sich zu bringen, bevor eine öffentliche Szene daraus wurde.

„Was willst du?", fragte sie die auf sie zukommende Klassendiva knapp und mit einer unwillkürlichen Spur von Trotz in der Stimme, welcher die dahinter verborgene Unsicherheit zu kaschieren versuchte. Sie wollte eigentlich nicht gemein klingen, aber sie hatte irgendwie Angst vor dem, was nun kommen würde. Sofia hatte sie jetzt vollständig eingeholt und blieb direkt vor ihr stehen. Sie fasste Elena entgegen ihrer sonst eher zimperlichen Art bei den Schultern und sah sie eindringlich an.

„Können wir kurz reden?", fragte sie leise und mit beunruhigend untypischer Ernsthaftigkeit. „Allein?"

Elena schluckte schwer.

„Klar."

...

„Du warst das, oder? Du hast mich heute Morgen beobachtet …", begann Sofia zu sprechen, sobald sie in einer Ecke der Pausenhalle allein waren.

„Nein, ich …", wollte Elena sich verteidigen, aber als sie Sofias prüfenden Blick bemerkte, gab sie es resigniert seufzend auf.

„Ja, ich hab dich gesehen."

„Dann kennst du jetzt also mein Geheimnis?", hakte die inzwischen leicht unbehaglich wirkende Blondine noch einmal nach und Elena nickte stumm.

Das aufgestylte Mädchen atmete hörbar aus und schwieg für einen Moment, um das Gesagte zu verdauen.

„Gut, dann können wir ja jetzt endlich mit der Mission beginnen!", meinte sie dann und hob entschlossen den Kopf, ihre Arroganz war für den Augenblick wie weggespült. Als sie Elenas gänzlich verwirrten Blick bemerkte, fügte sie leise seufzend hinzu: „Ja, ich weiß, dass du die Wasserbändigerin bist. Ich war diejenige, die du neulich überschwemmt hast. So blöd bin ich auch nicht, weißt du? Ich kann dann schon irgendwann mal eins und eins zusammenzählen."

„Ach so, ja, stimmt!", erinnerte sich Elena und fasste sich an die Stirn, bevor sie aus einem plötzlichen Bedürfnis heraus mit entschuldigender Miene ergänzte: „Tut mir leid deswegen, das war echt keine Absicht."

„Ach was, selbst wenn es Absicht gewesen wäre, ich könnte dich irgendwo verstehen. Wir zwei sind noch nie so wirklich gut miteinander ausgekommen und um ehrlich zu sein, war ich auch nicht gerade nett zu dir in letzter Zeit. Aber weißt du, meine Eltern haben sich vor Kurzem getrennt und ich fürchte, ich hab das noch nicht so ganz verkraftet und lasse das manchmal an anderen aus."

Elena war ziemlich überrascht von diesem ehrlichen Geständnis, das sie nach dem morgendlichen Vorfall am allerwenigsten erwartet hätte. Mit einem Mal tat ihr das blonde Mädchen leid. Sofia blinzelte und schaute weg, um ihre aufkommenden Tränen zu verstecken, doch die vor ihr stehende Wasserbändigerin sah sie natürlich trotzdem.

„Ist schon okay", brachte sie daraufhin eilig und ein wenig unsicher hervor und lächelte Sofia mitfühlend an, was diese etwas zögernd, aber dankbar erwiderte.

„Ich glaube, wir sollten zu Geschichte", meinte die Feuerbändigerin dann und schüttelte kurz ihre Haare, um ihre gewohnte Selbstsicherheit wiederzugewinnen. Sie hatte Recht. Die Pause war schon fast vorüber und so machten sich Sofia und Elena zum ersten Mal seit Ewigkeiten zusammen auf den Weg zum Unterricht, wobei sie die erstaunten Blicke und Fragen ihrer Mitschüler einvernehmlich unkommentiert ließen.

13. KAPITEL

Nachdem sie nun ein Geheimnis teilten, begannen Elena und Sofia, sich immer besser zu verstehen und immer mehr Zeit miteinander zu verbringen. So wurden aus Feindinnen Freundinnen. Doch jetzt galt es, keine Zeit mehr zu verlieren. Sie mussten mit der Mission beginnen.

...

„Das", sagte Elena, klappte ihr Notizbuch auf und legte es zwischen sich und Sofia auf den Boden, „ist alles, was ich bisher herausgefunden habe."

Die beiden saßen im Zimmer der Wasserbändigerin auf dem Teppich und studierten nun gemeinsam Elenas Notizen. Sie hatte alles aufgeschrieben, was sie seit ihrer Vision an Magie erlebt hatte, bis hin zu dem Moment, an dem sie Sofias Geheimnis entdeckt hatte. Auch, wenn Sofia dieser Teil nicht sonderlich gefiel. Obwohl sie sich inzwischen gut verstanden, fiel es ihr immer noch schwer, Schwäche zu zeigen.

„Wow", meinte die Feuerbändigerin beeindruckt, nachdem sie fertiggelesen hatte, „so viel wusste ich bis eben noch lange nicht. Ich hatte seit meiner Vision keine magischen Erlebnisse mehr. Zumindest keine, an denen du nicht beteiligt warst."

Elena zuckte nur ratlos mit den Schultern. Sie selbst hatte ja auch keinen Schimmer, warum ausgerechnet sie so intensiv in diese Missionsgeschichte hineingezogen wurde. Ein völlig neuer Gedanke tauchte plötzlich in ihrem Kopf auf und noch bevor sie es verhindern konnte, rutschte es ihr heraus:

„Mal nur so aus Neugier, welches Tier ist dir im Traum erschienen?"

Sobald das letzte Wort über ihre Lippen gekommen war, biss sie rasch darauf, um ihr voreiliges Mundwerk zu zügeln, das bei Begeisterung oder Wissbegierde manchmal schneller war als ihr

Verstand. Vorsichtig warf sie einen Blick auf ihre neue Freundin, von der sie bei solchen direkten Fragen immer noch regelmäßig mit einer harschen Abfuhr rechnete. Die blieb jedoch immer öfter aus. So war es zu Elenas positiver Überraschung auch dieses Mal, als Sofia vollkommen entspannt antwortete:

„Es war ein Tiger. Sein Name war Zaton und er war der Geist der Feuerohrringe, die ich trage."

„Bei mir war es das Gleiche, bloß mit einem Delfingeist, Nimo. Glaubst du, dass die beiden sich kennen?", wollte Elena nun mit neuer Sicherheit wissen und beschloss dabei für sich, dass die Samthandschuhe, mit denen sie Sofia noch immer anfasste, wohl langsam der Vergangenheit angehören sollten, da sie ja anscheinend nicht mehr gebraucht wurden.

„Da bin ich mir fast sicher, immerhin haben sie uns zusammen auf eine Mission geschickt. Wenn sie die Geister der Element Tamers sind, dann müssten sie doch eigentlich zusammengehören, so wie die Tamers auch!"

„Stimmt", gab Elena ihr Recht und fügte dann aus einer spontanen Überlegung heraus hinzu: „Also, wenn wir beide in derselben Klasse sind, dann ist es gar nicht so unwahrscheinlich, dass die anderen beiden Hüter auch in unsere Klasse oder zumindest auf unsere Schule gehen. Es muss natürlich nicht sein, aber es wäre trotzdem möglich. Vielleicht sollten wir demnach erst einmal unsere Klassenkameraden genauer unter die Lupe nehmen."

„Gute Idee!", fand Sofia und knuffte ihrer Kameradin freundschaftlich grinsend in die Schulter.

„Was meinst du, wer würde am ehesten zum Elementbändiger taugen?"

Elena konnte daraufhin nur angestrengt seufzen.

„Ich weiß es nicht. Ich habe keine Ahnung, was sich Nimo und Zaton überhaupt dabei gedacht haben, ausgerechnet uns auszuwählen. Wir haben doch keine Ahnung von Magie!"

Die Wasserbändigerin vergrub das Gesicht in den Händen und gab einen frustrierten Laut von sich. Sofia umarmte sie tröstend.

„Hey, Kopf hoch! Ich bin mir sicher, dass wir das hinkriegen. Wir haben immerhin Elementkräfte und waschechte Geister, die uns helfen. So schwer kann das doch nicht sein!", entgegnete sie und setzte ein aufmunterndes Lächeln auf, das Elena schließlich einfach erwidern musste.

„Wahrscheinlich hast du Recht. Dann lass uns mal anfangen!", lenkte sie mit neuer Motivation ein und ihre Miene hellte sich wieder ein wenig auf.

„Fiona könnte eine Hüterin sein. Sie ist wirklich klug, und sie wüsste bestimmt, was in so einer Situation zu tun wäre", meinte sie dann und bewegte den Kopf abwägend von einer Seite zur anderen.

„Ja, vielleicht", antwortete Sofia ebenfalls mit nachdenklicher Miene.

„Was ist mit den Neuen?", fragte sie anschließend und brachte Elena damit zum Stirnrunzeln.

„Über die wissen wir noch zu wenig. Ich denke, wir müssen sie zunächst einmal besser kennenlernen. Erst dann können wir wirklich etwas über sie sagen. Außerdem sollten wir generell die Augen offen halten, vielleicht erfahren wir ja so noch mehr Nützliches.", entgegnete das Mädchen und erntete ein zustimmendes Nicken von Sofia.

„In Ordnung. Ich würde sagen, jeder konzentriert sich erstmal auf eine Person und versucht, mehr über sie herauszufinden. Ich fange mit Tanja an, okay?"

„Abgemacht", willigte Elena ein.

„Ich nehme mir Lisa vor, mal schauen, was ich über sie herausbekommen kann."

...

Gleich am nächsten Tag begannen die beiden Hüterinnen damit, ihren Plan in die Tat umzusetzen. Sie durften sich dabei allerdings nicht zu auffällig verhalten, damit die anderen sich nicht wunderten oder jemand womöglich noch ihrem ungewöhnlichen Geheimnis auf die Schliche kam. In der Mathestunde setzte Sofia sich also mit vollkommener Selbstverständlichkeit zu Tanja und begann, sich mit ihr zum Einstieg über ihre Hobbys zu unterhalten, wobei sie so gelassen tat, als wäre dieses Gespräch das Normalste auf der Welt. Die angesprochene, sonst sehr schlagfertige Schülerin war sichtlich überrascht, dass Sofia plötzlich so zugänglich war und reagierte zunächst ein wenig zögernd auf deren Annäherungsversuche, doch sie war auch ein herzlicher Mensch und schon bald waren die beiden in eine fröhliche Unterhaltung vertieft. Elena dagegen musste eigentlich gar nichts tun, denn als sie das Klassenzimmer betrat, kam Lisa auch schon mit einem breiten Lächeln auf sie zugelaufen und fing sofort an, wie ein Wasserfall zu reden. Sie erzählte in einer Tour von ihrer alten Schule und ihren dortigen Freunden und bat Elena, sie später einmal herumzuführen. Die ergriff die Gelegenheit natürlich beim Schopf und stimmte augenblicklich zu, was dazu führte, dass die beiden Mädchen sich für die erste Pause an der Haupttreppe verabredeten. Elena freute sich insgeheim diebisch, dass Lisa sich als so offen herausstellte. Mit einem zufriedenen Grinsen auf den Lippen ließ die Wasserbändigerin sich auf ihrem gewohnten Platz neben Laura nieder und konnte das Ende der Mathestunde bereits jetzt kaum mehr erwarten.

14. KAPITEL

„Das hier ist die Sporthalle und gleich daneben die Umkleidekabinen. Und wenn du den Gang geradeaus weitergehst, kommst du in die Mensa. Die kann ich dir auch gleich noch zeigen. Hast du bis hierher noch irgendwelche Fragen?"

Elena war mittlerweile schon seit zehn Minuten mit Lisa unterwegs und zeigte ihr das Schulhaus. Noch hatte sie leider nichts Nützliches bezüglich ihrer Mission herausgefunden, aber trotzdem war es nett, sich mit dem aufgeweckten Mädchen zu unterhalten. Jetzt allerdings schüttelte Lisa den Kopf.

„Nein, überhaupt keine. Es ist wirklich nett von dir, dass du mich herumführst. Wir könnten uns auch so mal treffen, das wäre bestimmt lustig!", schlug sie vor und strahlte Elena erwartungsvoll an.

„Klingt gut!", erwiderte diese lächelnd, auch wenn sie sich dessen eigentlich gar nicht so sicher war.

„Du hast mir noch gar nichts von dir erzählt. Was machst du denn so in deiner Freizeit?"

Vielleicht ergab sich ja da ein Treffer!

„Meistens bin ich irgendwo draußen und mache Sport, Radfahren oder Klettern am liebsten! Oder ich spiele Klavier, wenn das Wetter nicht so gut ist."

Lisa schien wirklich fast immer gut gelaunt zu sein. Elena bewunderte das insgeheim, und gleichzeitig wusste sie nicht genau, was sie von dem neuen Mädchen halten sollte. Zum größten Teil fand sie sie sympathisch, doch irgendetwas an ihr störte sie. Sie konnte nicht sagen, was es war. Sie wusste nur, dass diese Person etwas Schräges an sich hatte, so als wäre sie ein Puzzle, in dem irgendein Teil nicht richtig passte. Nur, dass man gar nicht wusste, welches Stückchen das überhaupt war. Ein wenig verärgert schob die Wasserbändigerin diese Spekulationen beiseite und ermahnte sich selbst in Gedanken:

„Das sind bestimmt nur Vorurteile. Ich sollte aufhören, so zu denken. Immerhin war ich auch mal neu hier und wenn die anderen damals nicht so nett zu mir gewesen wären, hätte ich wahrscheinlich ziemlich Probleme gehabt, mich einzufügen, so seltsam wie ich manchmal bin!"

Damit schaltete sie die fortwährend besorgte Stimme in ihrem Kopf auf stumm und zwang sich, ihre Aufmerksamkeit nun wieder voll und ganz dem Gespräch mit ihrem Gegenüber zu widmen.

„Und du schwimmst gerne, habe ich gehört? Ich liebe Wasser!", meldete sich Lisa gerade zu Wort und lächelte dabei immer noch ununterbrochen. In Elena dagegen kamen bei dieser Aussage augenblicklich die Erinnerungen an ihren letzten Schwimmausflug wieder hoch und sie fröstelte leicht bei dem Gedanken an ihren unfreiwilligen Magieausbruch, was sie sich jedoch nach außen hin nicht anmerken ließ.

„Ja, das stimmt. Ich schwimme aber nicht im Verein oder so, nur manchmal in meiner Freizeit. Ich schätze, wir werden davon dieses Jahr leider nicht allzu viel haben. Der Lehrplan soll ziemlich heftig sein!", antwortete sie mit in Falten gelegter Stirn und sah überrascht zur Seite, als Lisa tatsächlich über diesen Halbwitz lachte. Die Neue hob in einer beiläufigen Bewegung die Hand, um sich eine Haarsträhne aus dem Gesicht zu streichen. Da entdeckte Elena es und ihre Augen weiteten sich ein wenig vor Erstaunen.

Um Lisas Handgelenk lag ein Armband aus kleinen, grünen Perlen, die im künstlich weißen Licht der Deckenleuchte geheimnisvoll funkelten. Das Mädchen bemerkte nun ihren Blick und ließ den Arm daraufhin schnell wieder fallen.

„Das habe ich letzte Weihnachten von meiner Oma geschenkt bekommen. Ist so 'ne Art Glücksbringer für mich!", erklärte sie ein bisschen zu hastig, noch bevor Elena danach fragen konnte, und wechselte im nächsten Moment alles andere als unauffällig das Thema, indem sie sich nach den wichtigen Punkten der Hausordnung erkundigte.

„Ist ja interessant. Ich habe da eine andere Theorie …", dachte die Wasserbändigerin bei sich und grinste zufrieden in sich hinein, während sie scheinbar völlig ahnungslos auf die Frage ihrer Klassenkameradin einging. Dieses Detektivspiel klappte ja weitaus besser, als sie erwartet hatte!

Die restlichen fünf Minuten der Tour verliefen relativ ereignislos, abgesehen davon, dass Lisa ständig nervös auf ihr Armband schielte, wenn sie glaubte, dass ihr Gegenüber gerade nicht hinsah. Als die Schule am Mittag nach einer gefühlten Ewigkeit ihr Ende fand, vereinbarte Elena sofort ein Treffen mit Sofia und machte sich dann im Eiltempo auf den Weg nach Hause. Das musste sie ihr unbedingt erzählen!

15. KAPITEL

„Und was soll das jetzt beweisen? Elena, ich verstehe ja, dass du weiterkommen willst, aber so einfach ist das nicht! Es ist zwar interessant zu wissen, dass Lisa so ein Armband besitzt, aber deswegen ist sie noch lange keine Hüterin!"

Sofia war offensichtlich nicht ganz so begeistert von Elenas Entdeckung, wie diese gehofft hatte. Die beiden Mädchen hockten wieder einmal zusammen in Elenas Zimmer und berieten sich über die brisanten Neuigkeiten.

„Okay, du hast ja Recht. Das Armband macht sie nicht gleich zu einer Elementbändigerin. Aber das ist unsere einzige Spur, unser einziger Hinweis auf die Identität der anderen beiden! Wenn auch nur die kleinste Chance besteht, dass sie eine Hüterin ist, dann müssen wir das überprüfen!", erwiderte Elena und setzte eine entschlossene Miene auf, die wohl in etwa sagen sollte: „Das ist mein letztes Wort, und damit basta!"

Sofia seufzte resigniert.

„Na gut, wenn du meinst. Wir können uns das ja mal anschauen …"

Sie einigten sich darauf, dass sie Lisa am nächsten Tag zu zweit beobachten würden, denn bei Tanja hatte sich nichts Auffälliges ergeben.

Am Abend bekam Elena eine SMS von Tamara.

„*Hey, Elena :)*", schrieb sie,

„*Hast du mal wieder Zeit? Wir haben uns schon lange nicht mehr gesehen … Vielleicht morgen an unserer Eisdiele?*"

Ihre Freundin hatte Recht, seit dem Urlaub hatten sie nichts mehr voneinander gehört. Aber sie selbst hatte sich ja auch nicht mehr gemeldet. In Elena regten sich Schuldgefühle, da sie sich nicht um Tamara gekümmert hatte, und so zögerte sie kurz, bevor sie trotz allem notgedrungen antwortete:

„*Sorry, morgen kann ich leider nicht. Muss lernen :(Aber vielleicht ein anderes Mal!*"

Das war gelogen, obwohl sie wirklich dringend lernen müsste, aber der Französischtest war zum Glück verschoben worden und jetzt hatte sie wirklich Gewissensbisse. Die Wasserbändigerin schüttelte entschieden den Kopf und versuchte, diese unliebsamen Gedanken zu ignorieren. Sie hatte morgen wirklich keine Zeit, denn sie musste dringend mehr über Lisa herausfinden. Außerdem hatte sie vor, zusammen mit Sofia ihre Kräfte zu trainieren. Mittlerweile konnte sie auch kleine Wasserblasen entstehen lassen und diese für rund eine Minute halten. Zu ihrer Beunruhigung merkte Elena allerdings auch, dass ihre Fähigkeiten trotz des Trainingsfortschritts mit jedem Übungsdurchlauf schneller an ihre Grenzen kamen. Noch redete sie sich ein, dass dies in der Anfangszeit des Elementbändigens nur eine logische Begleiterscheinung sein musste. Nun ja, das stimmte schon ein Stück weit, aber sie hatte diese Normalitätsgrenze bereits überschritten, und wenn sie ehrlich mit sich war, dann war sie sich dessen auch bewusst. Das momentane Hauptproblem jedoch war, dass Elena nicht wusste, wo sie mit Sofia trainieren konnte. Mit Wasserkräften war das nie ein Problem gewesen, doch sie durften nicht riskieren, dass Sofia mit ihren Feuerkräften aus Versehen etwas in Brand setzte. Denn in diesem Fall konnte man nie wissen, ob aus einem Flämmchen nicht plötzlich ein Waldbrand wurde, zumal Sofia noch nie zuvor trainiert hatte. Es musste ein Ort sein, an dem sich möglichst nichts Brennbares befand, abgesehen von den Dingen, die sie selbst zum Versuch mitbringen würden. Außerdem musste es genug Licht geben, damit sie sahen, was sie taten, und es durfte für den Anfang nicht zu windig oder zu nass sein, damit das Feuer nicht gleich erlöschen würde. Und natürlich durfte sie dort niemand sehen. Sie brauchten einen Ort, der alle diese Bedingungen erfüllte. Einen Ort wie …

„Ich habs!", rief Elena aus, als ihr eine Idee in den Kopf schoss, und sie sprang wie elektrisiert von ihrem Bett auf. Eilig schnappte sie sich ihr Handy und schrieb mit flinken Fingern eine Nachricht an Sofia: *„Morgen Nachmittag um 3 in der Sonnensteinhöhle? (wegen Training)"*

Die Sonnensteinhöhle war eine gar nicht mal so unbekannte Höhle im Inneren eines naheliegenden Berghanges, doch sie war zu klein und unbedeutend, als dass sie von irgendwem besichtigt werden würde. Außerdem hatte sie einen Spalt in der Decke, durch den Tageslicht hineinfiel und für Helligkeit und eine halbwegs angenehme Temperatur sorgte. Nach drei Minuten ungeduldigen Wartens kam die Antwort von Sofia: *„Eine Höhle? Muss das sein?"*

Elena seufzte und fragte sich nur halbherzig, warum sie von dieser Reaktion nicht sonderlich überrascht war. *„Wo sonst?"*, entgegnete sie knapp und schmunzelte triumphierend, als gleich darauf ein *„Stimmt auch wieder"* seitens der Feuerbändigerin zurückkam. Zufrieden steckte Elena ihr Handy weg und gähnte.

„Schon Viertel vor zehn", dachte sie mit einem Blick auf ihren Digitalwecker. „Wenn ich morgen ausgeschlafen sein will, sollte ich jetzt mal ins Bett gehen." Und genau das tat sie dann auch, denn sie hatte eine vage Vorahnung, dass sie morgen all ihre Energie benötigen würde, um sich mit der Feuermagie auseinandersetzen zu können.

16. KAPITEL

Elena stand auf einer schönen Wiese voller Blumen. Die Mittagssonne strahlte hell und warm und es ging ein leichter Wind. Die Vögel zwitscherten. Genüsslich atmete sie tief ein und speicherte die Erinnerung an diese wunderbar frische Luft in ihrem Gedächtnis. Hier wollte sie bleiben. Hier gehörte sie hin. Alles um sie herum war friedlich und sie fühlte sich sicher und geborgen. Elena merkte, dass sie ein wenig schläfrig war und schloss kurzerhand unbesorgt für eine Weile die Augen. So kam es dazu, dass sie nicht sofort bemerkte, wie der Vogelgesang um sie herum langsam verstummte. Erst, als bereits völlige Stille herrschte, blickte die Hüterin wieder auf und sah sich leicht nervös um, sobald sie sich der seltsamen Veränderung bewusst wurde. Irgendetwas stimmte hier ganz und gar nicht.

Plötzlich entdeckte sie eine riesige schwarze Wolke, die von Osten her immer schneller auf sie zukam. In ihrem Inneren zuckten silbrige Blitze, während sie alles verschluckte, was ihr in den Weg kam. Übrig blieb nur ein schwarzes Nichts. Vor Schreck wie gelähmt schien Elena auf der Stelle Wurzeln geschlagen zu haben. Sie konnte sich nicht bewegen, ihr Körper verweigerte jede Reaktion und so musste sie mit versteinerter Miene dem sich rasch nähernden Monstrum zusehen, während ihre Gedanken sich in panischer Hast überschlugen.

Was in aller Welt war das? Jemand musste dieses Ding aufhalten, bevor es noch alles zerstörte! Aber wer und wie?

In ihrer Verzweiflung riss die Wasserbändigerin sich mit all ihrer verfügbaren Selbstbeherrschung aus ihrer Starre und sah sich hastig nach Hilfe um, konnte jedoch weit und breit niemanden entdecken. Verdammt! Sie musste unbedingt etwas tun, aber was konnte sie denn schon ausrichten? Aus der Not heraus erhob das Mädchen die Arme und versuchte mit aller Kraft, eine Eiswand nach oben zu ziehen, die jedoch sofort zwischen Elenas Fingern zersprang. Die kalten Splitter brannten auf ihrer Haut und ließen sie die Zähne zusammenbeißen. Dennoch startete sie sofort einen zweiten Versuch und scheiterte erneut kläglich, als das Erzeugnis ihrer Magie noch mickriger ausfiel als das erste. In einer letzten, hilflosen Anwandlung schleuderte die Hüterin eine Wasserkugel in die Wolke. Als diese wirkungslos von der Finsternis verschluckt wurde, begann Elena ohne eine weitere Sekunde abzuwarten, um ihr Leben zu rennen. Sie wusste nicht wohin, doch sie musste so schnell wie möglich weg von diesem Ort, an dem sie offensichtlich verdammt noch mal nichts ausrichten konnte. Die zuvor lähmende Angst trieb sie nun voran und so flüchtete sie so schnell sie konnte in Richtung Westen, dorthin, wo der Himmel noch blau war. Die dunkle Wolke hinter ihr kam mit bedrohlich zunehmender Geschwindigkeit immer näher und ihr dröhnendes Donnern schlug schmerzhaft gegen Elenas Trommelfelle, während sie außer Atem und ohne anzuhalten weiter querfeldein über die Wiese sprintete. Ihre Gedanken rasten und sie suchte fieberhaft nach einem Ausweg, fand aber keinen. Die Blumen unter den Füßen des Mädchens begannen zu welken und verloren ihre Farbe. Auch alle anderen Objekte um sie herum verschwammen zu einer schwarz-weißen und grauen Farbmasse, wie in einem alten Film, und als das zerstörerische Gewitter sie erreichte, zerfielen sie zu rußartigen Partikeln. Die Wasserbändigerin fühlte sich, als würde sie von innen heraus an der Verzweiflung und Hilflosigkeit zerbersten, die ihr Herz bis oben hin füllten. Sie musste es stoppen, sonst würde die Wolke alles vernichten, doch sie wusste nicht wie.

Elena wollte schreien, denn vielleicht, so dachte sie mit einem letzten Funken Hoffnung, war außer ihr ja doch noch jemand anderes in dieser gottverlassenen Gegend, aber es kam zu ihrem Entsetzen kein Laut über ihre Lippen. Jetzt war endgültig alles weg, was gut war, alle Geräusche, alle Farben, alle Hoffnung. Elena stieg das Wasser in die Augen, als sie mehr aus Reflex als aus eigenem Willen einfach weiterrannte, obwohl ihr spätestens ab diesem Moment klar war, dass es keinen Ausweg mehr für sie gab. Was war nur passiert? Warum hatte sie das nicht verhindern können?

Von ihren Tränen geblendet übersah Elena schließlich den dicken Ast, der vor ihr im absterbenden Gras lag, blieb prompt daran hängen und stürzte der Länge nach zu Boden. Das Letzte, was sie bemerkte, war ein stechender Schmerz in ihrem Fuß, bevor alles dunkel wurde und sie sich schreiend und schweißgebadet in ihrem Bett wiederfand.

17. KAPITEL

Da es bereits früher Morgen war, als sie erwachte, und da sie nach diesem Albtraum ohnehin nicht mehr eingeschlafen wäre, entschied Elena sich zum ersten Mal seit langem freiwillig für das Aufstehen. Sobald sie sich einigermaßen beruhigt hatte, besah sie sich vorsichtig ihren rechten Fuß. Wie sich herausstellte, hatte sie mit ihrer intuitiven Vermutung recht gehabt, auch wenn sie das in diesem Fall gar nicht wollte, denn ihr Knöchel war rot und geschwollen und pochte bei jeder Bewegung schmerzhaft. Der Traum hatte ihr also wieder ein reales Andenken zurückgelassen. Hieß das, dass er erneut eine visionäre Bedeutung hatte?

Seufzend und ohne diese Frage beantworten zu können, schwang die Wasserbändigerin die Beine über die Bettkante und versuchte, aufzustehen. Es gelang ihr sogar, doch der Fuß tat beim Auftreten höllisch weh, sodass sie sich erst mithilfe einiger holpriger Schritte an das Gefühl gewöhnen musste. Mit zusammengebissenen Zähnen humpelte das Mädchen langsam in Richtung Kleiderschrank und bereitete sich dabei gedanklich schon einmal darauf vor, sich über den heutigen Tag so wenig wie möglich von seiner Einschränkung anmerken zu lassen. Während sie die Schranktür öffnete, überlegte Elena, was sie anziehen könnte. Da das Wetter zwar bewölkt, aber nicht regnerisch werden sollte, entschied sie sich schließlich für ihre dunkelblaue Lieblingsjeans und ein weißes Shirt mit kleinen, schwarzen Punkten und langen, weiten Ärmeln, die am Bund wieder eng zusammenliefen. Außerdem streifte sie sich ein Paar schwarze Strickstulpen über die Füße, um ihre Verletzung so gut es ging zu verdecken und warf dann einen finalen, abschätzenden Blick in den Spiegel. Rasch vergewisserte sich Elena, dass die Wasserkette noch sicher um ihren Hals lag, und machte sich dann mit so viel Selbstvertrauen, wie sie den Umständen entsprechend aufbringen konnte, auf den Weg zur Tür. Dafür brauchte sie heute auch länger als gewöhnlich. In Gedanken fragte sich die Hüterin, wie sie diesen

Tag überstehen sollte, gab sich dann aber einen Ruck und zwang sich zu einem tapferen Lächeln. Sie musste optimistisch bleiben, auch wenn das im Moment gar nicht so einfach schien. Sie würde das schon schaffen.

Als sie den Schulhof betrat, wurde das Mädchen bereits von Laura erwartet. Elenas Freundin strahlte sie an und lief ihr mit ausgebreiteten Armen entgegen, um sie zur Begrüßung zu umarmen. Doch schon nach wenigen Metern blieb sie abrupt stehen und starrte Elena mit unverhohlener Entgeisterung an.

„Was ist denn mit dir passiert? Du humpelst ja!", rief sie erschrocken aus und beeilte sich dann, die letzten Meter der Distanz zu ihrer Klassenkameradin im Laufschritt zu überwinden. Diese bemühte sich weiterhin um eine überzeugend entspannte Mimik, verfluchte sich innerlich aber gleichzeitig für ihre offensichtlich mangelhaften Schauspielkünste. Eigentlich hätte sie sich denken können, dass Laura nicht auf ihr aufgesetztes Lächeln hereinfallen würde, denn dafür kannten sie sich schlichtweg zu gut. Mit Tamara wäre es genau dasselbe gewesen. Mit Sofia, nun gut, bei ihr hätte der Trick vielleicht sogar funktioniert, immerhin war sie noch nicht besonders lange mit Elena befreundet.

„Was hast du gemacht?", wiederholte Laura nun eindringlicher und suchte fragend den Blick der Hüterin, um darin zu erkennen, ob diese die Wahrheit sagte. Elena wunderte sich ein wenig über diesen scharfen Tonfall, das war gar nicht typisch für Laura.

„Es ist nichts. Alles gut", erwiderte sie und lächelte abermals so aufmunternd sie es vermochte, wusste allerdings schon in dem Moment, in dem sie diese Worte aussprach, dass Laura ihr das nicht glauben würde. Und natürlich behielt sie wieder einmal Recht.

„Hör auf mich anzulügen. Ich weiß doch, wenn mit dir etwas nicht stimmt."

Laura stand jetzt dicht vor ihr, und Elena erkannte große Sorge in den dunkelbraunen, leicht glasigen Augen ihrer Freundin, deren Anblick ihr das Herz schwermachte.

„Ich … ich bin umgeknickt, als ich gestern nach Hause gelaufen bin. Ist aber nicht so schlimm, das wird bald wieder!", improvisierte sie schnell und bemühte sich dabei um eine normale

Stimmlage, damit ihr Schwindel möglichst glaubhaft wirkte. Das dunkelhaarige Mädchen wollte gerade etwas Protestierendes entgegnen, als Elena zu ihrer insgeheimen Erleichterung plötzlich Sofia entdeckte, die vom anderen Ende des Schulhofs auf sie zugelaufen kam.

„Hey, schau mal wer da ankommt!"

Dankbar für diese Ablenkung stieß die Wasserbändigerin ihre Freundin an und deutete auf die nahende dritte Klassenkameradin, die jetzt, da sie die Aufmerksamkeit der beiden anderen Mädchen hatte, zur Begrüßung freundlich winkte.

„Hallo ihr zwei!", meinte Sofia wenige Augenblicke später gut gelaunt zu den Wartenden, als sie neben ihnen zum Stehen kam. Sie wollte gerade zu einer Frage ansetzen und sich, um ein sympathisches Auftreten bemüht, nach dem Befinden ihrer Mitschülerinnen erkundigen, als ihr Blick auf Elenas zur Entlastung leicht angehobenen Fuß fiel und sie stutzig innehielt.

„Was ist denn das? Hast du dich verletzt?", fragte sie erstaunt und in ihrer Stimme war aufrichtige Sorge zu erkennen, welche die Wasserbändigerin dieses Mal so sehr berührte, dass sie zunächst gar nichts darauf zu sagen wusste.

„Ja, wie du siehst, hat sie das.", antwortete Laura an ihrer Stelle knapp, noch bevor Elena wieder zu Wort kam. Laura verhielt sich immer noch misstrauisch gegenüber Sofia und machte sich auch nicht die Mühe, das in irgendeiner Form vor ihr zu verstecken. Elena konnte es ihr nicht wirklich verübeln, immerhin war es noch nicht lange her, dass Sofia sie alle wie Dreck behandelt hatte. Besagte Feuerbändigerin ignorierte jedoch Lauras unfreundlichen Ton und wandte sich jetzt wieder Elena zu, die ihr in dieser Situation scheinbar wichtiger war als ihr angegriffenes Ego.

„Wie ist das passiert?", wollte sie wissen und betrachtete die Hüterin mit ernstem Blick, in dem noch weitere, unausgesprochene Fragen Ausdruck fanden, die sie in Gegenwart einer nicht in die Magie eingeweihten Person wie Laura natürlich nicht stellen konnte.

„Erkläre ich dir später, aber ich glaube, es hat gerade gegongt. Wir sollten echt hoch gehen, sonst kriegen wir noch Ärger mit Frau Knopf!"

Elenas Einwurf machte deutlich, dass sie über dieses Thema jetzt nicht weiter sprechen wollte, und zu ihrer großen Erleichterung schienen ihre Freundinnen das, wenn auch etwas widerwillig, zu akzeptieren. Glücklicherweise hatte es tatsächlich zum Schulbeginn geklingelt, sodass Laura sie zwar ein bisschen komisch ansah, aber keine weiteren Fragen stellte. Zu allem Überfluss hatten sie jetzt allerdings in der ersten Stunde auch noch eine allgemeine Ausfrage über Englischvokabeln zu bestehen, und das würde nicht leicht werden, denn Elena hatte gerade wirklich anderes im Kopf.

18. KAPITEL

Achtlos warf Elena ihren Rucksack in die Ecke und ließ sich dann völlig erschöpft und mit einem tiefen Seufzer auf ihr Bett fallen. Uff, tat das gut! Sie war gerade erst zuhause angekommen und musste auch bald schon wieder los zu ihrem Treffen mit Sofia, aber zuerst brauchte sie dringend ein paar Minuten Ruhe nach diesem überdurchschnittlich anstrengenden Vormittag. Die Abfrage hatte die pflichtbewusste Schülerin zum Glück noch halbwegs erfolgreich hinter sich gebracht, aber danach war es mit ihrer Konzentration steil bergab gegangen. In der nachfolgenden Chemiestunde bei Herrn Schäuberle war Elena mehrmals eingedöst, solange, bis der Lehrer sie unsanft geweckt und ihr lautstark vor der ganzen Klasse den Sinn seines Unterrichts erklärt hatte. Während sich die Wasserbändigerin nach diesem Zwischenfall vor Peinlichkeit in Grund und Boden geschämt hatte, war ihr Knöchel auf beinahe das Doppelte seiner eigentlichen Größe angeschwollen und hatte somit dafür gesorgt, dass sie nun wirklich kaum noch laufen konnte. Sie brauchte für alle Strecken mittlerweile doppelt so lange wie normalerweise. Trotzdem wollte Elena ihr Training mit Sofia auf keinen Fall verpassen. Nachdem sie hungrig eine Portion Nudeln mit Tomatensoße heruntergeschlungen hatte, begann die Hüterin damit, ihren Rucksack für das Treffen umzupacken, damit sie rechtzeitig loskam und ihr genug Zeit für den Weg in aufgrund der Umstände gedrosseltem Tempo blieb. Sicherheitshalber steckte sie neben den beiden Flaschen Wasser auch einen Erste-Hilfe-Kasten zu ihrem Gepäck, man konnte ja nie wissen. Dann machte sich das Mädchen ausnahmsweise zu Fuß auf den Weg zur Sonnensteinhöhle, in der zuversichtlichen Hoffnung, dass schon irgendwie alles gut gehen würde. Das Wetter war der Jahreszeit entsprechend warm und fast schon schwül, sodass jeder Spaziergänger froh war, wenn ab und an eine kühlende Brise über die Felder wehte. Elena, die Wind generell gern hatte, bildete hier natürlich keine Ausnahme. Als sie an ihrem Zielort ankam, erwartete Sofia sie bereits mit einer seltenen Ausstrahlung von Tatendrang, den sie sich nur einen kurzen Augenblick lang dämpfen ließ, als sie die Wasserbändigerin deutlich weniger elegant als üblich auf sich zuhumpeln sah. Sie wusste inzwischen über die wahre Herkunft der Verletzung Bescheid und hielt sie ebenso wie die Betroffene selbst für äußerst beunruhigend, sprach dies aber vor dem Mädchen nicht aus, um Elena nicht noch weiter zu verunsichern. Die Feuerbändigerin saß, während sie all das dachte, im warmen Sonnenlicht, das durch die Öffnung in der Höhlendecke fiel, und dehnte sich mit lang ausgestreckten Beinen abwechselnd zur rechten und linken Seite. Dieser Anblick erinnerte Elena daran, dass sie heute eigentlich Tanzstunde gehabt hätte, und ihr begrüßendes Lächeln wurde ein bisschen wehmütig. Diese Termine würden in Zukunft wohl leider öfters ausfallen müssen, denn so gerne Elena auch dorthin ging, so klar war ihr auch, dass zum aktuellen Zeitpunkt andere Probleme Priorität hatten.

„Hi!", erhob Sofia mit munterem Tonfall die Stimme, sobald die Wasserbändigerin eine gewisse Nähe erreicht hatte.

„Da bist du ja. Sollen wir anfangen?"

„Ja, von mir aus gerne. Hast du dir denn schon was überlegt?", fragte Elena zurück und ließ sich ein wenig ungelenkig neben ihre Kollegin auf die aufgeheizten Steine fallen.

Sofia schüttelte daraufhin verneinend den Kopf.

„Sorry, aber ich habe mir darüber noch keine großen Gedanken gemacht. Vielleicht zeigst du mir erstmal etwas von deinen Fähigkeiten?", schlug sie dann vor und ahnte dabei natürlich nicht, dass sie soeben einen weiteren empfindlichen Punkt ihrer Partnerin getroffen hatte.

„Naja, also … in Ordnung, ich kann es versuchen. Aber sei bitte nicht enttäuscht, wenn es nicht so beeindruckend wird, wie du es dir vorgestellt hast!", willigte Elena schließlich trotz ihrer Skepsis ein und schloss dann aus alter Gewohnheit die Augen, um sich zu konzentrieren, während sie sich mühsam auf die Beine erhob. Es fiel ihr von Mal zu Mal schwerer, in ihre eigenen Fähigkeiten zu vertrauen, da sie diese mit jedem Versuch ein Stück weiter dahinschwinden spürte, und wenn sie behauptet hätte, dass diese Entwicklung ihr keine Angst machte, dann hätte sie glatt gelogen. Mit gespreizten Fingern und einiger Anstrengung formte die Bändigerin eine kopfgroße Wasserblase, die vor ihr in der Luft schweben blieb und tatsächlich einen faszinierend stabilen Eindruck machte. Dann ließ sie die hohle Kugel mit einem gänsehauterregenden Knistern langsam gefrieren und warf sie plötzlich und schwungvoll gegen die Höhlenwand. Die schleierhaft undurchsichtige Hülle zerbarst beim Aufprall mit einem durch Mark und Bein gehenden Knirschen in viele winzige Splitter, die daraufhin klirrend zu Boden fielen. Elena verwendete den letzten Rest ihrer Energie, um sie mit einer kleinen Welle wegzuspülen, und ließ anschließend das übrige Wasser durch eine knappe Handbewegung verdampfen. Sofia, die der kurzen Vorführung mit bewundernder Miene zugeschaut hatte, applaudierte nun anerkennend.

„Das war klasse!", gab sie beeindruckt zu und musterte ihre Freundin mit einer ganz neuen Art von Respekt. Die jedoch zuckte nur schwer atmend mit den Schultern und lehnte sich zurück, sodass die Steinwand ihren Rücken stützte. Diese eigentlich recht einfache Übung hatte sie viel mehr Kraft gekostet, als ihr lieb war, was sie bei ihrer momentanen Verfassung allerdings auch nicht wirklich verwunderte. Als sie wieder Atem geschöpft hatte, entgegnete die Wasserbändigerin:

„Ich übe auch jeden Tag. Wenn ich gesund bin, geht noch ein bisschen mehr, aber auch das ist jetzt nicht weltbewegend. Und dazu kommt außerdem noch diese merkwürdige Blockade aus dem Traum mit Nimo, von dem ich dir neulich erzählt hatte … Ich frage mich, wenn das Böse wirklich so mächtig ist, wie sollen wir es dann damit besiegen?"

Sofia runzelte die Stirn und schien über Elenas Worte nachzudenken.

„Da ist was dran. Hast du seit dieser Nacht noch mal versucht, Kontakt zu Nimo aufzunehmen? Er könnte dir vielleicht sagen, was los ist."

„Nein, aber die Idee ist mir auch schon gekommen. Lass uns am Montag genauer darüber reden, okay? Jetzt haben wir anderes zu tun."

„Okay, abgemacht. Dann lass uns mal anfangen!"

Sofia rappelte sich auf und stellte sich neben Elena, die ihren plötzlichen Elan mit belustigter Miene beobachtete.

„Alles klar, dann … versuch es doch zuerst mit einem klassischen Feuerball!", schlug die ein wenig erfahrenere Bändigerin ihrer Freundin vor und nickte ihr ermutigend zu, woraufhin diese entschlossen die Augen zusammenkniff und in einer etwas steifen Bewegung die Arme von sich streckte. Wenige Sekunden später brachte das Mädchen tatsächlich gleich beim ersten Versuch eine tennisballgroße Feuerkugel zustande, sodass Elena sich nicht zurückhalten konnte und ein freudig-stolzes Quietschen ihrem Kehlkopf entwischte. Als Sofia daraufhin vorsichtig die Augen öffnete und ihre Schöpfung erblickte, stieß sie vor Überraschung ebenfalls einen leisen Schrei aus.

„Hast du das gesehen? Es hat wirklich geklappt!", rief die Feuerbändigerin aufgeregt und verlor für einen Augenblick ihren Fokus und somit auch die Flammenkugel, woraufhin ein leises, enttäuschtes „Oh!" über ihre Lippen kam.

„Das hast du gut hingekriegt!", lobte Elena sie lächelnd und ergänzte: „Versuch's doch noch einmal!"

Mit etwas mehr Selbstsicherheit streckte Sofia die Arme erneut aus und hielt ihren festen Blick genau darauf gerichtet. Ehrfürchtig sah die Hüterin zu, wie sich zwischen ihren Händen ein orange-rot-glühender Feuerball bildete, der nun sogar die Größe eines Softballs erreicht hatte. Sie wusste augenblicklich, dass sie dieses unbeschreibliche Gefühl niemals vergessen würde.

Sofia und Elena übten noch eine gute Stunde lang weiter, das hieß, eigentlich übte nur Sofia. Elena saß weitestgehend am Boden und gab ihrer Freundin Tipps, denn nach dem vorherigen Bändigerkunststück brachte sie nun nicht einmal mehr einen Eiswürfel zustande. Erst, als es draußen allmählich dunkel wurde, machten die beiden Mädchen für diesen Tag Schluss mit dem Training und verstauten die Reste ihres mitgebrachten

Versuchsmaterials wieder in ihren Taschen. Sie vereinbarten, sich jede Woche einmal in der Höhle zu treffen, um sich auf einen eventuellen Kampf vorzubereiten, und gingen dann nach einer kurzen Umarmung zum Abschied getrennter Wege.

Als Elena schließlich wieder auf den altbekannten Feldweg trat, lächelte sie zufrieden. Das Training war gut verlaufen, und am nächsten Schultag würden sie gemeinsam weiter nach den anderen Hütern suchen. Sie kamen gut voran. Die blonde Wasserbändigerin marschierte entschlossen los und ignorierte die Schmerzen in ihrem Fuß, indem sie sich stattdessen auf ihre neu erstarkte Zuversicht besann. Sie würde Nimo nicht enttäuschen.

19. KAPITEL

In dieser Nacht schlief Elena ruhig. Sie träumte nichts, an das sie sich später erinnern konnte, und das war ihr im Moment auch ganz recht so. Dafür begann der Samstagmorgen mit einer sehr positiven Überraschung, denn als sie langsam erwachte und sich noch ganz verschlafen Stück für Stück ihres Körpers bewusst wurde, stellte sie ungläubig fest, dass ihr Fuß kaum noch schmerzte und die Schwellung auch schon deutlich abgeklungen war. Wie diese wundersame Heilung so schnell vonstattengegangen sein konnte, vermochte die Hüterin sich zwar nicht zu erklären, doch sie war darüber so froh, dass sie diese Entwicklung einfach dankbar hinnahm und sie nicht weiter hinterfragte. Das einzige weitere Zeichen von Magie am darauffolgenden Montagvormittag war das erneute Leuchten der Wasserkette zwischen der zweiten und dritten Stunde gewesen. Elena hatte es mittlerweile fast aufgegeben, sich zu fragen, warum die Kette das tat. Vermutlich wollte sie nur nicht vergessen werden und machte so auf sich aufmerksam.

„‚Die Kette will‘, so weit ist es also mit mir gekommen. Jetzt überlege ich schon, was eine Kette will. Jeder normale Mensch würde mich für verrückt erklären!", dachte die Hüterin kopfschüttelnd, während sie später im Englischunterricht Löcher in die Luft starrte. Irgendetwas davon musste sie wohl laut ausgesprochen haben, denn Laura neben ihr fragte sie verwirrt: „Was hat du gesagt? Wer will was? Ich muss schon sagen, in letzter Zeit bist du irgendwie merkwürdig … Stimmt etwas nicht mit dir?"

„Was soll denn mit mir nicht stimmen?", entgegnete Elena unschuldig lächelnd und verfluchte sich in Gedanken selbst dafür, dass sie so dumm gewesen war. Das durfte ihr nicht noch mal passieren!

Noch während die Wasserbändigerin sich über ihr Verhalten ärgerte, kam ihre Englischlehrerin Frau Knopf unheilverheißenden Schrittes auf sie zugestöckelt. Sie blieb vor Elenas Tisch stehen und sah streng zu ihrer Schülerin hinab.

„Elena Tarnow, das Reden im Unterricht ist verboten! Wenn es etwas Wichtiges gibt, dann teile es bitte uns allen mit!", tadelte sie missbilligend und zog eine Augenbraue hoch, als würde sie auf eine Ausrede warten, die jedoch nicht kam.

„Tut mir leid", entschuldigte Elena sich kleinlaut und senkte betreten den Kopf. Wieder einmal spürte sie, wie ihr diese verhasste Hitze in die Wangen stieg, und duckte sich daraufhin beschämt noch tiefer, um ihre Mitschüler nicht mehr als nötig an ihrer Verlegenheit teilhaben zu lassen.

„Das will ich doch hoffen. Und jetzt erledige bitte deinen Arbeitsauftrag, wir wollen hier ja heute noch fertig werden."

Mit diesen Worten und einem letzten, finsteren Blick drehte Frau Knopf sich um und ging zurück zum Pult, um mit der Korrektur der Schulaufgaben fortzufahren. Eigentlich war sie gar nicht so übel, doch wenn man ihre wenigen Regeln nicht einhielt, konnte sie sehr schnell ziemlich ungemütlich werden.

Elena widmete sich nun wie angewiesen wieder ihrem Blatt und begann endlich zu schreiben.

Als die Stunde zu Ende war, atmete sie erleichtert aus. Gerade hatte sie das Klassenzimmer verlassen und wollte sich in Richtung Pausenhof auf den Weg machen, als plötzlich Laura von hinten nach ihr rief und gleich darauf joggend zu ihr aufschloss, sobald die Wasserbändigerin sich mit fragender Miene halb umgewandt hatte.

„Hey Elena, hast du heute Zeit? Ich wollte dich fragen, ob du nach der Schule mit zu mir kommen willst. Das haben wir echt schon lange nicht mehr gemacht. Also, was meinst du?", fragte die Brünette erwartungsvoll, als sie neben ihrer Freundin zum Stehen kam, und wippte freudig auf den Zehenspitzen auf und ab. Sie schien sehr zufrieden mit sich zu sein, dass sie diesen Einfall gehabt hatte, und in ihrem Blick funkelte ehrliche Vorfreude. Schnell wog Elena im Kopf ihre Optionen gegeneinander ab. Eigentlich hatte sie ein wenig weiter trainieren wollen, vielleicht hätte sie auch versucht, Antworten auf ihre vielen ungelösten Fragen zu finden. Dann aber kam ihr ein anderer Gedanke und kurzerhand überlegte sie es sich anders. Sie hatte sich in letzter

Zeit nur noch mit der Magie beschäftigt und jetzt musste sie sich zwischendurch auch wieder um ihr normales Leben kümmern.

„Ja, gerne. Du hast Recht, das letzte Mal ist schon viel zu lange her!", antwortete sie schließlich lächelnd und wurde prompt mit einem breiten Strahlen belohnt.

„Großartig!", grinste Laura und boxte ihr freundschaftlich gegen die Schulter.

„Dann sehen wir uns später im Bus?"

„Abgemacht. Ich freu mich schon!", erwiderte Elena, und das entsprach dieses Mal tatsächlich voll und ganz der Wahrheit.

20. KAPITEL

Als Elena um Viertel nach eins gemeinsam mit Laura den langen Kiesweg betrat, der zu Lauras Haus führte, hörte sie bereits in einiger Entfernung das Geschrei vieler Vögel. Lauras Vater war Falkner. Das hieß, er trainierte Raubvögel. Gerade gewährte er seinen Schützlingen auf der Wiese hinter dem Wohngebäude eine Runde Ausflug. Laura liebte die Tiere und konnte stundenlang von ihnen erzählen, ohne dessen jemals müde zu werden. Auch dieses Mal zauberten sie ein glückliches Lächeln auf ihr Gesicht, als die beiden Freundinnen die Wiese betraten. Fünf Raubvögel kreisten in etwa fünfzehn Metern Höhe über dem Boden und ließen lautstark ihre Rufe über das Gelände schallen, als wollten sie dadurch ihre Überlegenheit gegenüber dem Rest der Welt demonstrieren. Mit einem Mal entfernte sich eines der kleineren Exemplare von den anderen und blieb unter schnellem Flügelschlagen in der Luft stehen. Wenn Elenas laienhafte Einschätzung nicht alles täuschte, handelte es sich dabei um einen jungen Falken, der die beiden Mädchen nun erspäht zu haben schien und erstaunlicherweise tatsächlich zum Sturzflug ansetzte. Knapp über Laura bremste er abrupt ab und blieb für einen Augenblick im Rüttelflug vor ihr schweben. Dann setzte er sich ohne jede Vorwarnung sanft auf Elenas Kopf und stieß einen kurzen, gellenden Schrei aus, woraufhin die Wasserbändigerin erschrocken zusammenfuhr. Verdattert und etwas hilflos sah Elena zu ihrer Freundin, die diesen Anblick scheinbar so urkomisch fand, dass sie sich vor Lachen kaum mehr auf den Beinen halten konnte. *Na du bist ja eine große Hilfe!*

Als Laura sich nach einigen atemlosen Japsern wieder gefasst hatte, streckte sie die Hand aus und nahm den Vogel mit für sie selbstverständlich wirkendem Geschick von Elenas Kopf.

„Entschuldigung!", meinte sie dann grinsend, strich dem Tier dabei mit ihrer freien Hand über sein braunes Federkleid und ergänzte: „Das hat er vorher noch nie gemacht. Darf ich vorstellen, das ist Figruan. Mein Vater hat ihn mir neulich zum Geburtstag geschenkt. Ist er nicht wunderschön?"

Entzückt betrachtete sie das junge Wesen, das daraufhin wie zur Bestätigung ihrer Worte mit dem Schnabel klackerte und seinen eleganten, schmalen Kopf neugierig schieflegte. Auch Elena musste ihrer Freundin rechtgeben, es war wirklich ein schöner Falke. Seine braunen Federn in unterschiedlichen Farbabstufungen glänzten im Sonnenlicht beinahe golden und seine klaren gelben Augen blickten klug und gleichzeitig lebhaft und freundlich um sich. Laura setzte den Falken von ihrer Schulter auf ihren Arm und hielt ihn hoch über ihren Kopf, um ihn dem Himmel so nahe wie möglich zu bringen. Figruan, der dies bereits zu kennen schien, stieß sich daraufhin mit einem lauten Schrei ab und erhob sich energisch flatternd in die Lüfte. Die beiden Mädchen sahen ihm noch eine Weile zu, wie er immer höher stieg und zum Rest seiner Gruppe zurückkehrte, dann machten sie sich in einvernehmlich guter Stimmung auf den Weg nach drinnen. An diesem Nachmittag verbrachte Elena einige der schönsten Stunden seit Ewigkeiten. Genau wie früher alberte sie sorglos mit ihrer Freundin herum, sie machten gemeinsam Pfannkuchen, von denen etwas weniger als die Hälfte anbrannte, und danach kurvten sie draußen mit Inlineskates die kleine Teerstraße entlang. Später, als sie sich genug ausgepowert hatten, machten es sich die beiden Mädchen zusammen in Lauras Zimmer auf der Couch bequem und quatschten einfach eine Weile über alles Mögliche, während sie sich von der Hitze erholten.

Es war ein schöner kleiner Raum, hell und luftig und in dezenten Grau- und Blautönen gehalten. Laura hatte eine ihrer Wände vor etwa einem halben Jahr himmelblau gestrichen und die daran befestigten Regale trendbewusst mit kleinen Kakteen ausgestattet, die sie bis zum heutigen Tag sorgfältig pflegte. Das Fenster wurde von schlichten, kiesfarbenen Vorhängen umrahmt und auf dem Boden lag ein dunkelgrauer Fransenteppich, der mit der Zeit zwar ein wenig ausgebleicht, aber immer noch sehr schön war. Alles in allem war es gemütlich und trotzdem mit Stil eingerichtet, und man sah auf den ersten Blick, dass

Laura ein sehr sportliches Mädchen war. Über dem Schreibtisch hingen einige ausgewählte Urkunden aus dem Schwimmverein und präsentierten die wichtigsten Meilensteine in dem Hobby, das neben ihren Raubvögeln Lauras ganzer Stolz geworden war.

Als Elena sich schließlich abends gegen halb sechs verabschiedete, war sie so entspannt wie schon lange nicht mehr. Glücklich summte sie im Bus eine namenlose Melodie vor sich hin und behielt diese anschließend noch den ganzen Fußweg bis zu ihrer Straße bei, da sie irgendwie Gefallen daran gefunden hatte. Zuhause sah es leider gleich ein wenig anders aus. Sie hatte fünf verpasste Anrufe von Sofia und eine Nachricht auf der Mailbox. Elena wurde bewusst, dass sie ihr Handy bei Laura tatsächlich kein einziges Mal überprüft hatte, und sie musste zugeben, dass sie von dieser Feststellung ein wenig beeindruckt war. So etwas kam bei ihr durchaus nicht alle Tage vor.

Trotzdem machte sie sich nun, da sie das Ergebnis dieser Ignoranz sah, ein bisschen Sorgen und rief deshalb direkt zurück.

„Elena?", meldete sich Sofia nach dem dritten Klingeln am anderen Ende der Verbindung und redete sofort weiter, ohne eine Antwort abzuwarten: „Du musst unbedingt vorbeikommen, ich habe wichtige Neuigkeiten!"

Ihre Stimme klang so untypisch aufgeregt, dass die Wasserbändigerin augenblicklich neugierig wurde.

„Alles klar, bin in fünfzehn Minuten bei dir!", antwortete sie und legte auf, während sie bereits wieder in ihre Sneaker schlüpfte. Elenas Mutter war von ihrem Plan, gleich noch einmal zu einer Freundin zu entschwinden, nicht so begeistert, gab nach einigem Bitten aber schließlich doch ihre Zustimmung.

„Denk daran, pünktlich zum Abendessen bist du wieder da!", rief sie ihrer Tochter noch hinterher, als diese schon die Haustür hinter sich zuzog, und bekam keine Antwort mehr außer dem klackenden Geräusch des Türschlosses.

„Was kann denn so wichtig sein, dass es nicht bis morgen warten kann?", überlegte Elena, während sie auf ihr Fahrrad stieg, und legte dabei automatisch nachdenklich die Stirn in Falten.

Sie hatte auf die Schnelle nur eine Umhängetasche mit ihrem Handy, dem Notizbuch und einem Stift mitgenommen, um die wichtigsten Details zu dokumentieren, falls Sofia tatsächlich etwas Neues herausgefunden haben sollte. Die Hüterin war mittlerweile wirklich gespannt auf das, was nun folgen würde, und so legte sie trotz ihres bei der unnatürlichen Tretbewegung wieder ein wenig rumorenden Knöchels einen Zahn zu, um schneller zu den Antworten zu gelangen, die sie so brennend interessierten.

21. KAPITEL

Sofia lehnte mit verschränkten Armen an der Außenwand ihrer Garage, als Elena in die entsprechende Straße einbog, und schien bereits seit einer Weile ungeduldig auf deren Ankunft zu warten. „Da bist du ja endlich! Komm schnell rein, wir haben nicht so viel Zeit!", rief sie ihrer Freundin entgegen, sobald diese in Hörweite kam, und trommelte unbewusst mit den Fingerspitzen einen nervösen Rhythmus gegen die hölzernen Bretter.

„Meine Güte, sie muss ja wirklich eine krasse Entdeckung gemacht haben, wenn sie sich ihre Aufregung sogar anmerken lässt!", war der erste Gedanke, der der heranrollenden Wasserbändigerin daraufhin durch den Kopf schoss und ihre eigene Aufregung nur noch weiter anstachelte.

„Schieß schon los!", forderte das Mädchen die Feuerbändigerin deshalb knappe fünf Minuten später auf, kaum dass diese ihre Zimmertür hinter sich geschlossen hatte. Sofia nickte nunmehr beschwichtigend und schien für einen kurzen Augenblick zu überlegen, wie sie ihre Erklärung am besten aufziehen konnte, bevor sie sich für die wohl einfachste Variante entschied und schlichtweg mit der wichtigsten Information zuerst herausrückte.

„Also gut, pass auf. Ich glaube, ich habe eine Nachricht von Zaton erhalten!", verkündete sie ohne weitere Umschweife in vor lauter Eifer hastigem Ton und wartete mit gespanntem Blick auf Elenas Reaktion. Die fiel allerdings bei Weitem weniger euphorisch aus als erwartet, denn anstatt eines freudigen Strahlens runzelte die Wasserbändigerin erstmal ungläubig die Stirn.

„Wie denn das?", fragte sie skeptisch und musterte ihre Freundin prüfend, der ein wenig Enttäuschung über die nicht erwiderte Begeisterung jetzt deutlich anzusehen war. Die Feuerbändigerin schnaubte leicht angenervt, hob dann aber trotz ihres Widerwillens zu einer ausführlicheren Erklärung an.

„Dir ist doch bestimmt aufgefallen, dass die Tamers manchmal leuchten, oder? Heute ist das bei mir wieder passiert und diesmal konnte ich Zatons Stimme hören. Es war zwar nur ganz kurz, aber ich bin mir ziemlich sicher, dass er es war."

„Was hat er denn gesagt?", hakte Elena weiter nach und lehnte sich mit nun schon viel interessierterer Miene ein Stück nach vorn. Jetzt war sie wirklich neugierig geworden.

„So genau konnte ich es nicht verstehen, aber ich glaube, er sagte, wir sollten uns beeilen. Er meinte, der nächste Vollmond sei schon sehr nah, und dann sollten wir ihn und Nimo am Ursprungsort der Element Tamers treffen. Sagt dir das irgendwas?", gab die mittlerweile milder gestimmte Sofia bereitwillig Auskunft und hängte gleich noch eine Frage an ihre Erläuterungen an, um sich endlich die fremde Einschätzung zu holen, wegen der sie Elena ursprünglich zu sich gerufen hatte. Abwartend musterte sie ihr Gegenüber und schöpfte Hoffnung auf eine hilfreiche Antwort, als das Mädchen tatsächlich nachdenklich zu werden schien.

„Ja, warte mal …"

Elena kramte in ihrer Tasche und zog einige Augenblicke später das Notizbuch daraus hervor. Konzentriert begann sie darin zu blättern und fuhr mit dem Finger über die Zeilen, um sich nicht zu verlesen, bis sie mit einem Mal innehielt und die Augen entziffernd zusammenkniff.

„Da!", rief sie dann aus und zeigte triumphierend auf eine Ansammlung von Stichpunkten, die in eng verschnörkelter Handschrift auf die Mitte der aktuellen Seite geschrieben waren.

„Erinnerungen an die Vision, Elena", las Sofia laut, „Hüterin des Wassers; Mission: Das Böse aufhalten, andere Hüter finden; Treffen mit Nimo beim nächsten Vollmond am Ursprungsort …"

An dieser Stelle stoppte sie, doch Elena übernahm augenblicklich das Wort, um eine unbehagliche Stille gar nicht erst entstehen zu lassen.

„Das hat Nimo zu mir gesagt, kurz bevor die Vision aufgehört hat. Aber er hat nichts darüber verlauten lassen, wo dieser Ort ist. Hat Zaton vielleicht irgendwas erwähnt?"

Hoffnungsvoll studierte die Wasserbändigerin die Miene ihrer Freundin, die im Anschluss an ihre Worte zuerst einen nachdenklichen und dann bedauernden Ausdruck annahm und schließlich von einem resignierten Kopfschütteln gefolgt wurde.

„Nicht, dass ich wüsste! Sie haben uns beiden so ziemlich das Gleiche gesagt …", erwiderte Sofia entschuldigend und versuchte sich in einem hilflosen Lächeln.

„Dann müssen wir Ort und Datum also auch noch herausfinden. Aber wie? Eigentlich können wir ja nur auf eine weitere Nachricht der Tiergeister hoffen", überlegte Elena weiter und legte angestrengt die Stirn in Falten. Irgendeine Möglichkeit musste es doch geben! Sofia neben ihr tippte unterdessen schon wieder auf ihrem Handy herum.

„Kannst du mir vielleicht mal helfen?", merkte die Wasserbändigerin spitz an und ärgerte sich ein wenig über ihre Freundin, die das Ganze scheinbar schon aufgegeben hatte. Besagte Blondine verdrehte daraufhin die Augen und ließ das kleine Gerät sinken, um dem genervten Blick ihrer Mitstreiterin unbeeindruckt zu begegnen.

„Ist ja gut, beruhig dich. Ich hab nur nachgeschaut, wann der nächste Vollmond ist, da gibt es so Online-Mondkalender."

„Und?"

„Nur noch neunzehn Tage."

Sofia gab ihre kühle Front jetzt auf und legte das Kinn auf die Schulter ihrer Freundin, um einen Blick auf deren Notizen zu werfen. Elena ihrerseits schnappte sich ihren mitgebrachten Kugelschreiber und schrieb „*Vollmond Vorbereitungen*" als Überschrift auf eine neue Seite. Darunter notierte sie ihrem spontanen Gedankenfluss folgend in Stichpunkten, was sie für dieses geplante Treffen noch alles herausfinden beziehungsweise vorbereiten mussten, und sprach ihre Überlegungen gleichzeitig laut aus, damit Sofia ihr folgen konnte.

„Also, zuerst einmal müssen wir die anderen beiden Hüter von Luft und Erde finden. Letzteres ist vielleicht Lisa, wir sollten sie also genau im Auge behalten. Aber wir dürfen auch die anderen Leute nicht aus dem Blickfeld verlieren, für Luft haben wir ja immer noch keine Spur. Dann müssen wir noch weiter trainieren, damit wir stark genug sind, falls es früher oder später zum

Kampf mit dem Bösen kommt. Und außerdem sollten wir weiter Informationen über alles sammeln, was irgendwie mit Magie und deren Legenden zu tun hat, dann finden wir vielleicht neue Hinweise, die uns das ganze Mysterium verständlicher machen. Dazu könnten wir mal in der Stadtbibliothek gucken, da müsste es doch einige Bücher über solche Mythen geben."

Mit einem geräuschvollen Ausatmen brachte die Wasserbändigerin ihre rasch heruntergeratterte Rede zu einem Ende und legte eine kurze Pause ein, bevor sie noch hinzufügte: „Sonst noch etwas?"

Sofia schien kurz nachzudenken, bevor sie antwortete: „Das passt eigentlich soweit. Nur eins noch, wir dürfen das Böse nicht vernachlässigen. Falls uns irgendetwas Merkwürdiges auffällt, besprechen wir es sofort miteinander. Okay?"

„Abgemacht. Wir sollten uns aber auch überlegen, was wir die Geister fragen müssen. Je nachdem, wie viel Zeit wir bei dem Treffen haben, vergessen wir sonst noch etwas Wichtiges", meinte Elena und ergänzte akribisch ihre Aufzeichnungen, noch während sie ihren Satz zu Ende sprach.

„Ich würde sagen, wir machen uns eine Liste mit allen Fragen, die uns wichtig erscheinen. Da schreiben wir dann alles auf!"

Sofia verdrehte in übertrieben gespielter Verzweiflung die Augen.

„Du und deine Listen!", stöhnte sie, willigte dann aber ein: „Von mir aus. Aber pass bloß auf, dass du deine Notizen nicht verlierst!"

„Keine Sorge, ich pass schon auf. Jetzt muss ich aber langsam gehen, sonst kriegt meine Mutter noch die Krise!", erwiderte Elena und musste dabei tatsächlich ein bisschen grinsen, wovon sich ihre Gastgeberin unweigerlich anstecken ließ.

„Dann bis morgen!", verabschiedete diese die Wasserbändigerin jetzt und ergänzte anschließend noch eine Spur ernster: „Schreib mir bitte sofort, wenn du etwas Neues entdeckst, die Zeit ist knapp!"

22. KAPITEL

Unsanft flog der Wecker durch Elenas Zimmer und landete dann mit einem hässlichen Geräusch auf dem Boden, wo er liegen blieb und zum Leidwesen seiner Besitzerin unbeirrt weiterklingelte. Stöhnend schnappte Elena sich das kleine Gerät und schaltete es endgültig ab. Noch ein Montag! Doch als ihr Blick auf die Uhrzeitanzeige fiel, war sie mit einem Mal hellwach. So ein Mist, sie hatte schon wieder verschlafen! In zwanzig Minuten fuhr ihr Zug ab! In plötzlicher Eile schlüpfte das Mädchen in ihre bereitliegende Kleidung, schnappte sich ihre Schultasche und hastete dann hinunter zum Frühstück, welches sie ebenfalls in Rekordzeit hinter sich brachte. Am Bahnhof angekommen schaffte die Jugendliche es gerade noch, in den Zug zu springen, bevor sich die Tür hinter ihr schloss und das grüne Leuchten des Öffnungsknopfes erlosch. Keuchend ließ Elena sich auf einen Sitz fallen und die Bahn setzte sich in Bewegung. Heute wollte sie, wie schon die bisherigen vier Wochentage seit ihrem letzten Strategiegespräch, mit Sofia zusammen nach dem Luftbändiger Ausschau halten. Insbesondere Lisa stand weiterhin unter genauer Inspektion. Inzwischen hatte Elena das Mädchen schon mehrmals dabei beobachtet, wie es, wenn es allein zu sein glaubte, sein unverkennbares grünes Armband betrachtete und dabei mit angestrengter Miene unverständliche Worte vor sich hinmurmelte, als wollte es irgendetwas beschwören. Von diesem äußerst verdächtigen Verhalten hatte sich sogar die misstrauische Sofia endlich überzeugen lassen, und jetzt suchten die beiden Bändigerinnen nach einem Weg, ihrer vermeintlichen Mitstreiterin ihre Identitäten zu offenbaren. Von dem Lufthüter jedoch fehlte immer noch jede Spur, und so sah Elena sich besonders aufmerksam um, als sie eine gute Weile später um kurz vor acht das Klassenzimmer betrat. Auf den ersten Blick war alles so wie immer. Eine Gruppe von Schülern, die in alter Klischeemanier nur aus Jungs bestand, warf im Eifer eines für Außenstehende unverständlichen Gefechts

Stifte durch die Gegend und jagte sich laut grölend durch den Klassenraum. Bei den Mädchen ging es unterdessen um einiges ruhiger zu, manchen war sogar die Wochenendsmüdigkeit noch deutlich anzusehen und sie beteiligten sich vornehmlich durch Nicken und vereinzeltes Gähnen an der allgemeinen Konversation. Tanja für ihren Teil gehörte nicht zu ihnen. Munter wie eh und je saß sie mit Fiona und Laura auf einem Tisch und erzählte ihnen wild gestikulierend irgendetwas von ihrem letzten Urlaub, während eine Reihe weiter hinten Lisa Sofia in ein Gespräch verwickelt hatte. Diese lauschte ihrem Gegenüber gespannt, um sich ja keine der möglicherweise aufschlussreichen Informationen entgehen zu lassen. Elena währenddessen stand immer noch ein wenig unentschlossen im Türrahmen und beobachtete Sarah und Verena, zwei Klassenkameradinnen, mit denen sie in diesem Jahr bisher erstaunlich wenig zu tun gehabt hatte und die ihr darum nun besonders ins Auge fielen. Die beiden waren beste Freundinnen und gehörten zu den bestvernetzten Personen der ganzen Klasse. Wann immer etwas organisiert, geplant oder vorbereitet werden musste, waren sie sofort mit Rat und Tat zur Stelle und aus diesem Grund auch relativ beliebt. Gerade diskutierten sie etwas abfällig über die Lieferzeiten eines Onlineshops, den sie scheinbar gerade erst entdeckt hatten und der sie nach anfänglicher Begeisterung schnell enttäuscht zu haben schien. Im Gegensatz zu Lisa hatte sich Emily, die andere Neue, nicht gerade Mühe gegeben, Anschluss zu finden. Sie redete generell kaum und wenn sie doch einmal etwas sagte, dann war es entweder eine abweisende Bemerkung oder der Lehrer hatte eine Frage gestellt und sie musste sie beantworten. Die meisten hatten sie längst als Zicke abgestempelt und beachteten sie gar nicht mehr, wenn sie wieder einmal in der Ecke saß und auf ihren Block kritzelte. Elena hätte sie zugegebenermaßen ganz gerne besser kennengelernt, aber solange sie niemanden an sich heranließ, konnte man da wohl nichts machen. Jetzt endlich hatte Sofia die Anwesenheit der Wasserbändigerin bemerkt und kam mit einem gutmütigen Grinsen auf sie zu, um sie zu begrüßen. Auch Laura war von ihrem Platz aufgestanden und gerade im

Begriff, dasselbe zu tun, als sie die ihr verhasste Blondine auf Elena zulaufen sah und mitten in der Bewegung innehielt. Ihr Gesichtsausdruck veränderte sich bei diesem Anblick wie gewohnt ins Negative, trotzdem war es heute irgendwie anders als sonst. Dieses Mal schaute sie nicht verärgert, sondern eher etwas nachdenklich drein, während sie Sofia hinterherblickte. Elena nahm davon selbstverständlich ebenfalls Notiz und freute sich innerlich über diese Entwicklung, denn sie wies darauf hin, dass Laura ihr Misstrauen gegenüber Sofia langsam abzulegen begann. Vielleicht könnten sie ja irgendwann alle drei Freundinnen sein. Die Wasserbändigerin für ihren Teil hoffte es sehr. Sie winkte Laura kurz zu und schenkte ihr ein freundliches Lächeln, bevor sie sich an ihre andere Freundin wandte, die mittlerweile bei ihr angekommen war.

„Hi!", begrüßte Sofia sie gut gelaunt und stützte unternehmungslustig die Hände in die Hüften.

„Hi!", erwiderte Elena und behielt ihr fröhliches Strahlen bei, das ihre Stimmung mit jedem verstreichenden Moment automatisch ein wenig weiter anhob. Etwas leiser und in gedämpfter Stimmlage fuhr sie fort: „Hast du schon irgendwas Neues?"

Die Feuerbändigerin schüttelte bedauernd den Kopf.

„Bis jetzt leider nicht. Lisa hat mir gefühlte zwei Stunden von ihrem Hund erzählt, ein dreijähriger Mischling mit einer Vorliebe für alte Socken."

Sofia verdrehte die Augen und Elenas Grinsen wurde unwillkürlich noch ein Stückchen breiter.

„Na ja, immerhin ist sie sehr aufgeschlossen …", kommentierte sie dann mit halbherzigem Optimismus und wurde dafür mit einem ironischen Schnauben ihrer Gesprächspartnerin belohnt.

„Ja ja. Mach dich ruhig lustig, aber jetzt müssen wir dringend den Luftbändiger finden", entgegnete Sofia etwas säuerlich und verschränkte die Arme vor der Brust, wodurch sie Elena, ohne es zu wissen, auf eine Idee brachte.

„Schon gut, aber meinst du nicht, wir sollten vielleicht auch mal Hinweise auf unsere eigenen Identitäten geben? Die anderen suchen sicher auch nach uns, und falls sie wirklich in unserer

Klasse sind, reagieren sie möglicherweise darauf", fasste sie ihren Einfall in Worte, ohne weiter darüber nachzudenken. Sie sah Sofia erwartungsvoll an, da es ihr zumeist sehr schwer fiel, ihre Meinung einzuschätzen. Die Miene ihrer Freundin aber hellte sich auf, als hätte jemand in ihrem Kopf eine neue Glühbirne angeknipst.

„Natürlich! Daran hab ich noch gar nicht gedacht!", rief sie vor Begeisterung ein bisschen zu laut aus und hatte deshalb im nächsten Moment Elenas Zeigefinger auf den Lippen, der sie in ihrem Redeschwall bremsen und verhindern sollte, dass sie ihr großes Geheimnis aus Versehen ausplauderte.

„Sorry", entschuldigte Sofia sich wenige Augenblicke später bedeutend leiser, sobald ihre Freundin wieder von ihr abgelassen hatte. Sie wollte gerade noch etwas sagen, als Frau Haase mit einem quietschenden Rucken ihres Stuhls vom Pult aufstand und sich vor die Tafel stellte, um mit dem Unterricht zu beginnen.

„Wir reden später weiter!", raunte Elena Sofia noch schnell zu und huschte dann schleunigst auf ihren Platz, um dem unterschwellig tadelnden Blick ihrer Lehrerin zu entgehen.

23. KAPITEL

Während des Unterrichts gab sich Elena große Mühe, ihre Klassenkameraden nicht aus den Augen zu lassen. Das war gar nicht so leicht, denn ihre Lehrerin redete beinahe ununterbrochen von unterschiedlichen Kunstepochen und so musste die Schülerin höllisch aufpassen, dass sie in dem Durcheinander nicht den Faden verlor. Irgendwann gab sie es auf und malte stattdessen einen in ihrem Zeichenstil ausgeschmückten Wassertropfen und ein grobes Abbild ihres Amuletts auf einen Papierfetzen. Am Ende der Stunde ließ sie diesen unauffällig kurz vor der Tür fallen, sodass man die Zeichnung im Vorbeigehen sehen konnte, wenn man an die richtige Stelle sah. Diesen Hinweis würde nur ein Hüter verstehen und wenn einer der beiden anderen den Zettel entdeckte, würde er sie vielleicht schneller finden. In der Hoffnung, dass ihr spontaner und zugegebenermaßen nicht besonders einfallsreicher Trick klappen würde, verließ Elena das Klassenzimmer und spurtete hinter Sofia her, die bereits auf dem Weg in die Aula war. Als sie ihre Freundin eingeholt hatte, schlich sie sich leise an und umarmte sie von hinten. Sofias Mund verzog sich zu einem Lächeln und sie lehnte ihren Kopf sacht gegen Elenas. Seit ihrer Friedenschließung waren die beiden unzertrennlich geworden. Wie auch ihre Elemente waren sie sehr verschieden und in einigen Charakterzügen fast schon gegensätzlich, kamen aber ohne einander auch nicht aus.

Plötzlich verfinsterte sich Sofias Miene von einer Sekunde auf die nächste und sie verengte die Augen zu Schlitzen.

„Was ist denn los?", fragte Elena besorgt und löste sich von ihrer Freundin, um ihr besser ins Gesicht sehen zu können. Die Feuerbändigerin schüttelte beunruhigt den Kopf und blickte sich dann unauffällig nach allen Seiten um, als suche sie nach dem Auslöser ihrer unvorhergesehenen Nervosität.

„Ich weiß es nicht genau, aber irgendwas stimmt nicht", erwiderte Sofia angespannt und griff nach ihren Ohrringen, die gleichzeitig mit Elenas Kette zu leuchten begonnen hatten. Die Wasserbändigerin begann jetzt ebenfalls um sich zu blicken und allmählich beschlich auch sie eine böse Vorahnung. Es war verdächtig ruhig, und eine unheilverheißende Spannung hing unverkennbar bedrückend in der Luft.

„Du hast recht, jetzt spüre ich es auch. Was könnte das sein?"

Es kam keine Antwort, aber das hatte sie auch nicht erwartet. Unsicher blieben die beiden stehen und versuchten, die Ursache dieser Stimmung zu ergründen, ohne dabei das Aufsehen ihrer Mitschüler zu erregen. Das seltsam beklemmende Gefühl verstärkte sich mit jedem verstreichenden Herzschlag weiter und die Elementbändigerinnen wurden zunehmend unruhiger. Dann, wie auf ein unsichtbares Kommando, ertönte aus dem von den Hüterinnen kurz zuvor verlassenen Korridor ein spitzer, gellender Schrei unmittelbar gefolgt von einem lauten Rauschen, bevor etwas Schweres krachend zu Boden fiel. Ohne eine weitere Sekunde zu zögern, rannte Elena los und in den Gang hinein. Dicht neben sich hörte sie Sofia keuchen und in der Eingangshalle, in der sie sich gerade noch aufgehalten hatten, riefen einige Schüler verwirrt durcheinander. Dennoch zwang sie sich, die Geräusche für den Moment auszublenden und stattdessen nach etwas zu horchen, das sie näher zu der Quelle des soeben schlagartig verstummten Lärms führen konnte. Als die beiden Mädchen um die nächste Ecke des langen Rundweges bogen, blieb Sofia plötzlich mitten im Rennen abrupt stehen und riss entsetzt die Augen auf. Elena folgte ihrem Blick und vergaß vor Schreck fast zu atmen.

Das wohlbekannte Klassenzimmer vor ihnen war komplett verwüstet. Papierblätter aus einem zerrissen daliegenden Aktenordner waren kreuz und quer im Raum verstreut, einzelne Seitenfetzen segelten noch durch die Luft und einige Stühle waren zerbrochen oder schwankten bedrohlich auf ihren verbliebenen Beinen. In den eigentlich bis vor Kurzem strahlend weißen Vorhängen hatte sich dunkler Qualm gefangen, der ihnen nun ein schmutziges, graues Antlitz verlieh, und selbst an den Wänden begannen sich bereits kleine rußartige Partikel abzulagern und die helle Farbe zu verunreinigen. Mitten in dem ganzen Chaos lag ihre Kunstlehrerin Frau Haase auf dem Boden, die sie vor wenigen Minuten noch unterrichtet hatte. Sie war bewusstlos und blutete aus einer übel aussehenden Platzwunde auf der Stirn. Erschrocken eilte Elena auf die junge Frau zu und wollte sich gerade zu ihr hinunterbeugen, als der unscheinbare Materialschrank am Ende des Raumes mit einem Mal ihre Aufmerksamkeit auf sich zog. Dichter, schwarzer Rauch quoll stetig daraus hervor und verbreitete sich im Zimmer, das sich dadurch rasch immer weiter verdüsterte. Nackte Angst kroch in Elena hoch und ließ ihr Herz für einen Moment aussetzen. Langsam näherte sie sich dem Schrank, die Arme schützend vor sich ausgestreckt und bemüht, dabei nicht allzu stark zu zittern. Jeden Moment erwartete sie, dass etwas herausspringen und sie ohne Vorwarnung angreifen würde. Die Nerven der für gewöhnlich gar nicht abenteuerlustigen Wasserbändigerin waren bis zum Zerreißen angespannt, und so ließ die im nächsten Augenblick unerwartet nah erklingende Stimme ihrer Freundin sie blitzartig herumfahren.

„Warte Elena, lass mich das machen. Kümmere du dich lieber um Frau Haase, vielleicht kannst du ihr mit deinen Wasserkräften irgendwie helfen. Ich habe gerade den Krankenwagen kontaktiert, die werden in ein paar Minuten hier sein."

Ihre Stimme klang gefasst und entschlossen, offenbar hatte Sofia sich schneller als ihre Kollegin von dem ersten Schrecken erholt. Einen kurzen Moment lang zögerte Elena, dann nickte sie zustimmend, kehrte zu ihrer Lehrerin zurück und kniete sich vor diese auf den Boden, während Sofia an ihrer Stelle wachsam auf den Schrank zuging. Vorsichtig drehte die Wasserbändigerin die bewusstlose Referendarin ein wenig zu sich und besah sich ihre Verletzungen. Sie hatte eine große Platzwunde am Kopf und einer ihrer Arme stand in einem seltsamen Winkel vom Körper ab. Die junge Frau atmete sehr schwach und ihr Körper fühlte sich heiß an. Elena, die mit solchen Situationen völlig unerfahren war, wurde bei dem Anblick fast schlecht und sie musste für einen Moment die Augen schließen, um ihre aufsteigende Panik wieder unter Kontrolle zu bringen. Dann legte sie behutsam die Hand auf Frau Haases Stirn und kühlte kurzerhand ihr fiebriges Gesicht. Langsam entspannten sich die Gesichtszüge der Lehrerin und sie begann, wieder ein wenig regelmäßiger zu atmen. Sichtlich erleichtert wandte sich Elena ihrer Freundin zu und stellte fest, dass diese sich in einer nicht viel besseren Position befand als sie selbst. Die Feuerbändigerin hatte die Schranktür gerade ruckartig geöffnet und wedelte nun hustend mit den Armen, um den ihr entgegenkommenden Qualm zu vertreiben. Allmählich wurde die Sicht klarer und man konnte nun langsam die Umrisse eines Gegenstandes erkennen, der im untersten Fach des Schrankes neben einigen verkohlten Zeichenblöcken herumlag. Mit spitzen Fingern nahm Sofia das Ding heraus und musterte es kritisch. Es schien eine verbrannte Theatermaske zu sein, die so aussah, als solle sie eine Art Dämon darstellen. Die Maske, die bemerkenswerterweise keinen Schaden davongetragen hatte, bestand aus elastischem, schwarz-violetten Stoff und hatte drei schmale Öffnungen für Augen und Mund. Die Öffnung für den Mund war wie zu einem stummen Schrei weit aufgerissen und wirkte trotz ihrer Leblosigkeit ziemlich unheimlich. Als die Mädchen sie nun in diesem Augenblick beide genauer betrachteten, schälten sich plötzlich wie von Geisterhand Worte in blutroten Lettern aus dem Stoff:

„Seid gewarnt! Ich finde euch!"

24. KAPITEL

Einige Schrecksekunden lang herrschte Stille. Dann brannte Sofia die Maske mit eiskalter Miene einmal in der Mitte durch, pfefferte sie in hohem Bogen quer durch den Raum und war mit einem Satz bei der Tür. Sie knallte sie mit voller Wucht hinter sich zu und war verschwunden. Elena hingegen wich erschrocken zurück und stieß mit dem Rücken gegen die Wand. In ihrem Kopf drehte sich alles. Es gab nur eine Sache, die sie in diesem Moment sicher wusste. Das war nicht gut.

Während sie versuchte, sich so schnell wie möglich wieder zu beruhigen, kamen Sanitäter zur Tür hereingestürmt und bahnten sich nach einem kurzen Lagecheck schnurstracks ihren Weg durch das Chaos, dessen Anblick sie aus beruflicher Gewohnheit nur noch geringfügig zu schocken schien. Schnell und geschickt hievten sie Frau Haase auf eine Trage und brachten sie nach draußen, wo vermutlich bereits ein Krankenwagen wartete. Einer von ihnen, ein junger blonder Mann mit stoppelartigem Bartansatz und Trainee-Anstecker an der Uniform, kam mit zügigen Schritten auf Elena zu und beugte sich ein wenig nach unten, um mit ihrer zusammengesackten Figur auf Augenhöhe zu sein.

„Geht es dir gut? Bist du verletzt?", fragte er und musterte kritisch ihr bleiches Gesicht und ihren immer noch leicht zitternden Körper. Das mit der Situation deutlich überforderte Mädchen schluckte kurz und schwer, dann antwortete sie mit möglichst fester Stimme: „N-Nein, alles okay, mir geht's gut. Was ist mit Frau Haase?"

„Sie wird sich erholen, aber das wird eine Weile dauern", erwiderte der Sanitäter und legte in einer aufgrund seiner Unerfahrenheit leicht zögerlichen, aber tröstenden Geste seine Hand auf Elenas Schulter, bevor er ihr noch einmal aufmunternd zulächelte und dann seinen Kollegen hinterherlief. Als auch er schließlich verschwunden war, ließ die Wasserbändigerin den Blick durch den verwüsteten und nun bis auf sie menschenleeren Raum schweifen. Ihre Aufmerksamkeit blieb an der Stelle haften, an der die Maske vorhin ihrer Vermutung nach gelandet sein musste, als Sofia sie in ihrem undurchdachten Schutzreflex durch die Luft geworfen hatte. Das gruselige Objekt war verschwunden und an seiner Stelle lag nur noch ein Haufen schwarz-grauer Asche, der in dem allgemeinen Durcheinander nicht mehr sonderlich auffiel. Die zurückgebliebene Hüterin schüttelte sich kurz, um das ungute Gefühl zu vertreiben, welches beim Anblick der verkohlten Maskenreste erneut in ihr aufkam, dann rappelte sie sich auf und rannte Sofia hinterher. Nach einigem Suchen fand sie das Mädchen schließlich auf der Wiese hinter dem Sporthallengebäude, wo es wutgeladen Grashalme abfackelte und sich dabei keinen Deut um seine Umgebung scherte. Glücklicherweise gab es keine unwillkommenen Zuschauer.

Mit einer kurzen Handbewegung löschte Elena den letzten Stiel und setzte sich zu ihrer Freundin ins Gras. Sie atmete tief durch und fragte dann gefasst: „Und was jetzt?"

„Also, so wie bisher können wir jedenfalls nicht weitermachen", antwortete Sofia knapp und die Wut in ihrer Stimme war kaum zu überhören. Elena, die selbst immer noch ein bisschen überrumpelt von den erst wenige Minuten zurückliegenden Geschehnissen war, legte ihr die Hand auf den Arm, um sie zu beruhigen, doch Sofia schüttelte sie gereizt ab und sprang auf die Beine.

„Hör auf damit! Es ist ernst, verstehst du das nicht? Wir können nicht einfach rumsitzen und an irgendwelchen Listen herumknobeln wie kleine Kinder! Wir müssen endlich etwas unternehmen!", rief sie aufgebracht und aus ihren Fingern sprühten glühende Funken, die durch ihren unkontrollierten Ärger beinahe erneut den Rasen in Brand setzten. Mit schnellen Schritten marschierte sie davon und ließ Elena allein und ziemlich ratlos zurück. Die Wasserbändigerin blickte ihrer Freundin erschrocken hinterher und fühlte gleichzeitig, dass die Grenze ihrer eigenen Selbstbeherrschung ebenfalls fast erreicht war. Mit vor Verwirrung brummendem Schädel richtete sie den Blick schließlich auf einen Ahornbaum, der einige Meter von ihr entfernt seine Wurzeln geschlagen hatte, und dachte über Sofias Worte nach. „Sie hat Recht", hörte sie sich deprimiert zu sich selbst sagen. „Ich muss endlich aufhören, mich wie ein Feigling zu benehmen, sonst werde ich nie eine gute Kämpferin. Und ich werde mit Sicherheit kämpfen müssen, wenn wir das Böse erstmal gefunden haben."

Kurz saß sie nur schweigend da und lauschte dem Wind, der durch die Blätter des schlanken, frisch gepflanzten Gewächses strich. Dann hob die Hüterin entschlossen den Kopf und stand auf. Sie würde das schon irgendwie schaffen. Solange man nur an sich selbst glaubte und nicht aufgab, war nichts unmöglich.

Als ein paar Stunden später der Gong zum Schulschluss sie erlöste, rauschte Elena ohne ein Wort zu sagen an Sofia vorbei aus dem Klassenzimmer und durchquerte schnurstracks die mäßig große Eingangshalle. In Rekordzeit hatte sie das Schulgelände durch eines der metallenen Zauntore verlassen und war auf und davon in Richtung Bahnhof. Nachdem Elena nach einem viel zu langen und nervenraubenden Heimweg endlich zuhause angekommen war, warf die Wasserbändigerin in alltäglicher Gewohnheit ihren Rucksack in die Ecke, rief ihrer Mutter einen kurzen Gruß zu und verbarrikadierte sich anschließend in ihrem Zimmer. Sie nahm sich einen Moment, um ihren verbliebenen Gefühlen von Frust und Anspannung durch lautstarkes Ausatmen Luft zu machen, und zwang sich dann mit all ihrer Gefasstheit, diese loszulassen und sich endlich zu entspannen. Jetzt hatte sie anderes zu tun.

Wenn an diesem Nachmittag jemand in diesen unscheinbaren kleinen Raum hineingeschaut hätte, hätte Elena sicherlich ein großes Problem gehabt. Der Boden war nach weniger als einer Stunde durchgehend mit einer glänzenden Eisschicht überzogen, da die Wasserbändigerin nach dem äußerst anstrengenden Einfrieren nicht mehr genug Energie hatte, um sie wieder aufzutauen. Abgesehen davon rollten ständig kleine Wellen durch den Raum und klatschten mit mal mehr und mal weniger Wucht gegen die Wände, wo sie bestimmt einen schädlichen nassen Abdruck hinterlassen hätten, wenn Elena nicht so geistesgegenwärtig gewesen wäre und diese vorher mit einer Plane notdürftig abgedeckt hätte. Ab und zu aber war eine der Wellen zu kräftig gewesen und hatte ein gefährlich rumpelndes, lautes Krachen verursacht, das den Boden leicht erzittern hatte lassen. Zum Glück jedoch war Elenas Mutter zum Einkaufen gegangen, sodass sie von den ungewöhnlichen Aktivitäten ihrer Tochter nichts mitbekam.

Schließlich, als gegen Abend bereits die Dämmerung hereinbrach, ließ sich Elena völlig erschöpft auf ihr Bett fallen und atmete geräuschvoll aus, nachdem sie es mit letzter Energie geschafft hatte, ihr Zimmer wieder trockenzulegen. Sie konnte sich kaum noch bewegen und würde am nächsten Tag mit Sicherheit einen gehörigen Muskelkater haben, trotzdem wollte und würde sie definitiv auch in nächster Zeit nicht mit dem Training aufhören, denn dazu war es einfach zu wichtig. Eigentlich hatte das Mädchen noch ein bisschen Vokabeln lernen wollen, doch viel zu schnell wurde es von der Müdigkeit übermannt und so kam es, dass Elena fünf Minuten später ungeachtet der frühen Uhrzeit bereits wie ein Stein schlief.

25. KAPITEL

11 Uhr nachts. Elena riss erschrocken die Augen auf, als sie von einem klopfenden Geräusch geweckt wurde. Es schien von ihrer Balkontür zu kommen. Schnell kam sie auf die Füße und schlich auf leisen Sohlen darauf zu, augenblicklich hellwach und mit jeder Zelle ihres Körpers bereit, sich zu verteidigen. Ihre Gedanken überschlugen sich und ihr Herz klopfte wild.

Was konnte das sein? Ein Vogel? Quatsch, das war etwas Größeres! Aber was?

Kurz vor der Tür blieb die junge Wasserbändigerin stehen, atmete tief ein, um ihre Beherrschung zu bewahren, und zog dann mit einem Ruck das Rollo nach oben.

„Laura!?"

Entgeistert blickte sie ihre Freundin an, die mitten in der Nacht auf ihrem Balkon stand und so wirkte, als wäre das völlig normal.

„Schhh! Weck nicht gleich das ganze Haus auf!", flüsterte diese nun und drängelte sich an Elena vorbei ins Warme, um der bereits kühler werdenden Nachtbrise zu entkommen. Erleichtert seufzend ließ sich Laura auf dem Teppich nieder und rieb ihre kalten Handflächen aneinander.

„Puh, das ist ja schon wieder frischer, als ich gedacht hätte! Ich sollte beim nächsten Mal echt Handschuhe mitnehmen!"

Dass Elena sie immer noch vollkommen entgeistert anstarrte, schien sie nicht im Geringsten zu stören. In aller Seelenruhe sah die spontane Besucherin sich im Zimmer um und betrachtete interessiert jedes kleine Detail, so als wäre sie noch nie zuvor an diesem Ort gewesen. Möglicherweise tat sie das auch zu einem kleinen Teil aus Vergnügen daran, ihre sonst so klare und gefasste Freundin zu überrumpeln, aber ob dies wirklich die Motivation hinter ihrem provokanten Verhalten war, wird an dieser Stelle wohl für immer ungeklärt bleiben.

„W-was machst du hier?"

Elena hatte nun endlich ihre Sprache wiedergefunden und kniete sich mit verwirrtem und zugleich besorgtem Gesichtsausdruck neben Laura auf den Teppich, um sich auf Augenhöhe mit ihr unterhalten zu können.

„Richtig."

Das seelenruhig dasitzende Mädchen wirkte sehr selbstzufrieden. Erst als Lauras Gastgeberin sie weiterhin fordernd musterte, gab sie ihre nervenaufreibende Ungerührtheit schließlich auf und wandte sich mit nun schon deutlich ernsterer Miene ihrer Freundin zu.

„Ich muss dir was Wichtiges zeigen. Hast du Zeit?"

„Wie, jetzt sofort?", fragte Elena verwirrt und schaute gleich darauf perplex drein, als Lauras prompte Antwort ihre eigentlich ironische These bestätigte.

„Natürlich, wann denn sonst, du Dummerchen? Bis morgen früh ist es doch schon lange weg. Kommst du jetzt oder nicht?"

Mit diesen Worten rappelte die Brünette sich auf und blickte die Wasserbändigerin erwartungsvoll an.

„Was willst du mir denn überhaupt zeigen? Und wie bist du eigentlich auf meinen Balkon gekommen?", hakte Elena statt einer Antwort skeptisch nach und legte dabei unbewusst die Stirn in Falten, während sie ihrem Überraschungsgast langsam und immer noch zweifelnd zurück zur Tür folgte.

„Das wirst du schon gleich sehen. Jetzt zieh dir schnell was Wärmeres an und dann komm raus. Ich warte da auf dich", entgegnete Laura in bestimmtem Ton und war beim letzten Wort bereits wieder zur Balkontür hinausgeschlüpft.

Immer noch ziemlich verwirrt tat Elena wie ihr geheißen, schnappte sich ihre Jacke und zog eine Jeans über ihr Schlafzeug, bevor sie ihrer Freundin kopfschüttelnd nach draußen folgte. Warum sie sich überhaupt mitten in der Nacht auf so etwas einließ, war ihr selbst rätselhaft. Hätte sie allerdings raten müssen, so hätte sie dieses irrationale Handeln vermutlich ihrem schlaftrunkenen Leichtsinn in die Schuhe geschoben.

„Na endlich. Bist du bereit?"

Ungeduldig trommelte Laura mit den Fingern auf das Geländer. Offensichtlich hatte sie es sehr eilig, ein weiteres Anzeichen dafür, dass es wirklich wichtig sein musste.

„Bereit für was denn eigentlich? Wo immer du auch hin willst, von hier aus werden wir nicht weit kommen! Wir können ja wohl kaum runterspringen."

Das etwas kleinere Mädchen schmunzelte.

„Eigentlich war genau das mein Plan", entgegnete Laura und saß im nächsten Moment auch schon mit herunterbaumelnden Beinen auf der Holzbrüstung.

„Laura …"

Elenas Stimme zitterte leicht, während sie langsam auf die Jugendliche zutrat und bemüht bestimmt nach deren Arm griff.

„Du wirst dich da auf keinen Fall runterwerfen, hast du mich verstanden? Ich weiß nicht genau, was mit dir los ist, aber ich lasse nicht zu, dass du dich umbringst!"

Ein gerührtes Lächeln stahl sich auf Lauras Gesicht und sie blickte ihre besorgte Freundin voller Zuneigung an.

„Hey, vertrau mir! Ich weiß, was ich tue!"

Damit stieß sie sich ab, kippte über die Brüstung und verschwand. Entsetzt stürzte Elena nach vorne und musste mit weit aufgerissenen Augen zusehen, wie Laura erst in rasantem Tempo abwärts fiel, dann aber auf unerklärliche Weise abrupt abgebremst wurde und geschickt auf den Füßen landete. Ungerührt und ohne jeden Kratzer drehte sie sich um und rief mit gedämpfter Stimme zu Elena hinauf: „Jetzt du!"

Die Wasserbändigerin starrte sie ungläubig an.

„Spring einfach. Dir passiert nichts, versprochen!", wiederholte Laura und dieses Mal lag in ihrer Stimme ein Hauch Ungeduld. Ihr Blick war fest auf Elena gerichtet und in ihren Augen fand sich nicht eine Spur von Unsicherheit, sondern nur felsenfeste innere Überzeugung.

Seufzend aber immer noch sehr verwirrt, gab Elena ihren Widerspruch auf und kletterte ebenfalls auf das Holzgeländer, bevor ihr Kopf weiter darüber nachdenken und sich in den Wahnsinn dieses Vorhabens hineinsteigern konnte.

„Worauf hab ich mich da nur eingelassen …", war ihr letzter Gedanke, bevor sie sich fallen ließ und dabei unbewusst aufhörte zu atmen. Mit zusammengekniffenen Augen wartete sie auf den Aufprall, der sich jetzt jeden Augenblick unvermeidlich ereignen musste, doch dieser kam nicht.

Vorsichtig öffnete Elena die Augen und stellte verblüfft fest, dass sie ebenso sicher wie Laura am Boden gelandet war. Fassungslos betrachtete sie ihre unverletzten Gliedmaßen und bewegte diese leicht hin und her, wirbelte dann herum und starrte ihre Freundin ungläubig an, die gerade mit äußerst zufriedener Miene die Arme sinken ließ.

„Was?", schoss die blonde Wasserbändigerin los, doch Laura unterbrach sie sofort.

„Als Luftbändigerin hat man eben so manches drauf. Ich kann dir das alles später erklären, aber jetzt müssen wir dringend los, bevor noch die Sonne aufgeht!"

Luftbändigerin!?

Elenas Gedanken drehten sich so schnell, dass ihr davon beinahe schwindelig wurde. Lauras nachdenkliche Blicke und ihre seit neuestem viel leichter gereizte Stimmung … jetzt ergab alles einen Sinn. Sie mussten sich dringend darüber unterhalten, aber später. Jetzt hatten sie sich erstmal um die Entdeckung ihrer Freundin zu kümmern.

Zehn Minuten später befanden sich die beiden Hüterinnen im nahegelegenen Wald. Es war so dunkel, dass man gerade noch die Hand vor Augen sehen konnte und aus dem üppigen Gebüsch ertönte das leise Geraschel der Tiere auf der Jagd. Laura hatte darauf bestanden, dass sie sich im Dickicht versteckten und sich die Kapuzen ins Gesicht zogen. Was immer sie hier wollte, sie schien es sehr ernst zu nehmen. So kannte Elena sie gar nicht, und es beunruhigte sie zunehmend, ihre Freundin so zu sehen. Seit sie das Grundstück verlassen hatten, hatte Laura so gut wie kein Wort mehr gesprochen, was äußerst untypisch für ihren Charakter und somit in gewisser Weise auch alarmierend war. Die Wasserbändigerin musste sich zusammenreißen, um die schlimmeren Szenarien ihres Kopfkinos im Zaum zu halten, wenn sie darüber nachdachte, was sie wohl in den nächsten Minuten erwarten würde, und dabei war an sich noch nicht einmal etwas ernsthaft Problematisches geschehen.

Inzwischen waren die beiden Mädchen ein Stück tiefer in den Wald hineingegangen und hockten nun hinter einem Wacholderbusch, durch dessen Zweige sie eine versteckte Lichtung beobachten konnten. Das freie Fleckchen Land wurde rundum durch einen dichten Schutzwall aus unnatürlich wuchernden Brombeerranken von der Umgebung abgegrenzt. Bis auf einige kleinere Geröllbrocken war es ansonsten aber vollkommen leer. Der eindrucksvolle pflanzliche Sichtschutz befand sich unmittelbar hinter den geduckten Bändigerinnen und seine Dornen funkelten bedrohlich im Mondlicht. Elena war gleich doppelt froh, diesen Teil des Hinweges bereits überstanden zu haben. Der schmale Pfad, der als einziger Weg durch das Dickicht hindurchführte, war alles andere als ein netter Spaziergang gewesen. Schaudernd drückte sich die Wasserbändigerin tiefer in die grünen Nadeln des Wacholders und drehte sich nun, da sie alles kurz begutachtet hatte, wieder zu ihrer Freundin um. Laura schien ihrerseits Probleme mit den tiefhängenden Zweigen zu haben. Sichtlich gereizt schlug sie sich nun schon zum vierten Mal einen besonders hartnäckigen Spross aus dem Gesicht, um eine bessere Sicht zu bekommen und fluchte dabei leise. Elena wollte gerade etwas sagen, als mit einem Mal ein lautes Knacken von der Lichtung zu hören war und sie erstarren ließ.

„Runter!", zischte Laura scharf und drückte die andere Hüterin unsanft zu Boden. Diese wagte kaum, sich zu bewegen. Ganz vorsichtig spähte sie durch die dichten Nadeln auf die freie Fläche. Es war nichts zu sehen.

Plötzlich gab es ein weiteres, durch Mark und Bein fahrendes Knacken und der Erdboden brach in der Mitte der Lichtung auseinander. Vor Elenas entsetzten Augen tat sich zwischen den zwei Hälften ein gähnender Abgrund auf. Dunkellilafarbener Rauch quoll augenblicklich daraus hervor und verbreitete sich zügig über der Brombeerhecke. Er sah genauso aus wie der Rauch aus dem Klassenzimmer vom Morgen und allein diese Feststellung reichte aus, um dem blonden Mädchen einen Schauer über den Rücken zu jagen. Angestrengt konzentrierte die Wasserbändigerin sich auf das Geschehen und verdrängte dabei die Furcht, die der Anblick desselben in ihr emporsteigen ließ. Was immer hier gerade passierte, es konnte ihnen vielleicht Antworten auf eines der vielen Rätsel geben, die sie noch zu lösen hatten. Der zusätzlich finstere Rauch erschwerte den beiden Bändigerinnen die Sicht und machte die Nacht um sie herum noch schwärzer. Allerdings hatte er sie noch nicht ganz erreicht. Bevor es dazu kam, mussten sie dringend von diesem Ort verschwinden. Wild gestikulierend versuchte Elena, ihrer Freundin das klar zu machen, aber die starrte immer noch wie hypnotisiert auf den Riss und wollte sich keinen Zentimeter bewegen. Zu allem Überfluss begann in diesem Augenblick auch noch ein immer lauter werdendes Rauschen aus der Tiefe emporzusteigen und brachte Elenas Schaltkreise erneut zum Erliegen, wobei ihr das Grauen diesmal offen ins Gesicht geschrieben stand. Eine riesige, schwarz-grau gefleckte Maske erhob sich Stück für Stück aus dem Abgrund und blieb in all ihrer scheußlichen Pracht mitten über der Kluft schweben, deren Inneres für einen kurzen Augenblick violett aufschimmerte. Sie war viel größer als die aus dem Klassenzimmer und wirkte angesichts ihrer kantigen, aschfahlen Gestalt auch um einiges bedrohlicher. Ihre rot glühenden Augen blickten suchend um sich und schienen die Dunkelheit wie ein Nachtsichtgerät zu durchdringen. Als ihr zerstörerisch funkelnder Blick an dem Brombeerwall hängen blieb, öffnete sie ihr gigantisches Maul und brüllte laut. Dann schoss sie geradeaus durch die Hecke und verschwand mit einem donnernden Rauschen in der Nacht.

26. KAPITEL

„Shit!", fluchte Laura und sprang hastig auf die Beine. Sie wollte gerade die Verfolgung aufnehmen, als sie abrupt am Ärmel zurückgezogen wurde und in das sorgenvolle Gesicht einer ernst aussehenden Wasserbändigerin blickte.

„Stopp! Laura! Wo willst du denn hin?"

Elena hatte sie am Handgelenk gepackt und sah sie eindringlich an. „Na hinterher, was denn sonst?" Widerstrebend versuchte die Luftbändigerin, sich ihrem Griff zu entziehen, aber Elena hielt sie fest. „Laura, hör auf damit. Die Maske ist viel zu schnell, die holst du nicht mehr ein. Und selbst wenn du sie noch erwischen würdest, könntest du sie nicht aufhalten. Wir sind nur zu zweit und noch nicht so weit, dass wir so einen Kampf allein gewinnen würden."

Das aufgebrachte Mädchen hörte allmählich auf zu zerren und senkte ergeben den Kopf.

„Aber was sollen wir denn jetzt machen?", fragte Laura leise und wirkte mit einem Mal gar nicht mehr so stark, sondern vielmehr etwas hilflos.

„Erzähl mir doch erstmal, woher du überhaupt von diesem Ort wusstest?", schlug Elena vor, entschieden darum bemüht, die Situation logisch und zielgerichtet in den Griff zu bekommen. Laura atmete tief durch und begann dann tatsächlich schon wieder etwas ruhiger zu sprechen: „Figruan ist vor ein paar Tagen abgehauen. Er ist mein Tiergeist, deshalb wusste ich, dass es einen Grund für sein Verschwinden geben musste. Also bin ich ihm gefolgt und auf diese Lichtung gestoßen. Er ist immer und immer wieder über dieser Stelle gekreist und war total aufgeregt. Und dann habe ich es gesehen."

Sie schauderte, bevor sie weitererzählte: „Die Erde ist aufgebrochen und diese Maske kam heraus. Es war so nebelig, dass ich sie nicht richtig erkennen konnte, nur ihren Schatten habe ich gesehen. Das Ding ist durch die Hecke gestürzt und verschwunden."

Ich hatte gehofft, dass wir sie zusammen aufhalten können. Mein Gefühl sagt mir, dass was auch immer es ist nichts Gutes im Schilde führt.“

„Okay …“, meinte Elena nachdenklich, bevor sie verstummte, um das Gehörte in ihrem Kopf zu ordnen. Sie ließ ihren Blick scheinbar gedankenverloren über die verlassene Fläche schweifen und hakte dann nach einigen Sekunden der Stille plötzlich nach: „Vor wie vielen Tagen war das?“

„Vor drei Tagen, glaube ich. Ja, ich bin noch zwei Mal hierhergekommen, weil ich sehen wollte, ob die Maske wiederkommt.“

„Und ist sie das?“

„Ja, jeden Abend zur gleichen Zeit.“

„Das ist immerhin etwas.“

Mit entschlossener Miene richtete Elena sich auf und erwiderte Lauras fragenden Blick bestimmt.

„Wir wissen also, dass die Maske jeden Tag zur gleichen Uhrzeit ihr Versteck verlässt. Die Frage ist nur, warum? Es gibt sicher einen Grund, warum sie sich tagsüber nicht hinauswagt. Lass uns mal diesen Riss näher anschauen, vielleicht finden wir ja etwas, das uns weiterhilft.“

Mit diesen Worten verließ die Wasserbändigerin ihre Deckung und ging vorsichtig auf den tiefen Abgrund zu. Ihre Augen blickten wachsam um sich und sie bewegte sich schnell und leise über die grasbewachsene Lichtung. Laura folgte ihr schließlich auch, mittlerweile wieder etwas entschlossener, und besah sich das schwarze Gestein, das beim Aufreißen der Erde zutage gefördert worden war. Es sah aus wie hart gewordene Lava. Konnte die Maske wirklich von so weit unten gekommen sein?

Da hörte Laura ihre Freundin rufen. Sie hob den Kopf und sah Elena, die am Rande der Kluft kniete und besorgt in die Tiefe blickte.

„Was ist denn los?“, fragte Laura in schlimmster Erwartung und ihre Miene verfinsterte sich augenblicklich, als sie dem Blick ihrer Freundin folgte. Der Boden des Tunnels war nicht zu erkennen. Stattdessen schien der Riss endlos weit in die Erde hineinzuführen. Dutzende kleinere Löcher befanden sich in den teilweise vom Tageslicht berührten Wände des Hauptschachts und führten in das Gestein hinein. Aus ihnen war immer wieder ein dumpfes Brüllen zu hören, das von tief unten zu kommen schien. Die beiden Mädchen sahen sich an. Elena war ganz blass geworden und hatte die Augen weit aufgerissen.

„Es gibt mehrere von denen?", krächzte sie fassungslos und in ihren Augen schimmerte leichte Verzweiflung. Laura nickte wenig hilfreich, ebenfalls besorgt und mit einem zunehmend mulmigen Bauchgefühl.

„Das war scheinbar nur eine von vielen."

„Aber was sollen wir denn jetzt machen? Was sind das für Dinger?"

„Also gefährlich sind sie auf jeden Fall", entgegnete die Luftbändigerin und kniff unwillkürlich die Augen zusammen, als das Bild des dämonischen Monstrums wieder durch ihren Kopf geisterte. Seitdem sie eine der Masken bei ihrem ersten Zusammentreffen die gewaltige Hecke wie ein mickriges Blatt Papier zerfetzen gesehen hatte, hatte sie ziemlichen Respekt vor diesen Kreaturen. Erst jetzt fiel den beiden Mädchen auf, dass das Brombeerdickicht auch an anderen Stellen zerrissen und durchbrochen worden war. Die Ranken wuchsen teilweise schon wieder zusammen, doch sie waren noch nicht stark genug, um einem weiteren Angriff standzuhalten. Laura tat ihre erneut aufkommende Furcht mit einem Kopfschütteln ab, steckte einige der kleinen Felsbrocken in ihre Jackentasche und fotografierte den Riss mit ihrer Handykamera, bevor sie sich vollständig zu Elena umdrehte und sie von der Stelle wegzog.

„Lass uns hier verschwinden", sagte sie und die Wasserbändigerin nickte beklommen. So leise wie möglich huschten die Hüterinnen durch die Nacht davon. Auch dieses Mal redeten sie nicht viel, sondern verarbeiteten in einvernehmlichem Schweigen die jüngsten Ereignisse, jede für sich. Erst unmittelbar unterhalb von Elenas Balkon blieben die beiden Freundinnen schließlich stehen.

„Also dann … bis morgen", hob Laura zögernd an, nicht wissend, was sie sonst tun sollte. Elena nickte zustimmend und umarmte dann kurzerhand ihre neue Mitstreiterin, um diese ein wenig zu trösten.

„Danke, dass du mich geholt hast. Versuch noch ein bisschen zu schlafen und denk jetzt nicht weiter darüber nach, okay? Vor morgen früh können wir sowieso nichts unternehmen. Dann weihen wir Sofia in alles ein, was heute Nacht so passiert ist, damit wir zu dritt weitermachen können. Alles klar?"

„In Ordnung", entgegnete Laura erschöpft, aber dankbar, dass Elena sich inzwischen wieder so gut gefasst hatte und ihr ihre eigene Überforderung nicht übelnahm.

„Gut. Und jetzt bring mich wieder da rauf, ich will den Rest der Nacht schließlich nicht auch noch hier draußen verbringen", forderte Elena ihre Freundin nun halbherzig grinsend auf und blickte nach oben, wo sich die Umrisse der Holzbrüstung undeutlich gegen den Nachthimmel abhoben. Laura brachte daraufhin tatsächlich ein leichtes Schmunzeln zustande und schüttelte ungläubig den Kopf über die emotionale Stärke ihrer Freundin, für die sie diese insgeheim ein Stück weit bewunderte. Lächelnd wünschte sie dem blonden Mädchen noch eine gute Nacht, bevor sie die Hände ausstreckte und mit gekonnten Bewegungen einen Aufwind erzeugte, der Elena langsam in die Lüfte hob und sie schließlich auf dem Balkon absetzte. Die Luftbändigerin atmete noch ein letztes Mal tief durch, um einen Teil der verbliebenen Anstrengung loszuwerden, und machte sich dann endlich auf den Heimweg.

Elena war währenddessen mehr als erleichtert, dass sie wieder in ihrem warmen und geschützten Zimmer stand. Schnell legte sie Jeans und Jacke ab und holte ihr Notizbuch aus dem Schulrucksack hervor, um ihre Erlebnisse möglichst frisch zu dokumentieren. Sorgfältig schrieb sie alles auf, woran sie sich erinnern konnte, und füllte so zwei ganze Seiten mit ihren detailreichen Schilderungen. Dann schlüpfte sie vor plötzlicher Müdigkeit herzhaft gähnend zurück in ihr Bett und war keine fünf Minuten später bereits eingeschlafen.

27. KAPITEL

„Ihr habt *was*?!"

Sofia reagierte wie zu erwarten, als die beiden Bändigerinnen ihr vor Schulbeginn von ihrer Entdeckung erzählten. Das blonde Mädchen hatte zuvor schon die Neuigkeit verdauen müssen, dass Laura jetzt ebenfalls zum Team gehörte und war dementsprechend nicht unbedingt allerbester Stimmung. Es war also eine ideale Ausgangslage für die Verkündung einer neuen Bedrohung.

„Schon klar, es war verrückt und absolut naiv. Aber immerhin haben wir etwas herausgefunden, und es ist ja auch alles gut gegangen. Mach dir mal nicht ins Hemd!", beantwortete Laura in schnippischem Tonfall die eigentlich rhetorische Frage und verdrehte dabei genervt die Augen, was die Feuerbändigerin mit einem missbilligenden Schnauben quittierte.

„Hast du schon eine Ahnung, was das bedeuten könnte?", wandte sie sich dann die neue Luftbändigerin ignorierend an Elena. Diese schüttelte jedoch auch nur seufzend den Kopf.

„Leider nicht, nein. Es muss wohl etwas mit Frau Haases *Unfall* zu tun haben. Der Rauch, der aus dem Riss im Boden kam, war genau der Gleiche wie der in ihrem Klassenzimmer und die Maske sah auch ähnlich aus, nur eben viel größer und irgendwie, naja, gruseliger."

Vor ihrem inneren Auge erschien wieder das Bild des rot glühenden Blickes, der wie besessen um sich starrte, und sie erschauderte unwillkürlich.

„Laura beobachtet das Ding schon etwas länger, vielleicht kann sie dir mehr erzählen", schlug sie mit unschuldiger Miene ihrer Freundin vor, in der Hoffnung, die Spannung zwischen den beiden Mädchen dadurch aufzulösen. Leider ging ihr Plan nicht auf, denn Sofia erwiderte trocken: „Ich habe aber dich gefragt. Wenn du nicht mehr weißt, reicht mir das aus."

Elena konnte förmlich spüren, wie Laura neben ihr innerlich zu kochen begann, während Sofia mit desinteressiertem Blick ihre Fingernägel begutachtete.

„Alles klar, ich gehe dann mal, mir stinkts hier ein bisschen zu sehr nach Arroganz. Wenn du dich also später entschuldigen möchtest, Prinzessin, ich bin dann bei den coolen Leuten." Nachdem sie diese gehässigen und ein wenig übertriebenen Worte losgeworden war, warf Laura Sofia noch einmal einen verächtlichen Blick zu, drehte sich auf dem Absatz um und marschierte in Richtung Haupteingang davon. Kurz bevor sie die Tür erreichte, rief sie über die Schulter zurück: „Kommst du mit, Elena?"

Ihre Stimme klang selbstgefällig, so als freue sie sich schon auf die Genugtuung, wenn Elena sich ihr anschließen und Sofia einfach stehen lassen würde. Sie schien sich ihrer Sache sehr sicher zu sein.

Elena hingegen war es nicht. Sie wollte sich nicht zwischen ihren Freundinnen entscheiden müssen, vor allem dann nicht, wenn so viel von ihrer zukünftigen Zusammenarbeit abhing. Als sie also still blieb, wandte sich die Luftbändigerin ungläubig zu Elena um, während in Sofias Augen Triumph aufblitzte. Die junge Wasserbändigerin war hin- und hergerissen, in ihrem Kopf versuchte sie verzweifelt, eine Lösung zu finden, die für alle gut war, doch ihr fiel einfach nichts ein.

„Tja, sie bleibt eben lieber bei mir als bei dir. Scheint ganz so, als wärt ihr doch nicht so eng miteinander, wie du gedacht hast, oder? Tuts weh, du Möchtegern-Coole?"

Sofia grinste gehässig, woraufhin Laura wütend die Hände zur Faust ballte und dabei die Fingernägel in ihre Haut grub. Elena stand noch immer still daneben und sah machtlos zu. Die Worte ihrer Freundinnen verärgerten sie und ihre Blicke, Lauras verletzter und Sofias schadenfroher, lasteten schwer auf ihrem Gewissen. Dazu kam nun auch noch der gesamte Druck der letzten Wochen, und diese Kombination brachte das Fass schließlich zum Überlaufen.

„Ihr könnt mich alle beide mal gernhaben!", rief sie wütend aus, wirbelte anschließend herum und stapfte mit vor Ärger zitternden Schultern über den Pausenhof davon. Sofia und Laura, die beide vollkommen überrascht von diesem unerwarteten Wutausbruch ihrer sonst so geduldigen Freundin waren, vergaßen für einen Moment ihren Streit und tauschten einen ratlosen Blick aus, dann zuckte Sofia mit den Schultern und rannte der Wasserbändigerin hinterher, Laura dicht hinter ihr. Sie holten sie ein, als sie etwa auf Höhe des Turnhalleneingangs war.

„Hey, warte. Es tut uns leid, dass wir dich da mitreingezogen haben, okay?"

Doch Elena ignorierte Lauras halbherzige Versuche, sie umzustimmen und stapfte weiter mit starrem Blick geradeaus. Die Luftbändigerin schob daraufhin tatsächlich für einen Moment ihren Stolz beiseite und warf Sofia einen hilfesuchenden Blick zu, welchen diese zum Glück jedoch unkommentiert ließ und stattdessen direkt Lauras stummer Bitte nachging. Behutsam, aber bestimmt packte sie Elena am Arm und hielt sie fest, sodass diese sich trotz aller Bemühungen nicht aus dem Griff befreien konnte.

„Lass mich los!", zischte Elena warnend, doch Sofia überging das und sah sie entschieden an.

„Los, spucks aus. Ich weiß doch, dass du dich fast nicht mehr zurückhalten kannst, also sag einfach, was du uns sagen willst. Wir halten das schon aus."

Elena starrte einen Augenblick lang wütend zurück, dann allmählich veränderte sich ihr Gesichtsausdruck und sie senkte frustriert den Kopf.

„Ich habe einfach genug davon, dass ihr zwei euch ständig anfeindet. Wir müssen unser Problem dringend in den Griff bekommen, aber bis heute haben wir nur lauter unzusammenhängende Stücke eines großen Puzzles und jetzt könnt nicht mal ihr beide euch vertragen. Versteht ihr denn nicht, dass wir gerade in diesen Zeiten zusammenhalten müssen?"

Einige Sekunden lang tat niemand etwas, dann zog Sofia ihre Freundin in eine spontane Umarmung und Laura schloss sich ihnen an.

„Entschuldigung. Wir versuchen, uns zu bessern, aber wir müssen uns eben auch erst aneinander gewöhnen. Reicht dir das fürs Erste?", meinte die Luftbändigerin versöhnlich, sobald sich die Mädchen wieder losgelassen hatten. Elena nickte erleichtert und das Lächeln kehrte langsam auf ihr Gesicht zurück.

„Gut. Ich glaube, ich muss mich auch erst noch darauf einstellen, dass ich jetzt nicht mehr die Fiese bin", grinste Sofia und brachte sie alle drei damit einvernehmlich zum Lachen, wodurch endlich auch der letzte Rest unangenehmer Spannung aus der Luft verschwand. Von dieser positiven Entwicklung beschwingt hakte sich Elena kurz entschlossen bei ihren beiden Kameradinnen ein und sie machten sich zum ersten Mal zu dritt auf den Weg zu der den heutigen Unterricht eröffnenden Stunde.

...

Als sie am darauffolgenden Donnerstag nach der ersten Pause in ihrem Klassenzimmer ankamen, war die zuständige Fachlehrerin noch nicht da. Das fiel Elena sofort auf, als sie den Musikraum betrat, der von dem Lärm ihrer chaotischen Klasse förmlich summte wie ein wildgewordener Bienenstock. Die abwesende Frau Richter war bereits etwas älter und achtete normalerweise sehr penibel auf Pünktlichkeit und Zuverlässigkeit, weshalb ihr heutiges Fehlen gerade angesichts der jüngsten Vorfälle besonders besorgniserregend auf Elena wirkte. In den vergangenen zwei Jahren war sie nur ein einziges Mal zu spät zum Unterricht erschienen. Das war der Tag gewesen, an dem der gesamte Umkreis von einem Hagelsturm heimgesucht worden war, den die Medien auch als Bayerns „Naturkatastrophe des Jahrzehnts" bezeichnet hatten. Im Gegensatz zu ihrer wasserbändigenden Kollegin schienen Laura und Sofia sich über all dies keine großen Gedanken zu machen. Sie stürzten sich mit Begeisterung in den Trubel und bahnten sich ihren Weg nach hinten zu Tanja, wobei sie unterwegs immer wieder jemanden umarmten oder im Vorbeilaufen ein High Five gaben. Grinsend und auch ein wenig kopfschüttelnd über ihre Freundinnen folgte Elena den beiden und winkte Fiona zu, die an der Seite ihrer besten Freundin auf einem Tisch hockte und ihren freundlichen Blick über die Klasse streifen ließ. Lächelnd erwiderte diese den Gruß und stieß Emily, die sich ebenfalls neben ihr niedergelassen hatte, ihren Ellenbogen in die Seite, um sie dazu zu ermutigen, sich auch am ausgelassenen Willkommenheißen zu beteiligen. Doch das blonde Mädchen hob nur für einen kurzen Moment gelangweilt den Kopf, ließ einen lautlosen Seufzer entweichen und vertiefte sich dann wieder in seine Zeichnungen. Zumindest vermutete Elena, dass die Neue das tat, was genau sie auch immer mit ihrem Block veranstaltete, würde sie wohl erst erfahren, wenn das Mädchen sich etwas mehr öffnete. Aber so wie es im Moment aussah, konnte das noch eine Weile dauern. Die Hüterin verwarf diesen wiederkehrenden Gedankenstrang mit einem unmerklichen Kopfschütteln, ließ sich auf ihren Platz neben Sofia sinken und packte den wichtigsten Teil ihres Schulzeugs aus. Für den Fall, dass ihre Lehrerin doch noch irgendwann auftauchen sollte. Dann kamen auch schon Sarah und Verena angelaufen und die drei begrüßten sich mit einer Umarmung, wie sie es unter den Mädels in der Klasse jeden Morgen, und aus gegebenem Anlass jetzt noch einmal, zu tun pflegten.

„Sagt mal, wisst ihr vielleicht, warum sie noch nicht da ist?", sprach Elena nach einer kurzen Runde Smalltalk die Frage aus, die ihr schon seit dem Eintreten auf der Zunge lag. Denn wenn jemand die Antwort darauf wusste, dann waren es sicher die beiden.

„Wer?", hakte Sarah offensichtlich verwirrt nach und blickte sich suchend um, wenngleich das in diesem Fall wohl kaum etwas bringen würde.

„Na, die Lehrerin!", erwiderte Elena leicht ungeduldig und sah die beiden abwartend an, ehrlich gespannt auf deren Reaktion. Zu ihrer Enttäuschung zuckte Sarah jedoch nur beiläufig mit den Schultern und Verena meinte: „Ist doch gut so, dann haben wir weniger Unterricht!"

Gegen ihren Willen musste Elena lachen, das war zu einhundert Prozent eine typische Verena-Antwort. Als wüsste diese, was ihre Freundin gerade dachte, grinste das größere Mädchen und schüttelte seine langen, hellblonden Haare.

Es war genau dieser Moment, den ihr ehemaliger Mathelehrer Herr Kaltbauer nutzte, um den Raum zu betreten und die vorherrschende Lautstärke mit einem einzigen, gebrüllten „Ruhe!" auf ein Minimum zu reduzieren. Alle fuhren erschrocken herum und lediglich Verena schien von der ganzen Sache wenig beeindruckt zu sein. Genervt rollte sie mit den Augen, bevor sie sich ebenfalls langsam umdrehte und lustlos nach vorne blickte.

„Setzt euch!", knurrte der hagere Mann und funkelte Verena wütend an, als sie sich betont gemächlich auf den Weg zu ihrem Tisch machte. Elena, die bereits saß, gab ihr Bestes, um ihr unvermeidliches Schmunzeln zu verbergen. Es war einfach zu gut, wie sich die blonde Schülerin jedes Mal wieder gegen den strengen Lehrer auflehnte und sich nicht von seinen Strafdrohungen beeindrucken ließ. Auch Laura, die neben ihr saß, konnte ein leises Lachen nicht zurückhalten und Sarah begann nicht gerade unauffällig zu kichern und klatschte unter dem Tisch mit ihrer besten Freundin ein, als diese sich schließlich doch setzte. Die allgemeine Erheiterung verging erst, als der Lehrer ihnen allen mit grimmiger Miene einen Stapel Arbeitsblätter auf den Tisch knallte und sich dann zurück an sein Pult setzte, wo er tranceartig in seinem Computerbildschirm versank. Die Wasserbändigerin seufzte kaum hörbar auf, schnappte sich einen Stift und begann, die Arbeitsaufträge durchzulesen. Mochte ihr Vertretungslehrer noch so missmutig sein, der Stoff war dennoch wichtig und wenn sie schon zuhause nicht mehr so oft zum Lernen kam, sollte sie sich wenigstens in der Schule konzentrieren. Der Rest der Stunde verging wie im Flug und als der Gong sie schließlich erlöste, stürmten die Schüler eilig hinaus und hinterließen ein beachtliches Chaos aus herumliegenden Radiergummis und Papierfetzen. Elena bildete das Schlusslicht und wollte gerade ebenfalls das Klassenzimmer verlassen, als ihr etwas ins Auge fiel und sie unwillkürlich neben der Tür stehen bleiben ließ. Sie erinnerte sich an einen Trick, den sie einmal in einem alten Film gesehen hatte, bückte sich dementsprechend und band ihre Schnürsenkel neu, wobei ihre Aufmerksamkeit allerdings mehr dem Lehrer galt, der am Telefon hing und mit zusammengekniffenen Augen und einer seltsamen Mischung von Besorgnis und Ungläubigkeit im Gesicht in den Hörer hineinlauschte. „Mitten auf der Straße? Rauch? Und Sie sind sich sicher, dass es nicht einfach nur ein paar zündelnde Jugendliche waren?"

Kurz blieb es still und Herr Kaltbauer presste das Telefon noch stärker gegen sein Ohr, um die Person am anderen Ende der Leitung besser verstehen zu können.

„Soso. Na, wenn die werte Kollegin das gesehen hat … Ja, natürlich übernehme ich ihre Stunden für die nächste Woche!", schnaubte der Mann anschließend und knallte den Hörer dann plötzlich äußerst missmutig auf die Halterung, wobei er noch zu sich selbst murmelte: „Als hätte ich eine Wahl …"

Da streifte sein Blick Elena und seine Augen verengten sich noch mehr zu Schlitzen.

„Was machst du noch hier?", wollte er in unhöflichem Ton von ihr wissen und sah sich misstrauisch um, als erwartete er, noch weitere ihrer Klassenkameraden zu entdecken.

„I-ich, meine Schnürsenkel … ich wollte gerade gehen", stotterte Elena zur Antwort und schickte sich rasch an, um ihre Schuhe provisorisch fertigzuknoten.

„Auf Wiedersehen!", ergänzte sie noch schnell, als sie es geschafft hatte und verließ dann eilig den Raum. Mit schnellen Schritten hastete Elena den Gang entlang und eine Stimme, die plötzlich wie aus dem Nichts auftauchte, hallte gedämpft und doch eindringlich durch ihren Kopf. Es klang wie ein Echo in einer tiefen Schlucht, das viele Male von den hohen Felswänden zurückgeworfen wurde und immer lauter zu dröhnen begann. Elena konnte den Urheber der Töne nicht ausmachen. Schließlich musste sie sich an der Wand abstützen, da der immense Klang so intensiv geworden war, dass er ihre eigenen Gedanken übertönte und auch ihre Sicht mittlerweile zu schwinden begann. Elena schloss die Augen und beruhigte mit Mühe das Chaos in ihrem Kopf, indem sie sich Wasser vorstellte, das in gleichmäßigen Wellen hin- und herschwappte und den gespenstischen Widerhall langsam verschluckte. Erst, als das letzte Echo verebbte, erkannte sie die Stimme, die nur mehr als leises Wispern wahrzunehmen war. Es war Nimos Stimme. Er brauchte ihre Hilfe.

28. KAPITEL

Elena lag auf ihrem Bett und lauschte ihrem gleichmäßig fließenden Atem, während sie wieder über die Geschehnisse der letzten Zeit nachdachte. Sie hatte ganz vergessen, Laura und Sofia von ihren Träumen zu erzählen. Auch von Nimos Stimme in ihrem Kopf wussten die zwei noch nichts. Warum? Die Wasserbändigerin kannte selbst keine Antwort darauf. Sie scheute sich, den anderen beiden davon zu berichten, denn irgendwie hatte sie das Gefühl, dass von diesen Dingen niemand anders wissen sollte. Aber was sollte sie tun? Sie wusste nicht, wo Nimo gerade war und was eigentlich los war, dass er sie immer wieder aufsuchte, während ihre Kräfte doch gleichzeitig stetig schwanden. Sie kannte ihren Auftrag bereits. Was also wollte er ihr sagen?

Vielleicht war es eine Warnung, vielleicht ging es um eine Bedrohung, von der sie noch nichts wusste? Oder er wollte sie nur zur Eile drängen und sie an ihre Mission erinnern. Wobei dazu auch eine weniger dramatische Darstellung gereicht hätte.

Ein erschöpfter Atemzug löste sich aus Elenas Brust und sie drehte sich auf den Bauch. Seit heute Morgen hatte sie versucht, das Chaos in ihrem Kopf zu entwirren und die fehlenden Zusammenhänge herzustellen, doch es wollte ihr einfach nicht gelingen. Um sich abzulenken, hatte sie sogar schon für den kommenden Französischtest gelernt, zu ihrem Leidwesen ebenfalls nur mit mäßigem Erfolg.

Gedankenverloren tastete die Hüterin nach ihrem Handy und scrollte die Kontaktliste nach unten, auf der Suche nach einem ihr selbst noch unbekannten Ziel. An einer ganz bestimmten Nummer blieb sie schließlich hängen. Tamara.

Die blauen Augen der Wasserbändigerin weiteten sich beim Anblick des grinsenden Mädchens, das ihr auf dem Profilfoto zuwinkte. Das war genau das, was sie jetzt brauchte! Kurz entschlossen schwang sich Elena aus dem Bett, schnappte sich ihre Jacke vom Sessel, die dort seit ihrer nächtlichen Rückkehr aus dem Wald lag, und war drei Minuten später auf dem Weg zu ihrer besten Freundin. Während sie über den sonnenbeschienenen Kiesweg lief, versuchte sie, ihre Gedanken so gut es ging von der Magie fernzuhalten. Stattdessen genoss sie den weiten Blick auf die Felder, die sich links und rechts des Sträßchens erstreckten, freute sich über das aufgeregte Zwitschern der Vögel auf den Strommasten und badete in den warmen Strahlen, die sie an der Nase kitzelten. Eine richtig kitschige Sommerszene, aber sowas musste eben auch mal sein. Schließlich kam Tamaras Zuhause am Ende einer Weggabelung in Sicht. Es war ein altes, gemütliches Haus mit hölzernen Fensterläden und einem großen Garten, der nur durch einen Streifen ausgetretener Erde von dem angrenzenden Feld getrennt war. Schon von Weitem trug eine leichte Brise den Geruch frisch gebackener Muffins durch das offenstehende Küchenfenster zu Elena, welche daraufhin genüsslich schnupperte. Sie war schon viel zu lange nicht mehr hier gewesen.

Die Haustür war verschlossen und als unangemeldeter Gast an einem frühen Wochenendnachmittag wollte Elena nicht klingeln, also ging sie um das Haus herum, in der Hoffnung, ihre Freundin wie so oft im Garten anzutreffen. Sie hatte Glück: Tamara saß an einem kleinen Tisch im hinteren Teil des Grundstücks und beobachtete ein paar Vögel, die sich um eine Walnuss stritten. Vor ihr lagen einige bunte Wollknäule verstreut auf dem Tisch, aus denen die Jugendliche eine Socke zu häkeln schien. Die dazugehörige Häkelnadel befand sich gerade in ihrer Hand und wurde unruhig hin- und hergezwirbelt. Elenas Freundin schien sich mal wieder in Tagträumereien verloren zu haben. Die Wasserbändigerin fühlte sich bei dem Anblick für einen Moment in ihre Grundschulzeit zurückversetzt und ihr kam plötzlich eine Idee. Leise schlich sie sich von hinten an ihre alte Kindheitsfreundin an, bemüht, sich genauso wie früher nicht entdecken zu lassen. Schritt für Schritt tastete sie sich vorwärts, wich kleinen Zweigen aus und hielt jedes Mal den Atem an, wenn das braunhaarige Mädchen sich auch nur in kleinstem Maße bewegte. Schließlich stand Elena genau hinter Tamara und war zu ihrem heimlichen

Triumph nach wie vor unentdeckt geblieben. Sie warf einen schnellen Blick auf die Socke, die ungefähr halb fertig war, bevor sie beschloss, jetzt endlich auf sich aufmerksam zu machen und ihrer Freundin kurzerhand die Hände über die Augen legte. Tamara erstarrte augenblicklich und ließ die Nadel fallen, sodass sie mit einem leisen Rattern über die Tischplatte kullerte.

„Wer …?"

Elena bemühte sich nach Kräften, sich das Lachen zu verkneifen, indem sie ihre Lippen fest zusammenpresste, doch ganz gelang es ihr nicht. Der leise Ton, der ihrer Kehle daraufhin versehentlich entwischte, reichte aus, um ein Schmunzeln des Wiedererkennens auf Tamaras Gesicht zu zaubern.

„Elfe?"

Bei diesem Spitznamen, den sich Tamara in Kindestagen von Elenas Mutter abgeschaut hatte, war es endgültig um die Wasserbändigerin geschehen und ein Lachen brach aus ihr hervor. Tamara musste ebenfalls kichern und schob langsam Elenas Hände von ihren Augen, die ihr dabei nun auch keinen Widerstand mehr boten. Dann stand sie auf und die beiden umarmten sich herzlich.

„Was treibt dich denn hierher?", wollte das Mädchen von Elena wissen, als sie sich wieder voneinander lösten. Elena zuckte nur möglichst beiläufig mit den Schultern und wechselte dann rasch das Thema, was ihr allerdings nicht besonders glaubhaft gelang.

„Das sieht echt gut aus", meinte sie anerkennend und nickte mit dem Kopf in Richtung der bereits zusammengefügten Fäden, die Tamara bei der Begrüßung auf dem Tisch abgelegt hatte. „Du wirst echt immer besser."

„Danke, aber lenk jetzt nicht von meiner Frage ab. Es ist lange her, dass du mich einfach so besucht hast, also muss doch irgendwas los sein."

„Entweder bin ich eine sehr schlechte Lügnerin oder Tamara kennt mich einfach zu gut", dachte Elena und hoffte dabei auf Letzteres.

„Ach, nichts Großes. Hatte nur genug vom Lernen und wollte dich mal wieder sehen", erwiderte sie unschuldig und lächelte ihre Freundin an. Eine hochgezogene Augenbraue war die

Reaktion, anscheinend hatte sie die talentierte Beobachterin nicht wirklich überzeugt.

„Ist ja auch egal", ergänzte die sich zunehmend ertappt fühlende Hüterin nun schnell und wandte sich der geringelten Socke zu, um die Diskussion zu beenden. Dabei stieß sie versehentlich gegen den Tisch, der zu wackeln begann und dadurch dafür sorgte, dass die Häkelnadel herunterfiel und im Gras landete. Elena bückte sich und wollte sie aufheben, als Tamara neben ihr plötzlich die Augen aufriss und sie überrascht anstarrte.

„Was ist?", fragte die Wasserbändigerin und runzelte die Stirn beim Anblick ihrer überrumpelten Freundin.

„Wo hast du die her?"

Tamara sprach mit ruhiger Stimme, doch man merkte, dass sie sehr aufgeregt war, als sie mit dem Finger auf Elenas Brust zeigte. Verwirrt folgte das angesprochene Mädchen der unsichtbaren Linie von der schmalen Fingerkuppe bis zu dem blauen Stein, der um ihren Hals baumelte. Anscheinend war er beim Herunterbücken unter der Jacke hervorgerutscht.

„Das?", hakte Elena zur Sicherheit mit einem kurzen Seitenblick auf das betroffene Objekt noch einmal nach und blickte ihre Freundin an, die heftig mit dem Kopf nickte.

„Die habe ich auf 'nem Flohmarkt gekauft, ist nichts Besonderes."

„Oh doch, ich denke schon. Komm mal mit!"

Mit diesen Worten machte Tamara kehrt und ging auf die Tür des Wintergartens zu.

„Echt jetzt?", schoss es Elena durch den Kopf.

„Da kommt man einmal hierher, weil man denkt, man könnte ein bisschen Ablenkung gebrauchen, und dann fängt sie auch noch damit an!"

Für einen Moment war sie drauf und dran, einfach wieder nach Hause zu gehen, aber dann siegte doch die Neugier und sie folgte ihrer Freundin ergeben ins Haus. Kurze Zeit darauf standen die beiden vor einer unscheinbaren Holztür, die in Tamaras Zimmerwand eingelassen war. Zwischen all dem bunten Chaos aus herumliegenden Heften, Büchern, kleinen Figuren und

Stiften fiel sie kaum auf, dennoch hatte sie eine ganz besondere Bedeutung für Tamara. Hier bewahrte sie die geheimsten und rätselhaftesten ihrer Sammlerstücke auf und bei manchen von ihnen hatte sie selbst noch nicht herausgefunden, was es damit auf sich haben mochte.

„Warte hier", wies die brünette Jugendliche Elena an, bevor sie langsam die Tür öffnete und in das nur ihr vertraute Gewirr der Rumpelkammer eintauchte. Sogleich begann Tamara, raschelnd ihr Lager zu durchsuchen, und entfernte sich Stück für Stück immer weiter in die Tiefen ihrer privaten Schatzhöhle. Elena lehnte sich gegen den Türrahmen und wartete. Das metallische Ticken einer Uhr war zu hören, doch wo sich diese befand, ließ sich nicht bestimmen. Durch ein schmales, gekipptes Fenster am oberen Ende der Außenwand wehte ein schwacher Wind herein und wirbelte Staub auf, der im Licht eines gedämpft hereinfallenden Sonnenstrahls tanzte. Ein alter und auch ein wenig modriger Geruch lag in der Luft und Elena musste sich beherrschen, um nicht zu niesen. Es war eine seltsame Atmosphäre in dieser Abstellkammer, irgendwie mystisch und geheimnisvoll und gleichzeitig unheilverheißend und anziehend. Nach einer Weile, die der Wasserbändigerin wie Stunden vorkam, hörte das Rascheln schließlich auf und wurde durch emsige Schritte ersetzt, die rasch näherkamen. Wenige Augenblicke später schob sich Tamara zwischen zwei bis zur Decke hin vollgepackten Regalen hervor und schüttelte sich erstmal energisch die etwas zerzausten Haare aus dem Gesicht.

„Ich habs gefunden", verkündete sie dann mit einem geheimnisvollen Glanz in den Augen und hielt einen Gegenstand im Arm, den Elena im Halbdunkel nur als kastenförmigen Umriss ausmachen konnte.

Von einer merkwürdigen Spannung umgeben verließen die beiden Mädchen in einvernehmlichem Schweigen den Raum, und erst, als die Tür hinter ihnen wieder geschlossen war, atmete Elena hörbar auf. Tamara setzte sich sogleich auf den Boden und platzierte den Gegenstand vor sich auf dem grau gemusterten Teppich, dann nahm sie ein Tuch und begann damit, ihr

Fundstück behutsam abzuwischen. Elena, die sich mittlerweile etwas verloren fühlte, hockte sich nun ebenfalls gegenüber von ihrer Freundin auf den Boden und betrachtete den komischen Kasten interessiert. Sie hatte keine Ahnung, ob dieses Ding tatsächlich etwas mit ihrem Geheimnis zu tun hatte, aber sie wollte es unbedingt herausfinden.

„So, fertig", meinte Tamara, richtete sich auf und strich sich eine braune Haarsträhne hinters Ohr. Gespannt blickte Elena auf den Gegenstand, der sich jetzt endlich klar erkennen ließ. Es war ein Buch, und ein sehr dickes noch dazu. Der alte, verschlissene Einband bestand aus braunem Leder, das einst sehr edel ausgesehen haben musste, mittlerweile aber ein klein wenig heruntergekommen wirkte. Am oberen Rand war ein samtenes, rotes Lesezeichen angebunden und ruhte nun kühl und seit Langem unberührt zwischen den gelblich verfärbten Blättern.

Nachdem sie sich vergewissert hatte, dass Tamara einverstanden war, schlug die Wasserbändigerin vorsichtig die erste Seite auf und machte große Augen vor Staunen, als diese das Abgebildete erfassten.

In der Mitte des vergilbten Pergaments waren die Symbole der vier Elemente aufgemalt, und wenn man von den Element Tamers wusste, konnte man ihre Umrisse in der Flamme, dem Tropfen, dem Wirbel und dem Blatt sogar schemenhaft erkennen. Zusammen bildeten die Embleme einen Kreis, und unter dieser Zeichnung stand in schwarzer Tinte ein Satz geschrieben.

Im kristallenen Mondlicht geschaffen …

Verwirrt blätterte Elena noch einige Seiten weiter, doch auf keinem der beschriebenen Blätter wurde der Satz fortgeführt.

„Ich habe so oft versucht, es zu verstehen …", flüsterte Tamara neben ihr leise und strich fasziniert über die uralte Schrift, den liebevollen Blick unentwegt auf das fein gemalte erste Bild gerichtet, zu dem Elena inzwischen zurückgeblättert hatte. Nach einem Zeitraum, der ewig zu sein schien, in Wirklichkeit jedoch nur einige Sekunden gedauert hatte, wandte sie sich schließlich davon ab und betrachtete stattdessen Elena, voll erwartungsvoller

Neugier auf deren Reaktion. Die junge Hüterin aber starrte weiterhin wie gebannt auf die Seite und man sah ihr an, wie immer mehr Fragen in ihrem Kopf auftauchten und sie zunehmend unruhiger zu werden begann. Nervös kaute sie an einer ihrer blonden Haarsträhnen und ihre Augen zuckten hin und her, während sie den unvollständigen halben Satz immer und immer wieder las. Als Elena den leicht besorgten Blick ihrer Freundin bemerkte, riss sie sich trotz allem mit einiger Mühe von dem Pergament los und fragte: „Was weißt du über dieses Buch?"

„Nicht besonders viel", antwortete Tamara und beäugte ihr Gegenüber immer noch leicht verunsichert. Erst, als Elena sie weiterhin abwartend ansah und ihr nun ihre gesamte Aufmerksamkeit widmete, begann Tamara, die Geschichte, die sie kannte, von Anfang an zu erzählen.

„Das Buch habe ich vor einigen Jahren auf einem Flohmarkt gekauft, an einem kleineren Stand in der Nähe des Ausgangs. Du kennst mich ja, wo es Bücher gibt, kann ich nicht widerstehen. Also habe ich alle Kisten durchforstet und es dabei dann zufällig gefunden, ganz unten in einem Karton mit alten Märchenbüchern für Kinder. Es sah interessant aus und hat nicht viel gekostet, also habe ich es mitgenommen. Eigentlich dachte ich, es wäre auch eine Kindergeschichte, aber beim Lesen ist mir das dann doch komisch vorgekommen, weil es so viele detailgenaue Beschreibungen darin gibt. Deshalb habe ich ein paar der historischen Daten nachgeprüft. Ich war erstmal baff, als ich herausgefunden habe, dass manche der Geschichten wirklich so passiert sind. Also habe ich weiter darin gelesen und versucht, die ganzen Zusammenhänge mit der Magie zu verstehen. Das hat ganz schön lange gedauert und ich weiß immer noch nicht, wie genau diese Teile funktionieren. Bis jetzt war ich mir ja nicht mal sicher, ob überhaupt irgendetwas davon wahr ist …"

Sie starrte fasziniert und beinahe ein wenig verträumt auf die Kette und verlor so für einen kurzen Augenblick den Faden.

„Und was weißt du über die Element Tamers an sich?", versuchte Elena, die diese Seite ihrer Freundin bereits kannte, die Aufmerksamkeit des Mädchens zurückzugewinnen und legte gleichzeitig so beiläufig wie möglich ihre Hand über den Anhänger. Tamara reagierte nun schnell und entledigte sich durch ein rasches Kopfschütteln ihrer kleinen Trance, bevor sie erwiderte: „Richtig, entschuldige. Wie viel weißt du denn schon?"

„Ähm …", sagte Elena nichtssagend und kam sich mit einem Mal unglaublich dumm vor.

„Sie sind bei einem Kristallmond entstanden … in der Nacht einer Sommersonnenwende. Und sie haben alle vier einen Tiergeist, der sie bewacht."

„Tatsächlich? Davon steht hier gar nichts …"

„Dann war der Autor wohl selbst kein Insider", kombinierte Elena logisch und erntete daraufhin ein nachdenkliches Nicken.

„Das ergibt Sinn. In diesem Buch wird auch beschrieben, wie die Element Tamers laut Legende genau entstanden sind. Musst du unbedingt mal lesen, ist echt beeindruckend! Die ersten Hüter verwendeten sie, um ihre Heimat vor Räuberbanden und Angriffen feindlicher Soldaten während der frühen Kriege zu schützen und zwischen den Völkern zu vermitteln. Nach ihrem Tod verschwanden die Schmuckstücke und suchten sich selbst ihre nächsten Träger. Das dauerte manchmal nur ein paar Tage, manchmal aber auch mehrere Jahre. Es kam sogar schon mal vor, dass ein Tamer gestohlen wurde! Das war das Erdenarmband, wenn ich mich richtig erinnere … ja, genau und der Dieb ist ein Engländer namens James Carpenter gewesen. Er stahl es von seinem damaligen Hüter und laut Legende wollte er es nutzen, um sich durch die Kontrolle des Tamers einen Vorteil über die irdischen Materialien in seinem Handwerksberuf zu verschaffen. Letztendlich hat ihn die Magie dann wohl so wahnsinnig gemacht, dass er das Armband in den Fluss geworfen und sich selbst danach ertränkt hat, so steht es zumindest im Buch. Allerdings hat er vorher noch ungefähr die Hälfte aller Siedlungen in der Umgebung zerstört, weil ihm seine Macht zu Kopf gestiegen ist. Das Armband hat sich erst Jahrzehnte später wieder gezeigt, dieses Mal bei einer jungen Frau in Frankreich. Der Autor hat dazu kommentiert, dass die Magie der Tamers sich demnach wahrscheinlich auch unabhängig von Raum und Zeit bewegen kann, stell dir das mal vor! Diese Artefakte sind uralt und haben sich ihre Hüter von Anfang an selbst ausgesucht. Und jetzt hat die Kette dich ausgewählt!"

Elena, die während des gesamten Vortrags aufmerksam zugehört hatte, sah mittlerweile sehr nachdenklich aus und blickte unsicher auf die Zeichnung des Tropfens, dem Symbol des Wassers.

„Ich hoffe bloß, sie weiß, was sie da tut", murmelte sie und schloss die Finger um den kalten Anhänger, wobei sie ohne es zu merken ein bisschen verloren wirkte. Mit einem tröstenden Lächeln löste Tamara die Hand ihrer verunsicherten Freundin von dem Schmuckstück und drückte sie sanft.

„Ganz sicher weiß sie das. Du bist ein toller Mensch und du wirst bestimmt eine fantastische Wasserbändigerin, denn das Zeug dazu hast du allemal. Du musst nur ein bisschen mehr an dich glauben, wenn die Kette und ich das beide tun, wird es schon seinen Grund haben, meinst du nicht?" Entgegen ihrer Intention musste das blonde Mädchen lächeln.

„Danke dir", erwiderte Elena voll ehrlicher Zuneigung, während sie sich langsam entspannte.

„Jederzeit gerne", entgegnete Tamara, bevor sie aus heiterem Himmel hinzufügte: „Darf ich mir die Kette einmal anschauen?"

Die Neugier in ihrer Stimme war nicht zu überhören und der sehnsüchtige Ausdruck, der während dieser Worte ihr schmales Gesicht zierte, sprach Bände.

„Oh … okay."

Vorsichtig streifte die Wasserbändigerin den Tamer über den Kopf und legte ihn vertrauensvoll in Tamaras geöffnete Hand, die sich sogleich sorgfältig schützend darum schloss. Voller Ehrfurcht nahm das braunhaarige Mädchen das Schmuckstück entgegen und hielt es ans Licht, um es eingehend von allen Seiten zu betrachten. Es war beeindruckend anzusehen, mit wie viel Respekt Tamara das kleine Juwel behandelte, obwohl sie selbst keinen direkten Bezug dazu hatte. Eine von vielen Eigenschaften, die das auf den ersten Eindruck etwas seltsam erscheinende Mädchen so besonders machten. Elena blätterte unterdessen weiter in dem Buch, las sich die eine oder andere Überschrift durch und stieß schließlich auf eine weitere Zeichnung, bei der sie interessiert innehielt. Sie zeigte alle vier Element Tamers in Lebensgröße, jeden davon zwei Mal in unterschiedlicher Variation. Tamara, die gerade ihre Inspektion beendet und sich wieder zu ihrer Freundin gesellt hatte, legte nun wie zum Vergleich die reale Kette auf die Abbildung und jetzt sah es fast so aus, als wäre der Stein soeben aus dem Buch gekommen und die Zeichnung Wirklichkeit geworden. Für einen kurzen Moment betrachteten die beiden Mädchen das Bild, und jede hing ihren eigenen Gedanken nach.

„So", meinte Tamara dann auf einmal, „jetzt erzähl mal. Wie bist du eigentlich zu deiner Wasserkette gekommen?"

Sie setzte sich auf und sah die junge Wasserbändigerin erwartungsvoll an.

„Na gut", begann Elena ohne zu zögern.

Und dann fing sie an zu berichten, die ganze Geschichte, von dem Moment an, als sie am Strand ihre erste Vision gehabt hatte. Von Zeit zu Zeit kommentierte Tamara einzelne Ereignisse. Beispielsweise war sie sehr überrascht gewesen, als sie erfahren hatte, dass Elena die Vision während ihres Ohnmachtsanfalls am Strand gehabt hatte. An einer bestimmten Stelle jedoch wurde die Wasserbändigerin abrupt unterbrochen.

„Sofia wie in Sofia Bergmann?!"

Tamara sah sie entgeistert an, denn auch sie hatte schon des Öfteren unangenehme Bekanntschaft mit der launischen Blondine gemacht.

„Ja, schon. Aber sie hat sich sehr verändert in letzter Zeit, du würdest sie kaum wiedererkennen", beruhigte Elena das wenig erfreute Mädchen und dachte bei sich, dass Sofias schlechter Ruf ihr wohl noch eine Weile zur Last fallen würde. Tamara sagte daraufhin nichts mehr, doch ein skeptisches Hochziehen der Augenbraue machte deutlich, dass sie sich wohl ihren Teil dabei dachte. Elena seufzte ergeben und fuhr dann mit ihrer Erzählung fort, innerlich hoffend, dass dieser Konflikt sie nicht zu sehr bei ihrer Mission behindern würde. Die Feuerbändigerin machte es einem auch wirklich niemals leicht.

Es dämmerte bereits, als die ursprünglich spontane Besucherin ihre Freundin vollständig auf den aktuellen Stand gebracht hatte.

„Puh, das kann ja noch spannend werden!", kommentierte Tamara den ganzen Bericht mit einem ebenso beeindruckten wie kritischen Nicken, stand auf und verstaute das Buch sicher in der untersten Schublade ihrer Kommode.

„Aber es klingt nach einem Abenteuer. Ihr könnt also auf mich zählen!", fügte sie dann im Umdrehen grinsend hinzu und brachte damit ihre Freundin zum Schmunzeln.

„Danke, Tamara, für alles. Ich halte dich auf dem Laufenden. Hoffentlich finden wir den Ursprungsort rechtzeitig vor dem Treffen beim nächsten Vollmond!"

„Klar schaffen wir das. Ich sag dir auch Bescheid, sobald ich was Neues rausgefunden habe. Vielleicht können wir uns ja auch einmal mit Laura und Sofia hier treffen, die haben möglicherweise auch noch ein paar gute Ideen."

Elena nickte zustimmend.

„Das klingt gut."

Mit einem Blick auf die Uhr ergänzte sie: „Ich sollte langsam los. War wirklich schön, mal wieder mit dir zu reden!"

Wie viel Wahrheit in diesem letzten Satz steckte, merkte Elena jedoch erst, als ihre Freundin sie zum Abschied umarmte und murmelte: „Fand ich auch. Du kannst gerne mal wieder öfter vorbeikommen oder auch einfach nur anrufen, wenn dir danach ist."

„Das mache ich", lächelte die Wasserbändigerin mit brüchiger Stimme und ihr wurde bewusst, wie sehr sie die alte Zeit vermisste, als sie sich noch jeden Tag in der Schule gesehen hatten. Die beiden besten Freundinnen blieben noch einen kurzen Moment in ihrer Umarmung stehen, dann lösten sie sich voneinander und Elena verabschiedete sich. Auf dem ganzen Heimweg dachte Elena über das Buch und über die Antworten, die es liefern konnte, nach, und fühlte sich mit einem Mal viel zuversichtlicher. Ihr war fast, als hätte sie eine Art Zeichen erhalten, einen Anhaltspunkt, der ihr einen Wink in die richtige Richtung gab. Mit so etwas ließ sich arbeiten, und zwar weitaus besser als mit den vagen Andeutungen der Tiergeister. Sie beschloss, zuhause gleich Laura und Sofia in einem Gruppentelefonat von den neuesten Ereignissen zu erzählen. Die beiden Hüterinnen mussten sowohl von dem Buch als auch von ihren Träumen bezüglich der Mission erfahren, so beunruhigend und verwirrend diese auch sein mochten. Wenn sie zusammen etwas erreichen wollten, mussten sie ehrlich zueinander sein, das hatte Elena durch ihren Besuch bei Tamara gelernt. Und genau damit würde sie nun beginnen.

29. KAPITEL

Es war ein spätsommerlicher Sonntagmorgen, wie aus einem Bilderbuch. Die Vögel zwitscherten, die Sonne strahlte warm von einem wolkenlos blauen Himmel herab und auf den Straßen des Dorfes waren bereits die ersten Frühaufsteher unterwegs, um die Brötchen für das Frühstück einzukaufen. Eine Person allerdings konnte diese Stimmung nicht genießen. Elena saß stirnrunzelnd in ihrem Zimmer und blickte besorgt auf das Kalenderblatt, das sie soeben abgerissen hatte. Nur noch sechs Tage bis zum Vollmond. Die Zeit drängte und noch immer hatten die drei Bändigerinnen keine Ahnung, wo sich der geheimnisvolle Ort befinden sollte, an dem sie die Tiergeister treffen würden. Ihre Recherche im Internet und in der Bücherei hatte nichts ergeben, und von den Tiergeistern selbst hatten sie auch nichts mehr gehört. Laura, die als Einzige täglich Kontakt zu ihrem Falken hatte, hätte demzufolge eigentlich eine gute Informationsquelle sein müssen. Leider jedoch hatte sich diese Hoffnung als falsch herausgestellt, als all ihre zahlreichen Versuche mit Figruan zu kommunizieren fehlgeschlagen waren. Scheinbar bedurfte es zu so etwas besonderer Umstände. Dennoch war deutlich zu spüren, dass auch der Falke selbst zunehmend unruhiger wurde, je näher der Tag des ersten Treffens rückte, wenngleich er keine konkreten Hinweise verlauten ließ. Seufzend wischte die gedankenverlorene Wasserbändigerin ihre sich zu Sorgenspiralen entwickelnden Überlegungen beiseite, warf das Kalenderblatt zu dem Rest seiner Artgenossen in den Mülleimer und griff dann nach ihrem Handy. Sie startete einen Gruppenanruf und verabredete sich mit Laura und Sofia zum Training. Nach einem kurzen Frühstück mit ihrer Familie holte sie das Fahrrad aus dem Schuppen und machte sich auf den Weg zum alten Sportplatz. Der bestand eigentlich nur aus einem Stück Wiese, das an einen mittlerweile geschlossenen Kindergarten in der Nähe des Waldes angrenzte und dort unbeachtet vor sich hin wucherte. Normalerweise wurden solche

Einrichtungen weiterverkauft, doch für das alte, stark renovierungsbedürftige Gebäude, von dem man fünfzehn Minuten zu Fuß zum nächsten Bauernhof lief, hatte sich nach dem Auszug der alten Betreiber wohl niemand mehr interessiert. Es war gar nicht so leicht gewesen, einen geeigneten Trainingsplatz zu finden, zumal Laura an diesem Tag zum ersten Mal mit ihnen üben würde. Elena hatte zuerst zwar die Sonnensteinhöhle vorgeschlagen, war aber relativ schnell überstimmt worden, da dieser Ort für ein so bewegungsbetontes Element wie Luft recht wenig Platz bot.

Als Elena ankam, lehnte sie ihr Rad an einen alten Holzpfahl und sah sich um. Der ehemalige Kindergarten sah lange nicht mehr so fröhlich und einladend aus, wie sie ihn von früheren Besuchen in Erinnerung hatte. Das letzte Mal, als sie Luisa zu ihrem Abschlussfest hierher begleitet hatte, waren die Wände noch sehr viel bunter gewesen. Am Ende des Abends hatte sich jedes Kind mit einem farbigen Handabdruck auf den Mauern verewigt. Zu dieser Zeit hätte wohl niemand gedacht, dass das Anwesen in wenigen Jahren bankrottgehen würde. Jetzt waren die Spuren verblasst und die kolorierte Substanz an einigen Stellen bereits abgeblättert. Noch bevor Anna ihre Kindergartenzeit begonnen hatte, war die Einrichtung an die Stadtverwaltung verkauft worden und da sich anschließend niemand mehr darum kümmern wollte, war sie nun mehr Wrack als richtiges Haus. Ein Stapel altes Brennholz war neben der aus den Angeln gefallenen Eingangstür aufgeschichtet worden, doch das Wetter hatte ihn wohl ein wenig zerrissen und so lagen einige Scheite kreuz und quer verteilt in der Gegend herum. Zwischen den abgebrochenen Dachziegelstücken und dem knöchelhohen Gras fiel das jedoch gar nicht weiter auf.

Elena schnappte sich ihre Tasche aus dem Fahrradkorb und sah sich nach ihren Freundinnen um. Noch schien niemand da zu sein. Sie beschloss, die übrige Zeit sinnvoll zu nutzen und sich schon mal ein wenig aufzuwärmen, um ihre eingeschränkten Kräfte in Gang zu setzen. Kurzerhand ließ sie die Tasche neben dem Rest eines ehemaligen Zauns liegen und stellte sich in die

Mitte der Grasfläche, deren Halme ihre unbedeckten Waden kitzelten. Tief einatmend schloss das Mädchen für einen Moment die Augen und konzentrierte sich darauf, seine Energie aus allen Ecken seines Körpers zusammenzusammeln. Doch auch dieses Mal wollte es Elena nicht so recht gelingen.

Ein plötzliches Knacken im Gebüsch hinter dem Zaunrest ließ die Hüterin herumfahren.

„Wer ist da?", rief sie halblaut und versuchte, ihre Stimme dabei drohend klingen zu lassen, was allerdings nicht sonderlich gut funktionierte. Es kam keine Antwort zurück. Gerade als Elena nach kurzem Zögern nach vorne trat, um das Gestrüpp näher unter die Lupe zu nehmen, kam auf einmal eine Maus auf sie zugeflitzt und verschwand mit einem leisen Quieken in ihrem Loch im Rasen. Da sie sonst nichts entdecken konnte, gab die Wasserbändigerin sich damit zufrieden und kehrte auf die Wiese zurück, um ihre Aufwärmübungen fortzusetzen. Doch das Gefühl, beobachtet zu werden, wurde sie einfach nicht los. Ärgerlich schüttelte Elena den Kopf, um ihre Gedanken zu verdrängen, formte dann eine Wasserblase und warf sie wie einen Ball von einer Hand zur anderen. Zu ihrer Freude klappte das sogar einigermaßen. Sie begann gerade, wieder Hoffnung zu schöpfen, als sie von Sofias auf dem Feldweg knirschenden Reifen ein weiteres Mal unterbrochen wurde. Leichtfüßig sprang die Feuerbändigerin vom Fahrrad und stellte es zu Elenas, bevor sie über die Wiese stapfte, um ihre Freundin zu begrüßen. Diese ließ die Wasserkugel mit einer schnellen Handbewegung in winzige Tropfen zerspringen, wandte sich dann ebenfalls der neu Eingetroffenen zu und umarmte sie lächelnd.

„Na, alles klar?", fragte sie, nachdem die beiden sich wieder voneinander gelöst hatten.

„Bei mir schon. Wie stehts mit dir?"

Die Feuerbändigerin machte Anstalten, sich die Haare zu einem Pferdeschwanz zusammenzubinden, bevor sie plötzlich stutzte.

„Wollte Laura nicht eigentlich auch kommen?", wunderte sie sich und blickte sich suchend um, als erwarte sie, die Luftbändigerin jeden Moment aus den Büschen springen zu sehen.

„Sie wird bestimmt gleich hier sein ...", meinte Elena, die nicht so recht wusste, was sie nun sagen sollte. Kaum dass sie jedoch fertig gesprochen hatte, sauste auch schon ein weiteres Fahrrad um die Ecke und kam bei dem morschen Pfosten zum Stehen.

„Bin schon da!", rief Laura keuchend zu ihren wartenden Kolleginnen herüber und fuhr sich mit einer Hand durch ihre noch feuchten Haare, während sie mit der anderen Anstalten machte, ihr leicht angerostetes Fahrradschloss zu öffnen.

„Hey, wo kommst du denn her?", fragte Elena, ging ihr langsam entgegen und und musterte sie unterdessen neugierig.

„Schwimmtraining", entgegnete die Luftbändigerin knapp und fluchte leise, als sie feststellen musste, dass das Schloss klemmte und sich partout nicht wieder schließen lassen wollte. Seufzend nahm Elena ihr das kleine Teil aus der Hand und rückte einen der Zahlenringe gerade, der bei der Hektik verrutscht war. Mit einem kurzen Klicken rastete der Mechanismus ein und sie gab es Laura zurück, die es kopfschüttelnd um ihr Rad legte.

„Na dann, komm mal mit!", forderte die Wasserbändigerin, als diese Arbeit schließlich vollbracht war und hakte sich bei ihrer Freundin ein. Zu zweit gesellten sie sich zu Sofia, die bereits ungeduldig auf sie wartete.

„Da bist du ja endlich! Großartig. Können wir anfangen?"

Laura verdrehte angesichts des erneut schnippischen Tonfalls die Augen.

„Ja, können wir."

Elena, die im Augenblick wirklich nicht in der Stimmung für weitere Streitereien war, hatte unterdessen zwei Federn aus ihrer Tasche geholt und platzierte sie nun vor den beiden stichelnden Mädchen auf dem Boden. Sie hatte aus Gewohnheit die Organisation übernommen und im Vorfeld ein paar Übungen vorbereitet, was sich jetzt wie so oft als nützlich erwies.

„Fängst du schon mal alleine an?", bat sie Sofia, die daraufhin ihre Unterhaltung augenblicklich einstellte, zustimmend nickte und den Blick fest auf die Feder richtete. Sie hatte entgegen aller Widersprüche Elenas begonnen, das Bändigen ohne Hände zu versuchen. Die Wasserbändigerin schüttelte unmerklich den

123

Kopf und wandte sich dann Laura zu. Sie war der Meinung, Sofia solle zunächst einmal die Grundlagen richtig lernen, bevor sie sich an etwas so Schwierigem und vielleicht sogar Unmöglichem versuchte. Das Mädchen behauptete zwar, es wäre bereits so weit, aber beim Training machte es immer noch mehr als genügend Fehler.

„Meine Güte, ich höre mich an wie eine Lehrerin! Dabei hab ich doch selbst keine Ahnung, was ich hier mache!", musste Elena sich selbst in Gedanken eingestehen.

Aber wer sollte auch sonst das Ruder in die Hand nehmen? Sie hatten ja niemanden, der es ihnen beibringen könnte.

„Elena?", Lauras zögernde Stimme holte die Wasserbändigerin in die Wirklichkeit zurück.

„Was? Entschuldige, ich war gerade in Gedanken."

„Schon okay, aber was soll ich denn jetzt als Erstes machen?", fragte das Mädchen und sah sie erwartungsvoll an.

„Am besten versuchst du erstmal, die Feder einfach nur zum Schweben zu bringen. Lass sie ganz langsam aufsteigen bis auf etwa einen Meter Höhe und hol sie dann sanft wieder runter. Schaffst du das?"

Laura schenkte ihr einen gespielt verletzten Blick.

„Ich hab dich schon mal auf deinen Balkon fliegen lassen. Ich glaube, das hier krieg ich grade noch hin."

Sie wedelte halbherzig mit dem Finger und die Feder schoss in Blitzgeschwindigkeit nach oben, bevor sie langsam und willkürlich kreiselnd wieder zurück zur Erde segelte. Elena fing das zerzauste Objekt aus der Luft und sah Laura vorwurfsvoll an.

„Ich glaube dir schon, dass du das kannst, trotzdem könntest du das Ganze ein bisschen ernster nehmen. Wäre ich das gewesen, dann hätte ich mich danach wahrscheinlich erstmal übergeben", ermahnte sie ihre Freundin und klang dabei unbewusst schärfer, als sie es eigentlich beabsichtigt hatte.

„Ist ja gut, entspann dich mal wieder", murrte die Luftbändigerin und warf Elena einen unzufriedenen Blick zu, bevor sie das kleine Objekt aus deren Hand nahm und es nun betont langsam emporsteigen ließ.

„Besser so?", fragte sie genervt, als die Feder wieder sicher in Elenas Hand gelandet war. Die Wasserbändigerin nickte zustimmend, dann fasste sie sich ein Herz und lenkte ein: „Sorry, ich hätte dich nicht so anfahren dürfen. Aber ich bin einfach nervös, verstehst du?"

Lauras Ausdruck wurde weicher.

„Ich weiß, Elena. Dass du angespannt bist, sieht ein Blinder. Aber du darfst das nicht so an dich heranlassen, davon finden wir den Treffpunkt auch nicht schneller!"

„Ich werde es versuchen", versprach Elena seufzend, bevor sie meinte: „Du machst das schon echt gut. Wenn du willst, kannst du ja mal was Schwierigeres versuchen, zum Beispiel den Holzstoß da drüben. Wie viel davon kannst du auf einmal schweben lassen?"

Die Luftbändigerin betrachtete den besagten Stapel prüfend.

„Herausforderung angenommen", erwiderte sie dann grinsend und marschierte entschlossen darauf zu, wobei sie gespielt angeberisch ihre Ärmel nach oben rollte. Elena blieb, anstatt direkt zu Sofias Training überzugehen, noch ein wenig an der Stelle stehen und sah ihrer Freundin dabei zu, wie sie zuerst nur einen, dann aber bald zwei, drei, vier, fünf Holzscheite in die Luft hob und sie vorsichtig hin- und herbewegte. Laura machte ihre Sache gut, und die selbsternannte Coachin nickte zufrieden, bevor sie sich ihrer anderen Freundin widmete. Staunend sah sie zu, wie Sofia einen Flammenschweif mit der Hand hinter sich herzog, sich dabei drehte und dadurch einen Feuerring um sich selbst bildete.

„Respekt!", rief sie der Feuerbändigerin aus einem spontanen Anflug von Stolz heraus zu und erntete daraufhin ein breites, selbstbewusstes Grinsen. Da sie anscheinend nicht mehr als Beraterin gebraucht wurde, machte sich Elena wieder an ihre eigenen Übungen, die im Gegensatz zu denen der anderen beiden deutlich ruhiger und weniger beeindruckend abliefen. Dass sie trotzdem dieselbe Menge an Kraftaufwand erforderten, war eine unschöne Begleiterscheinung, die die Wasserbändigerin durch stetiges Üben auszumerzen hoffte. Zwar zweifelte sie auch daran, dass der Grund für ihre geringe Stärke allein mit ihr selbst zu tun hatte, aber dennoch fühlte sie sich ein Stück weit schuldig und für ihren fehlenden Fortschritt verantwortlich, was sie nur noch mehr zum verbissenen Training animierte. So kam es, dass die drei Bändigerinnen mehrere Stunden auf dem verlassenen Gelände verbrachten und jede für sich in harmonischem Schweigen an ihren Fähigkeiten arbeitete. Das funktionierte auch erstaunlich gut, bis Lauras Blick irgendwann gegen Mittag zufällig auf ihre Armbanduhr fiel und sich ihre Miene schlagartig veränderte.

„Ich muss gehen!", rief sie ihren Kolleginnen leicht panisch zu und hastete voller Eile zu ihrem Fahrrad, das noch immer an dem morschen Zaunrest lehnte. Elena und Sofia sahen sich kurz an, dann antwortete die Wasserbändigerin für sie beide: „Warte, wir kommen mit!"

Laura, die gerade wieder ihr Fahrradschloss auseinanderzerrte, nickte nur knapp. Seufzend eilten die beiden anderen Hüterinnen ihr zu Hilfe, bevor sie sich auf ihre Räder schwangen und zu dritt die Hausruine verließen. Während der Heimfahrt erklärte die Luftbändigerin ihnen etwas außer Puste, dass sie gleich mit ihrem Vater zu einer Raubvogelschau fahren würde und dass Figruan dort seinen ersten Auftritt haben sollte. Elena bewunderte ihre Freundin insgeheim dafür, dass sie es neben der Magie und der Schule weiterhin geschafft hatte, ihrer Leidenschaft nachzugehen und mit ihrem Falken zu trainieren. Das erinnerte sie an die Tanzstunden, und sie machte sich im Hinterkopf eine Notiz, so bald wie möglich wieder hinzugehen. Die drei waren so sehr in ihr Gespräch vertieft, dass sie zunächst gar nicht bemerkten, wie sich aus der Gegenrichtung jemand näherte. Schließlich war es Sofia, der es zuerst auffiel.

„Schaut mal da", machte sie ihre Freundinnen darauf aufmerksam und nickte mit dem Kopf in Richtung der sich noch außer Hörweite befindenden Gestalt. Die Person schien eine Frau zu sein. Sie trug eine dunkelblaue, knielange Jeanshose und eine rote Bluse und hatte lange, braune Haare, die in einem geflochtenen Zopf über ihrer Schulter lagen. Als sie nur noch etwa fünfzehn Meter entfernt war, erkannte Elena, dass die Unbekannte etwas in der Hand hielt, das im Sonnenschein grün zu funkeln schien.

„Das ist Lisa!", wisperte die Wasserbändigerin ungläubig und erntete verwirrte Blicke von ihren Freundinnen.

„Woher weißt du das? Bist du sicher?", hakte Laura skeptisch nach, während Sofia die Gestalt mit zusammengekniffenen Augen musterte.

„Das Armband ... natürlich", murmelte sie eine Sekunde später und wechselte anschließend einen unsicheren Blick mit Elena.

Was sollten sie jetzt tun? Und was wollte Lisa überhaupt hier?

30. KAPITEL

„Hallo Leute!", rief Lisa ihnen fröhlich entgegen und sprintete die letzten paar Meter auf sie zu.

„Hi …"

Höflich grüßte Elena zurück und setzte ein freundliches Lächeln auf, nachdem sie ihren Freundinnen aus dem Augenwinkel einen hilfesuchenden Blick zugeworfen hatte. Das hatte sie nicht erwartet. „Was machst du hier?", fragte Laura unverblümt und sah die Klassenkameradin misstrauisch an. Sie machte kein Geheimnis daraus, dass sie Lisa nicht ganz traute, doch das brünette Mädchen ließ sich davon nicht beirren.

„Ich habe euch gesucht. Ihr kommt doch vom Training, oder etwa nicht?"

Eine erschrockene Stille machte sich breit.

„Training? Welches Training?", versuchte Sofia halbherzig die Situation zu retten, doch es war vergeblich.

„Du als Feuerbändigerin müsstest doch wissen, wovon ich spreche", entgegnete Lisa kühn und sorgte so dafür, dass es allen drei Hüterinnen für einige Sekunden die Sprache verschlug.

„Feuerbändigerin? Bitte was? Was ist das denn für ein Schwachsinn?", äußerte sich Laura dann lautstark und stieß Elena unbemerkt von den anderen den Ellenbogen in die Seite, was wohl eine Aufforderung zum Mitspielen sein sollte.

„Also, ich weiß auch nicht, wovon sie redet. Meinst du, sie ist auf den Kopf gefallen?", überlegte diese daraufhin in unfassbar schlecht geschauspielerter Manier und bemühte sich verzweifelt, ihre Stimme glaubhaft unwissend klingen zu lassen, woran sie ebenfalls kläglich scheiterte.

„Ich weiß es nicht. Ist alles in Ordnung bei dir?", erkundigte sich die Luftbändigerin nun bei Lisa und musterte sie scheinbar besorgt.

„Bei mir? Ich glaube eher, bei euch ist nicht mehr alles in Ordnung! Wie könntet ihr sonst eure Elementkräfte vergessen?

Kommt schon, Leute, mir könnt ihr es doch sagen! Ich bin doch eine von euch."

Lisa sah sie gekränkt und verständnislos an, anscheinend hatte sie ihnen die Nummer tatsächlich abgekauft.

„Eine von wem?", hakte Sofia nach, um den Faden weiterzuspinnen, und klimperte ahnungslos mit ihren langen Wimpern, woraufhin Lisa ungläubig den Kopf schüttelte.

„Ich hätte echt nicht gedacht, dass ihr es immer noch nicht kapiert habt. *Ich* bin die Erdbändigerin! Hier!"

Sie streckte Elena zum Beweis das Armband entgegen, welches diese daraufhin vorsichtig musterte. Sie hatte es noch nie zuvor aus der Nähe gesehen und musste zugeben, dass es für sie schlichtweg wie ein ganz normales Armband aussah. Aber das taten die anderen Element Tamers ja auch, wenn sie nicht gerade aufleuchteten.

„*Du?*"

Lauras Ausdruck sprach Bände, als sie Lisas Offenbarung realisierte und somit augenblicklich ihre vorgetäuschte Unwissenheit aufgab. Auch Elena wusste zunächst gar nicht, was sie sagen sollte. Zwar hatte sie Lisa schon länger als Erdbändigerin im Verdacht gehabt, doch mit einer direkten Konfrontation aus dem Nichts hatte sie nun wirklich nicht gerechnet. Folglich war Sofia wieder einmal die Einzige, die sich von der Neuen nicht sofort überzeugen ließ und dies auch gleich offen kundtat.

„Zeig mir mal etwas von deinen Bändigerkräften!", forderte sie das Mädchen auf und zog eine Augenbraue nach oben, als dieses zunächst nur seufzte.

„Das ist das Problem. Ich habe es noch nicht so richtig im Griff. Genauer gesagt, habe ich bis jetzt nur einmal Magie benutzt, und das war ein Versehen. Darum wollte ich mich euch eigentlich noch nicht zeigen … mir ist das irgendwie peinlich", gab sie dann beschämt zu. Als niemand etwas sagte, ergänzte sie rasch: „Aber so langsam wird die Zeit knapp, also habe ich keine Wahl mehr!", und ihre Miene hellte sich augenblicklich wieder auf. Sofia ging nun nicht weiter auf die Äußerung der Neuen ein und Laura war scheinbar immer noch zu verblüfft, um sich in die Diskussion einzumischen, also lag es jetzt an Elena, kurz entschlossen das Wort zu ergreifen.

„Und woher weißt du von unserem Trainingsplatz? Und unsere Identitäten? Wie hast du das herausgefunden?"

Lisa grinste und warf ihren hellbraunen Zopf über die Schulter.

„Weißt du, Elena Tarnow, es gibt nicht allzu viele Menschen, die auffällig oft denselben Schmuck tragen und von einem Tag auf den anderen mit der ehemaligen Feindin die Köpfe zusammenstecken, als wären sie Geheimagenten mit einem dringenden Fall."

„Du hast die erste Frage nicht beantwortet", bemerkte Sofia scharf und erneut richteten sich alle Blicke auf die vermeintliche Erdbändigerin, die sich davon allerdings nicht beeindrucken ließ. Seelenruhig entgegnete sie: „Es ist jetzt nicht so schwer, das herauszubekommen, wenn man ein bisschen logisch nachdenkt. Ich meine, wie viele gute Trainingsorte gibt es hier in der Gegend?"

„Irgendwo wahr …", murmelte Elena vor sich hin und erntete dafür einen bösen Blick von der Feuerbändigerin.

„Na also."

Lisa setzte eine zufriedene Miene auf und stützte selbstsicher die Hände in die Hüften.

„Ich fände es gut, wenn wir uns morgen mal zu viert treffen würden, damit wir alle Informationen zusammentragen können. Habt ihr alle Zeit?", schlug sie kurzerhand vor und blickte erwartungsvoll in die Runde. Sofia schüttelte mit einem ungläubigen Lachen den Kopf, doch es war keine Freude, sondern nur Missbilligung darin. Es war offensichtlich, dass sie die Neue nicht leiden konnte, und wie immer gab sie sich nicht die Mühe, dies hinter falschen Höflichkeiten zu verstecken.

„Ich kann morgen leider nicht", antwortete Elena und zuckte entschuldigend mit den Schultern, woraufhin auch Laura ihre Sprache wiederfand und einstimmte. Ihre neue Klassenkameradin sah ziemlich unzufrieden aus, lenkte aber widerwillig ein: „Okay, dann eben nicht morgen. Aber innerhalb der nächsten Tage müssen wir uns treffen, also sagt Bescheid, wenn ihr mal Zeit habt."

„Ähm, ich unterbreche ja nur ungern, aber ich muss jetzt echt los, sonst fährt mein Vater ohne mich", warf Laura mit einem ängstlichen Blick auf die Uhr ein und lächelte flüchtig zum Abschied, bevor sie kräftig in die Pedale trat und nach kurzer Zeit in der Ferne verschwand.

„Tschüss", kam es im Gegensatz dazu kurz und knapp von Sofia, die sich nun ebenfalls abstieß und ihrer Freundin hinterherhetzte. Elena warf Lisa noch einen letzten, nochmals entschuldigenden Blick zu, dann ließ auch sie sie auf dem Feldweg stehen und folgte der Feuerbändigerin in Richtung Heimatdorf. Hinter einem Hügel holte sie die gereizte Blondine schließlich ein, die das Tempo mittlerweile wieder etwas abgebremst hatte und ihr Rad nun parallel zu Elenas rollen ließ.

„Ich traue ihr nicht", sagte sie kurz angebunden und warf dabei einen Blick über die Schulter, um zu überprüfen, ob ihnen jemand folgte. Glücklicherweise aber war der Weg leer, und sie drehte sich ein klein wenig beruhigt wieder um.

„Warum?", fragte die Wasserbändigerin, ohne eine Verurteilung von Sofias negativer Einstellung verlauten zu lassen. Stattdessen beobachtete sie das Mädchen gespannt, während sie auf dessen Antwort wartete. Ihre Freundin hatte sich bereits früher als misstrauisch herausgestellt, womit sie manchmal auch Recht behalten hatte. Trotzdem konnte man sich natürlich nicht zu einhundert Prozent auf ihr Bauchgefühl verlassen, wenn man niemanden zu Unrecht beschuldigen wollte.

„Findest du es nicht auch irgendwie komisch, dass sie einfach so aus dem Nichts von unserem Trainingsplatz weiß? Sie ist neu in der Gegend und wir haben das erst kurz vorher per Telefon ausgemacht."

Elena runzelte die Stirn und überlegte einen Moment.

„Vielleicht war sie zu schüchtern, um zu fragen und ist einfach einer von uns gefolgt", vermutete sie dann, glaubte sich dabei aber selbst nicht einmal wirklich.

„Und woher wusste sie von der Uhrzeit?"

Die Feuerbändigerin klang immer noch äußerst skeptisch, und Elena konnte zur Antwort nur ratlos mit den Schultern zucken.

„Wahrscheinlich hat sie uns aufgelauert."

„An einem Sonntagmorgen? Wohl kaum!"

Sofia wandte mit einem zweifelnden Kopfschütteln den Blick wieder geradeaus und beendete somit die Diskussion. Die Wasserbändigerin jedoch beobachtete sie weiterhin aus dem Augenwinkel und versuchte zu verstehen, was in ihrem Kopf gerade vorging. Sofia hatte die Augenbrauen zusammengezogen, sie lächelte nicht. Dass Lisa so plötzlich aufgetaucht war, schien sie wirklich zu beschäftigen. Andererseits, wenn sie ehrlich war, musste selbst Elena sich eingestehen, dass auch sie eine gewisse Unsicherheit gegenüber dem Mädchen mit den braunen Haaren hegte.

Aber war für so etwas denn Zeit? Sie mussten sich beeilen, und dass Lisa sich soeben als Erdbändigerin offenbart hatte, hatte sie innerhalb von Sekunden einen Riesenschritt weitergebracht. Und woher sollte die Schülerin von den Element Tamers wissen, wenn sie nicht selbst einen besaß?

Den Rest der Heimfahrt brachten die Hüterinnen großteils schweigend hinter sich, und wenn sie doch mal ein paar Sätze wechselten, dann ging es dabei meist um alltägliche, belanglose Themen. Über Magie verlor keine von ihnen mehr ein Wort. Als sie einige Minuten später an die Weggabelung kamen, an der sie sich trennen mussten, blieben die beiden Freundinnen kurz stehen und umarmten sich zum Abschied.

„Bis dann", murmelte Elena und legte den Kopf auf Sofias Schulter, während ihr nachdenklicher Blick zum Horizont schweifte. Sie hatte manchmal das Gefühl, dass ihr alles über den Kopf wuchs, und jetzt war wieder einer dieser Momente. Die Lösung der Rätsel um das Böse schien unerreichbar fern, vielleicht verborgen in dem Nebel, der die kahlen Bergspitzen der auf diese Distanz winzig wirkenden Gebirge umhüllte. Eine ganze Weile verharrten die Mädchen schweigend in dieser Position, bevor sie sich schließlich voneinander lösten und beide ihres Weges fuhren. Die Wasserbändigerin war nach wie vor sehr unruhig, als sie im aufkommenden Wind über die an den Feldweg anschließende Teerstraße rollte. Sie spürte ganz deutlich, dass etwas in der Luft lag. Eine böse Macht, die schon seit langen Jahren im Schatten heranwuchs. Der Zeitpunkt, zu dem sie sich zeigen und Chaos verbreiten würde, war nicht mehr allzu weit entfernt. In

Elenas Kopf spukte diese Sorge dauerhaft umher, seit mittlerweile schon Wochen lungerte sie stets im Hintergrund herum und kam hoch, wann immer sich die Gelegenheit dazu bot. Es fuchste das blonde Mädchen, dass es trotz seines scharfen Verstandes nicht hinter das Geheimnis kam, dass es die Zeichen nicht deuten konnte und nur einzelne Teile eines gewaltigen Puzzles besaß, die auch nach allem Drehen und Wenden nicht zusammenpassen wollten. So konnte sie an diesem Sonntag nicht nach Hause kommen, dachte die Hüterin unbewusst, und so kam es, dass sie ohne es wirklich zu merken einen abkürzenden Pfad zurück in Richtung Wald einschlug. Der ausgetretene, lehmige Boden war genau wie das Gras noch feucht und roch ein wenig modrig, und als sie unter die ersten Bäume fuhr, fröstelte Elena in deren Schatten und schreckte so endlich aus ihren Gedanken hoch.

„Seltsam, ich wollte doch gar nicht hierher …", wunderte sie sich und sah sich mit einem leicht unbehaglichen Gefühl um. Sie kannte diesen Ort, doch es dauerte eine Weile, bis sie ihn erkannte. Erst, nachdem sie mehrere Weggabelungen hinter sich gebracht hatte, fiel der Groschen und ihre Augen weiteten sich bei der Erkenntnis. Die Wasserbändigerin befand sich auf einem Weg, den sie vor nicht allzu langer Zeit schon einmal zu Fuß gegangen war. Damals war es dunkel gewesen, und Laura hatte sie zwischen den Pflanzen hindurchgeführt, zu einer Lichtung hinter einem Brombeergestrüpp mit einem dunklen Geheimnis. Elena blieb stehen und ließ die Erinnerung vor ihrem inneren Auge noch einmal Revue passieren.

„Jeden Abend zur gleichen Zeit …", hallte Lauras Stimme durch ihren Kopf, dann hörte sie sich selbst in einem inneren Monolog feststellen: „Es gibt sicher einen Grund, warum sie sich tagsüber nicht blicken lässt. Nur welchen?"

Die letzten beiden Worte wisperte Elena in die schläfrige Mittagsruhe des Waldes hinein und schauderte ein wenig, als sie hörte, wie gruselig sie selbst dabei klang. In diesem Moment wurde ihr klar, dass es sie schon seit dieser unheimlichen Nacht wieder hierherzog, um der Lösung des Rätsels um die Masken ein Stück näher zu kommen. Das blonde Mädchen straffte sich und atmete tief durch, bevor es kurz entschlossen auf die Ranken zuging. Wie schon beim letzten Mal fielen ihm die beängstigend großen Dornen auf und Elena fragte sich, wer so ein Monstergewächs wohl gezüchtet haben mochte, auch wenn sie die unangenehme Vermutung hatte, dass die Antwort noch beunruhigender sein würde als die Pflanze selbst. In aller Vorsicht suchte sich die Wasserbändigerin ihren Weg durch das Gestrüpp hindurch und trat gleich darauf auf die Lichtung, die im Gegensatz zum schattigen Inneren der Hecke zumindest teilweise von Sonnenlicht erreicht wurde und dadurch zumindest ansatzweise harmlos wirkte. Eigentlich hatte sie erwartet, den gewaltigen Riss wiederzusehen, doch stattdessen traf Elenas Blick auf einen vollkommen heilen Erdboden.

„Was in Gottes Namen?", entfuhr es ihr und verdattert kniete sie sich neben die Stelle, an der der furchterregende Spalt gewesen war. Ein paar Nächte zuvor hatte sie genau hier in eine endlos scheinende Schwärze hinuntergeblickt. Nun erkannte man selbst bei genauem Hinsehen nichts weiter als eine feine, braune Narbe zwischen den Grashalmen, an deren Stelle die Erdkruste zerbrochen war. Verunsichert hielt Elena inne und starrte auf die schmale Linie. Jemand schien um jeden Preis seine Spuren verwischen zu wollen und diese Person musste eine sehr mächtige Magie besitzen, wenn sie eine solche Kluft von einem Tag auf den anderen schließen konnte. Mit konzentriertem Blick suchte das Mädchen die Lichtung nach Überresten des dunklen Gesteins ab, wurde jedoch nicht fündig. Elenas Unruhe verstärkte sich, je mehr Zeit verging. Sie spürte, dass immer noch etwas Finsteres in der Luft lag, doch sie konnte es nicht fassen. Um sich zu beruhigen und wieder etwas Klarheit in ihre Gedanken zu bringen, versuchte Elena es schließlich mit Wasserbändigen, was etwa genauso gut wie zuvor funktionierte und demnach von der unheilvollen Atmosphäre dem Anschein nach unbeeinflusst blieb. Trotzdem erschien es dem Mädchen nicht besonders klug, sich noch länger an diesem Ort aufzuhalten, und so trat Elena ohne weitere Umschweife den Rückweg an. Mitten auf der Strecke fiel der Hüterin plötzlich etwas ein. Rasch zückte sie ihr Handy. Beim dritten Klingeln wurde schließlich abgehoben.

„Elena? Bitte machs kurz, Figruan ist gleich dran!", tönte Lauras Stimme ein wenig gehetzt und von zahlreichen Hintergrundgeräuschen begleitet durchs Telefon.

„Hast du noch die Gesteinsbrocken von dem Riss?"

Als sich die Stille am anderen Ende der Verbindung nach dieser Frage etwas mehr als gewöhnlich in die Länge zog, biss Elena sich auf die Lippe und trat nervös von einem Fuß auf den anderen, bevor sie, aktuell unfähig zu warten, hinzufügte: „Ich muss mir die nochmal anschauen, am besten so bald wie möglich."

Kurz hörte man, wie Laura raschelnd in irgendetwas herumkramte.

„Ja, die sind immer noch hier in meiner Jackentasche", antwortete sie dann, nun merklich irritiert über die unerwartete Frage und die untypische Dringlichkeit ihrer Freundin.

„Gott sei Dank!", stieß Elena erleichtert hervor und fühlte, wie ihr selbst ein solcher Gesteinsbrocken in emotionaler Form vom Herzen fiel. Sogleich jedoch wurde sie wieder ernst.

„Kann ich vorbeikommen?"

„Jetzt?!"

Laura klang alles andere als begeistert, aber da sie nicht viel Zeit für Diskussionen hatte, willigte sie widerstrebend ein: „Na gut, wenns sein muss. In einer halben Stunde habe ich Pause, dann kannst du vorbeikommen. Die Adresse schick ich dir gleich."

Mit diesen Worten legte sie auf und Elena setzte ihren Weg fort, nun mit einem etwas besseren Gefühl als zuvor. Als sie kurze Zeit später wieder ins volle Sonnenlicht trat, atmete sie erleichtert auf. Zwar war die Lichtung tagsüber bei Weitem nicht so angsteinflößend wie nachts, aber dennoch war die unangenehme Spannung dort stärker als irgendwo sonst wahrzunehmen. Die Wasserbändigerin überprüfte kurz die Adresse, die Laura ihr geschickt hatte, und stellte fest, dass die Raubvogelschau auf einem ihr bekannten Gelände ganz in der Nähe abgehalten wurde.

„Perfekt!", dachte sie bei sich und grinste, während sie ihr Fahrrad vom Boden aufhob, wo sie es vor dem Betreten des Waldes liegen gelassen hatte.

...

Das große Schild am Eingang des Platzes fiel ihr schon von Weitem ins Auge und bestätigte, dass sie hier richtig war. Als sie näherkam, erkannte Elena bereits eine gar nicht mal so kleine Gruppe von Menschen, die gespannt das Spektakel beobachteten, das sich ihnen am Himmel bot. Einige Adler zogen dort oben ihre Kreise und neben den staunenden Zuschauern am Boden wartete bereits ein Mann mit einem Lederhandschuh, auf dem eine anmutige Schleiereule saß. Als er das Startkommando gab, stieß sie sich ab und flatterte mit kräftigen Flügelschlägen los. Ungefähr fünfzig Meter weiter landete das Tier schließlich auf dem Arm eines weiteren Pflegers, der ihm eine Belohnung zusteckte und zur Beruhigung mit der freien Hand über seine Federn strich. Die Menschenmenge klatschte begeistert Beifall. Unterdessen ließ die Wasserbändigerin, die das Schild am Eingang mittlerweile passiert hatte, den Blick suchend über die Wiese schweifen, während sie abstieg und ihr Rad im Schatten einer jungen Linde parkte.

„Elena!", hörte sie eine Stimme hinter sich rufen und drehte sich um, wohl wissend, zu wem diese gehörte. Laura winkte ihr vom Zelt der Trainer aus zu und gab ihr Zeichen, zu ihr herüberzukommen. Die soeben eingetroffene Hüterin winkte kurz zurück und machte sich dann daran, die Wiese zu überqueren. Dabei hielt sie sich bewusst am Rand, nur ungern wollte sie in die Flugbahn von einem der Raubvögel geraten, besonders wenn sie zwischen dem Tier und seiner Belohnung stünde. Zur selben Zeit nahm die einige Meter entfernt wartende Luftbändigerin die argwöhnischen Blicke mit einem amüsierten Grinsen wahr, die ihre Freundin kontinuierlich in Richtung der Vögel warf. Elena trat meistens organisiert und zielsicher auf, doch trotzdem hatte auch sie ihre ganz speziellen Macken, die hin und wieder zum Vorschein kamen. Dazu gehörte manchmal auch eine kleine Prise Schreckhaftigkeit. Die brünette Jugendliche konnte es sich nicht ganz erklären, aber in diesem Moment überkam sie eine unerwartete Welle von Zuneigung und Dankbarkeit für ihre so normale und dennoch so ungewöhnliche Freundin.

31. KAPITEL

Heil auf der anderen Seite angekommen, blieb Elena vor Laura stehen.

„Hi!", begrüßte diese die Wasserbändigerin, bevor sie direkt die Frage stellte, die sie brennend interessierte: „Wofür brauchst du eigentlich die Steine?"

Das blonde Mädchen sah sich eilig nach allen Seiten um und suchte die Umgebung nach eventuellen Beobachtern ab. Nachdem Elena sich sicher war, dass niemand sie großartig beachtete, antwortete sie schnell: „Ich war gerade eben nochmal auf der Lichtung und stell dir vor, der Riss war nicht mehr da! Wie vom Erdboden verschluckt! Man sieht nur noch die Nahtstelle, wenn man ganz genau hinschaut."

Lauras Reaktion auf diese Neuigkeit war überraschend gedämpft. „Logisch", meinte sie nur schulterzuckend und erntete prompt einen verwirrten Blick von Elena.

„Du wusstest das?!", stieß die Wasserbändigerin ungläubig hervor und ließ ihre Stimme dabei schriller klingen als eigentlich beabsichtigt, woraufhin sie sich selbst erschrocken die Hand vor den Mund hielt.

„Schscht, beruhige dich! Es muss uns ja nicht gleich das gesamte Showpersonal hören!", zischte ihre Freundin ärgerlich und zog sie rasch in einen Zelteingang, um weitere Aufmerksamkeit zu vermeiden. Bevor die aufgeregte Blondine die Gelegenheit bekam, ein weiteres Wort zu sagen, begann Laura zu erklären: „Überleg doch mal, wenn der heile Erdboden aufgerissen ist, *während* wir zugesehen haben, ich die Maske aber schon Tage davor beobachtet habe, dann ist das doch die einzige logische Erklärung, oder?"

Elena dachte kurz über die Worte ihrer Freundin nach, dann jedoch runzelte sie die Stirn.

„Aber das würde ja bedeuten, dass sich die Wiese von selbst wieder heilt, innerhalb von einem Tag. Das ergibt doch überhaupt keinen Sinn!"

Das braunhaarige Mädchen verdrehte genervt die Augen. „Elena, wir haben es hier mit *Magie* zu tun, falls du dich erinnerst. Wie viel davon hat bisher schon wirklich Sinn ergeben?" Seufzend schüttelte Laura den Kopf über ihre verpeilte Freundin.

„Na gut, hast ja Recht. Trotzdem finde ich das ziemlich erschreckend!"

„Was hast du denn erwartet? Wir reden hier immerhin von etwas, vor dem sogar die Geister der Element Tamers, eine Gruppe, die zu den wahrscheinlich mächtigsten Artefakten der Welt gehören, Angst haben!"

„Hey, nur nicht gleich so optimistisch!", entgegnete Elena mit hochgezogener Augenbraue und in trotz der Ironie leicht eingeschnapptem Tonfall.

„Also in Sachen Sarkasmus hast du noch einiges zu lernen", konterte Laura unbeeindruckt, seufzte dann abermals und meinte versöhnlich: „Hör zu, wir tun ja schon alles, was wir können, um uns auf das Böse vorzubereiten, aber wir sind auch nur Menschen!"

„Menschen mit Zauberkräften", warf die Wasserbändigerin ein und verschränkte die Arme, immer noch sichtlich unzufrieden.

„Die werden uns auch nicht bei allem helfen! Mensch Elena, wir sind immer noch wir! Nur weil wir jetzt Magie besitzen, muss sich doch nicht gleich alles ändern!"

Elenas Blick verdunkelte sich.

„Oh Laura, wenn wir wüssten. Es hat sich doch schon längst alles verändert."

...

Der Wind pfiff Elena um die Ohren, als sie über den Feldweg zurück nach Hause radelte. Ärgerlich löste sie eine Hand vom Lenker, um sich eine lose Haarsträhne hinters Ohr zu streichen, doch der Luftstrom sorgte dafür, dass diese dort nicht lange blieb. In Gedanken stellte die Hüterin sich die Frage, ob die heftige Brise möglicherweise etwas mit ihrer Auseinandersetzung mit Laura zu tun haben könnte. Zwar glaubte sie nicht, dass das Mädchen schon so geübt war, um einen Wind über diese Entfernung zu erzeugen, aber vielleicht hatte ihr Ärger ja eine unterbewusste Reaktion nach sich gezogen. Die Wasserbändigerin blinzelte mit den zusammengekniffenen Augen und wischte die Überlegungen aus ihren Gedanken. Für solche Spekulationen hatte sie jetzt keine Zeit, und außerdem verfügte sie über keinerlei Beweise. Die Gesteinsbrocken in ihrer Tasche klirrten während der Fahrt gegeneinander und erzeugten ein klackerndes Geräusch, das sie stetig an ihr Vorhaben erinnerte.

Ja, was hatte sie denn eigentlich vor?

Elena bemerkte, dass sie sich darüber selbst noch nicht ganz im Klaren war. Irgendwie hatte sie gehofft, eine Verbindung zwischen den Steinen und dem Verschwinden des Risses zu finden, die ihr wenigstens ein paar der Fragen beantworten konnte, die sie seit Wochen in einem Ordner mit dem Namen *Ungelöst* in ihrem Kopf abgespeichert hatte. Vielleicht konnte sie mit ihren Bändigerkräften ja doch etwas erreichen. Oder aber sie versuchte es in alter Manier und besorgte sich Untersuchungswerkzeuge. Wahrscheinlich würde es am Ende eine Mischung aus beidem werden, da sich die Werkzeuge, zu denen sie Zugang hatte, auf einfache Gartengeräte beschränkten und sie sich wohl schlecht das Mikroskop aus dem Naturwissenschaftsunterricht ausleihen konnte. Abgesehen davon war sie in diesen Fächern auch nicht unbedingt herausragend, weshalb sie aus den eventuellen Ergebnissen sowieso keine vernünftigen Schlüsse ziehen könnte. Die Wasserbändigerin stemmte sich in die Pedale und atmete tief ein. Für einen Moment schloss sie die Augen und ließ die Reifen einfach weiterrollen, ohne einen Versuch der Kontrolle zu unternehmen. Dann drang das vertraute Bellen des Nachbarshundes vom vorderen Ende der Straße an ihr Ohr. Sie verließ die dämmrig-dunkle Welt hinter ihren Augenlidern und bog ab in Richtung Zuhause. Daheim angekommen, empfing ihre Mutter sie bereits mit einem vorwurfsvollen Blick.

„Wo warst du so lange? Du weißt doch, wann es Mittagessen gibt! Jetzt sind wir schon fertig."

„Ich war mit meinen Freundinnen unterwegs und beim Reden haben wir wohl die Zeit vergessen. Tut mir leid", antwortete Elena zerknirscht und dachte bei sich, dass das nicht einmal gelogen war. Dass sie außerdem ihre magischen Fähigkeiten trainiert und eine Raubvogelschau besucht hatte, musste ja keiner wissen. Ihre Mutter schien immer noch alles andere als zufrieden, nahm jedoch die Erklärung hin und warf ihrer Tochter lediglich einen missbilligenden Blick zu, bevor sie sich zur Spüle umdrehte. Gerade als Elena möglichst unauffällig die Küche verlassen wollte, hörte sie, wie ihre Mutter wieder zu reden begann: „Luisa hat heute am späten Nachmittag Turntraining und ich muss noch zu diesem Elternbeiratstreffen um fünf. Würdest du bitte solange auf Anna aufpassen?"

Innerlich fluchte die Wasserbändigerin über ihre eigene Dummheit. Natürlich würde ihre Mutter sie nicht einfach so davonkommen lassen, schon gar nicht, um dubiose Gesteinsforschungen durchzuführen. Anna war eigentlich schon alt genug, um alleine zu Hause zu bleiben, trotzdem konnte die Teenagerin in dieser Situation schlecht widersprechen.

„Ja, mache ich", erwiderte sie also und bemühte sich, ihren Unmut darüber zu verbergen, dass sie den Rest des Nachmittags gezwungenermaßen hier festsitzen würde. Bevor sie noch eine weitere unnötige Strafaufgabe kassieren konnte, schlüpfte Elena schnell durch die Tür und ging in ihr Zimmer, um das Untersuchen der seltsamen Steine vorzubereiten.

...

Eine Dreiviertelstunde später stand Elena mit hochgekrempelten Ärmeln vor ihrem Schreibtisch und fuhr sich ratlos mit der Hand durch die unordentlichen Haare. Sie konnte die Felsteile drehen, wenden und beklopfen wie sie wollte, es ließ sich nichts Ungewöhnliches feststellen. Das dunkle Gestein hatte eine unebene, tiefschwarze Oberfläche mit einem dezenten Lilastich. In den Vertiefungen der erhärteten Masse konnte man kleine, spiegelglatte Stellen erkennen, die wie winzige, violette

Kristalle glänzten. Das Material war zudem sehr stabil. Bei dem Versuch, einen der Brocken zu zerbrechen, waren der Hammer und die Gartenzange von Elenas Vater erfolgreich gescheitert.

Ein Schmunzeln schlich sich auf Elenas Gesicht, als sie sich vorstellte, wie das wohl von außen ausgesehen haben musste. Eine Jugendliche, die in ihrem Zimmer mit einem Hammer einen Stein bearbeitet. Und dann, als sie das kleine Ding probehalber vom Balkon geworfen hatte ...

Ja, die Nachbarn hätten sicher eine gute Geschichte zu erzählen gehabt, hätten sie in ausgerechnet diesem Moment zu ihrem Haus herübergeschaut.

„Wobei", dachte die Wasserbändigerin, „die haben sicher schon ganz andere Sachen gesehen."

Sie war wohl eine relativ langweilige Zielperson, wenn es um Klatsch und Tratsch ging, zumindest, wenn man nichts von ihrem neuesten Geheimnis wusste.

„Elena!", krähte plötzlich eine Mädchenstimme aus dem Erdgeschoss herauf und riss die Hüterin abrupt aus ihren Gedanken. Anna, natürlich.

„Was ist denn?", rief die Wasserbändigerin halblaut zurück und versuchte, ihren Tonfall dabei nicht allzu genervt klingen zu lassen, während sie zur Tür ging und diese öffnete.

Von unten kam keine Antwort. Das blonde Mädchen seufzte, dann sprang sie raschen Schrittes die Treppe hinunter und sah nach, was ihre Schwester von ihr wollte. Diese saß im Wohnzimmer auf dem Sofa und hielt einen quadratischen, bunt bedruckten Karton in den Händen.

„Spielst du mit mir?", bat Anna und sah die Teenagerin aus bettelnden Kulleraugen an. Ihre große Schwester musste lächeln. Vielleicht wäre es gar nicht so schlecht, mal wieder Zeit mit dieser trotz allem doch ganz süßen Nervensäge zu verbringen.

„Na klar", antwortete sie also und beobachtete zufrieden, wie sich ein Strahlen auf dem Gesicht des kleinen Mädchens ausbreitete. Es öffnete die Box und begann, die darin enthaltenen Memorykarten auf dem Tisch auszubreiten. Die Zeit verflog überraschend schnell und als sie das Geräusch des Türschlosses hörten, hatte jede von ihnen bereits fünf, beziehungsweise in Annas Fall sechs Runden, gewonnen. Ihrer Mutter war dieses seltene gemeinsame Spielen ebenfalls nicht entgangen und so war Elenas vorheriges Zuspätkommen schnell vergessen. Die Wasserbändigerin kehrte nun endlich in ihr Zimmer zurück und stellte voll unerklärlicher Erleichterung fest, dass die beiden Gesteinsbrocken immer noch unberührt auf ihrem Schreibtisch lagen. Im Licht der Abendsonne, das durch das Fenster hineinfiel, funkelten sie geheimnisvoll. Gebannt hielt Elena inne, um das Schauspiel zu betrachten. Die Strahlen fielen auf die glatten Flächen und wurden von ihnen reflektiert, sodass ein schemenhaftes Lichtbild auf die weiße Wand projiziert wurde. Die Umrisse waren etwas unklar und schwer zu erkennen, doch vor ihrem inneren Auge sah die Hüterin es ganz deutlich. Eine Kette mit einem nebelig grauen Stein zeichnete sich ab, umgeben von dunklen Schattierungen, die irgendwie an Qualm erinnerten. So schnell, wie das Bild in ihrem Kopf erschienen war, verschwand es jetzt auch wieder und das Mädchen blinzelte verwirrt. Die Steine hatten ihren mystischen Glanz verloren, und ein Blick aus dem Fenster zeigte, dass eine Wolke sich vor die Sonne geschoben hatte. Dennoch war Elena sich sicher, dass das eben nicht nur ein Tagtraum gewesen war. Sie wusste noch nicht, was es mit dieser Abbildung auf sich hatte, doch ihr Bauchgefühl warnte sie mehr als deutlich davor, die Steine noch einmal ungeschützt herumliegen zu lassen. Angespannt hielt die Wasserbändigerin ihre Hand über die Brocken und fror sie in einem Eiswürfel ein, um sie erstmal zu sichern. Dann ließ sie sich in ihren Stuhl sinken und zog ihr Notizbuch hervor. Mit eiligen Fingern blätterte das Mädchen, bis es eine freie Seite fand, nahm anschließend einen Bleistift zur Hand und machte sich daran, eine Skizze des soeben gesehenen Bildes zu erstellen.

...

Während Elena zeichnete, legte sich die Dämmerung wie eine warme Decke über das Land und erhitzte noch ein letztes Mal die Dächer, um die darauf dösenden Streunerkatzen, von denen es in dieser Gegend nur einige wenige gab, wohlbehalten durch die inzwischen schon recht kühle Nacht zu bringen. Die Wasserbändigerin aber bemerkte gar nicht, wie die Zeit verging, bis sie von unten zum Essen gerufen wurde.

„Ich komme gleich!", antwortete sie laut und zog die letzte Linie in ihrer Zeichnung mit einem sauberen Schwung nach. Dann hielt sie das Büchlein eine Armlänge weit von sich weg und betrachtete ihr Werk nachdenklich. Nun, da es nur eine Skizze war, kam es ihr bei Weitem nicht mehr so eindrucksvoll vor. Ob das allerdings etwas Gutes oder etwas Schlechtes war, wusste sie nicht. Von der Herkunft der Visionsträger ließ sich aber eher auf Letzteres schließen. Bevor Elenas Gedanken zu weit abschweifen konnten, klappte sie das Buch zu und versteckte es. Diesmal in ihrem Geheimfach, nur zur Sicherheit. Das Eis, das die Steine überzogen hatte, war mittlerweile geschmolzen und sammelte sich in einer Pfütze am Boden.

„Daran hätte ich denken können", dachte die Wasserbändigerin und seufzte innerlich, bevor sie einige Papiertaschentücher darauf legte und dann rasch ihr Zimmer verließ, um einen weiteren Streit mit ihrer Mutter zu vermeiden. Unten war der Tisch bereits halb gedeckt, sodass Elena nur noch schnell eine Schüssel mit warmem Kartoffelbrei aus der Küche holen und das Besteck verteilen musste. Ihre Schwestern lieferten sich ein Wettrennen, wer sein Glas schneller an seinen Platz bringen konnte. Eines davon wäre dabei fast zu Bruch gegangen, hätte ihr Vater es nicht im letzten Moment abgefangen und mit tadelndem Blick auf den Tisch gestellt. Der Mann war groß und kräftig, seine dunklen Haare waren kurz geschnitten und ein Vollbart bedeckte den unteren Teil seines Gesichts. Er trug immer noch ein kariertes Hemd und eine schwarze Hose von seinem Arbeitstag im Büro, seine Schuhe jedoch hatte er ausgezogen und lief nun wie die anderen auch in Socken über den Fußboden.

Jetzt kam auch Elenas Mutter mit einer Pfanne zum Tisch und verteilte Spiegeleier, während ihr Mann einen Topf mit Erbsen öffnete. Kurze Zeit später saß die ganze Familie still am Tisch und genoss das gemeinsame Essen.

„Und, was habt ihr heute so gemacht? Erzählt doch mal!",
eröffnete ihr Vater schließlich das Gespräch und schob sich noch
eine Gabel voll Kartoffelbrei in den Mund.

„Also ich war heute beim Turnen!", tönte Luisa und erntete
einen bewundernden Blick von ihrer kleinen Schwester, die unbedingt mit demselben Hobby beginnen wollte, sobald ihre Eltern es erlaubten. Doch die kleine Anna war stolz, und so konnte sie der Älteren natürlich in nichts nachstehen.

„Und ich habe Elena im Memory besiegt, haushoch!", prahlte
sie deshalb und säbelte ein Stück von ihrem Spiegelei ab.

„So so", erwiderte ihre Mutter und warf ihrer ältesten Tochter
einen belustigten Blick zu, welchen diesen mit einem Schmunzeln quittierte. Da stupste sie ihr Vater von der Seite an.

„Was ist mit dir, Elena? Was hast du gemacht?"

„Ich? Ach, nichts Spezielles. Ich war mit meinen Freundinnen unterwegs und hab auf Anna aufgepasst."

„Und mit Magie herumgespielt. Aber das muss ich dir ja nicht
sagen", fügte sie in Gedanken hinzu und lächelte still in sich hinein.

Nach dem Abendessen half Elena noch beim Tischabräu-
men, bevor sie sich wieder nach oben verzog. Sie schlüpfte eilig
in ihre Schlafsachen, holte dann den Laptop heraus und startete
eine Episode der Serie, die sie gerade schaute. Nach diesem er-
eignisreichen Tag konnte sie eine Ablenkung gut gebrauchen.

32. KAPITEL

Elena träumte. Ungewöhnlicher noch, sie träumte von sich selbst in der dritten Person. Das hieß konkret, dass sie in ihrer geisterhaften Wahrnehmung unfähig zu handeln und für ihr hauptdarstellerisches Ich unbemerkbar war, wie sie schnell feststellte. Die Elena aus dem Traum saß immer noch in ihrem Zimmer, vor ihr lag das Notizbuch aufgeklappt auf der Seite mit der Abbildung der unbekannten Kette. Hinter dem Fenster schien die Sonne von einem strahlend blauen Himmel, doch das Mädchen bemerkte es nicht einmal. Ihr konzentrierter Blick war fest auf das Blatt gerichtet und sie verharrte in regungslosem Schweigen, wobei lediglich die Spitze ihres Bleistiftes hin und wieder über das Papier kratzte. Es vergingen jedoch kaum mehr als fünf Sekunden, bevor wieder Bewegung in das Szenario kam und sich draußen das Wetter von einem Moment auf den anderen schlagartig änderte. Wolken zogen auf und verdunkelten das Himmelszelt und es begann immer stärker zu winden. Die zeichnende Elena nahm es nicht wahr. Immer heftiger wurde nun der Sturm. Bald zuckten die ersten Blitze von oben herab und der Donner grollte so laut, dass die beobachtende Elena vor Schreck zusammenzuckte. Sie sah zu ihrem Traumselbst und der Atem stockte ihr, als sich etwas Dunkles aus den Heftseiten löste. Grauer Qualm strömte daraus hervor und in Nase und Mund des Mädchens, das davor saß und teilnahmslos vor sich hinstarrte. Die Geisterversion der Wasserbändigerin hastete zur Elena aus dem Traum und rüttelte sie an der Schulter, um sie aus ihrer Starre zu befreien, doch ihre Hände glitten einfach durch die Haut hindurch und sie konnte nichts ausrichten. Der unbändige Sturm tobte draußen immer weiter und ließ abgebrochene Ästchen und kleine Steine gegen die Fenster prasseln, bevor sie vom erbarmungslosen Wind weitergepeitscht wurden. Plötzlich aber drang noch etwas anderes durch das Unwetter hindurch und ließ Elenas Blut in ihren Adern gefrieren. Ferne Schreie erreichten ihr Ohr und sie erkannte erschreckend viele der jaulenden Stimmen, zu viele. Darunter befanden sich ihre Eltern und Geschwister, Sofia, Laura und eine weitere vertraute Klangfarbe, die sie in diesem Augenblick allerdings nicht zuordnen konnte.

Doch auch unmenschliche Geräusche schallten mit in dem Lärm, der mit jedem Herzschlag unerträglicher an ihren Trommelfellen rüttelte: ein Brüllen, ein Heulen, ein Kreischen und ein schmerzerfülltes Keckern. Nimo.

Noch einmal warf sich die Wasserbändigerin mit aller Kraft gegen ihr stummes Selbst und schrie ihr ins Ohr, aber das Mädchen hörte sie nicht und ließ den Rauch weiterhin reaktionslos in seine Atemwege strömen. In ihrer Hilflosigkeit packte die zum machtlosen Zusehen gezwungene Hüterin das ausdünstende Heft und schlug es zu, doch schon schlängelte sich eine weitere Rauchfahne daraus hervor und bahnte sich unaufhaltsam ihren Weg durch die stickige Luft, um ihr schreckliches Werk fortzuführen. Verzweifelt presste Elena sich gegen die Fensterscheibe und suchte nach einer Lösung, nach irgendetwas, mit dem sie das grauenhafte Geschehen verhindern konnte. Sie ließ ihren Blick eilig durch das Wetterchaos streifen und scannte die einzelnen Elemente des Sturms, die sie zuvor ausgemacht hatte. Wolken, Wind, Blitze, Äste und Steine …

Luft, Feuer, Erde … und …

„Wasser!"

Das Wort durchfuhr ihren Kopf wie eine scharfe Klinge und fast zeitgleich kam es über ihre zuvor wie versiegelten Lippen. Hastig sprang die Bändigerin zur Balkontür und rüttelte an der Klinke, doch die wollte sich nicht herunterdrücken lassen. Tränen stiegen ihr in die Augen und ließen ihre Sicht langsam verschwimmen. Mit einem flehenden Schrei warf sie sich gegen das Glas und klammerte sich mit einem letzten Winkel ihres Verstandes an die irrationale Hoffnung, dass die Scheibe brechen und sie freilassen würde. Sie achtete nicht darauf, wie ihre Beine unter ihr nachgaben, während sie ihre Hände gegen die durchsichtige Wand drückte und versuchte, irgendwie Wasser zu beschwören. Es war das Element, das fehlte, in diesem Unwetterchaos dort draußen und es war möglicherweise ihre einzige Chance auf Rettung. Doch ihre Magie war versiegt, und so sank sie in sich zusammen. Kraftlos, hilflos und von jeglicher Hoffnung verlassen.

„Elena!", durchzog da plötzlich wie aus weiter Ferne Nimos durchdringender Ruf ihre Gedanken. „Elena! Elena!"

Ein plötzlicher Schwung von Kälte ließ die Wasserbändigerin hochfahren. Ihr verwirrter Blick traf den ihrer Mutter, die ziemlich genervt aussah und die Bettdecke ihrer Tochter in der Hand hielt.

„Ich habe dich schon zig Mal gerufen, jetzt steh endlich auf!", befahl sie mit vorwurfsvoller Stimme, bevor sie die Decke auf den Sessel warf und das Zimmer verließ. Elena blinzelte ein paar Mal und vergewisserte sich, dass sie wach war, dann ließ sie ein lautes Gähnen hören und schwang die Beine über die Bettkante. Bevor sie sich umzog, begutachtete sie noch einmal ihre Knöchel. Die Schwellung war nun gänzlich abgeklungen und weh tat es auch nicht mehr, nur ein kleiner, blauer Fleck erinnerte noch an die Verletzung aus ihrem Traum. Elena erinnerte sich an das Gefühl der puren Angst, als sie panisch über die Wiese geflüchtet war und dann an den Ast vor ihr am Boden und den stechenden Schmerz in ihrem Bein. Sie war weggelaufen beim ersten Anzeichen einer Bedrohung. Intelligent oder einfach nur feige? Beschämt löste sie sich von diesem Gedanken und dachte an den nächsten Traum, in dem Nimo ihr in seiner Grotte etwas hatte sagen wollen. Diesmal war er es gewesen, dem die Hilflosigkeit und Furcht ins Gesicht geschrieben standen. Auch hier hatte sie nichts unternommen, um ihm zu helfen, was allerdings mehr der seltsamen Starre zu verdanken gewesen war, die sie davon abgehalten hatte. Das war zumindest das, was sie sich einredete. Der Traum hatte bald darauf geendet, aber die Hilferufe erreichten sie immer wieder, besonders dann, wenn es still um sie wurde. Die Wasserbändigerin fühlte, wie die rastlose Unruhe in ihr mit jedem mysteriösen Ereignis wuchs, sie störte sie in ihrem alltäglichen Leben und raubte ihr allmählich auch noch den Schlaf. Es war ein so verflixtes Problem, dass sie die Lösung einfach nicht fand. Ihre ganze Hoffnung lag jetzt in dem bevorstehenden

Treffen bei Vollmond, das ihnen allen hoffentlich Antworten liefern würde. Bis dahin waren es noch fünf Tage, und Elena betete inständig, dass das Böse sich noch wenigstens für diese Zeit im Hintergrund halten würde. Die Öffentlichkeit hatte unterdessen glücklicherweise noch keinen Verdacht geschöpft. Nach wie vor konnten sich die Ermittler die ungewöhnlichen Geschehnisse nicht erklären und tappten ohne jeden Anhaltspunkt weiter im Dunkeln, während die beiden betroffenen Lehrerinnen im Krankenhaus behandelt wurden. Frau Haase und Frau Richter, die sich ein gemeinsames Zimmer teilten, hatten sich sehr über die Genesungskarten gefreut, die diverse Schüler ihnen hatten zukommen lassen. Die Kunstlehrerin, die nach ihrer OP aktuell noch einen Gips am Arm trug, konnte sich nicht an den genauen Ablauf der Ereignisse im Klassenzimmer erinnern. Zu ihrem Glück und Elenas Pech, wie die Wasserbändigerin vermutete. Ihre Kollegin hatte Elena bei ihrem Besuch von einer Wolke dunklen Qualms erzählt, der sich aus dem Nichts um ihr Auto gelegt und ihr die Sicht genommen hatte, sodass sie gleich darauf in die Leitplanke gekracht war. Die Lehrerin war mit einer leichten Gehirnerschütterung und einem Schock davongekommen, was sie erstaunlicherweise weniger gut weggesteckt hatte als ihre Leidensgenossin. Das konnte aber auch einfach an der fröhlichen Natur der jungen Frau Haase liegen, die keine Gelegenheit ausließ, ihren Gips mit den Farbstiften zu bemalen, die sie von ihrer fünften Klasse bekommen hatte. Die immer noch ein wenig schlaftrunkene Hüterin erhob sich nun endlich seufzend von ihrem Bett und ging zum Kleiderschrank, um sich für den kommenden Schultag bereit zu machen.

Moment mal …

„Mama?"

„Ja?"

„Heute ist keine Schule, wegen der Lehrerkonferenz."

„Ich weiß."

„Und warum zur Hölle weckst du mich dann um diese Zeit?"

Das blonde Mädchen konnte einen leicht zickigen Unterton nicht unterdrücken und wollte es ehrlich gesagt auch gar nicht.

Elena war für gewöhnlich kein Morgenmensch, zumindest konnte man es vorsichtig so ausdrücken.

„Weil wir heute zusammen wegfahren wollen, an den See. Jetzt beeil dich, es gibt gleich Frühstück!" Ihre Stimme wurde zum Ende hin vom Geräusch des Wasserkochers übertönt, der alles andere als leise zu zischen begann.

Wasserkocher.

Wasser.

See.

Magie.

Oh nein.

Elena realisierte plötzlich, in welcher ungünstigen Lage sie sich mit einem Mal befand. Konnte sie ihre Kraft bereits gut genug für einen solchen Ausflug kontrollieren?

Trotz ihrer momentanen Schwäche bezweifelte sie es stark, und so eilte sie ungeachtet ihres immer noch etwas zerschlagenen Erscheinungsbildes schnell nach unten.

„Mama, ich komme nicht mit", verkündete die Hüterin mit möglichst beiläufiger Stimme, kurz nachdem sie die Küche betreten hatte und schickte sich an, einen Stapel Teller zu holen und den Raum wieder zu verlassen. Gerade hatte sie den Türrahmen erreicht und glaubte schon fast, aus der brenzligen Situation entkommen zu sein, als ihre Mutter nachhakte:

„Wie, du kommst nicht mit?"

Beherrscht hielt Elena einen frustrierten Seufzer zurück, bevor sie sich wieder der Frau zuwandte, die der Spüle inzwischen den Rücken zugekehrt hatte und ihre Tochter fragend musterte.

„Ich komme nicht mit", wiederholte die Wasserbändigerin und fügte hastig hinzu: „Wir schreiben am Dienstag Chemie und ich muss mir den Stoff dringend nochmal anschauen."

Ihre Mutter verdrehte die Augen.

„Elena, du hast das Ganze schon mindestens fünf Mal durchgekaut. Es ist Feiertag und es ist Sommer und deine Familie hat deine Gesellschaft auch mal verdient. Man sieht ja nicht sehr viel von dir in letzter Zeit."

Das blonde Mädchen verlagerte das Gewicht unruhig von einem Fuß auf den anderen. Wieder dieses Thema. Wenn sie ihr nur von dem wahren Grund erzählen könnte! Aber mit Magie musste man vorsichtig sein, manchmal war zu viel Wissen gefährlich, das hatte die Hüterin in der vergleichsweise kurzen Zeit seit ihrer Vision schon begriffen.

„Ich weiß, aber ich habe heute echt keine Zeit! Laura und …"

„Die können jetzt einmal warten, ihr seid ja schon so ständig zusammen unterwegs", unterbrach ihre Mutter sie und warf ihr erneut einen vorwurfsvollen Blick zu, dem Elena nur mit Mühe standhielt.

„Aber", setzte sie zum Protest an, kam jedoch nicht weit, da ihre Mutter ihr sofort wieder das Wort abschnitt.

„Nichts aber. Du kommst mit, und damit Punkt. Meine Güte, Elena, seit wann wehrst du dich denn so gegen einen kleinen Familienausflug?"

Die Stimme ihrer Mutter klang nun langsam eher besorgt als genervt, sodass die Wasserbändigerin schließlich in Anbetracht der aussichtslosen Lage und um keinen weiteren Verdacht zu erregen einlenkte: „Na gut. Darf ich wenigstens Sofia mitnehmen?"

Ihre Mutter seufzte, stimmte letztendlich aber zu, als sie den bittenden Ausdruck im Gesicht ihrer Tochter bemerkte. Etwas erleichtert, wenn auch immer noch mit gemischten Gefühlen deponierte Elena die Teller auf dem Tisch und schnappte sich dann das Telefon. Es dauerte eine Weile, bis nach dem achten Klingeln schließlich jemand abnahm.

„Hallo? Wer spricht da?", nuschelte die verschlafene Sofia aus dem Hörer ins Ohr der Wasserbändigerin und schaffte es tatsächlich allein durch diesen Klang, die Anruferin ein wenig zu entspannen.

„Was, du hast meine Nummer nicht eingespeichert?", erwiderte Elena mit gespieltem Erstaunen, wobei das Grinsen in ihrer Stimme nicht zu überhören war.

„Elena?", stöhnte die Feuerbändigerin genervt auf.

„Hast du eigentlich eine Ahnung, wie spät es ist?"

„Ziemlich genau halb acht", antwortete die Angesprochene wahrheitsgemäß und verkniff sich einen neckischen Kommentar, um sich nicht von vornherein bei ihrer Freundin unbeliebt zu machen. Vom anderen Ende der Verbindung ertönte ein ungläubiges Stöhnen.

„Du hast sie doch nicht mehr alle!", murrte Sofia, wobei sich der verschlafene Unterton langsam aber sicher verflüchtigte.

„Ich weiß, ich weiß, aber ich wollte dich etwas fragen." Elena biss sich gespannt auf die Lippe und hoffte, dass ihre Freundin gut genug gelaunt war, um ihr nicht direkt eine Abfuhr zu verpassen.

„So so", meinte die Feuerbändigerin schnippisch, dann aber mischte sich ein Hauch von Neugier in ihre Stimme und sie fuhr fort: „Was willst du denn wissen?"

„Also, meine Familie fährt heute an den See und meine Mutter zwingt mich, mitzukommen. Aber ich … ich weiß einfach nicht, ob ich das schaffe. Wenn ichs verbocke, könnte wer weiß was passieren! Was, wenn ich jemanden verletze oder etwas kaputt mache oder …"

Sofia unterbrach ihr nervöses Gerede abrupt.

„Elena, jetzt mach dich bitte nicht verrückt! Du schaffst das, du hast deine Kräfte doch von uns allen am besten im Griff, schon vergessen?"

Die Wasserbändigerin seufzte zweifelnd.

„Danke, dass du versuchst, mich aufzumuntern, aber das Training ist einfach nicht dasselbe. Ein ganzer See mit Badegästen und dann noch gerade jetzt, wo meine Fähigkeiten sowieso schon verrückt spielen …"

„Okay, okay, ich habs kapiert. Ich komme mit, aber nur, wenn du dann aufhörst, dir Sorgen zu machen!"

Elena spürte, wie sich ein erleichtertes Lächeln auf ihrem Gesicht ausbreitete und sie endlich aufatmen konnte.

„Ich danke dir."

„Schon gut, wozu sind Freunde denn da. Dann schmeiß ich mich mal in meinen Bikini!"

...

Eine knappe Stunde später parkte der blaue VW–Bus auf dem staubigen Strandparkplatz und die fünf Tarnows inklusive Sofia kletterten heraus. Mit vereinten Kräften schleppten sie die Strandmatten, Badetaschen und die aufgeblasene Luftmatratze auf die Liegewiese. Elenas Geschwister flitzten gleich los in Richtung See und fanden schnell einen Spielkameraden, einen Jungen mit schätzungsweise acht Jahren, mit dem sie im seichten Wasser zu tauchen begannen. Ihr Vater folgte den beiden, während ihre Mutter sich erstmal auf einer der Matten ausstreckte und ein Buch auspackte. Elena hatte eigentlich vorgehabt, dasselbe zu tun und es zunächst langsam angehen zu lassen. Doch als sie das Funkeln des Sees aus dem Augenwinkel erblickte, zog es sie förmlich an und sie sah sich nach ihrer Freundin um, die ihr bestätigend zunickte. Langsam bahnte sie sich durch die am Boden liegenden Handtücher ihren Weg zum Ufer, wobei sie den Blick nicht für eine Sekunde von der sich im sachten Wind leicht kräuselnden Oberfläche abwandte. Am Rand des Wassers angekommen, setzte Elena sich auf einen flachen Stein und betrachtete die blaue Bucht mit einem zufriedenen Gefühl. Trotz der Umstände tat es gut, hier zu sein und sie war froh, dass sie nicht zuhause geblieben war. Nach kurzem Zögern streckte die Hüterin schließlich die Beine aus und ließ sie ins kühle Nass baumeln. Sofort jedoch bildeten sich kleine Strudel um ihre Knöchel und Elena zog diese erschrocken zurück, wobei ihr unwillkürlich ein kleines Zischen entwich, so als hätte sie sich an etwas verbrannt. Verkrampft biss sie sich auf die Lippe und brachte ihre Nervosität unter Kontrolle, bevor sie einen zweiten Versuch startete. Diesmal klappte es, und die Anspannung der Wasserbändigerin löste sich ein wenig. Sie wollte sich gerade nach Sofia umsehen, als sie plötzlich von hinten unsanft geschubst wurde. Elena verlor den Halt und stieß einen erschrockenen Schrei aus, bevor ihr Gesicht im kalten Wasser untertauchte. Panisch hieb sie mit Armen und Beinen um sich und wirbelte herum in der Absicht, ihren Angreifer in den unbewusst von ihr verursachten Wellen auszumachen. Sie konnte jedoch niemanden erkennen, da ihr der aufgewirbelte Sand die Sicht nahm und ihr in den Augen brannte. Langsam dämmerte es ihr, wer für ihren Fall verantwortlich war, und sie ärgerte sich über ihre eigene Naivität. Energisch stieß die Wasserbändigerin sich vom Untergrund ab und ruderte zurück nach oben. Sobald ihr Kopf durch die Oberfläche des Sees stieß, sog sie gierig die warme Luft ein, bevor sie sich mit einem tödlichen Blick ihrer grinsenden Freundin am Ufer zuwandte.

„Was denn? Ich wusste doch, dass du dich von selbst nicht traust. Du magst eine Hüterin sein, Elena Tarnow, aber du bist immer noch ein Feigling!"

Diese Äußerung ließ Elenas Geduldsfaden endgültig reißen. Blitzschnell umschloss sie die Handgelenke der Feuerbändigerin mit den Fingern und zog ruckartig daran, noch bevor diese das Geschehen realisieren konnte. Ein überraschtes Quietschen entfuhr dem blonden Mädchen, als es neben seiner Freundin ins Wasser plumpste. Elenas Augen leuchteten triumphierend auf. Sofia prustete und flüchtete zurück zum Uferrand, aber Elena war schneller. Mit drei kräftigen Schwimmzügen holte sie sie ein und spritzte ihr eine weitere Ladung Seewasser ins Gesicht, um ihre durchaus vorhandene Wehrhaftigkeit zu beweisen und sich nebenbei bemerkt auch ein bisschen zu amüsieren.

„G-Gleichstand!", japste die besiegte Feuerbändigerin und Elena ließ belustigt von ihr ab. Ihre Freundin war ganz außer Puste und musste sich erstmal auf einen Holzpfeiler stützen, wo sie sich ihre Haare aus dem Gesicht strich.

„Ich wusste gar nicht, dass du so rachsüchtig bist", stellte sie überrascht und auch ein bisschen beeindruckt fest, während sie immer noch unterschwellig nach Atem rang. Elena, die inzwischen leichte Schuldgefühle empfand, schnippte ihr ein welkes Blatt von der Schulter und meinte entschuldigend: „Bin ich normalerweise auch nicht, ich weiß auch nicht, wo das herkam."

Sofia rollte mit den Augen und seufzte angestrengt, aber mit der Spur eines liebevollen Schmunzelns auf den Lippen.

„Das war ja auch nur ein Scherz, ich kenne dich doch."

...

„Und was jetzt?", fragte die Feuerbändigerin, als sie nach einer halben Stunde Volleyball im Wasser erschöpft auf ihren Handtüchern lagen.

„Ich weiß nicht …", murmelte Elena schläfrig und blinzelte gegen die hellen und wohltuend warmen Strahlen der Sonne.

„Gibts bei dir etwas Neues?"

Die Wasserbändigerin schwieg, als die Erinnerung an ihren Traum durch ihr Gedächtnis flimmerte.

Sofia neben ihr, raffiniert wie sie war, deutete ihr Schweigen als Bestätigung. Mit einem Mal hellwach drehte sie sich auf den Bauch, stützte den Kopf in die Hände und sah Elena erwartungsvoll an.

„Los, erzähl!"

Elena seufzte unbehaglich, bevor sie sich ebenfalls aufsetzte.

„Es gibt tatsächlich etwas, das ich dir noch nicht erzählt habe."

Als ihre Freundin sie weiterhin auffordernd beobachtete, fuhr sie fort: „Ich habe wieder geträumt, und ich glaube, dass das etwas mit dem Bösen zu tun hat."

Sofia hob überrascht die Augenbrauen.

„Wie das?"

„Also …", begann Elena und kniff die Augen zusammen, um sich den Traum noch einmal genau in Erinnerung zu rufen. Stück für Stück berichtete die Wasserbändigerin von ihrem Erlebnis. Sofia hörte ihr aufmerksam zu, stellte hin und wieder eine Frage und forderte Details, sodass die beiden eine ganze Weile mit der genauen Rekonstruktion beschäftigt waren. Nebenbei nahmen sie einer spontanen Idee folgend das Gespräch mit dem Handy auf und übertrugen die wichtigsten Punkte anschließend in Elenas Notizheft, in dem alle Informationen zusammengetragen waren. Am Ende blickten sie auf eine eng beschriebene Doppelseite, die zusammen mit den Untersuchungsdaten der Steine entstanden war. Das Zentrum bildete Elenas Zeichnung, die die graue Kette darstellte. Sofia betrachtete sie mit interessiertem Gesichtsausdruck, während sich der Blick der Wasserbändigerin unwillkürlich verfinsterte. Ihre Freundin hatte nicht gesehen, was dieses Ding angerichtet hatte, hatte es nicht gefühlt und aus nächster Nähe erfahren. Trotz der Tatsache, dass es nur geträumt hatte, war sich das Mädchen fast vollkommen sicher, dass dieses Schmuckstück eine mächtige dunkle Magie besaß und mit dem mysteriösen Bösen eine Menge zu tun hatte.

33. KAPITEL

Am Dienstag fiel es Elena besonders schwer, sich aus der Wärme ihres Bettes in die Frische des Morgens zu begeben. Schließlich raffte sie sich aber doch auf und trottete nach einer schnellen Badrunde nach unten ins Esszimmer, das mit dem Wohnzimmer zusammen einen einzigen großen Raum bildete. Ihre Schwestern waren ebenfalls bereits wach. Luisa verstaute gewissenhaft einige letzte Hefte in ihrer Schultasche, während Anna sich gähnend auf dem Sofa ausstreckte.

„Elena! Gut, dass du wach bist. Ich wollte gerade losgehen und nach dir schauen."

Die Stimme ihrer Mutter klang trotz dieser frühen Uhrzeit wie immer bereits überraschend fröhlich. Elena bewunderte sie dafür, zweifelte gleichzeitig aber stark daran, dass sie dieses Talent jemals besitzen würde. Schweigend schnappte sie sich die Müslipackung, nur um festzustellen, dass diese bereits leer war. Na toll. Seufzend stand sie wieder auf und holte sich eine Mandarine aus der Küche, mit der sie anschließend in ihr Zimmer zurückkehrte. Ein schneller Blick auf den Stundenplan bestätigte, was sie bereits vermutet hatte: Religion, Geschichte und Deutsch standen heute auf der Agenda.

„Naja, könnte schlimmer sein", dachte die Wasserbändigerin schulterzuckend und bekam allmählich sogar ein wenig gute Laune, während sie ihre im Raum verstreuten Schulmaterialien zusammensammelte. Immerhin bildete Religion den Anfang, so hatten ihre Klassenkameraden und sie noch etwas Zeit, um vollends aufzuwachen und ihre grauen Zellen zu ordnen. Soweit jedenfalls die Theorie.

Spätestens nach der ersten Pause stellte sich jedoch heraus, dass die Umsetzung dieses Plans in die Realität eher weniger geglückt war. Einer der Jungs in der letzten Reihe war nach fünf Minuten Unterricht auf seinem Tisch eingedöst, was natürlich dazu führte, dass seine Kumpels ihn mit Papierkugeln beschossen und seine geistige Abwesenheit nutzten, um seine Arme mit den absurdesten Krakeleien vollzukritzeln. Nachdem ihr Lehrer die Situation eine rekordverdächtige Viertelstunde lang ignoriert hatte, platzte dem gutmütigen Mann endgültig der Kragen und er verdonnerte alle Beteiligten inklusive dem Schläfer zum Nachsitzen und legte anschließend eine völlig neue Sitzordnung fest. Elena fand sich neben Fiona wieder, worüber sie insgeheim sehr erleichtert war. Sofia hatte es nach hinten verschlagen und so saß sie nun neben Jannis an einem Tisch und ließ sein Geflirte augenrollend, aber zufrieden schmunzelnd über sich ergehen.

Die Wasserbändigerin unterdessen erschauderte unwillkürlich vor Fremdscham. Der Typ machte sich öffentlich zum Narren und das Traurigste daran war, dass er nichts damit erreichen würde. Verständnislos schüttelte sie den Kopf und ließ ihren Blick weiter durch das Klassenzimmer schweifen. Rechts am Fenster hatten Tanja und Verena Platz genommen, der zuvor eingeschlafene Junge, sein Name war übrigens Noah, war in der Reihe vor ihr mittlerweile etwas wacher und neben ihm hatten sich Lisa und Sarah als neue Sitznachbarinnen eingefunden. Elena musterte die beiden neugierig. Vielleicht war das ja endlich die Chance für das neue Mädchen, eine richtige Freundin zu finden. Die in Elenas Augen etwas übertrieben trendige Sarah würde sich eventuell nicht so leicht von der hyperaktiven Art ihrer jetzigen Partnerin abschrecken lassen. Der Rest der Stunde verging überraschend schnell und als der Gong den Beginn der Pause ankündigte, packte die blonde Hüterin wie gewohnt ihre Sachen zusammen und marschierte zur Tür. Während sie dort auf ihre Freundinnen wartete, ließ sie ihren Blick über die vorbeilaufenden Schüler streifen. Sie beobachtete Fiona und Tanja, die wie immer unzertrennlich und in eines ihrer endlosen Gespräche vertieft waren und Noah, der immer noch von seinen Kumpels Tim und Jonas aufgezogen wurde und dies mit einem leichtherzigen Lachen abtat. Dann war da noch ein eher ungewöhnliches Dreiergespann aus Verena, Sarah und Lisa, welche sich zwar noch nicht so innig, aber doch einigermaßen gut zu verstehen schienen. Sofia tauchte jetzt neben Elena auf und folgte ihrem Blick, als diese sie nicht sofort bemerkte.

„Na, da ist ja jemand besitzergreifend“, kommentierte sie trocken das Verhalten der neuen Schülerin und schulterte ihren Rucksack.

„Komm, lass uns Laura suchen. Mal schauen, was bei ihr am Wochenende los war.“

Elena riss sich vom Anblick der vorbeiströmenden Personen los und nickte. Ihre lebhafte Freundin kam tatsächlich bald darauf in Sicht. Sie war anscheinend schon vorgegangen und stand nun mit einer Parallelklässlerin im Eingangsbereich, wo sie angeregt über irgendeinen Lehrer diskutierten. Es brauchte nicht viel, um zu verstehen, um wen es hier ging. Lauras Lieblingslästerkandidaten, Herr Müller. Gerade der kam allerdings in diesem Moment die Treppe hinunter und unbeabsichtigt direkt auf die beiden zugelaufen, die ihn jedoch zu ihrem eigenen Verhängnis nicht bemerkten. Elenas Alarmglocken klingelten und sie machte sich schnell auf zu ihrer Freundin, um sie vor größeren Schwierigkeiten zu bewahren. Sofia folgte ihr und gemeinsam eskortierten sie Laura nach draußen, die sich zum Glück erst nach einer kurzen Starre der Verwunderung in einigen Metern Abstand zu wehren begann.

„Hey, was soll das?“, protestierte das Mädchen, das den Lehrer immer noch nicht wahrgenommen hatte, und versuchte unwillig, sich aus dem Griff seiner Kolleginnen zu befreien. Da es aber in diesem Kampf zwei gegen eine stand, hatte es damit nicht viel Erfolg.

„Wir haben dir gerade eine Stunde Nachsitzen erspart, also beschwer dich nicht“, erwiderte Sofia schnippisch und verzichtete auf weitere Erläuterungen, woraufhin ihre Gefangene sich verwirrt an Elena wandte.

„Was …?“

„Herr Müller stand quasi schon hinter dir“, klärte Elena ihre Freundin auf, noch bevor sie die Frage zu Ende gestellt hatte. Die Augen der Luftbändigerin weiteten sich und sie sog scharf die Luft ein als Zeichen dafür, dass sie die Knappheit der Situation verstanden hatte.

„Danke", sagte sie kurz angebunden, bevor sie peinlich berührt das Thema wechselte.

„Und wie waren eure freien Tage? Irgendwelche Neuigkeiten?"

„Allerdings", verkündete Sofia mit bedeutungsvoller Miene.

„Echt?", Laura blickte erstaunt zu Elena und ergänzte dann: „Das musst du mir jetzt aber genauer erzählen!"

Also erbarmte sich die Wasserbändigerin und setzte nun auch ihre andere Freundin ausführlich über die letzten Geschehnisse in Kenntnis.

Nebenbei beschloss sie in Gedanken, später noch bei Tamara vorbeizuschauen, um sie nach ihrer Meinung zu fragen und sich vielleicht ein paar neue Denkanstöße zu holen. Als sie geendet hatte, fiel Lauras Reaktion etwas ratlos aus.

„Was hat das nur alles zu bedeuten?"

„Ich habe keine Ahnung", antwortete Elena ehrlich und seufzte, als sie bemerkte, wie sich ihre Stimmung mal wieder innerhalb von Sekunden von relativ heiter zu ungewollt ernst gewandelt hatte.

„Aber ich kann den Samstag gar nicht mehr erwarten."

...

Der kleine Zwischenfall und die anschließende Diskussion auf dem Pausenhof hatten unglücklicherweise dazu geführt, dass sie zu spät zu ihrer nächsten Unterrichtsstunde kamen. Ihre Deutschlehrerin sah wenig belustigt aus, als die drei während der allgemeinen Begrüßung atemlos hereinplatzten und eine rasche Entschuldigung hervorstammelten, bevor sie auf ihre Plätze huschten. Elena verkrümelte sich in die vorletzte Reihe und sank verlegen in den Stuhl neben Sofia, die ihre Lehrerin im Gegensatz zu ihr mit provokantem Blick fixierte. Diese gab einen missbilligenden Laut von sich, bevor sie zum Pult ging und ihre Unterlagen durchwühlte. Sie zog eine Klassenliste daraus hervor und legte ihren Zeigefinger auf die oberste Zeile.

„Na dann …" Ihr Blick wanderte über die auffällig unauffällig dreinblickenden Schüler im Klassenzimmer und blieb schließlich an Lisa hängen.

„Lisa, sag mir eine Zahl zwischen eins und achtundzwanzig."
Elenas Blick ruhte auf Laura, die zwei Reihen weiter vorne
unruhig auf ihrem Stuhl hin- und herrutschte. Sie machte es einem wirklich nicht schwer zu erkennen, dass sie sich nicht auf
diese Stunde vorbereitet hatte. Die Wasserbändigerin verkniff
sich ein Grinsen.

„Vielleicht weise ich sie nachher mal vorsichtig darauf hin,
könnte ihr in Zukunft einiges an Ärger ersparen", dachte sie
bei sich, bevor ihre Aufmerksamkeit von Lisas Stimme gefor-
dert wurde.

„Wie wärs mit … sechzehn?"

Die Reaktionen ihrer Mitschüler fielen sehr unterschiedlich
aus. Einige atmeten erleichtert auf und lehnten sich zurück in der
Gewissheit, dass die disziplinierte Lehrerin ihnen zumindest heute noch nicht den Kopf abreißen würde. Andere, die ihre Nummer in der Klassenliste nicht mehr kannten, begannen nervös
zu tuscheln, und wieder andere verdrehten genervt die Augen,
während sie der zweiten Kategorie zum bestimmt tausendsten
Mal erklärten, dass die Nummerierung immer gleich blieb und
es nun wirklich nicht so schwierig war, sich eine Zahl mit ma-
ximal zwei Ziffern zu merken. Die Lehrerin hatte inzwischen
ihre Lesebrille aufgesetzt und wanderte nun mit dem Finger die
Liste entlang, bis sie die genannte Nummer erreichte.

„Emily", sprach sie den dazugehörigen Namen aus und das
blonde Mädchen zuckte unwillkürlich zusammen. Lisa drehte
sich sogleich entschuldigend lächelnd zu Emily um und Elena
konnte hören, wie sie mehr oder weniger leise „Sorry!" flüsterte. Wie viel diese Entschuldigung jetzt noch brachte, war natürlich Ansichtssache, aber andererseits war es ja auch nicht wirklich
Lisas Schuld, denn schließlich konnte sie als Neue die Reihenfolge bestimmt noch nicht auswendig wissen. Oder?

Frau Tannhofer hatte während dieses Gedankenganges begonnen, ungeduldig mit den Fingerspitzen auf ihr Pult zu trom-
meln, und sah nun wie so viele andere abwartend zu der aufgeru-
fenen Schülerin.

„Emily, kommst du bitte hier vor?"

In gerader, etwas steifer Körperhaltung erhob sich die Jugendliche von ihrem Stuhl und marschierte mit eiligen Schritten nach vorne. Kommentarlos nahm sie einen Stift von der Lehrerin entgegen und nickte knapp, als sie angewiesen wurde, den auf die Tafel projizierten Lückentext mit komplizierten Grammatikformen zu vervollständigen. Ohne, dass ihr Gesicht Emotionen verraten lassen würde, drehte Emily sich anschließend zu der weißen Fläche um und begann rasch zu schreiben, wobei man nur bei sehr genauem Hinsehen ein Zittern ihrer Finger erkennen konnte. Die ersten beiden Lücken schienen kein Problem zu sein, doch bei der dritten kam Emily ins Stocken. Kurz verharrte sie regungslos, dann sah sie sich langsam nach ihrer Lehrerin um und bat in gefasstem Ton um eine Hilfestellung, woraufhin die Frau mittleren Alters sie nur äußerst kritisch beäugte. Schließlich setzte die Schülerin mit immer noch perfekt neutraler Miene den Stift wieder auf und schrieb in etwas unordentlicher Schrift eine scheinbar wahllose Verbform auf den Strich, die leider so grottenfalsch war, dass Elena angespannt die Zähne zusammenbiss und sorgenvoll auf die Reaktion ihrer Lehrerin wartete. Diese räusperte sich jetzt geräuschvoll und ließ die Vierzehnjährige in ihrer Arbeit innehalten.

„Emily, hast du diese Grammatik zuhause wiederholt?"

Das Mädchen murmelte mit rauer Stimme eine unverständliche Antwort.

„Wie bitte?", fragte die Lehrerin etwas ungeduldig nach und gab sich nicht einmal ansatzweise Mühe, ihre offensichtliche Unzufriedenheit zu kaschieren.

„Nein", wiederholte Emily nun deutlicher und sah der älteren Frau dabei direkt ins Gesicht. Ohne mit der Wimper zu zucken hielt sie deren vorwurfsvollem Blick stand und sorgte so dafür, dass ein unterdrücktes Tuscheln durch die Klasse ging.

„Dann hat das so wohl keinen Sinn", brach Frau Tannhofer schließlich in eisigem Ton das Schweigen zwischen ihnen und bedeutete der nach wie vor unbeeindruckt wirkenden Schülerin, sich wieder zu setzen. Emily verließ die Tafel und ließ sich kommentarlos zurück auf ihren Platz sinken. Sie starrte auf die

Tischplatte, als würde sie das ganze Geschehen um sie herum nicht im Geringsten betreffen. Die Jugendliche ließ sich nicht einmal durch die neugierigen, teils verständnislosen und abwertenden Blicke ihrer Klassenkameraden beeindrucken und Elena, die selbst nicht wusste, was sie von dieser seltsamen Szene halten sollte, beschlich ein komisches Gefühl der Unbehaglichkeit. Widerwillig schüttelte sie die Emotion ab und versuchte, sich wieder auf den Unterricht zu konzentrieren, der mittlerweile in konsequenter Ignoranz der gerade entstandenen Situation fortgeführt wurde.

Eine Weile ging das auch tatsächlich gut und die angespannte Stimmung machte einer gewöhnlichen Arbeits- und Langeweile-Atmosphäre Platz. Doch dann, gerade als Frau Tannhofer mit dem Erklären der neuen Grammatiklektion fertig war und sich wieder zur Tafel umdrehte, ertönte plötzlich direkt hinter Elena ein leises Schnarchen. Die Wasserbändigerin warf einen Blick über die Schulter und konnte sich ein ungläubiges Heben der Augenbraue nicht verkneifen. Noah hatte den Kopf auf die Tischplatte gelegt und schlief, schon wieder. Sein Sitznachbar bemerkte ihren vermutlich skurril aussehenden Gesichtsausdruck und gab ein belustigtes Glucksen von sich, welches den schlafenden Jungen allem Anschein nach in seinen Träumen gestört hatte. Jedenfalls öffnete er nun genervt ein Auge und blinzelte verwirrt, als er nicht seinen Sitznachbarn, sondern geradewegs Elena anblickte.

„Hast du …?", fragte er mit vom Schlaf noch rauer, aber immerhin gedämpfter Stimme und musterte sie skeptisch.

„Ich nicht, ne. Aber vielleicht solltest du dich bei ihm hier bedanken", entgegnete sie leise und machte eine angedeutete Handbewegung in Richtung seines Kumpels.

„Kann gut sein, dass er dich gerade vor einem Verweis gerettet hat."

Mit diesen Worten wandte die Wasserbändigerin sich zurück nach vorne und versuchte, sich wieder auf den Unterricht zu konzentrieren. Sie hörte noch, wie Noahs Freund ein weiteres leises Lachen von sich gab und Noah ihn daraufhin mit einem Grummeln zum Schweigen brachte. Den Rest der Stunde hielt er dann überraschenderweise durch, ohne ein drittes Mal einzudösen.

34. KAPITEL

Es war Mittagspause, die Schulstunde, die das erfreulichste Ereignis vieler Tage darstellte. Zunächst begann sie heute für Elena allerdings eher einsam, da sowohl Sofia als auch Laura zu einer Versammlung ihres Theaterkurses mussten, um die Rollenverteilung ihres neuen Stückes zu erfahren.

Sie würden *Aladdin* aufführen, und zwar am letzten Tag des Schuljahres, als Finale des Abschlussfestes vor den Sommerferien. Beide Mädchen hatten dem heutigen Tag entgegengefiebert, denn jede von ihnen hoffte auf einen ganz bestimmten Part in diesem Märchen. Laura hatte sich für die Rolle des Abu beworben, eines kleinen Affen, welcher der Hauptfigur mit Rat und Tat zur Seite steht. Oder vielleicht auch eher weniger mit Rat, denn der Charakter hat als Tier keinen richtigen Text. Der Luftbändigerin jedoch machte das nichts aus, im Gegenteil, sie sah es stattdessen als eine Art Herausforderung ihrer schauspielerischen Künste. Sofia würde aller Erwartung nach den dunklen Magier Dschafar verkörpern und, da war Elena sich sicher, dem armen Aladdin ordentlich einheizen.

Die Wasserbändigerin selbst war nicht offiziell Teil dieses Projekts, doch sie hatte angeboten, bei der Organisation beziehungsweise Herstellung von Kostümen und Requisiten zu helfen und mit ihren Freundinnen den Text zu lernen. So aber setzte sie sich nun erstmal auf eine der hölzernen Plattformen, die über den Pausenhof verteilt aufgebaut worden waren, und holte ihren Block und einen feinen Bleistift heraus. Aus Spaß begann sie, ein Bild von Noah zu zeichnen, welches ihn typisch dösend im Klassenzimmer zeigte. Ihr Werk traf überraschend genau ins Schwarze, und folglich packte sie es mit zufriedenem Gefühl weg, als ihre Freundinnen über das ganze Gesicht strahlend auf sie zugestürmt kamen.

„Wir haben sie!", rief Laura über den Hof und vollführte einen kleinen Luftsprung, noch bevor sie bei Elena angekommen war. Sofia joggte etwas cooler neben ihr her, doch auch sie grinste glücklich.

„Die Weltherrschaft wird schon bald mir gehören!", schloss sie sich mit einer theatralischen Äußerung an und ließ ein boshaftes Gelächter hören, welches einige entfernt spielende Fünftklässler erschrocken zusammenzucken ließ. Laura prustete ungehalten los und Elena stimmte ebenfalls in ihr Lachen ein, da sie so guter Dinge war, dass ihr in diesem Moment sogar die Blicke der anderen Menschen auf dem Hof vollkommen egal waren.

„Die erste Probe findet am Freitag statt", informierte Laura die Wasserbändigerin, nachdem sie sich wieder gefangen hatte, und Sofia nickte beipflichtend. Trotz ihrer Heiterkeit setzte Elena daraufhin eine gespielt beleidigte Schmollmiene auf.

„Dann muss ich ja alleine Zug fahren!", beschwerte sie sich und schob in ihrer spontanen Rolle die Unterlippe vor, wobei ganz nebenbei ihre eigenen, eher laienhaften Schauspielkünste zum Vorschein kamen.

„Ach, nicht traurig sein! Du findest den Weg sicher auch ohne mich", erwiderte die Feuerbändigerin spöttisch und tätschelte ihr tröstend den Arm.

„Gerade noch", fügte nun auch Laura frech hinzu und erntete daraufhin von der Wasserbändigerin einen unsanften Stoß zwischen die Rippen.

„Hey!"

Die Sonne brannte heiß auf das Schulgelände herab und erwärmte die Plattform angenehm, sodass keines der Mädchen Lust hatte, wieder aufzustehen, nachdem sie sich erst einmal darauf ausgestreckt hatten. Schließlich bot Elena an, zum Kiosk zu gehen und etwas zu essen zu besorgen, was natürlich direkt freudige Zustimmung fand. Ihre Freundinnen begrüßten sie bei ihrer Rückkehr mit jubelndem Applaus und nahmen ihr bereitwillig die Brezeln ab, die ihre blonde Freundin für sie mitgenommen hatte.

„Danke!", meinte Laura grinsend, bevor sie hungrig hineinbiss. Sofia zupfte währenddessen schon kleine Stückchen von ihrem Gebäck ab und schob sie sich in den Mund, bevor sie begann, stumm und genüsslich zu kauen. Als sie Elenas prüfenden Blick bemerkte, nuschelte auch sie einen Dank hervor und zwinkerte rasch, um die Wasserbändigerin gnädig zu stimmen. Selbst mit solchen Höflichkeitsgesten tat sie sich ihren ehemaligen Feindinnen gegenüber ab und an immer noch schwer. Elena beließ es für dieses Mal dabei und legte sich mit einem entspannten Seufzer auf den Rücken. Sie verschränkte die Arme hinter dem Kopf und beobachtete die wenigen Wolkenfetzen, die vor dem blauen Himmel dahinzogen. Sie waren ständig in Bewegung und trotzdem so ruhig.

Es gab ein kurzes Rascheln und dann gesellte sich Laura zu ihr.

„Manchmal stelle ich mir vor, dass ich sie bewegen könnte", hauchte sie verträumt und streckte die Arme aus, wie um nach den weichen, doch weit entfernten Gebilden zu greifen.

„Eines Tages", entgegnete die blonde Hüterin sanft und lächelte über die freigeistliche Art ihrer Freundin, die so charakteristisch für sie war.

„Andererseits bestehen Wolken genau genommen aus Wasser", neckte sie dann und grinste breit, als Laura nur mit einem leisen *Huff* die Augen verdrehte.

„Trotzdem schweben sie. Das muss doch irgendwas wert sein!" Starrsinnig bestand die Luftbändigerin auf ihrer These und hielt Elenas gezwungen ernstem Blick so lange herausfordernd stand, bis diese sich nicht mehr beherrschen konnte und lachend sowie kopfschüttelnd wegschaute.

„Wisst ihr was? Bis ihr so mächtig seid, haben wir wichtigere Probleme", mischte sich nun Sofia ein und drängte die beiden beiseite, sodass sie ein wenig mehr Platz auf der Plattform erhielt.

„Da hast du wohl Recht", seufzte die Wasserbändigerin und schloss herzhaft gähnend die Augen. Die Wärme der Sonnenstrahlen machte sie schläfrig und so ließ sie sich in einen leichten Dämmerschlaf fallen. Erst der Pausengong weckte sie schließlich jäh und gnadenlos auf, gerade zu Beginn eines möglicherweise wunderschönen Traumes. Angestrengt und etwas bedröppelt blinzelte die Hüterin gegen das grelle Licht, bevor sie stutzte.

War das nicht Noah dort hinten auf der Bank? Tatsache, er sah just in diesem Augenblick sogar zu ihnen herüber und grinste, als er ihren verschlafenen Gesichtsausdruck bemerkte. Elena musste in Anbetracht der nun umgekehrten Situation ebenfalls grinsen und ihre Müdigkeit war mit einem Mal verflogen. Frisch und energiegeladen rappelte sie sich auf und zog ihr T-Shirt gerade, das über die Pause ein paar Falten dazubekommen hatte.

„Los, aufstehen!", forderte das Mädchen bestimmt und stieß Sofia gegen die Schulter, die daraufhin unwillig brummte, sich dann aber schließlich auch aufraffte. Zu dritt marschierten sie einen weiteren Weckversuch später endlich davon, um die letzten beiden Unterrichtsstunden des Tages hinter sich zu bringen.

...

Später am Nachmittag klopfte Elena zum wiederholten Mal an Tamaras Zimmertür und wunderte sich. War das Mädchen etwa nicht da? Tamaras Eltern hatten sie doch hier hoch geschickt …

Gerade als die Wasserbändigerin ihr Handy aus der Hosentasche fingerte, um ihre Freundin anzurufen, wurde die Tür plötzlich mit einem Ruck aufgezogen.

„Hey! Sorry, war gerade hinten", erklärte Tamara etwas außer Atem und deutete auf den offenstehenden Durchgang zur Rumpelkammer, bevor sie Elena ins Zimmer winkte.

„Was hast du denn gemacht?", wollte die Besucherin neugierig wissen. Die brünette Gastgeberin zuckte beiläufig mit den Schultern.

„Nach anderen magischen Objekten gesucht, hab aber keine gefunden. Aber du hast doch sicher was Neues für mich, stimmts?"

„Du hast es erfasst", grinste die Hüterin und machte es sich dann nach kurzem Überlegen auf einem gepunkteten Sitzsack bequem, wo sie noch einmal den neuesten Teil der Geschichte von ihren Forschungsergebnissen bis hin zu ihrem letzten Traum erzählte.

„Hmm, interessant", war Tamaras einziger Kommentar dazu. Elena, die auf eine aufschlussreichere Antwort gehofft hatte, legte ein wenig enttäuscht die Stirn in Falten.

„Geht dir da irgendein Licht auf?", hakte sie hoffnungsvoll nach und erntete zunächst nichts als einen nachdenklichen Blick aus zusammengekniffenen Augen.

„Es ergibt schon Sinn …", meinte ihre dunkelhaarige Freundin dann langsam, bevor sie erneut in gedankenverlorenes Schweigen verfiel.

„Wie meinst du?"

Die Wasserbändigerin war verwirrt.

„Na überleg mal …", fuhr Tamara nun endlich in langgezogenen Worten fort und setzte sich ihr gegenüber auf die Bettkante, „das Böse, das ihr besiegen sollt, muss ja auch irgendeine Art von Magie auf ähnlichem Level wie ihr haben, sonst wären die Tiergeister doch nicht so besorgt."

„Dann meinst du …", schloss Elena, die langsam zu begreifen begann, „dass die Kette aus den Steinen eine Art böser Tamer ist?"

Fragend musterte sie die Nichtbändigerin, welche bestätigend nickte.

„So ungefähr, vermute ich. Aber vielleicht kann uns das Buch weiterhelfen."

Das Mädchen stand auf und ging hinüber zu seiner Kommode, nur um wenige Sekunden später mit dem alten Lederband zurückzukommen. Tamara schlug ihn auf und blätterte durch die vergilbten Seiten, was ein leises, raschelndes Geräusch erzeugte. An einer Stelle hielt sie schließlich inne und blickte abwägend auf einen in kleinen, säuberlich aneinandergereihten Buchstaben notierten Text.

„Das Gleichgewicht dieser Welt wird gehalten zwischen Gut und Böse. Beide Mächte wird es immer geben, und so ist nur entscheidend, welche die Vorherrschaft besitzt. Gut und Böse können nicht mit gleicher Macht nebeneinander existieren ohne einen Machtkampf, der resultiert in einer herrschenden und einer unterlegenen Macht. Aufgabe der Hüter der Element Tamers ist es, diesen Machtkampf zum Guten zu gewinnen, um die heile Welt der Menschen zu bewahren", las Elena laut vor, ohne auf eine Aufforderung dazu zu warten.

„Dann gibt es jemanden, der die Kette, also den bösen Element Tamer, kontrolliert? Einen Hüter des Bösen sozusagen?"
Tamara erwiderte den fragenden Blick der Wasserbändigerin ebenso ratlos, wie diese sich selbst fühlte. „Ich weiß es nicht, aber es ist momentan die einzig logische Erklärung."
Eine Weile schwiegen beide Mädchen und verdauten jede für sich diese soeben gewonnene Erkenntnis, die dem weiteren Verlauf ihrer Mission ein ganz neues Level der Gefahr hinzufügte.
„Naja ...", durchbrach Elena schließlich halbherzig die Stille, „bei vier gegen einen sind wir immer noch im Vorteil."
„Oder die Kette hat einfach so viel Macht, wie alle vier Element Tamers zusammen", entgegnete Tamara mit nüchterner Stimme, woraufhin der gezwungen aufrechterhaltene Optimismus der Wasserbändigerin für einen Moment in sich zusammensackte.
„Außerdem seid ihr noch nicht vier. Die Erdbändigerin fehlt immer noch."
„Nicht so wirklich, seit Neuestem gibt es ja Lisa."
Elena, die nach diesem unbedacht herausgerutschten Kommentar ihrerseits augenblicklich wieder an die Zwickmühle mit der neuen Schülerin denken musste, fuhr sich seufzend durch die Haare.
„Wir sind sooo planlos!", stöhnte sie dann und vergrub das Gesicht erschöpft in den Händen.
„Wie sollen wir denn in weniger als einer Woche den Ursprungsort finden und auch noch da hinkommen?"
„Sekunde ...", unterbrach Tamara den Redeschwall ihrer Freundin abrupt, bevor sie fortfuhr: „Wer ist Lisa?"
„Habe ich dir das nicht erzählt?"
Elena hob überrascht den Kopf.
„Nein ...?", erwiderte die Brünette und in ihrer Stimme schwang ein leicht vorwurfsvoller Ton mit.
„Aber du wirst es mir jetzt erzählen, und zwar in allen Einzelheiten."
Mit diesen Worten setzte sie sich aufrecht hin und wandte sich gänzlich ihrer Besucherin zu, um keinen einzigen Aspekt ihrer Berichterstattung zu versäumen. Also klärte die Wasserbändigerin

ihre Freundin nun auch noch über die vorangegangenen Geschehnisse des Sonntags auf, die sie zuvor in ihrer Aufregung über die aktuellsten Ereignisse tatsächlich vergessen hatte.

„Was zum Geier hat sie sich denn dabei gedacht?", stieß Tamara gleich darauf entgeistert hervor. Sie konnte nicht glauben, welches Risiko Lisa eingegangen war, indem sie ihre Identität einfach so drei möglichen Hütern preisgegeben hatte, ohne sich deren magischer Kenntnisse sicher zu sein.

„Ich weiß es nicht, das ist ja gerade das Komische. Laura und Sofia sind auch skeptisch, was sie anbelangt, aber die Zeit läuft uns langsam davon. Und wie sollte sie auch sonst von den Element Tamers wissen?"

„Das ist schwierig", stimmte Tamara nachdenklich zu und zog erneut die Stirn kraus.

„Andererseits werdet ihr wahrscheinlich keine andere Wahl haben, als ihr zu glauben. Ihr könnt ja die restlichen Tage noch abwarten, wie sie sich verhält, und sie dann erst am Samstag spontan mitnehmen."

„Gar keine schlechte Idee!", fand Elena und ihre Miene hellte sich ein wenig auf.

„Aber wie finden wir den Ort?" Tamara überlegte angestrengt.

„Wir haben bisher zwei Quellen für magische Infos, das Buch und die Tiergeister. Zu Letzteren könnt ihr aber nur in Visionen Kontakt aufnehmen, und das auch nur, wenn sie euch welche senden. Aber was, wenn …"

Sie kniff die Augen zusammen und schien konzentriert etwas abzuwägen.

„Was?", drängte die Wasserbändigerin, die vor Ungeduld ganz hibbelig geworden war. Ihre brünette Freundin sah ihr berechnend in die Augen.

„Ich frage mich, ob die Hüter auch von sich aus Visionen hervorrufen können."

Überrascht und etwas skeptisch hob Elena eine Augenbraue, bevor sie selbst einen Moment lang über den Vorschlag nachdachte und anschließend feststellte: „So könnte man zumindest

Kontakt aufbauen. Aber wie sollen wir das anstellen? Im Buch werden die Tiergeister ja noch nicht einmal erwähnt."

Ein ratloses Kopfschütteln war die einzige Antwort.

„Keine Ahnung. Ich an deiner Stelle würde mich einfach einmal in einer ruhigen Minute hinsetzen und dir deinen Tiergeist in Gedanken rufen. Wie heißt er noch gleich? Nimo?"

Elena nickte und vor ihrem inneren Auge erschien wieder das Bild des Delfins, der in ihrem Traum durch eine unsichtbare Kraft am Sprechen gehindert worden war und ihr seitdem keine weiteren Visionen im herkömmlichen Sinne mehr gesendet hatte. Ihr Blick verdüsterte sich.

„Es ist wohl unsere einzige Möglichkeit. Was, wenn es nicht funktioniert? Was machen wir dann?" „Das entscheiden wir, wenn es so weit ist. Jetzt ruf deine Freundinnen an und hol sie hierher, dann können wir gleich mit dem Ausprobieren anfangen", entschied Tamara kurz entschlossen und nickte ihrer Besucherin bekräftigend zu, als diese sie zunächst unsicher ansah. Mit einem ergebenen Schulterzucken zog Elena also ihr Handy hervor und scrollte wieder einmal in der Kontaktliste nach unten.

„Lisa auch?", hakte sie in zweifelndem Ton nach und verharrte unentschlossen mit dem Daumen über dem Hörersymbol. Tamara zögerte einen Augenblick lang, dann schüttelte sie den Kopf.

„Erstmal noch nicht. Drei werden auch reichen."

35. KAPITEL

„Okay, was soll das Ganze?", fragte Sofia in spitzem Ton und musterte Elena vorwurfsvoll, als sie beim Öffnen der Haustür unmittelbar vor ihr stand. „Und warum bei *ihr*?", fügte sie gleich darauf hinzu, noch bevor die Wasserbändigerin etwas entgegnen konnte. Sofia beäugte die im Flur herumstehende Tamara misstrauisch. Elena rollte angesichts dieser typischen Reaktion genervt mit den Augen.

„Du weißt genauso gut wie ich, dass sie das Buch besser kennt als wir alle drei zusammen und dass es ihr noch dazu gehört. Außerdem weiß sie von uns allen am meisten über solche Legenden und das, was wir heute vorhaben, war genau genommen ihre Idee, also find dich einfach damit ab, okay?"

„Ist ja gut, krieg dich wieder ein. Ich hätte eben etwas Besseres vorgehabt."

„Und was genau wäre das gewesen?", verlangte Elena zu hören, deren Toleranzgrenze inzwischen sichtbar ausgereizt war. Sie hasste es, wenn Sofia solche abfälligen Kommentare von sich gab. Für wen hielt sie sich denn?

„Mein Vater wäre heute zu Besuch gekommen."

„Oh."

Ein peinliches Schweigen entstand, während die nun scheinbar zu Unrecht forsche Bändigerin mit ihrem aufkommenden schlechten Gewissen kämpfte.

„Ich …"

„Schon gut, Entschuldigung angenommen", unterbrach Sofia sie rasch und wedelte mit der Hand, als wolle sie eine lästige Fliege verjagen.

„Lass uns uns einfach beeilen."

Die etwas zerknirschte Wasserhüterin nickte zustimmend und führte die Feuerbändigerin anschließend wortlos durch den Flur und das Esszimmer bis in das gemütlich eingerichtete Wohnzimmer. Schwere Holzmöbel kombiniert mit einem dicken, roten

Teppich, einem momentan nicht beheizten Kachelofen und einer beträchtlichen Ansammlung von kleinen, antik aussehenden Figürchen erweckten einen etwas altbackenen und dennoch eleganten Eindruck. Im Zentrum des Raums auf dem eben beschriebenen Stoffvorleger hatten sich inzwischen bereits Laura und Tamara niedergelassen und blickten den Neuankömmlingen erwartungsvoll entgegen.

„Gut, dass ihr da seid, dann können wir ja jetzt anfangen", meinte die Gastgeberin nun und klatschte in die Hände, um ihrer Entschlossenheit Ausdruck zu verleihen und die letzten Unstimmigkeiten aus der Luft zu vertreiben. Sie nahm das Buch, das neben ihr auf dem Couchtisch gelegen hatte, und platzierte es behutsam in der Mitte des kleinen Sitzkreises.

„Das also ist das geheimnisvolle magische Buch", bemerkte Sofia bemüht sachlich, doch selbst sie konnte ihre Ehrfurcht nicht ganz verbergen. Laura dagegen versuchte es gar nicht erst. Sie lehnte sich mit vor Staunen leicht geöffnetem Mund nach vorne und strich mit den Fingerspitzen vorsichtig über den schäbigen Ledereinband.

„Das ist unglaublich", flüsterte sie, „ich kann fast spüren, dass es etwas Magisches ist."

„Das ist es in der Tat", stimmte Tamara lächelnd zu, sichtlich erfreut, dass die Luftbändigerin ebenso wie sie von dem Buch fasziniert war. Dann räusperte sich Sofia und unterbrach so den harmonischen Moment.

„Und warum genau sind wir jetzt hier?", fragte sie in die Runde und ließ den Blick abwartend zwischen der Wasserbändigerin und der Nichtbändigerin hin- und herwandern.

„Stimmt, kommen wir zum Thema."

Tamara richtete sich auf und sah sie alle der Reihe nach ernst an.

„Wie ihr alle wisst, müsst ihr am Samstag zu einem Treffen mit euren Tiergeistern erscheinen. Bisher haben sie euch aber nicht verraten, wo das Ganze stattfinden soll. Meine Wenigkeit hatte daher die Idee, die Tiergeister durch die Tamers zu kontaktieren und sie selbst zu fragen. Also, wenn ihr alle einverstanden seid, würde ich das gern versuchen."

„Richtig. Und wie soll das funktionieren?"
Die Feuerbändigerin verschränkte die Arme vor der Brust
und blickte der Rednerin herausfordernd ins Gesicht. „Und warum
gehörst du jetzt plötzlich zu unserem Team?"
„Ich wusste gar nicht, dass wir uns als Team bezeichnen, aber
eigentlich finde ich die Idee ganz cool!", ergriff Elena hastig die
Chance für einen schnellen Themawechsel, um die feindselige
Spannung zu unterdrücken, die sich zwischen Tamara und Sofia
aufbaute. Das klappte jedoch eher mittelmäßig gut, zumindest
den Blicken nach zu urteilen, die sie daraufhin von den beiden
erntete. Es war wenig überraschend, als die Nichtbändigerin, die
sich zuerst beherrschte, anschließend mit gefasster Stimme antwortete:
„Ich habe vielleicht keine magischen Kräfte, aber ich
habe Wissen, das ihr in Zukunft auf jeden Fall brauchen werdet.
Deshalb bin ich so freundlich und unterstütze euch im Kampf gegen
das Böse, als Beraterin und Hüterin des Buches, wenn man
so will. Ist das ein akzeptabler Grund für dich?"
Eine kurze Pause entstand, und Elena tauschte einen beunruhigten
Blick mit Laura, die ihr gegenübersaß. Wenn diese Zusammenarbeit
jetzt nicht funktionierte, würde das Gelingen ihrer
Mission um einiges schwieriger werden.
„Ist okay", gab Sofia dann endlich klein bei und wich Tamaras
Blick aus, da der darin aufblitzende Triumph an ihrem Ego
kratzte. Die Siegerin der kurzen Auseinandersetzung legte diesen
jedoch schnell ab und wandte sich wieder an die ganze Gruppe,
um nicht noch mehr Zeit als unbedingt nötig zu vergeuden.
„Wie gesagt, das Ganze hier ist nur ein Versuch, ich weiß also
nicht, ob und inwiefern es klappen wird. Falls jemand zwischendurch
einen Vorschlag hat, immer her damit!"
Laura und Elena nickten entschieden und auch Sofia schloss
sich ihnen etwas zögerlich an.
„Dann erklär uns mal deinen Plan!", ermutigte die Wasserbändigerin
ihre Freundin, welche ihr dankbar zunickte und anschließend
begann, ihre Idee Stück für Stück genau zu erklären.
Als Tamara geendet hatte, vergewisserte sie sich genauestens, ob
die drei Bändigerinnen ihr folgen konnten. Das einstimmige

„Ja!" schien ihr eine zufriedenstellende Antwort zu sein, denn daraufhin zog sie sich aus dem Kreis zurück und ließ sich auf dem dunkelroten Sofa nieder, von wo aus sie das Geschehen gebannt beobachtete.

„Okay, dann los", gab Elena das Kommando, bevor sie tief durchatmete und beide Hände auf die Wasserkette um ihren Hals legte. Sie sah zu, wie Sofia die Haare zurückstreifte und ihre Ohrringe mit den Fingerspitzen berührte und Laura eine hellere Haarsträhne umfasste. Dann schlossen alle drei die Augen und jede versuchte für sich, Kontakt zu ihrem Tiergeist herzustellen.

Elena, die die letzten Erscheinungen von Nimos Stimme in ihrem Gedächtnis nicht vergessen hatte, dachte aus einem spontanen Gefühl heraus an eine Welle, die sie in ihrem Kopf sinnbildlich nach oben steigen ließ. Sie stellte sich vor, sie würde selbst darin versinken, und vor ihrem inneren Auge erschien die verschwommene Ansicht eines Meeresgrundes. Mit aller Entschlossenheit, die sie aufbringen konnte, tauchte die Wasserbändigerin durch das kühle Nass und rief immer wieder nach ihrem Tiergeist. Ihre Worte stiegen in Luftblasen zur Oberfläche, doch sie war überzeugt, dass Nimo sie trotzdem hören würde, falls er in der Nähe war. Die Hüterin versuchte gar nicht erst zu verstehen, wie sie an diesen Ort gekommen war; nach ihren bisherigen Erfahrungen mit Magie war sie zu dem Schluss gekommen, dass sich manche Dinge einfach nicht rational erklären ließen. Mit einem Mal ging ein Beben durch das Wasser, was das blonde Mädchen augenblicklich in seiner Bewegung innehalten ließ. Stumm wie ein Fisch verharrte Elena in der kühlen Schwere, die langsam aber sicher ihre Wahrnehmung benebelte. Elena wusste, dass sie an diesem Ort nicht mehr lange bleiben konnte, und so befreite sie sich mit konzentrierter Willenskraft aus ihrer Starre und schwamm mit kräftigen Zügen in die Richtung, in der sie den Ursprung des Bebens vermutete. Nach einer unbestimmten Weile, die der Hüterin wie Stunden vorkam, nahm sie in der Ferne einen dunklen Umriss wahr. Er war verschwommen, denn das Wasser um ihn herum wurde immer trüber mit jeder zuckenden Bewegung, die er tat. Doch es waren nicht die

Zuckungen, die Elena beunruhigten. Es waren die Schreie, die mit ihnen kamen und die unaufhörlich lauter und schriller wurden, bis die Wasserbändigerin meinte, ihre Ohren müssten davon platzen. Dennoch war sie sich sicher, dass wer immer diese Schreie in diesem Moment von sich gab, um ein Vielfaches größere Schmerzen erlitt als sie selbst. Energisch ruderte sie vorwärts und gab ihr Bestes, um ihr strapaziertes Gehör zu ignorieren. Sie hatte eine böse Vorahnung, zu welchem Wesen die schemenhafte, sich verquirlende Silhouette gehören könnte, aber sie musste es ganz genau wissen. Mit beiden Händen erzeugte sie Wasserwirbel und nutzte diese als zusätzlichen Antrieb neben dem unablässigen Paddeln ihrer Beine, um schneller voranzukommen und die Gestalt noch vor Ende dieser künstlich hervorgerufenen Visionssequenz zu erreichen.

„Nimo? Kannst du mich hören?"

Diese Worte formten keine Luftblasen, denn Elena sprach sie nur in Gedanken laut aus. Sie musste vorsichtig sein; immerhin war sie noch nie zuvor allein an einem solchen Ort gewesen und wusste dementsprechend nicht, welche Feinde und Gefahren möglicherweise in dem zunehmend düsterer werdenden Halbdunkel auf sie lauerten. Es dauerte einige Sekunden, bis sie verstand, warum diese altbewährte Art der Kommunikation mit ihrem Tiergeist nicht funktionierte: Sie befand sich ja bereits in einer Vision, also in einer Art gedanklichen Szene, die die direkteste Möglichkeit der Interaktion mit den Tiergeistern darstellte und somit alle anderen Gesprächswege theoretisch überflüssig machte, oder zumindest schien ihr das die einzig plausible Erklärung zu sein. Mit Magie war eben alles ein wenig seltsam. Die Wasserbändigerin schüttelte den Kopf und konzentrierte sich wieder auf das Wesen, dem sie mittlerweile schon sehr nahe war. Leise und möglichst unauffällig glitt sie durch die schwache Strömung und versteckte sich hinter einem großen Felsbrocken, der etwas einsam in der Weite des Gewässers auf dem Boden lag. Vorsichtig warf Elena einen Blick um die Ecke und erstarrte vor Schreck, als sie sah, was hier vor ihren Augen vor sich ging. Nimo, der ihre vorherigen Vermutungen bestätigend tatsächlich der Erzeuger der schattenähnlichen Umrisse war, war nicht sichtlich verletzt, doch sein qualvoll verzerrtes Gesicht und sein sich in alle Richtungen verdrehender Körper mit der schlenkernden Schwanzflosse sprachen für sich. Die entsetzte Hüterin duckte sich hastig wieder hinter die Felskante und zog ihre gespenstisch um sie herumwabernden Haare mit einem Ruck hinter sich her, um nicht von der unsichtbaren Macht entdeckt zu werden, die ihren Freund offenbar in ihrer Gewalt hatte. Sie hatte in der kurzen Zeit keine sichtbaren Gefahren ausmachen können, doch das bedeutete nur, dass sie umso vorsichtiger sein musste. Sollte tatsächlich ein Feind anwesend sein, was sie jedoch bezweifelte, so hätte dieser einen deutlichen Vorteil. Elena hob nun beide Hände und ging in Angriffsstellung. Sie rief sich alle möglichen Bändigerfähigkeiten, die sie bis jetzt gelernt hatte, in Erinnerung und sprang dann mit einem Satz aus ihrer Deckung hervor, was trotz ihrer Schwerelosigkeit unter Wasser erstaunlich gut funktionierte. Mit wachsam umherhuschendem Blick paddelte sie auf Nimo zu und betete unterdessen inständig, dass ihre magischen Kräfte sie nicht gerade jetzt im Stich lassen würden. Zur Sicherheit sendete sie eine Welle aus, in der Hoffnung, dass sie von eventuellen unsichtbaren Objekten abprallen würde. Als nichts geschah, ließ die Wasserbändigerin einen unbewusst angehaltenen Atemzug in Gestalt von Luftblasen entweichen, bevor sie bis auf etwa einen halben Meter Abstand auf Nimo zuschwamm und die Hand nach dem Delfin ausstreckte. Einen Augenblick, bevor ihre Fingerspitzen die kühle, glatte Haut berühren konnten, zuckte der Tiergeist plötzlich heftig zusammen und riss die Augen auf. Sie sahen aus wie kleine, dunkle Murmeln, doch ihr sanfter Schimmer von einst war nacktem Grauen gewichen.

„Nimo …", hauchte Elena bestürzt und setzte abermals an, ihre Hand auf seine Wange zu legen, doch der Delfin schreckte zurück und starrte sie unverwandt an.

„Was ist mit dir passiert?", fragte die Hüterin verzweifelt und durchbohrte ihn mit ihrem durchdringenden Blick.

„Ich brauche dich doch!", fügte sie in Gedanken hinzu und wünschte sich innig, er könnte es hören. Ein weiterer Schauer schüttelte den Körper des Tiergeists, doch dieses Mal war er ein kleines bisschen schwächer als zuvor. Elena beobachtete mit angehaltenem Atem, wie in seinem ihr zugewandten Auge ein Funke aufglomm, der ihr bekannt vorkam. Hoffnung. Plötzlich begann Nimo von einer Sekunde auf die andere, sich aufzubäumen und wild mit den Flossen um sich zu schlagen, sein Kampfgeist war wieder erwacht.

Im selben Moment bemerkte Elena ein schwaches Glühen an ihrem Hals und wusste ohne einen weiteren Blick, dass die Wasserkette angeregt worden war. Als hätte das Schmuckstück sie mit neuer Energie versorgt, schoss ihr mit einem Mal ein Gedanke durch den Kopf, der sie aufmerken ließ. Ein Gedanke mit Potenzial. Sie hatte nun eine Idee, wie sie ihrem Tiergeist vielleicht helfen konnte. Das Problem war nur, dass ihr Plan ihn entweder von seinem Leid erlösen oder die Lage drastisch verschlimmern würde. Die Wahrscheinlichkeiten waren gleich groß und das Ergebnis ungewiss, also hing alles vom Zufall und ein kleines bisschen auch von Elenas Glück ab. Ihre Hoffnung gründete sich einzig und allein auf die machtvolle Verbindung, die zwischen Tiergeist und Tamer bestand und dem daraus resultierenden, intensiven Einfluss der beiden aufeinander. Das blonde Mädchen schwebte einige Augenblicke lang unschlüssig auf der Stelle und rang mit sich selbst, während der Delfingeist weitere Schmerzenslaute von sich gab. Dieser Klang gab seiner Hüterin schließlich endgültig den Rest, und sie schob entschlossen alle Zweifel beiseite. Sie hatte keine Wahl.

Blitzschnell glitt sie durch das Wasser, streifte dabei die magische Kette ab und presste sie gegen die Stirn des Delfins, genau zwischen seine Augen. Der blaue Stein leuchtete gleißend hell auf und im selben Moment tat es einen Schlag und Elena wurde mitsamt des Schmuckstücks zurückgeschleudert. Mit aller Kraft schaffte sie es, den Fall abzudämpfen und kam knapp vor der Felskante zum Halt. Schwer atmend stützte sie sich dagegen und wischte sich einige Haarsträhnen aus dem Gesicht. Hatte es geklappt?

Elenas Blick flog zurück zu Nimo, in eiliger Hast und voller Sorge. Der Geist bewegte sich nicht mehr. Er ruhte ganz still, unberührt von den heftigen Wellen um ihn herum und mit weit geöffneten Augen, die in demselben Licht erstrahlten, das die Wasserkette erzeugt hatte. Seine Stimme klang vertraut und fremd zugleich, da sie in mehreren Lagen gleichzeitig erschallte, wie ein weit entferntes Echo seiner selbst.

„Geh! Halte sie auf!"

Elena war so geschockt über seinen plötzlichen Wandel, dass sie nicht einmal eine Antwort hervorbrachte. Sie merkte, wie die Luft in ihrer Lunge nahezu aufgebraucht war und ihr Körper sich langsam zur Wasseroberfläche bewegte. Hastig befreite sie sich aus ihrer Ganzkörperklammer und ruderte mit allen Gliedmaßen gegen die Strömung an, die sie nach oben trieb. Mit letzter Kraft rief die Wasserbändigerin nach ihrem Tiergeist, doch dieser antwortete nicht. Stumm starrte er ins Leere, als das Licht in seinen Augen erlosch und die matte Finsternis zurückkehrte.

Das Wasser, das die beiden umgab, färbte sich zunehmend grüner und schleierhaft war eine Substanz zu erkennen, die vom Delfin selbst auszugehen schien und nebelartig durch die Wellen waberte. Einen Herzschlag später zuckte ein erneuter Krampf durch Nimos Schwanzflosse und sein Körper erzitterte vor Schmerzen. Elena sah nur noch sein zu einem stummen Schrei aufgerissenes Maul, bevor ihre Sicht schwarz wurde. Panisch riss sie die Augen auf und fand sich verdattert und ebenfalls am ganzen Leib bebend im Zimmer ihrer besten Freundin wieder.

„Elena!"

Tamara, die gerade mit einem voll beladenen Tablett aus der Küche zurückkehrte, eilte rasch zu ihr und kniete sich vor ihr auf den Boden.

„Was ist passiert?", fragte sie und suchte mit besorgter Miene nach dem Blick ihrer Freundin, welcher verstört hin- und herzuckte.

„Nimo, er … er ist in Gefahr!", presste die Wasserbändigerin hervor, bevor ihre Stimme versagte, und die Augen ihrer dunkelhaarigen Zuhörerin weiteten sich vor Schreck.

„Was hast du gesehen?", forschte sie nach und bemühte sich, das Zittern in ihrer Stimme zu verbergen, was ihr jedoch nicht ganz gelang. Elena riss sich nun mit aller Macht zusammen und gab ihr Erlebnis in knappen, aber genauen Worten wieder. Tamara sah sie zunächst weiterhin schockiert an, besann sich dann aber eines Besseren und machte sich daran, ihrer offensichtlich unter Schock stehenden Freundin eine Tasse Tee einzuschenken. Dankbar nahm die Hüterin den heißen Becher entgegen und nippte vorsichtig daran. Wohltuende Wärme rann ihren Rachen hinunter und ihre Anspannung legte sich allmählich. Laura und Sofia hatten soeben beinahe zeitgleich die Augen geöffnet und waren ebenfalls in die Realität zurückgekehrt. Die Feuerbändigerin schüttelte auf die Frage, ob sie etwas herausgefunden habe, bedauernd den Kopf. Sie hatte Zaton vergeblich gesucht. Für den Bruchteil einer Sekunde fragte sich Elena, ob der Tiger vielleicht auf der Jagd war, bevor sie den Gedanken wieder verwarf. Er war ein Tiergeist, sicherlich war es seine Pflicht, dem Hüter seines Tamers im Falle des Falles zur Seite zu stehen. Laura hatte sich während dieser kurzen Unterhaltung bisher auffällig still verhalten. Seelenruhig nahm sie sich einen Schokoladenkeks, biss hungrig hinein und kaute genüsslich.

„Und was ist mit dir? Hattest du Erfolg?", erkundigte sich Elena dann im nächsten Moment auch schon bei ihr und die Neugier in ihrer Stimme war unverkennbar. Auch die beiden anderen Mädchen unterbrachen jetzt ihre angeregte Diskussion und wandten sich mit fragenden Mienen der Luftbändigerin zu, die so tat, als würde sie angestrengt überlegen.

„Also wenn du mit *Erfolg* meinst, dass ich unseren Treffpunkt kenne …", antwortete sie schließlich und machte eine kunstvolle Pause, um die gespannten Ausdrücke auf den Gesichtern ihrer Freundinnen zu studieren, die ihr förmlich an den Lippen hingen. Dann erschien ein triumphierendes Grinsen auf Lauras Gesicht und sie verkündete stolz: „Dann kann ich zurecht behaupten, ja, ich hatte Erfolg."

36. KAPITEL

„Na los, spuck's aus!", entfuhr es Tamara freudig und Elena
grinste über ihre Begeisterung, die fast noch größer war als die
der Bändiger selbst.

„Es ist mehr so ein Gefühl ...", warf Laura rasch beschwichtigend ein und brachte Sofia damit zum Aufstöhnen.

„Jetzt machst du so ein Riesending daraus und dann ist es
doch nur ein *Gefühl*? Was soll das?"

„Hey, immerhin *habe* ich was herausgefunden!", verteidigte
sich die Luftbändigerin empört, bevor sie etwas ruhiger hinzufügte: „Außerdem bin ich mir fast sicher, dass ich den Ort finde, sobald wir im Wald sind."

Elena atmete geräuschvoll aus und bewahrte bemüht ihre
Nerven.

„Der Treffpunkt befindet sich also in unserem Wald?", hakte
sie nach und fixierte ihre Freundin eindringlich, die bei genauen
Fragen mehr und mehr an ihrer Entdeckung zu zweifeln schien.

„Das weiß ich nicht, aber ich glaube, dass wir von dort aus
dahin kommen."

„Na super. Und wie sollen wir das machen?"

Sofia klang jetzt ziemlich ungeduldig, was Elena ihr insgeheim nicht verübeln konnte. Die Zeit lief ihnen davon und noch
mehr Unsicherheiten konnten sie nun wirklich nicht gebrauchen.
Trotzdem ergriff die Wasserbändigerin das Wort, um die beiden
Streithähne zu besänftigen.

„Leute, jetzt beruhigt euch erstmal wieder. Wenn wir uns
jetzt streiten, können wir das Ganze gleich vergessen!"

Missmutiges Gegrummel von beiden Seiten war die Antwort,
Widerspruch war jedoch keiner zu vernehmen. Elena beschloss,
dass das für den Augenblick genügen musste, und nahm sich anschließend Laura vor.

„So, und jetzt bitte mal im Klartext. Kennst du nun den Weg
zu unserem Treffpunkt oder nicht?"

Sie sah die Luftbändigerin mit durchdringendem Blick an, um ihr begreiflich zu machen, wie wichtig das gerade war. Diese dachte einen Moment lang nach, dann begannen ihre Augen zu leuchten.

„Ich nicht, aber Figruan! Er wird uns führen."

Sofia hob eine Augenbraue, sagte angesichts Lauras bestimmtem Ton aber nichts, und Tamara, die sich in der Zwischenzeit auf der Suche nach hilfreichen Informationen wieder in das Buch vertieft hatte, blickte ebenfalls auf und nickte nachdenklich.

„Bist du dir sicher?", fragte Elena, die immer noch nicht wirklich überzeugt von Lauras Ernsthaftigkeit war. Sie musste unbedingt verstehen, wie allumfassend und bedeutsam die ganze Sache war. Die Luftbändigerin allerdings hielt ihren prüfenden Augen kühn stand.

„Ziemlich, ja. Aber selbst, wenn ich falsch liegen sollte: Welche andere Option haben wir schon?"

Daraufhin senkte die Wasserbändigerin leicht zerknirscht den Blick und schwieg. Auch, wenn es ihr nicht gefiel, musste sie zugeben, dass Laura Recht hatte. Es war die einzige Chance, die sie im Moment hatten. Bevor das Gespräch an dieser Stelle im Sand verlaufen konnte, riss Tamara die Mädchen durch geräuschvolles Zuklappen des Buches aus ihren düsteren Gedanken.

„Dann wäre das ja geklärt! Ihr drei geht am Samstagabend mit Figruan und eventuell Lisa in den Wald und lasst euch zu dem Ort bringen. Ich glaube, es ist am besten, wenn ihr euren Eltern den Ausflug als kleinen Campingtrip verkauft. Meinetwegen könnt ihr ihnen auch sagen, meine Mutter würde uns begleiten, nur achtet darauf, dass sie keiner danach fragt. Nehmt auf jeden Fall das Nötigste mit, was ihr zum Zelten braucht, so wird keiner misstrauisch und ihr seid vorbereitet, falls das Treffen doch länger dauert. Der Rest liegt dann in eurer Hand. Alles klar?"

Die drei Bändigerinnen nickten einvernehmlich und Stille breitete sich anschließend wieder im Raum aus, da nun für den Augenblick alles gesagt schien.

„Gut. Dann bedient euch mal, das gerade war sicher ziemlich anstrengend."

Mit einem verständnisvollen Lächeln streckte die Gastgeberin Sofia den aus der Küche mitgebrachten Keksteller entgegen und nickte ihr ohne weitere Feindseligkeiten ermunternd zu. Die Angesprochene nahm sich zögernd, aber dankbar eines der kleinen Gebäckstücke, bevor sie den Teller ebenso neutral freundlich an Laura weiterreichte. Elena, die den Handlungsablauf aufmerksam beobachtet hatte, musste schmunzeln. Sie hatte wohl bemerkt, dass beide Gesten eine versteckte Friedenserklärung beinhalteten, und das war im Augenblick wirklich Gold wert und ließ ihre Stimmung demzufolge sprunghaft ansteigen. Als sie sich wenig später nach einer kurzweiligen, aber entspannten Gesprächsrunde getrennt auf den Heimweg machten, dachte jede von ihnen mit einem flauen Gefühl im Magen an das kommende Wochenende. Würde alles gut gehen?

...

Zuhause angekommen wurde Elena zunächst von ihrer kleinen Schwester Luisa in Beschlag genommen. Diese hatte wenige Stunden zuvor an einem Turnwettbewerb teilgenommen und eine Urkunde erhalten, die sie nun stolz jedem präsentierte, der es wissen oder auch nicht wissen wollte. Nachdem sie die Jüngere mit einem versteckten Schmunzeln und einer Beteuerung, wie gut sie das gemacht habe, abgewimmelt hatte, stieg die Wasserbändigerin die Treppenstufen zu ihrem Zimmer nach oben und drückte geschafft die Tür hinter sich ins Schloss. Sie wollte sich gerade auf ihr Bett fallen lassen, als sie zufällig ihren Schulrucksack in der Ecke entdeckte und ihr die damit verbundenen Verpflichtungen schlagartig wieder in Erinnerung gerufen wurden. Mit einem Seufzer band sie sich die Haare zusammen, hob die schwere Tasche auf und trug sie hinüber zum Schreibtisch, wo sie sich auf ihren Stuhl sinken ließ und widerwillig, doch verantwortungsbewusst mit den Hausaufgaben begann. Nach etwa einer Stunde Arbeit brachte sie schließlich das letzte Wort ihres Deutschaufsatzes zu Papier und packte die Schulsachen wieder weg, wobei ihr ein erschöpftes, herzhaftes Gähnen entwischte.

Für heute hatte sie nun wirklich genug gearbeitet. Da ihr vor dem Abendessen ohnehin nur noch eine Viertelstunde Zeit blieb, beschloss Elena, schon einmal mit der Vorbereitung ihres „Campingtrips" zu beginnen, zu dem sie sich später noch die Erlaubnis einholen musste. Also begann sie, eine Packliste auf einen unbeschriebenen Bogen Papier zu kritzeln, und ließ ihre Gedanken dabei frei umherwandern. Während ihre Hand über die Seite huschte, fragte sich das Mädchen mit gemischten Gefühlen, was sie im Wald wohl erwarten würde.

Schon komisch, dass der Treffpunkt und die Maskenlichtung scheinbar so nahe beieinander liegen … ob das Zufall ist?

Die Wasserbändigerin zweifelte selbst an dieser Überlegung, mit Magie waren Zufälle doch eher ungewöhnlich. Als ihre Liste schließlich komplett war, legte Elena den Stift beiseite und ging das Geschriebene noch einmal der Reihe nach durch. Anschließend verstaute sie das Blatt zufrieden nickend zwischen zwei Magazinen in ihrer Schublade, bevor sie sich von der Tischplatte abstieß und ihr Zimmer über die Treppe nach unten verließ.

„Mama?", rief sie mit halblauter Stimme und spähte vorsichtig durch den hölzernen Türrahmen in die Küche. Es war niemand zu sehen, doch aus dem Anblick der Pizza, die im Ofen vor sich hinbrutzelte, schloss sie, dass ihre Mutter sich wohl irgendwo im Haus befinden musste. Tatsächlich musste das Mädchen dann auch gar nicht mehr lange nach ihr suchen. Die blonde Frau saß im Wohnzimmer auf dem Sofa und blickte mit nachdenklich gerunzelter Stirn auf ihr Tablet, wobei sie in regelmäßigen Abständen geistesabwesend mit den Fingern auf den Screen tippte.

„Mama?", wiederholte Elena nun etwas deutlicher und endlich sah ihre Mutter auf.

„Was ist los?", fragte sie mit neutralem Interesse, während das Display ihres Geräts erlosch, wodurch ihre volle Aufmerksamkeit nun ihrer Tochter galt.

„Ähm … also … meine Freundinnen und ich, wir haben uns gedacht, dass es cool wäre, wenn wir am Samstag zu viert zelten gehen dürften", erklärte die Wasserbändigerin etwas nervös und setzte ihre beste Bittmiene auf. Der Blick ihrer Mutter wurde prüfend.

„Wer geht denn alles mit?"

„Sofia, Laura, ich und vielleicht Lisa, das ist eine von den beiden Neuen", antwortete Elena wahrheitsgemäß und hoffte inständig, dass ihre Mutter ihr keine Schwierigkeiten machen würde. Ansonsten müsste sie sich heimlich wegschleichen und das täte sie äußerst ungern, denn es wäre sicher alles andere als einfach, sich mit einem großen Rucksack voller Gepäck aus dem Haus zu stehlen.

„Soso. Und wo wollt ihr zelten?", erkundigte sich ihre Mutter jetzt weiter und in ihrer Stimme lag eine Spur von Zweifel.

„Im Wald, gleich da hinten."

Elena wies mit der Hand in Richtung der Wand, hinter der sich der Forst in einiger Entfernung befand.

„Das klingt nicht besonders sicher", stellte ihre Mutter fest und kniff die Augen abwägend ein wenig zusammen. Sie war sichtlich nicht ganz einverstanden mit dem Vorhaben ihrer Tochter, wollte jedoch auch keine unnötige Spaßbremse sein.

„Aber das ist doch quasi direkt vor der Tür, ich kenn mich dort aus. Und außerdem sind wir zu viert! Bitte, Mama!"

„Ist ja gut, reg dich nicht so auf. Meinetwegen darfst du gehen, aber nur, wenn du dein Handy mitnimmst und mir sofort Bescheid sagst, falls etwas nicht stimmt. Und sei am Sonntag spätestens um zwölf wieder da!"

Elena grinste und vollführte innerlich einen Siegestanz.

„Yes! Danke, Mama!"

Ihre Mutter grinste halbherzig zurück und rollte spöttisch mit den Augen. „Ist ja gut, kein Grund hysterisch zu werden. Hilf mir lieber mit der Pizza."

„Alles klar."

Immer noch grinsend kehrte die Wasserbändigerin in die Küche zurück und machte sich daran, das fertige Gericht aus dem Ofen zu holen. Anschließend deckte sie den Tisch und rief ihre Geschwister zum Essen, sie musste ihre Mutter ja schließlich bei Laune halten. Der Rest des Abends verlief rasch und relativ ruhig, sodass sich Elena gegen zehn Uhr guten Gewissens ins Bett verabschieden konnte. Während sie im Bad ihre Zähne putzte, spielte sie beiläufig mit dem Wasser in einem der Becher und ließ es in kleinen Blasen durchs Zimmer wabern, welche sie so lange wie möglich vor dem Platzen zu bewahren versuchte. Da es heute ausnahmsweise trotz der hereinbrechenden Dunkelheit noch spätsommerlich schwül war, gönnte sich das Mädchen im Anschluss spontan eine kalte Dusche und genoss dabei das erfrischende Gefühl der kühlen Tropfen auf ihrer Haut, die all die Anstrengung des Tages wegzuwaschen schienen. Als die Wasserbändigerin schließlich in Schlafkleidung in ihr Zimmer zurückkehrte, war ihre Müdigkeit beinahe gänzlich verflogen. Typisch. Resigniert unterdrückte die blonde Hüterin einen Seufzer und hockte sich in ihren roten Knautschsessel. In Gedanken ging sie ihre tägliche To-do-Liste noch einmal durch und stellte überrascht fest, dass sie tatsächlich alle Punkte erledigt hatte. Das kam wirklich nicht oft vor. Elenas Blick fiel auf ihren Schreibtisch und sie grinste, als ihr eine Idee kam. Mit einem geschickten Handgriff zog sie einen leeren Bogen weißes Papier und einen Bleistift aus einem Schubfach hervor und begann, die Silhouette einer Person zu skizzieren. Ohne darüber nachzudenken, ließ sie ihre Hand über die Fläche wandern, zeichnete zunächst grobe Umrisse und fügte dann hier und da ein paar Details hinzu. Schließlich, nachdem sie die letzten Linien nachgezogen hatte, blies sie die übrigen Radiergummifetzen beiseite und hob ihr Werk hoch, um es aus einer Armlänge Abstand zu begutachten. Im Zentrum war die dunkle Umrandung einer jungen Frau zu sehen, die mit den Beinen beinahe knietief im Wasser stand und zu einem bleichen Vollmond aufblickte, wodurch dem Betrachter ihr Gesicht verborgen blieb. Eine leichte, durch sanft geschwungene Linien angedeutete Brise wirbelte ein wenig Laub auf und ließ die Haare des Mädchens zur Seite wehen. Im Hintergrund waren weitere, undeutliche Gestalten und einige Bäume zu sehen, die sich zu einem kleinen Wäldchen gruppierten, sowie ein kantiger Felsen und ein nur unklar umrissenes Objekt, von dem ein Licht ausging, welches sich im Wasser spiegelte und nicht ganz realistisch gezeichnete Schattierungen hervorrief. Elena realisierte, dass sie sich selbst gezeichnet hatte, in der Nacht des nächsten Vollmonds. Sie hatte sich noch nie vorgestellt, wie dieser Moment aussehen könnte, und als sie ihn jetzt so klar vor sich abgebildet sah, war sie ehrlich überrascht und fragte sich, ob diese Darstellung tatsächlich der Wahrheit entsprechen würde und falls dem so sein sollte, woher ihr Unterbewusstsein diese visionären Eindrücke bekommen hatte.

Ein zufälliger Blick auf die Uhr brachte die Wasserbändigerin allerdings schon im nächsten Augenblick dazu, diese Überlegungen rasch fallen zu lassen, denn es war bereits Viertel nach zwölf. Eilig räumte sie ihre Sachen beiseite, knipste das Licht aus und lauschte nervös, ob sie jemanden kommen hörte. Als es still blieb, entspannte sich das blonde Mädchen allmählich wieder und schlappte endlich mit einem herzhaften Gähnen zu seinem Bett, um sich zumindest einen Teil seines wohlverdienten Schlafes zu holen.

...

„ELENA!"

„Verdammt!", fluchte die Wasserbändigerin und rappelte sich vom Boden auf, auf den sie bei dem mehr als nur verärgerten Weckruf ihrer Mutter vor Schreck gefallen war.

Schon wieder verschlafen!

Ohne Rücksicht auf die durch die plötzliche Bewegung aufkommenden Schwindelgefühle hastete die Schülerin zum Schrank, riss ihn auf und griff nach einem T-Shirt und einem Paar Shorts, die sie sich glücklicherweise gewohnheitsmäßig schon am Vorabend zurechtgelegt hatte. In Windeseile vollführte sie ihre morgendliche Badroutine und war froh, dass sie das Duschen aus einer spontanen Laune heraus bereits erledigt hatte und ihr dies nun unbeabsichtigt zugutekam. Unten angekommen stellte Elena fest, dass ihr nur noch etwa zehn Minuten blieben, bis die Bahnschranken sich schließen würden und ihr Zug abfuhr. Sie schnappte sich kurz entschlossen ihren Rucksack und eine Scheibe

Toast aus dem Brotkorb, entschuldigte sich schnell bei ihrer Mutter und machte sich dann emsigen Schrittes auf den Weg. Trockenes Brot war zwar nicht gerade ihr Lieblingsfrühstück, doch als sie unterwegs merkte, wie der Hunger an ihr zu nagen begann, war sie doch dankbar für diesen Proviant und verzehrte ihn rasch. Schließlich traf die Wasserbändigerin zeitgleich mit dem Zug am Gleis ein und ließ sich drinnen mangels eines freien Sitzplatzes mit einem erleichterten Seufzer gegen die Wand sinken. Aus ihrer Tasche kramte sie ihre weißen, schon etwas abgenutzten Kabelkopfhörer hervor und ließ sich ihr aktuelles Lieblingslied in die Ohren dröhnen. Inzwischen war es nicht mehr *Have it all*, sondern *The Hanging Tree* aus *Tribute von Panem*. Lustig, wie schnell sich die Dinge manchmal änderten.

Fast bemerkte Elena nicht, wie sich die Türen an der nächsten Station öffneten, und so schaffte sie es nur noch knapp, aus der Bahn zu springen, bevor sich die Durchgänge hinter ihr erneut schlossen. In nach wie vor gemütlichem Tempo machte sie sich anschließend auf den Weg zur Schule und ließ sich ihre Gelassenheit nicht einmal nehmen, als sie feststellte, dass sie ihre Biologiehausaufgaben für heute völlig vergessen hatte. Naja, dann musste sie eben Laura darum bitten. Sie musste die Übungen sowieso erst in der dritten Stunde vorweisen, also blieb ihr in der Pause vorher noch genügend Zeit, sich darum zu kümmern.

Am Eingang zum Schulgebäude traf Elena schließlich auf Fiona, die ebenfalls gerade erst angekommen war. Die beiden Freundinnen begrüßten sich mit einem Lächeln und einer Umarmung und schlenderten dann gemeinsam weiter ins Innere des Schulhofes. Nach und nach stieß auch der Rest der Mädchen hinzu und Elenas anfängliche Müdigkeit verflog allmählich im munteren Geplaudere. Dieses wurde erst dann leicht gedämpft, als Lisa von der anderen Seite des Platzes herüberwinkte und ihnen etwas zurief. Die gesamte Gruppe drehte sich zu ihr um und sie nahm das als Anlass, um sich von der Wand, an der sie bisher gelehnt hatte, abzustoßen und zu ihnen herüberzujoggen. Nachdem mehrere, unangenehme Sekunden lang niemand reagierte, fasste sich Elena kurzerhand ein Herz und schenkte der neuen Schülerin ein Lächeln, welches diese sogleich strahlend zurückgab.

„Hey, schön euch zu sehen!", freute sich Lisa und schloss Elena direkt in eine herzliche Umarmung, sobald sie bei der kleinen Truppe angekommen war. Die Wasserbändigerin konnte vor Überraschung gar nichts entgegnen, sondern erwiderte die Geste nur zögernd und trat mit sichtlich unwohlem Gefühl von einem Fuß auf den anderen, als Lisa sie nicht loslassen zu wollen schien. Ein leiser Seufzer der Erleichterung verließ unbeabsichtigt ihren Mund, als die Umarmung schließlich doch endete, und sie erstickte ihn erschrocken in der Befürchtung, sie hätte Lisa gekränkt. Doch die fröhliche Brünette zeigte keine Reaktion, im Gegenteil, sie schien den kleinen Ausrutscher gar nicht bemerkt zu haben und plapperte unbekümmert drauflos. Elena zwang sich also zu einem Lächeln und bemühte sich, nicht allzu angespannt zu wirken, als Lisa sich wie selbstverständlich bei ihr unterhakte und ihr dramatisch gestikulierend von irgendeinem Erlebnis des gestrigen Nachmittags erzählte. Da die überrumpelte Wasserbändigerin nicht unfreundlich sein wollte und ihr seltsames Gefühl außerdem nicht wirklich erklären konnte, nickte sie nur höflich und warf einen hilfesuchenden Blick über die Schulter, als die brünette Schülerin für einen Augenblick nicht hinsah. Doch auch ihre Freundinnen waren gerade in ein lebhaftes Gespräch verwickelt, und so lauschte die Hüterin weiter geduldig den Ausführungen der Neuen, bis die Sitzordnung im Klassenzimmer sie von Lisa trennte und sie somit erlöste.

Laura, die mit ihr zusammen Wirtschaftsunterricht hatte, ließ sich neben sie auf ihren gewohnten Sitz fallen und begann, ihre Sachen auszupacken. Dabei warf sie aus dem Augenwinkel immer wieder verstohlene Blicke zu Elena, die diese zwar sehr wohl bemerkte, zunächst allerdings nicht darauf einging. Erst als die Luftbändigerin nach fünfzehn Minuten Unterricht noch immer keine Ruhe gab, stellte die blonde Hüterin ihre Ignoranz mit einem genervten Seufzer ein und wandte sich mit hochgezogener Augenbraue ihrer Freundin zu.

„Was *ist* denn?"

„Seit wann seid ihr so eng miteinander, Lisa und du?"

„Was? Das sind wir doch gar nicht! Ich meine, sie ist schon ganz nett, aber wir kennen uns noch nicht wirklich gut und wir verstehen uns auch nicht ansatzweise so, wie ich mich mit dir oder Sofia verstehe. Und wenn wir mal ehrlich sind, die Gespräche sind ziemlich einseitig!"

Laura, die während der gesamten hastigen Rede still dagesessen hatte, konnte sich ein Kichern nun nicht mehr verkneifen. Elena schüttelte fassungslos über dieses Verhalten angedeutet den Kopf, musste dann aber doch unweigerlich schmunzeln und sah sich rasch um, um ihre Belustigung vor anderen aufmerksamen Augen zu verbergen. Erst dadurch bemerkte sie im nächsten Moment ihren Lehrer, dessen strenger Blick auf ihrem Tisch ruhte und der alles andere als amüsiert wirkte. Auch der Rest der Klasse hatte sich zu ihnen umgedreht und in der peinlichen Stille waren vereinzelte leise Lacher zu hören. Die Wasserbändigerin schluckte und spürte, wie ihre Wangen heiß wurden. Schnell senkte sie den Kopf und stieß ihre Freundin an, welche daraufhin von der Begutachtung ihrer Fingernägel abließ und sie fragend ansah.

„Was?"

Das verlegene Mädchen nickte mit immer noch gesenktem Haupt knapp und unauffällig zum Pult und in Lauras Blick, der dieser Geste folgte, leuchtete Erkenntnis auf. Im Gegensatz zu Elena beugte sie sich jedoch nicht beschämt über ihr Heft, sondern hielt der Aufmerksamkeit trotzig stand und reckte selbstbewusst ihr Kinn in die Luft. Der Lehrer mittleren Alters seufzte nun, als hätte er alle Hoffnung aufgegeben, und wandte sich wieder der Tafel zu, um den angefangenen Hefteintrag fortzusetzen. Die Mehrheit der Schüler schenkte Herrn Wallhoff ebenfalls wieder ihre Beachtung und so konnte auch Elena endlich erleichtert aufatmen. Laura sah sie mit angehobenen Augenbrauen von der Seite an.

„Sag bloß, das hat dir jetzt was ausgemacht!"

Die Wasserbändigerin antwortete nicht und mied demonstrativ den verständnislosen Blick ihrer Freundin, während sie begann, die ersten Zeilen des Tafeltextes in ihr Heft zu übertragen.

„Meine Güte, an deinem Selbstvertrauen müssen wir definitiv noch arbeiten. Wie kommst du denn mit der Einstellung gegen Sofia an?"

Jetzt war es Elena, die verwirrt dreinblickte.

„Was hat Sofia denn mit meinem Selbstvertrauen zu tun?", flüsterte sie mit einem vorsichtigen Seitenblick zum Pult zurück.

Laura lachte nur leise und lehnte sich nach hinten.

„Also bitte, erzähl mir nicht, dass dir das noch nie aufgefallen ist."

„Was denn?"

Elenas Stimme klang mittlerweile leicht gereizt und ähnelte mehr einem Zischen als dem vorherigen verhaltenen Wispern.

„Wie sie alle rumkommandiert! Ich sage dir, die hat mehr Ego als du und ich zusammen! Das merkt man doch sofort."

Die Wasserbändigerin blieb weiterhin skeptisch.

„Also *ich* habe bisher nicht den Eindruck gehabt, dass sie versucht, irgendwie die Kontrolle an sich zu reißen. Genau genommen bin meistens ich diejenige, die unsere Vorhaben organisiert."

Das brünette Mädchen sagte daraufhin nichts mehr. Laura wandte stattdessen den Blick ab und spielte mit ihrem Stift, ohne auf Elenas Aussage zu reagieren. Elena wiederum seufzte entnervt und beschloss, Lauras kindisches Verhalten zu ignorieren. In ihren Augen wirkte sie eher eifersüchtig als ernsthaft besorgt, wenngleich Elena sich nicht erklären konnte, worauf sich dieser Neid beziehen könnte. Neben ihr rutschte die sturköpfige Bändigerin in ihrem Sitz hin und her, dann ertönte plötzlich erneut ihre Stimme, diesmal unerwartet leise und ernst.

„Zu dir ist sie vielleicht nicht so, aber hast du denn eine Ahnung, wie sie mit mir redet, wenn du mal nicht da bist?"

Elena blieb stumm, und so beließ Laura es dabei und wandte sich wieder ihren Aufzeichnungen zu. Sie wusste nicht, wie sehr ihre Worte ihrer Freundin zu schaffen machten, wenngleich diese keine besondere Reaktion zeigte. Elena wusste sehr wohl um Sofias kontrollierende und teilweise manipulative Natur, doch sie hütete sich, darüber eine Bemerkung zu machen. Seitdem sie befreundet waren, hatte das Mädchen sich sehr zurückgehalten und die Wasserbändigerin bekam den Eindruck, als bemühe Sofia sich ernsthaft, ein besserer Mensch zu werden. Ihr war klar, dass so ein Vorgang nicht von heute auf morgen ohne Rückschläge abgeschlossen werden konnte, und tief in ihrem Inneren wusste sie auch, dass der Konflikt zwischen Laura und Sofia noch lange Zeit ein wiederkehrendes Thema bleiben würde. Die störrische Luftbändigerin würde die ehemalige Zicke noch oft provozieren, ihre Freundschaft anzweifeln und gegen ihre beeinflussende Art ankämpfen, und Sofia würde natürlich nicht minder hart zurückschlagen.

Als es zur Pause läutete, packten die zwei Schülerinnen ihre Sachen zusammen und schlenderten oberflächlich plaudernd und das vorangegangene Gespräch beiseiteschiebend aus dem Raum und den Gang entlang in Richtung Aula, wo Sofia bereits geduldig auf sie wartete. Anschließend durchquerten sie zu dritt die große Versammlungshalle und tauschten sich dabei gelassen über den eben überstandenen Unterricht aus, während Elena unterbewusst beschloss, die versteckten Sticheleien in den Worten ihrer beiden Freundinnen zu ignorieren, die wie immer auch in der aktuellen Diskussion nicht zu kurz kamen.

Die Unterhaltung über ihre unmöglichen Lehrer schob sich jedoch rasch in den Hintergrund ihrer Wahrnehmung, als etwas anderes die Aufmerksamkeit der Wasserbändigerin auf sich zog. An einen an der Wand angebrachten Heizkörper gelehnt hockte Emily auf der Bühne, trotz des Verbots einen Kopfhörer im Ohr und ihren Zeichenblock auf dem Schoß. Entspannt wippte sie im Takt mit dem Kopf und ließ den Stift in fließenden Bewegungen über das Papier wandern. Ihr ungewohnt fröhlicher Anblick brachte Elena zum Lächeln und sie spielte für einen kurzen Augenblick mit dem Gedanken, sich einfach zu ihr zu setzen. Da sie jedoch überzeugt war, dass das Mädchen sie und den Rest der Klasse mit Absicht so entschieden mied, verwarf sie diese Idee wieder und ließ sich stattdessen mit Laura und Sofia am gegenüberliegenden Rand der erhöhten Fläche nieder. Die zwei Hüterinnen waren mittlerweile in eine hitzige Diskussion über ihre Lieblingsbands vertieft, sodass der Wasserbändigerin noch etwas mehr Zeit blieb, Emily unbemerkt bei ihrer friedlichen Tätigkeit zuzusehen, ohne kratzbürstig abgewiesen zu werden. Irgendwie ging für sie eine stille Faszination von der neuen Schülerin aus, die ihre coole Fassade ununterbrochen aufrechterhielt. Obwohl seit Schulbeginn schon mehrere Wochen vergangen waren, hatte die Jugendliche äußerst erfolgreich und konsequent Distanz zu ihren neuen Mitschülern gehalten. Elena fand dies auf der einen Seite irgendwie bewundernswert, fragte sich aber dennoch, was nun genau der Sinn der ganzen Sache sein sollte. Müsste sie nicht als Neue eher froh sein, wenn sie Anschluss fand?

Die nachdenkliche Schülerin war so in ihre Überlegungen abgedriftet, dass sie zunächst gar nicht bemerkte, wie besagtes Mädchen in seiner Arbeit innehielt. Emily spürte nämlich einen Blick auf sich ruhen und spähte unauffällig um sich, bis sie die Schuldige ertappt hatte.

Elena sah ihr direkt in die Augen. Es lag etwas Fragendes, etwas Neugieriges in ihrem Blick, das Emily dazu bewegte, diesen noch für einen Moment zu halten. Ungewohnte Unruhe kam in ihr auf. Was wollte dieses Mädchen von ihr? Warum schenkte Elena ihr Beachtung? Sie hatte sich mit Erfolg so abweisend verhalten, dass niemand den Kontakt zu ihr suchte, und hatte persönlich auch nichts gegen diesen Eigenbrötlerpfad einzuwenden. Warum aber wirkte ihre Taktik bei allen anderen und nur bei dieser einen Schülerin nicht?

Schließlich endete der Augenblick, als Elena von einer ihrer Freundinnen angestoßen wurde und den Kopf zur Seite drehte, um mit ihr zu reden. Emily wandte sich wieder ihren Aufzeichnungen zu, doch ihre Gedanken waren jetzt zu aufgewühlt, um weiterhin wirklich produktiv zu sein. Innerlich seufzend stand sie auf und sprang von der Bühne. Sie wusste, dass Elena ihr nachschaute, doch aus irgendeinem Grund konnte sie sich nicht dazu bringen, sich daran zu stören.

37. KAPITEL

Die weitere Woche blieb trotz der vorangegangenen Vorfälle erstaunlich ereignislos und so kam es dazu, dass Elena sich vergleichsweise wenig Gedanken über die Mission machte. Am Freitagmorgen wurde sie jedoch unschön mit der Tatsache konfrontiert, dass die verbleibende Zeit bis zum wichtigsten Termin ihres bisherigen Lebens nur noch einen Tag betrug. Unruhig kaute Elena auf ihrer Unterlippe und spähte während des gesamten Schulwegs immer wieder unwillkürlich nach links und rechts, als erwarte sie einen Überfall aus dem Hinterhalt. Sofia, die von dem offensichtlich angespannten Verhalten ihrer Klassenkameradin mittlerweile merklich genervt war, packte sie schließlich am Oberarm und zog sie unsanft zu sich herüber.

„Reiß dich mal zusammen!", zischte die Feuerbändigerin ihrer Freundin ins Ohr, bevor sie sie wieder losließ und ihr Handy zückte, um im ausgeschalteten, spiegelnden Display ihre Frisur zu überprüfen, die heute aus lässig über den Scheitel geworfenen Haaren bestand. Elena verkniff sich eine bissige Bemerkung und ging ein klein wenig schneller, während sie ein Paar Kopfhörer aus der Tasche kramte, sie an ihrem Smartphone montierte und ihre Gute-Laune-Playlist startete. Bei den ersten Tönen ihres Lieblingslieds, das seit Neuestem *Dreamer* von *Sunrise Avenue* war, ließ die innere Unruhe ein wenig nach und sie passte ihr Gehtempo wieder dem ihrer Freundin an. Diese gab ausnahmsweise mal keinen spitzen Kommentar ab, sondern schulterte nur ihre Tasche und ließ sich nicht anmerken, dass sie ebenfalls reichlich nervös war. Sofia fühlte sich völlig unvorbereitet, sie hatte keine Ahnung, was am Samstag auf sie zukommen würde, und das wiederum führte dazu, dass sie zum ersten Mal in ihrem Leben lieber noch einen weiteren Tag Schule gehabt hätte, als direkt ins Wochenende zu starten. Doch es half nichts, und wenn sie es sich recht überlegte, hatte es auch etwas Gutes, dass sie den Großteil der Zeit nicht zuhause sein würde. Seit dem Wegzug ihres Vaters war das Haus unangenehm leer, an freien Tagen noch mehr als sonst, und so sehr ihre Mutter sich auch bemühte, diesen Umstand durch lange Tagesausflüge und Filmabende wieder wettzumachen, war es dennoch kein Ersatz für die Geborgenheit einer *ganzen* Familie.

Die Feuerbändigerin blinzelte verärgert, als sie bemerkte, dass ihre Gedanken abschweiften, und konzentrierte sich stattdessen lieber auf die anderen Menschen, die ebenfalls die lange Einbahnstraße entlangliefen. Da waren Schüler vom Kindes- bis zum fast schon Erwachsenenalter und auch einige Lehrer. Letztere fand man an ihrer Schule tatsächlich in einer sehr vielfältigen Variation. Manche benahmen und kleideten sich schrullig und altbacken, andere waren eher korrekt und neutral gut angezogen und wieder andere lebten ihren ganz eigenen Stil aus, mit nietenbesetzten Stiefeln und Lederjacke, buntgemusterter Strickjacke und Dreiviertelhose oder heller Jeansjacke und knielangem Sommerkleid. Elena auf der anderen Seite schenkte ihnen keine Beachtung, sie war viel zu vertieft in ihre Musik, als dass sie sich um irgendwelche vorbeilaufenden Leute gekümmert hätte, die sie teilweise nicht einmal beim Namen kannte. Mittlerweile hatte die Wasserbändigerin sich ein wenig entspannt und nickte kaum merklich im Takt mit dem Kopf. Leise summte sie die Melodie mit und blinzelte zufrieden, bevor ihr plötzlich ohne Vorwarnung der Kopfhörer aus dem Ohr gezogen wurde.

„Frag mich mal ab, bitte", wies Sofia sie an und streckte ihr auffordernd ihr Handy entgegen. Elena nahm es zögernd an sich und sah, dass das Display eine abfotografierte Seite des Englischbuchs zeigte. Schlagartig erinnerte sie sich, dass ihre Freundin heute im Unterricht ausgefragt werden sollte, und ein erleichterter Seufzer entfuhr ihrer Kehle.

„Puh, ich dachte schon, wir würden heute was schreiben und ich hätte nicht gelernt", erklärte sie Sofia verlegen grinsend, als diese sie fragend ansah.

„Als würde das bei deinen Noten einen Unterschied machen."

Die Wasserbändigerin verdrehte zur Antwort nur die Augen und begann dann, ein Wort nach dem anderen vorzulesen. Sofia bemühte sich, auf die Schnelle die scheinbar nicht gelernten Vokabeln zu erraten, und murmelte im Anschluss Elenas Verbesserungen vor sich hin, um später nicht zu versagen.

„Du solltest wirklich anfangen, regelmäßiger mitzulernen", ermahnte Elena ihre Freundin wenig später und bedachte sie mit einem vorwurfsvollen Blick, während sie ihr das Gerät zurückgab.

„Jaja, ist ja schon gut, du Streberin. Du bist doch bloß neidisch, dass ich auch ein Privatleben habe", gab die Feuerbändigerin schlagfertig zurück und ließ Elena erneut die Augen verdrehen.

„Pff, ja klar. Tu ruhig so, als würdest du nicht den Großteil davon damit verbringen, mit mir an einer Mission zu arbeiten."

„Halt die Klappe oder ich grill dich!"

„Versuchs ruhig, Azula!"

Sofia verzog bloß das Gesicht und sah ihre Freundin verständnislos an.

„Wer heißt denn bitte *Azula*?"

Elena sah sie schockiert an.

„Hast du etwa noch nie *Avatar* gesehen?"

Ein verwirrtes Kopfschütteln war die Antwort, und so kam es, dass der Rest des Schulwegs mit einer kurzen und sehr verwirrenden Zusammenfassung der Animationsserie von Seiten der Wasserbändigerin gefüllt wurde. Englischnoten mochten vielleicht wichtig sein, aber Allgemeinbildung ging in diesem Fall eindeutig vor.

...

„Elena Tarnow!"

Erschrocken fuhr die blonde Schülerin aus ihren Grübeleien hoch und blickte mit bangem Gefühl nach vorne. Vor lauter wiederaufkommender Sorge waren ihre Gedanken abgedriftet und sie hatte begonnen, abwesend vor sich hin zu starren, anstatt der Abfrage ihrer Freundin zu lauschen. Jetzt musste sie dafür dem Zorn von Frau Knopf standhalten.

„Yes?", fragte sie zaghaft und ihre Lippen kräuselten sich zu einem um Verzeihung bittenden Lächeln, doch dem finsteren Blick ihrer Lehrerin nach zu urteilen gab es heute keine Gnade.

„Please, repeat what I just said."

„Ähm …", zögerte Elena ihre Antwort heraus, während sie verzweifelt versuchte, das eben Gesagte irgendwie in ihrem Unterbewusstsein aufzutreiben. Als sie nicht fündig wurde und das unangenehme Schweigen des Wartens sich in die Länge zog, gab sie es auf und erwiderte in schuldbewusstem Ton: „Sorry Miss, I wasn't paying attention."

Die Augenbrauen ihrer Lehrerin hoben sich missbilligend und sie seufzte. Dann fuhr sie mit strenger Stimme fort: „What a pity, Miss Tarnow. But if you don't need to listen then I suppose you know everything already? Please, come to the board and give us a demonstration."

Innerlich fluchend erhob sich Elena von ihrem Platz und ging nach vorne zum Pult wie ihr geheißen. Sie gab sich größte Mühe, nicht allzu nervös zu wirken, doch ihre zitternden Hände verrieten sie eindeutig. Vorne angekommen nahm sie den Tafelstift entgegen und vermied den Anblick ihrer Klasse, während Frau Knopf ihr die Anweisung gab, die von ihr vorgelesenen Begriffe zu übersetzen. Ein kurzer Schauer der Erleichterung durchströmte die Wasserbändigerin, als ihre Lehrerin zu diktieren begann und sie die ersten Wörter mit Leichtigkeit meisterte. Dieser verflog allerdings bald genauso schnell, wie er gekommen war, denn die Vokabeln wurden zunehmend schwieriger und als Frau Knopf dann auch noch teilweise die deutschen Übersetzungen für englische Ausdrücke forderte, konnte Elena nur noch mit Mühe mithalten.

„Cheek", tönte die bekannte, fordernde Stimme in ihren Ohren und hörte sich mit einem Mal ziemlich bedrohlich an. Elena zermarterte sich verzweifelt das Hirn, die Spitze des Stifts nur Zentimeter von der Tafel entfernt und immer noch durch ihre bebenden Finger unstetig wackelnd. Die Momente zogen sich wie Ewigkeiten dahin, während die blonde Schülerin fieberhaft nach der richtigen Antwort suchte. Schließlich musste sie sich schlechten Gewissens eingestehen, dass ihr die Lösung auch nach intensivem Grübeln nicht einfallen wollte, und sie drehte sich geschlagen um, nur um beim unwilligen Blick einer gewissen Dame in sich zusammenzusinken.

„Nun?"

„Ich … ähm …"

Hilfesuchend sah sich die Wasserbändigerin im Klassenzimmer um und hatte die Hoffnung auf Rettung schon fast aufgegeben, als sie plötzlich eine winzige Bewegung in der linken hinteren Ecke wahrnahm. In der allerletzten Reihe hatte sich Noah ein wenig vorgelehnt und strich sich kaum merklich mit dem Zeigefinger über die Wange, wobei er den Augenkontakt zu ihr nicht einmal einen winzigen Moment lang abbrach. Schlagartig verstand Elena und wandte sich mit neuem Selbstbewusstsein wieder nach vorne, um den Begriff *Wange* in ordentlichen Buchstaben zu notieren. Erwartungsvoll suchte sie den Blick ihrer Lehrerin, die zu ihrem Glück zustimmend nickte und eine Notiz in ihr Heft schrieb, bevor sie sie durch eine abwinkende Geste entließ. Mit sichtlicher Erleichterung kehrte die Hüterin der Tafel den Rücken zu, schlüpfte zwischen den Tischen hindurch und ließ sich auf ihren Platz in der vorletzten Reihe sinken, wobei sie ihrem Retter ein kurzes, ehrlich gemeintes „Danke!" zuflüsterte.

„Kein Problem", entgegnete Noah hinter ihr in belustigtem Tonfall, dann fügte er mit hörbarem Grinsen in der Stimme hinzu: „Kann sogar sein, dass ich dich gerade vor einem Verweis gerettet habe."

„You wish", erwiderte die Wasserbändigerin, und obwohl sie sich immer noch nicht ganz beruhigt hatte, konnte sie ein leichtes Schmunzeln nicht zurückhalten.

...

Der Rest der Stunde verstrich unerwartet schnell und so fand Elena sich plötzlich neben ihren über Modemagazine tratschenden Freundinnen auf der Bühne in der Aula wieder, wo sie erneut Emily beobachtete. Irgendwie hatte es etwas Zufriedenstellendes, dabei zuzusehen, wie sie den Stift geschickt von links nach rechts über das Blatt führte. Die Wasserbändigerin war sich mittlerweile sicher, dass sie schrieb, und insgeheim hoffte sie, diesen Text eines Tages lesen zu dürfen. Elena wusste nicht, woran es lag, schob es aber auf ihre ungewöhnlich gute Laune, als sie ohne bewusst darüber nachzudenken kommentarlos aufstand und mit wenigen Schritten die Plattform überquerte, um sich neben Emily niederzulassen. Das blonde Mädchen klappte seinen Block zu und musterte seine Mitschülerin mit hochgezogenen Augenbrauen.

„Was willst du?", fragte Emily kühl und schien Elena ziemlich offensichtlich loswerden zu wollen. Diese ließ sich jedoch nicht einschüchtern und lächelte die Neue freundlich an, die daraufhin genervt seufzte.

„Kannst du mich nicht einfach in Ruhe lassen wie alle anderen auch?"

„Warum denn? Wieso grenzt du dich selbst so ab?", hakte die Wasserbändigerin nach und nutzte so die sich scheinbar günstig bietende Informationsgelegenheit, wobei ihr Gesicht einen ernsteren Ausdruck annahm.

Emily aber schwieg nur, und auch ihre smaragdgrünen Augen verrieten kein einziges ihrer Gefühle.

„Na gut", meinte sie schließlich mit einem weiteren Seufzer, anstatt Elenas Frage zu beantworten und fügte dann hinzu: „Du kannst von mir aus hier bleiben, aber nerv mich nicht."

„Okay", willigte die Angesprochene schulterzuckend ein und ließ den Blick beiläufig durch die Aula schweifen.

„Eigentlich bist du doch ganz nett, oder?", sagte sie dann plötzlich und wandte sich wieder Emily zu, die verwirrt von ihren erneut aufgenommenen Aufzeichnungen hochsah.

„Wie kommst du denn darauf?"

„Naja, die Leute, die nicht nett sind, zeigen es meistens nicht gleich so offensichtlich."

„Wenn du meinst …", entgegnete Emily in zweifelndem Tonfall und weitete ihre Augen vielsagend, als sie sich wieder ihrem Werk widmete. Elena jedoch war entschlossen, das mühsame Gespräch jetzt nicht so einfach abbrechen zu lassen.

„Weißt du, ich finde es ganz schön mutig, sich hier zum Außenseiter zu machen. Irgendwie zwar auch seltsam, aber ziemlich selbstbewusst."

Stöhnend klappte das blonde Mädchen den Block zu. Emily drehte endlich den Kopf, um ihrer Fragenstellerin ins Gesicht zu sehen.

„Welchen Teil von ‚*Nerv mich nicht*‘ hast du nicht verstanden?“ Die Wasserbändigerin tat, als würde sie überlegen, und erkannte sogleich, auf welchen Zug sie aufspringen musste, auch wenn dieser nächste Satz die Unterhaltung in eine unangenehm kitschige Richtung lenken würde.

„Den Teil mit dem ‚*mich*‘, glaube ich. Aber vielleicht könnten wir uns ja kennenlernen?“

Das Gesicht der harschen Neuen zeigte für einen Augenblick ehrliche Überraschung und verzog sich dann zum ersten Mal in Elenas Gegenwart zu einem halbherzigen Grinsen.

„Smooth, Elena, sehr geschickt. Machst du öfter so seltsame Wortanspielungen?“

Besagte Hüterin lachte und schüttelte verneinend den Kopf.

„Normalerweise nicht, ich weiß auch nicht, wo das gerade herkam.“

„Na dann. Ich muss jetzt jedenfalls los, und du, glaube ich, auch.“

Mit diesen Worten schnappte sich Emily ihre Umhängetasche und stand geschickt vom Boden auf.

„Es gibt da ein Wort, das den Satz einfacher machen würde, weißt du? Wie wärs denn mit ‚*wir* müssen los‘?“, warf Elena waghalsig ein und grinste schief, als ihre Mitschülerin mit einem bemüht missbilligenden Kopfschütteln zu ihr hinunterblickte.

„Noch nicht, Elena Tarnow. Noch nicht.“

Und bevor die Wasserbändigerin ein weiteres Wort sagen konnte, war die unnahbare Blondine schon von der Bühne gesprungen und marschierte selbstbewusst durch die Aula in Richtung Klassenzimmer davon. Elena blickte ihr hinterher und lächelte leise in sich hinein. Sie hatte das Gefühl, dass Emily in ihrem Leben noch eine wichtige Rolle spielen würde, doch bis es soweit war, würden ihr diese schrägen Unterhaltungen genügen.

Jetzt rappelte sich die mit einem Mal unverhofft gut gelaunte Hüterin auf und gesellte sich wieder zu ihren Freundinnen, die ihr verwundert Fragen über ihr plötzliches Verschwinden stellten, außer einem nichtssagenden Schulterzucken jedoch keine Antwort bekamen. Mittlerweile standardmäßig zu dritt betraten die Hüterinnen fünf Minuten vor Pausenende den Chemieraum und nahmen an der Tür etwas beunruhigt die Schutzbrillen entgegen, die ihnen ihr Lehrer kommentarlos überreichte und dabei leicht irre grinste. Herr Schäuberle war dafür bekannt, seine Schüler gerne zu verunsichern, und obwohl das oft unangenehm war, machte es den Unterricht in einigen Aspekten durchaus interessanter. Nach und nach tröpfelte nun auch der Rest der Klasse hinein und verteilte sich auf die penibel gesäuberten Zweiertische. Elena riskierte einen Seitenblick auf Emily, die allein in der letzten Reihe saß und gedankenverloren aus dem Fenster starrte. Die Wasserbändigerin juckte es in den Beinen, sich zu ihr nach hinten zu setzen und die ungewöhnliche Konversation von vorhin fortzuführen, doch dieser flüchtige Gedanke wurde bereits im nächsten Moment durchkreuzt, als Emily auf einmal ihre Tasche vom Boden aufhob und sie demonstrativ auf den Stuhl neben sich fallen ließ. Sie hatte Elena die ganze Zeit nicht angesehen, dennoch war diese sich sicher, dass die kratzbürstige Blondine sich ihrer Aufmerksamkeit sehr wohl bewusst war.

Schon einen Augenblick später wurde genau diese Aufmerksamkeit allerdings von etwas anderem beansprucht, denn Verena hatte soeben das Klassenzimmer betreten und kam jetzt mit einem breiten Grinsen im Gesicht auf die Wasserbändigerin zu. Mit einem plumpsenden Geräusch stellte sie ihren Rucksack ab und ließ sich auf ihrem Platz zu Elenas linker Seite nieder, während diese ihr gutmütiges Lächeln erwiderte.

„Hi!", begrüßte die Hüterin freundlich ihre Sitznachbarin, die sich gerade den spiralförmigen Haargummi aus der blonden Haarpracht zog.

„Hi"" grüßte das Mädchen zurück und fügte hinzu: „Und, bist du bereit für Salzsynthesegleichungen?"

Dieses letzte Wort allein reichte aus, um alle Freude aus Elenas Gesicht zu wischen und sie durch einen Ausdruck angedeuteter Verzweiflung zu ersetzen. Ihre Freundin kicherte.

„Keine Sorge, ich glaube, dem Großteil der Klasse geht es da ähnlich. Und wir schreiben ja keinen Test, also …"

Genauso unbedacht, wie diese Äußerung gewesen war, so sehr sollte Verena sie später noch bereuen. Unglücklicherweise hatte Herr Schäuberle nämlich ihre kleine Unterhaltung mitbekommen und unter seiner Glatze auf die Schnelle einen Fragebogen ausgebrütet, den er die Schüler prompt trotz gewaltigen Protestes als spontanen Leistungsnachweis ausfüllen ließ. Elena hangelte sich mit Mühe und Not durch die Aufgaben und war mal wieder mehr als dankbar für ihr Unterbewusstsein, das hier und da doch noch ein wenig Grundwissen der letzten Stunden gespeichert hatte. Als sie ihrem Lehrer das Blatt fünfzehn Minuten später in die Hand drückte, schwirrte ihr Kopf nur so vor wirren Formeln und Zahlen, sodass sie für einen kurzen Moment die Augen schließen musste. Ihre Sitznachbarin, die ihre Schuldgefühle zum Glück schnell weggesteckt hatte, beobachtete sie schmunzelnd und lehnte sich dann mit einem hinter vorgehaltener Hand verborgenen Gähnen in ihrem Stuhl zurück.

„Müde?", fragte Elena lächelnd und ihre Freundin nickte nur, da sie momentan aus offensichtlichen Gründen am Sprechen gehindert wurde.

„Hast du nicht genug geschlafen?", hakte die Wasserbändigerin nach und machte es sich mit ihrem Schal auf der Tischplatte gemütlich, wobei sie ihre Sitznachbarin weiterhin interessiert ansah. Das Mädchen grinste.

„Nicht wirklich, Krümel hat mich wachgehalten", erklärte Verena, sobald sie sich wieder gefangen hatte und schmunzelte, als Elenas Augen begeistert aufleuchteten. Die Teenagerin liebte es, von den neuesten Schandtaten zu hören, derer Verenas wenige Wochen alter Kater regelmäßig schuldig zu werden schien.

„Weih mich ein", forderte sie geradeheraus und brachte ihre hellblonde Freundin damit zum Lächeln. Mit liebevoll glänzenden Augen begann sie zu erzählen, wie das Junge es sich zur Gewohnheit gemacht hatte, während seiner Drei-Uhr-morgens-Phase wie wild durch das Haus zu rasen und so lange herumzujammern, bis sich jemand seiner erbarmte und mit ihm spielte. Da es Verena gewesen war, die sich eine Katze gewünscht hatte, fiel das Los hierbei meistens auf sie, worüber sie sich auch durchaus nicht selten beschwerte. Trotzdem wusste jeder, dass sie das kleine Geschöpf in Wahrheit über alles liebte und gerne ihre ganze Tagesordnung für es über den Haufen geworfen hätte, wenn das nötig gewesen wäre.

Gebannt lauschend bemerkte Elena gar nicht, wie der Unterricht weiterging, und wurde sich ihres Umfeldes erst wieder bewusst, als sich erneut eine altbekannte, verhasst peinliche Stille um die beiden Freundinnen herum ausbreitete.

„Meine Damen, würden Sie uns freundlicherweise ebenfalls mit Ihrer Aufmerksamkeit beehren?"

In der Stimme ihres Lehrers schwang ein gefährlich schneidender Unterton mit, der seinen spöttischen Worten den nötigen bedrohlichen Nachdruck verlieh. Die ertappte Wasserbändigerin senkte daraufhin verlegen den Kopf und drehte sich wieder nach vorne, wo sie in ihren Notizen zu blättern begann, um das Gewicht der auf ihr lastenden Blicke loszuwerden. Dieser Plan ging letztendlich auch auf, als Herr Schäuberle mit seinen Ausführungen fortfuhr, trotzdem dauerte es einige Minuten, bis Elena sich wieder entspannen konnte. Verena neben ihr beobachtete das ganze Spektakel eher belustigt. Sie hatte bei der Rüge des Lehrers nicht einmal mit der Wimper gezuckt.

...

Am Nachmittag fuhr Elena mit ihrer Mutter zum Einkaufen. Diese war am Samstagvormittag bei einer Freundin zum Brunchen eingeladen und hatte versprochen, einen Hefezopf mitzubringen, natürlich aber vergessen, dass sie keine Hefe mehr zuhause hatte. So kam es, dass die geschäftige Frau suchend zwischen den Regalen für Backwaren hin- und herhuschte, während ihre Tochter gelangweilt an den Einkaufswagen gelehnt die Inhaltsangabe einer Dosensuppe überflog. Ob sie sowas zum Zelten mitnehmen sollte? Ein bisschen Proviant wäre definitiv hilfreich, trotzdem wollte sie sich lieber noch ein wenig weiter umsehen, das

Gemisch klang nicht gerade appetiterregend. Nachdenklich beäugte sie die säuberlich angeordnete Auswahl an Fertiggerichten, die sich vor ihr ausbreitete. Schließlich entschied Elena sich nach kurzem Überlegen für vier Nudelsuppen und legte sie in den Wagen, als ihre Mutter gerade mit der gefundenen Hefe um die Ecke gelaufen kam. Angesichts des fragenden Blickes, den sie ihrer Tochter zuwarf, erklärte diese knapp: „Für morgen."

Die Erwachsene nickte genehmigend. „Verstehe. Dann brauchst du aber auch den Campingkocher."

„Den nehme ich sowieso mit, wir wollen ja auch Tee machen."

Ihre Mutter nickte erneut und setzte anschließend ein freches Grinsen auf.

„Na dann", meinte sie in neckendem Tonfall, „auf ins Abenteuer!"

„Ja … auf ins Abenteuer …"

…

Wieder daheim angekommen wurde die Hüterin ein weiteres Mal von einer unangenehmen Welle der Nervosität überrollt. Es gab so vieles, das morgen schieflaufen konnte und zu ihrem Verdruss konnte sie nichts dagegen tun. Diese Tatsache machte Elena angesichts dessen, dass gerade sie normalerweise immer vorbereitet war, mehr als alles andere wahnsinnig und raubte ihr jegliche Möglichkeit, sich vernünftig auf irgendetwas anderes als ihre magische Mission zu konzentrieren. Um diese nervenaufreibende Anspannung zumindest ein bisschen abzumildern, beschloss die Wasserbändigerin, wenigstens schon einmal ihre Sachen zu packen. So hatte sie am nächsten Morgen noch Zeit, ihre Ausrüstung zu ergänzen, falls etwas fehlte.

Zunächst zerrte sie das alte Familienzelt und einen der Schlafsäcke aus dem Keller und quetsche sie in ihren großen Reiserucksack. Dann holte sie sich in der Küche eine voluminöse, verschließbare Tupperdose und füllte sie mit allen Lebensmitteln, die ihr zum Campen sinnvoll erschienen. Die vier Fertigsuppen, etwas Weißbrot, einige Würstchen, eine Packung Kekse und ein paar

Teebeutel. Außerdem füllte sie zwei große Flaschen mit Wasser und klemmte sich den kleinen Campingkocher unter den Arm. So voll beladen stieg sie die Treppe wieder nach oben und verstaute alles sorgfältig in ihrem Gepäck.

Nachdem sie fertig gepackt hatte, besah Elena sich ihr Werk und dachte einen Moment lang nach, bevor sie ihr Inventar um ein Taschenmesser, eine Packung Streichhölzer, eine Karte der Umgebung sowie einige weitere nützliche Kleinigkeiten ergänzte. Zum Schluss holte sie ihr Notizbuch mit Stift hervor und blätterte noch einmal durch die vollgekritzelten Seiten. Da waren die Beschreibungen ihrer Träume und Visionen, alle erhaltenen Anweisungen der Tiergeister, die akribisch dokumentierten Trainingsfortschritte, die Zeichnung des dunklen Gesteins und nicht zu vergessen die Liste mit den Fragen, die sie während des Vollmondtreffens stellen wollten. Die Wasserbändigerin bemerkte mit gemischten Gefühlen die Nostalgie, die sie überkam. Sie war erst seit kurzer Zeit Teil der magischen Welt und hatte noch unglaublich viel zu lernen, trotzdem konnte sie sich ein Leben ohne diesen Zauber nur noch schwer vorstellen. Dabei lag das gar nicht so sehr an ihrer Bändigerkraft, die sie im Alltag ohnehin kaum benutzte. Nein, es war vielmehr die Vorstellung, dass sie so lange nicht einmal um die Existenz von Magie gewusst hatte, die ihr einen unwillkürlichen Schauer den Rücken hinunterjagte. Wer konnte schon sagen, ob sie nicht zuvor schon einmal mit Übernatürlichem in Berührung gekommen war, ohne es zu merken? Entschieden vertrieb Elena diesen Gedanken aus ihrem Kopf und klappte das Buch energisch zu, bevor sie es in ihrem mittlerweile prall gefüllten Gepäck unterbrachte. Darüber jetzt nachzugrübeln wäre sowieso sinnlos.

Da sie im Augenblick nichts weiter tun konnte, als ihre verbliebenen Kräfte zu schonen und den nächsten Morgen abzuwarten, schnappte sie sich einen Roman und verzog sich nach unten in ihre Leseecke auf der breiten Wohnzimmercouch. Die Wasserbändigerin schlug Kapitel fünfzehn auf und vertiefte sich gezwungen in die Zeilen, die das erste Aufeinandertreffen des Protagonisten und seines Erzfeindes beschrieben. Die Stelle war wirklich spannend und gut gestaltet, unter normalen Umständen hätte Elena die Welt um sich herum darüber mit Sicherheit vergessen. Aber die Umstände waren eben nicht normal und so kam es, dass das Mädchen sein Buch nach einem Fortschritt von nur zwei Seiten in dreißig Minuten seufzend beiseitelegte. Sich angesichts der unmittelbar bevorstehenden Ereignisse für irgendetwas anderes zu begeistern, schien wirklich unmöglich.

Als die rastlose Hüterin sich gegen neun Uhr abends verfrüht auf den Weg ins Bett machte, fiel ihr plötzlich etwas ein und vor Schreck blieb sie wie angewurzelt auf der Treppe stehen, sodass Luisa fast in sie hineingerannt wäre. Sie hatten völlig vergessen, sich um die fehlende Erdbändigerin zu kümmern! Die Wasserbändigerin biss sich unentschlossen auf die Lippe und kaute darauf herum, während sie rasch nachdachte. Eigentlich kannten sie deren Identität ja gar nicht sicher, aber … ob es wirklich klug war, ihr das erste Treffen mit den Tiergeistern vorzuenthalten?

War es denn überhaupt eine sie? Elena stellte verwundert fest, dass sie eine andere Möglichkeit aufgrund der Tatsache, dass Sofia, Laura und sie alle drei Mädchen waren, bisher noch nie in Erwägung gezogen hatte. So viel also zu ihrem Sinn für Gleichberechtigung.

Eilig sprang die Hüterin die letzten Stufen hinauf und startete ihren Laptop, sobald sie in ihrem Zimmer angekommen war. Nervös wartete sie auf das Erscheinen des Homescreens und öffnete dann Skype, um Sofia anzurufen. Es dauerte einige Zeit, bis abgehoben wurde und das überraschte Gesicht ihrer Freundin auf dem Bildschirm erschien.

„Elena! Was gibt's?", fragte die Blondine und legte die T-Shirts beiseite, die sie gerade gefaltet hatte. „Warte kurz, ich hole noch schnell Laura dazu, sie muss da auch mitreden", entgegnete die Wasserbändigerin kurz angebunden und fügte den entsprechenden Kontakt dem Anruf hinzu, während Sofia verwirrt eine Augenbraue hob, aber nicht weiter nachhakte. Wieder mussten die beiden kurz warten, bevor Lauras Kamera als weiteres Fenster auf dem Screen aufpoppte.

„Hey Elena, oh, Sofia, du bist ja auch da! Gibt es einen Grund für den plötzlichen Anruf?"

„Das wüsste ich auch gerne", bemerkte die Feuerbändigerin trocken und verschränkte die Arme, während sie Elena durch die Kamera einen leicht vorwurfsvollen Blick zuwarf. Diese seufzte genervt und widmete ihre Aufmerksamkeit lieber Laura. Hauptsache, immer gleich schnippisch werden.

Das neu hinzugekommene Mädchen war gerade dabei, sich seine dunkle Mähne zu einem provisorischen Dutt zusammenzustecken und runzelte angesichts Sofias spitzen Tonfalls verwirrt die Stirn.

„Habt ihr euch irgendwie gestritten oder so?", wollte Laura wissen und hob eine Sekunde später abwehrend die Hände, als ihr ein einstimmiges „Nein!" von beiden Seiten entgegenschallte.

„Ist ja gut, war ja nur 'ne Frage!"

„Also was wolltest du denn jetzt, Elena?", wechselte Sofia wieder das Thema und fixierte die Wasserbändigerin erwartungsvoll, während ihre Fingerspitzen ungeduldig auf die Tischplatte ihres Schreibtisches trommelten.

„Okay, hört zu ...", seufzte die Angesprochene und legte sich schnell die Worte in ihrem Kopf zurecht, bevor sie fortfuhr, den Hintergrund ihres Anrufes zu erklären.

„Morgen ist das erste Vollmondtreffen in unserer Zeit als Hüterinnen. Keine von uns weiß, was genau da passiert, aber es wird definitiv wichtig und vermutlich können wir uns sogar zum ersten Mal so richtig mit den Tiergeistern austauschen und so mehr über unsere Aufgaben und Kräfte erfahren. Ganz zu schweigen davon, dass wir ganz allein nachts durch den Wald streifen, während das unbekannte Böse immer noch da draußen lauert ..."

Sie bemerkte, wie sie vom eigentlichen Thema abschweifte und räusperte sich, um diese ohnehin nutzlosen Sorgen aus ihrem Kopf zu vertreiben.

„Was ich sagen will, ist, dass ich denke, dass wir Lisa mitnehmen sollten. Halt, lasst mich erstmal ausreden!"

Sofia und Laura waren bei der Erwähnung von Lisas Namen alarmiert hochgeschreckt, und der Feuerbändigerin lag bereits eine harsche Verneinung auf der Zunge, welche sie angesichts Elenas darauffolgender Bitte allerdings mit Mühe herunterschluckte.

„Ich weiß, dass ihr sie nicht leiden könnt, aber wenn wir das Ganze mal objektiv betrachten, dann gibt es nichts, was ihrem Dasein als Hüterin widerspricht, oder? Ihr Armband, ihr Wissen über die Existenz von Magie und Tiergeistern … Alles deutet darauf hin, dass sie es ist, auch wenn wir das vielleicht nicht wahrhaben wollen. Und wer weiß, möglicherweise beweist sie sich ja morgen? Ich denke, wir sollten alle vier gehen, schließlich geht die Angelegenheit alle Elementbändiger etwas an."

Kurz herrschte Schweigen im Videochat. Niemand wusste so recht, was man darauf antworten sollte, denn auch wenn keine von ihnen Lisa besonders mochte, so gab es doch nichts Stichhaltiges gegen Elenas Argumentation einzuwenden. Schließlich war es Laura, die als Erste das Wort ergriff.

„Meinetwegen. Rufen wir sie gleich an?"

Elena nickte und richtete ihren Blick auf Sofias Kamera, um ihre Reaktion einzufangen.

Diese kam allerdings nicht. Das blonde Mädchen begutachtete gerade seine Fingernägel in der Bemühung, seine Antwort hinauszuzögern, doch Elena hatte jetzt keine Lust mehr auf solche Spielchen.

„Sofia?", fragte sie mit Nachdruck und fokussierte die Kamera mit forderndem Blick in der Hoffnung, dass die Feuerbändigerin ihr Warnzeichen für reißende Geduldsfäden verstehen würde. Erstaunlicherweise schien es funktioniert zu haben, denn ihre Freundin ließ nun mit einem genervten Seufzer von ihrer Schönheitspflege ab und nuschelte: „Okay."

„Okay!", wiederholte die Fragestellerin bekräftigend und machte sich nicht die Mühe, den triumphierenden Unterton in ihrer Stimme zu verbergen, als sie auf den *Teilnehmer hinzufügen*-Button ihres Bildschirms klickte. Rasch scrollte sie mit der Maus durch die Kontaktliste und wählte Lisas Nummer aus, die diese vor kurzem auf kleinen Zetteln in der Klasse verteilt hatte. Zugegeben, die Aktion war zu dem Zeitpunkt ein bisschen schräg gewesen, aber jetzt hatte sie durchaus ihren Nutzen.

Wobei das schon komisch ist, sie hätte sie ja auch einfach einer Person geben können und die hätte sie dann zum Klassenchat hinzugefügt …
Bevor Elenas Gedanken schon wieder abschweifen konnten, bestätigte sie die Einladung zum Anruf und sah zu, wie ein viertes, noch schwarzes Fenster auf dem PC aufpoppte. Die Wasserbändigerin wollte gerade ein Haargummi aus der Schreibtischschublade nehmen, um sich ihre Haare damit aus dem Gesicht zu binden, ließ dann aber überrascht davon ab, als Lisa bereits nach dem zweiten Klingeln abnahm.

„Wow, du bist ja schnell!", rutschte es ihr heraus, bevor sie darüber nachdenken konnte. Die Neue wiederum begrüßte sie mit einem amüsierten Kichern.

„Ist auch schön, dich zu sehen, Elena. Und deine Freundinnen sind ja auch dabei! Hi, ihr zwei!"

Ihre aufgedrehte Stimme entlockte Laura ein belustigtes Grinsen, während Sofia nur knapp zurückgrüßte und ihre untere Gesichtshälfte anschließend galant hinter ihrer Teetasse versteckte, um dahinter vermutlich angewidert die Mundwinkel zu verziehen.

Lisa jedoch schien dies nicht zu bemerken. Sie räusperte sich und blickte erwartungsvoll in die Kamera.

„Also, was verschafft mir denn nun die Ehre?"

„Na mach schon, Elena. Das ist dein Einsatz. Sag es ihr", kam es spitz von der Feuerbändigerin, und die angesprochene Hüterin ignorierte sie wie gewohnt mit lediglich einem genervten Zucken ihrer Augenbraue als Reaktion, bevor sie seufzend zum Reden ansetzte.

„Lisa, wir haben uns entschieden, dich in unser Elementbändigerteam aufzunehmen."

38. KAPITEL

Pie-

Eine Hand landete auf dem Ausschaltknopf des Weckers und unterbrach das Klingeln, noch bevor es überhaupt richtig begonnen hatte. Elena war bereits lange vor neun Uhr wach gewesen und stand demnach schon vollkommen fertig angezogen und vorbereitet neben ihrem Bett. Sie trug eine etwas verwaschene, blaue Jeans mit umgeschlagenen Enden und dazu ein hellgraues, weites T-Shirt mit Pfotenprint, das ordentlich in den Hosenbund gesteckt war. Um ihre Hüfte hatte sie eine dunkelgraue, leichte Stoffjacke gebunden und ihre Haare waren zu einem hohen Pferdeschwanz zusammengefasst, aus dem vorne ein paar Strähnen vorwitzig herauslugten. Ein Blick durch die Glasscheibe ihres Fensters zeigte ihr, dass die Sonne bereits den Weg zu ihrer senkrechten Position angetreten hatte und das Land Stück für Stück in ihre sommerliche Wärme tauchte. Um elf Uhr war sie mit ihren Freundinnen bei Sofia verabredet. Bis dahin blieben ihr also noch knappe zwei Stunden Zeit, die sie mit irgendetwas füllen musste, um ihren immer besorgten Verstand beschäftigt zu halten. So überprüfte die Jugendliche ein weiteres Mal ihr Gepäck, etwas, das sie an diesem Morgen im Übrigen noch drei weitere Male tun sollte und ergänzte es um ihr Smartphone samt aufgeladener Powerbank, bevor sie das Fenster zum Lüften etwas kippte und dann nach unten ging, um sich ein schnelles Frühstück zu machen. Ihre Wahl fiel dieses Mal auf Cornflakes mit Milch. Sie versuchte gezwungenermaßen, diese zu genießen, obwohl sie in ihrem Inneren so unruhig war, dass sie am liebsten gar nichts gegessen hätte. Um sich auf andere Gedanken zu bringen, schaltete Elena das Radio ein und verdrehte beinahe automatisch die Augen, als ihr schon wieder der aktuelle Sommerhit entgegendudelte. Zugegeben, eigentlich war er gar nicht *so* schlecht, mit dem Refrain umfasste der Text immerhin zwanzig Zeilen, die sich spätestens nach dem fünfzehnten Hören wie der eigene Name in das Gedächtnis eingravierten und dort bestimmt noch bis in siebzig Jahren bleiben würden. Elena war sich fast sicher, dass es genau solche Dinge sein mussten, die einen auch noch durch die Altersdemenz begleiteten, und sie fand das sowohl schräg als auch irgendwie nett. Zumindest gab es durchaus Schlimmeres, an das man sich erinnern konnte.

Gerade als der Sänger sich mit seiner Gitarre für die letzten Akkorde nochmal richtig ins Zeug legte, vernahm die Wasserbändigerin ein Türknarren aus dem oberen Stockwerk und kurz darauf ein weiteres, was wohl bedeutete, dass die soeben aufgestandene Person das Badezimmer betreten und beschlagnahmt hatte. Anhand der tapsigen Schritte tippte Elena, dass es sich dabei um Anna handeln musste. Sie schob sich einen weiteren Löffel Cerealien in den Mund, bevor sie aufstand und die nun leere Schale in die Spüle stellte. Da sie wusste, dass ihre Schwester morgens für gewöhnlich nicht die allerbeste Laune hatte, wartete sie noch eine Viertelstunde und scrollte an ihrem Laptop ein wenig durch die neuen Instagramposts ihrer Lieblingsyoutuber, bevor sie sich ans Bad wagte und vorsichtig anklopfte. Von drinnen kam nur ein unwirsches Brummen, was Elena kurz entschlossen als Zustimmung interpretierte, bevor sie die Klinke nach unten drückte und den hell gefliesten Raum betrat. Anna stand gerade vor dem Spiegel und bemühte sich, ihre von der Nacht noch ziemlich verstrubbelten Haare zu kämmen. Elena musste lächeln, als sie sah, dass die Kleine noch Schlaf in den Augen hatte. Warum war sie denn überhaupt schon so früh wach? Und das auch noch am Wochenende?

„Du weißt schon, dass es Samstag ist?", sprach die Wasserbändigerin vorsichtig ihre Gedanken aus, während sie nach ihrer Zahnbürste griff.

„Ja, ich bin ja nicht blöd", nuschelte die Achtjährige zurück, bevor sie etwas leiser hinzufügte: „Aber ich will noch mein Bild fertigmachen, bevor Samira nachher kommt."

Elena nickte verständnisvoll und begann dann mit dem letzten Part ihrer Morgenroutine. Sie hätte sich eigentlich denken können, dass das Nachbarsmädchen wieder zu Besuch sein würde, immerhin war es das in letzter Zeit an fast jedem freien Nachmittag. Und davon hatte man als Grundschüler ja noch durchaus einige. Innerlich seufzend begutachtete sich die Hüterin im Spiegel und überprüfte noch einmal, ob sie auch wirklich nichts vergessen hatte. Dann streifte sie sich ein Haargummi über das Handgelenk, spülte sich den Mund aus und kehrte in ihr Zimmer zurück, um die verbleibende Stunde noch ein wenig zu zeichnen. Dabei entstand zwar kein Meisterwerk, aber zumindest hatte es den gewünschten Beruhigungseffekt auf ihre Nerven und verschaffte ihr nebenbei ein erfüllendes Gefühl leiser Zufriedenheit, welches ihre Laune noch einmal deutlich verbesserte.

Als Elena schließlich um halb elf das Papier wegräumte und ihren großen Reiserucksack schulterte, verspürte sie tatsächlich so etwas wie Zuversicht, welche sie um jeden Preis behalten wollte. Zu diesem Zweck schenkte sie ihrem Spiegelbild noch ein letztes, entschlossenes Lächeln und strich sich die Haare hinter die Ohren, bevor sie die Tür öffnete und mit schnellen Schritten die Treppe hinunterlief. Das Mädchen verabschiedete sich von seiner Mutter, die inzwischen ebenfalls aufgestanden war, drückte ihr noch einen kurzen Kuss auf die Wange und verließ dann endgültig das Haus. Keine fünf Minuten später radelte die Wasserbändigerin mit einem klappernden Geräusch über die Bordsteinkante am Ende ihrer Einfahrt und bog in die nächstgrößere Straße ein, die sie auf direktem Wege zum Haus ihrer Freundin führte. Der leichte Fahrtwind war auch am späten Vormittag noch angenehm kühl und ließ Elena entspannt ausatmen. Jetzt gerade war alles okay. Alles war gut. Und genau so würde es auch bleiben, wenn sie nur alle einen klaren Kopf behielten und zusammenblieben. Nachts im Wald war das sowieso immer eine gute Idee, auch wenn man nicht gerade auf magischer Mission unterwegs war.

Die junge Hüterin schüttelte kurz energisch den Kopf und konzentrierte sich lieber wieder auf die Straße vor ihr, bevor sie schon wieder damit begann, sich in irgendwelche negativen Überlegungen hineinzusteigern. Immerhin war sie nicht allein mit ihrem Vorhaben, sondern würde das ganze Abenteuer mit dreien ihrer Freundinnen, beziehungsweise Klassenkameradinnen, gemeinsam durchstehen. Ob sie ihr Verhältnis zu Lisa schon als Freundschaft bezeichnen konnte, wusste Elena selbst nicht sicher. Allerdings war das gerade auch nebensächlich, um solche Dinge konnte man sich schließlich später noch kümmern. Just bei diesem Gedanken tauchte hinter der nächsten Wegbiegung die Kiesauffahrt zu Sofias Haus auf und Elena stemmte sich in die Pedale, um die letzten Meter in stehender Position zurückzulegen. Mit knirschenden Reifen kam sie gleich darauf zum Stehen und schwang sich geschickt von ihrem Fahrrad, bevor sie dieses wie vereinbart hinter das Haus schob und am Gartenzaun abschloss. Sofia hatte ihnen erlaubt, die Räder bis zu ihrer Rückkehr dort zu parken, und dieses Angebot hatte allem Anschein nach auch jemand anderes schon in Anspruch genommen, denn neben Elenas befand sich noch ein weiteres, ihr unbekanntes Rad, dessen silberner Rahmen wie frisch poliert in der Sonne glänzte. Die Wasserbändigerin brauchte einen Moment, um zu begreifen, dass dieses Rad vermutlich Lisa gehörte, und als sie zu diesem Schluss gekommen war, musterte sie es noch einmal neugierig. Das Mädchen schien viel Wert auf Sauberkeit zu legen. Oder Lisa hatte ihr Fahrrad einfach aus Zufall vor kurzem erst geputzt und tat dies ansonsten allerhöchstens im Halbjahresabstand, wie Elena es selbst auch vorzog. Diese Nebensächlichkeiten mit einem leichten Kopfschütteln beiseite wischend trat die Hüterin schließlich an die Haustür und drückte den Klingelknopf. Es schellte einmal, dann ein zweites Mal. Drinnen blieb es zunächst still und das wartende Mädchen verlagerte ungeduldig sein Gewicht von einem Bein auf das andere, während es durch die getrübte Glasscheibe in der Holztür linste. Waren die beiden vielleicht gar nicht da? Hatten ihre Freundinnen bloß die Fahrräder abgestellt und waren ohne sie losgezogen? Nein, das würden sie nicht tun. Nie würde Sofia Lisa mitnehmen und sie hier vor einem leeren Haus stehen lassen. Niemals wäre sie so unfair.

Da näherten sich plötzlich hastige Schritte und im nächsten Augenblick wurde die Tür mit einem solchen Ruck aufgerissen, dass Elena beinahe erschrocken zurückgewichen wäre.

„S-sorry!", begrüßte Sofia sie etwas außer Atem und lächelte sie entschuldigend an, was die Wasserbändigerin nach einer kurzen Schrecksekunde erleichtert erwiderte. Sie war also doch nicht zu spät gekommen. Tatsächlich war sie sogar um die zehn Minuten zu früh, wie ihr ein Blick auf die Wanduhr im Flur zeigte, als sie sich nun vorsichtig an ihrer Freundin vorbei durch den Eingang zwängte und ihren Rucksack neben der Treppe abstellte. Elena hatte kaum Zeit ein- und auszuatmen, als auch schon die dritte anwesende Teenagerin im Durchgang zur Küche erschien und sie in eine herzliche Umarmung zog.

„Cool, dass du schon da bist!", meinte Lisa freudestrahlend und ließ die Wasserbändigerin wieder los, die noch ein wenig überrumpelt von der stürmischen Begrüßung war und ihrem Gegenüber deshalb nur ein halbherziges Lächeln schenkte. Doch wie immer schien die Brünette dies gar nicht zu bemerken, sondern war im nächsten Augenblick schon wieder in der Küche verschwunden, aus der sie soeben gekommen war.

„Ja … sie war auch schon vor 'ner halben Stunde hier …", kommentierte Sofia mit einem angestrengten Seufzen in der Stimme und verzog gespielt gequält das Gesicht, als Elena daraufhin nur grinsend die Augen verdrehte.

„Ach komm, das wird schon noch. Spätestens wenn wir nachher im Wald sind, wird sich das legen", antwortete sie optimistisch und betrat dann Lisas Beispiel folgend die Küche, in der bereits zwei weitere vollgepackte Rucksäcke zwischengeparkt waren. Der Raum sah noch beinahe exakt so aus, wie sie ihn von ihrem letzten Besuch in Erinnerung behalten hatte. Mit der Ausnahme, dass sich jetzt kein schmutziges Geschirr neben der Spüle türmte. Die aus hellem Holz gearbeitete Küchenzeile wurde von wenigen, weiß beschichteten Elementen durchsetzt und verlieh dem Raum etwas Freundliches und die zurückgebundenen, karierten Vorhänge am Fenster sorgten für einen Klecks traditioneller Gemütlichkeit, welche auch in Sofias Familie ab und zu gerne gelebt wurde. Ein Wanddurchbruch auf der gegenüberliegenden Seite des Zimmers verband dieses mit dem Wohn- und Esszimmer, sodass das Erdgeschoss des Hauses hauptsächlich aus diesem einen großen Raum bestand, der mit einer einladenden Sofaecke und einem langen, hölzernen Esstisch ausgestattet war und somit die wichtigsten Grundvoraussetzungen eines Familienaufenthaltsraums allemal erfüllte. Auf besagter Couch hatte es sich Lisa inzwischen bequem gemacht und blätterte interessiert in einer Fernsehzeitschrift, als säße sie ganz normal bei sich zuhause. Das Mädchen trug eine Latzhose aus Jeansstoff über einem weißen T-Shirt und hatte nur die kurzen, vorderen Haarsträhnen hinter dem Kopf zusammengebunden, um sie sich aus dem Gesicht zu halten. Der Rest von Lisas langer Haarpracht fiel glatt über ihren Rücken und ihre Schultern und rutschte jedes Mal leicht hin und her, wenn sie mit den Fingern eine der raschelnden Seiten umschlug. Sofia, die den beiden Gästen gefolgt war, ließ sich nun neben ihr auf den Polstern nieder und schnappte ihr das Magazin aus der Hand, um es nach demonstrativem Zuklappen auf dem kleinen Couchtisch zu deponieren. Lisa sah einen Moment lang aus, als wolle sie protestieren, besann sich dann aber anscheinend eines Besseren und blickte die Blondine neben sich erwartungsvoll an, die gerade zum Sprechen ansetzte.

„Seid ihr beide vorbereitet? Ich meine, seid ihr sicher, dass ihr alles habt?"

Lisa nickte bestätigend und Sofias Blick wanderte zu Elena, um diese erwartungsvoll zu fixieren.

„Ich dürfte auch alles dabeihaben, denke ich. Wenn ich ehrlich bin, ist es sicher mehr, als wir tatsächlich brauchen."

Verlegen grinsend kratzte sich die Wasserbändigerin im Nacken. Ihre Gastgeberin nickte kurz und widmete sich dann ihrer roten Carmenbluse, deren weite Ärmel nicht mehr ganz so hochgekrempelt waren, wie sie es anscheinend beabsichtigt hatte. Gerade als Elena ihr unschlüssiges Herumstehen beenden und sich ebenfalls dazusetzen wollte, ertönte ein weiteres Mal die Türglocke und das Mädchen machte in seiner Bewegung kehrt und eilte mit zügigen Schritten zum Eingang, insgeheim froh, der unangenehm tatenlosen Situation entkommen zu sein. Mit einem zufriedenen Grinsen hieß sie Laura willkommen, die als Letzte des Quartetts eingetrudelt war und führte sie ins Wohnzimmer, wo sie auch von den anderen beiden mehr oder weniger empathisch empfangen wurde. Die Luftbändigerin war sichtlich überrascht von Lisas stürmischer Umarmung, schien sich aber dennoch zu freuen und erwiderte diese nach nur kurzem Zögern. „Und? Gehts euch allen gut?", fragte sie in die Runde, nachdem die dauergrinsende Erdbändigerin sich von ihr gelöst hatte und erntete von allen Seiten ein einvernehmliches Nicken.

„Na, dann ist ja gut. Wollen wir direkt los oder habt ihr noch was zu erledigen?"

„Ich denke, wir können aufbrechen, oder?", antwortete Elena und sah Sofia an, welche zustimmend nickte. Lisas aufgeregte Miene sprach sowieso mehr als tausend Worte und so schnappten sich die vier ihre Ausrüstung und verließen das Grundstück der Bergmanns durch das hintere Gartentor, welches direkt an den Feldweg anschloss, der sie von hier aus in Richtung Wald führen würde. In Elena herrschte ein Durcheinander verschiedenster Emotionen und sorgte für ein nervöses Ziehen im Magen, welches sie sogleich durch positive Gedanken zu verdrängen versuchte. Das funktionierte erstaunlich gut und so kehrte schließlich das zuversichtliche Lächeln vom Morgen auf ihr Gesicht zurück. So viele Teenager auf der Welt träumten davon, irgendwann einmal ein richtiges Abenteuer zu erleben, und sie waren gerade mitten auf dem Weg in eines! War das nicht eigentlich ziemlich cool?

Ein scharfer Pfiff unterbrach den inneren Pep-Talk der Wasserbändigerin und sie blickte verwirrt zu Laura, die sogleich einen zweiten Laut hinterherschickte und mit zusammengekniffenen Augen den Himmel absuchte.

„Was genau ...", begann Lisa, doch bevor sie weitersprechen konnte, erklang aus unbekannter Richtung ein Vogelschrei und wenige Sekunden später landete ein vertraut aussehender Falke behutsam auf Lauras Schulter.

„Gut gemacht, Figruan!", lobte diese das Tier freudestrahlend und zog eine Art Leckerli aus der Tasche, welches der Raubvogel sofort gierig verschlang. Sofia, die die Szene ebenfalls beobachtet hatte, fragte angeekelt: „Will ich überhaupt wissen, was das ist?"

Elena hielt unwillkürlich die Luft an und rechnete schon halb mit einer schnippischen Antwort, die sich gewaschen hatte, doch zu ihrem Erstaunen erwiderte die Luftbändigerin bloß ruhig: „Nope, willst du nicht."

Sofia schien von dieser Reaktion genauso überrascht zu sein, denn sie hob nur skeptisch eine Augenbraue, sagte aber nichts weiter zu dem Thema. Bevor allerdings ein unangenehmes Schweigen entstehen konnte, mischte sich Lisa in die ganze Angelegenheit ein und löcherte Laura mit Fragen über ihr majestätisches Haustier, von welchem sie sichtlich beeindruckt war. Die Tochter des Falkners wiederum schien diese Aufmerksamkeit zu genießen und ließ sich in ein ausführliches Gespräch über Raubvögel verwickeln, offensichtlich erfreut darüber, dass sie jemanden gefunden hatte, vor dem sie mit ihrem Fachwissen ein wenig angeben konnte. Elena hörte den beiden zufrieden lächelnd zu und betrachtete unterdessen die umliegenden Wiesen, deren Grashalme im sanften Wind hin- und herschaukelten. Sofia war ebenfalls verstummt. Sie schien tief in Gedanken versunken zu sein, während sie den Blick nachdenklich geradeaus gerichtet hatte, auf den Weg, der vor ihnen allen lag. Eine gute Weile lang zogen die vier Mädchen so dahin und erinnerten den ein oder anderen Passanten möglicherweise an alte Jugendbuchklischees, wie etwa die *Fünf Freunde* oder die *Wilden Hühner*. Elena musste erneut lächeln, als sie das dachte und horchte gleich darauf auf, als sie Lisa mit einem Mal sagen hörte: „Aber wenn Figruan dein Tiergeist ist und er auch als ganz normales, reales Tier existiert, müsste es unsere Tiergeister dann nicht auch irgendwo wirklich geben?"

Die angesprochene Laura schien ein wenig überrumpelt von dieser Frage. Sie öffnete zunächst erstaunt den Mund, um etwas zu antworten, klappte ihn dann aber wieder zu, als ihr nichts Passendes einfiel und wandte sich schließlich mit hilfesuchendem Blick zu Elena um, welche jedoch auch nur planlos mit den Schultern zucken konnte.

„Ähm … also … keine Ahnung? Das würde schon irgendwie Sinn machen, denke ich …", gab die Luftbändigerin nach der kurzen Redepause ein wenig ratlos preis und entlockte Lisa damit einen unzufriedenen Laut der Unverständnis.

„Also ich hätte mich das so ziemlich als Erstes gefragt ...", murmelte sie stirnrunzelnd vor sich hin und sah sich überrascht um, als Sofia ein hämisches Schnauben von sich gab.

„Du kannst dich viel fragen, nur leider bringt dir das nichts, wenn du niemanden hast, der dir deine Fragen beantworten kann! Was glaubst du denn, warum wir zu diesem Treffen gehen? Wenn wir schon alles wüssten, könnten wir genauso gut zuhause bleiben", äußerte die Feuerbändigerin ihre Gedanken hörbar genervt und brachte damit die ganze Gruppe für einen Moment zum Schweigen. Elena biss sich auf die Lippe und versuchte mit einem Anflug von schlechtem Gewissen, das kleine Grinsen zu unterdrücken, das sich für einen kurzen Augenblick auf ihr Gesicht geschlichen hatte. Sofias Kommentare hatten es wie immer in sich. Die unangenehme Stille hielt allerdings auch diesmal nicht lange an, was wie zu erwarten erneut Lisa zu verdanken war. Die neue Erdbändigerin besaß wirklich ein Talent zur Konversation, welches es ihr bereits zum wiederholten Male an diesem Tag ermöglichte, scheinbar mühelos eine Unterhaltung aus jeder beliebigen Situation heraus anzufangen und damit die zwischen den Mädchen entstandene Spannung relativ schnell zu lösen. Es schien, als hätten Sofias harsche Worte ihre Neugier ein wenig ausgebremst, denn in den nächsten zehn Minuten fiel kein einziges Mal der Begriff *Magie* und auch Laura ging bewusst nicht weiter auf das Thema ein. Die Wasserbändigerin vermutete, dass die beiden durch ihre jeweils schwierige Beziehung zu der zickigen Blondine eine erste gemeinsame Basis gefunden hatten und sich zum Teil deswegen so gut verstanden. Sie selbst bezweifelte jedoch, dass einer der beiden Wirbelwinde mehr als einen flüchtigen Gedanken an die Hintergründe von Sofias Verhalten verschwendet hatte. Elena, die die Feuerbändigerin ein wenig besser kannte, wusste sehr genau, dass sich hinter ihrer spitzen Zunge Nervosität verbarg, welche das Mädchen durch Coolness und eine große Klappe nach außen hin zu überspielen versuchte. Ab und zu fiel Sofia eben doch noch in alte

Muster zurück. Aber wer konnte schon ernsthaft von sich behaupten, das nicht hin und wieder zu tun? Ein Schatten raubte der Hüterin die wohlige Wärme von den Schultern und sie sah auf. Über ihr ragten die ersten Baumwipfel in den klaren Nachmittagshimmel und markierten den Beginn des Waldgebiets, das sie jetzt erreicht hatten. Auch die anderen drei waren stehengeblieben und der Anblick der grünen Riesen hatte sie verstummen lassen. Vielleicht lag es aber auch an dem abrupten Stimmungswechsel und dem Ernst, der durch die plötzliche Dunkelheit in der Luft hing.

„Na, dann gehen wir mal rein, oder?", meinte Laura nach einigen Sekunden nervös und sah sich schief grinsend nach den anderen um. Lisa und Sofia schienen sich in ihrer Lage genauso unsicher zu sein, nickten aber zögernd, da ihnen ja auch nicht wirklich etwas anderes übrigblieb. Ein Rückzug kam jetzt, da sie schon einmal hier waren, für keine von ihnen mehr in Frage. Schließlich war es Elena, die entschlossen nach vorne trat und die Hand ihrer Luftbändigerfreundin in ihre eigene nahm, um sie ermutigend zu drücken. Diese lächelte sie dankbar an und auch die Mundwinkel der blonden Hüterin selbst hoben sich zu einem kleinen Grinsen, als sie antwortete: „Von mir aus können wir weiter, wenn Figruan soweit ist."

„Ich denke schon. Oder mein Kleiner? Du wirst uns doch richtig führen, habe ich recht?"

Die letzten Worte waren an den Falken gerichtet, der daraufhin unruhig auf der Schulter seiner Besitzerin hin- und herrutschte und kurz mit den Flügeln flatterte, fast so, als wolle er sie vor dem Start noch einmal aufwärmen. Selbst er wirkte in Elenas Augen ein wenig nervös, doch sie beschloss, dass diese Gedanken im Moment nicht hilfreich waren und wohl besser unausgesprochen bleiben sollten.

„Wohin soll er uns denn eigentlich führen?", mischte sich nun Lisa in das Gespräch ein und sah erwartungsvoll zu Laura, die offenbar schon wieder nicht wusste, was sie dazu sagen sollte. Doch das musste sie auch gar nicht, denn im nächsten Moment kam aus der bislang schweigenden Sofia hervorgeschnellt:

„Er führt uns dahin, wo wir eben hinmüssen. Wenn wir wüssten, wo das ist, bräuchten wir ihn doch nicht, um uns zu führen. Willst du heute noch was Sinnvolles loswerden oder können wir jetzt endlich gehen?" Der Tonfall in ihrer Stimme war so gereizt, dass Laura und Elena sich per Blickkontakt innerhalb weniger Sekunden einig wurden, besser nicht auf die erneute Zickerei der Feuerbändigerin einzugehen. Diese Meinung teilte Lisa offensichtlich nicht. Mit verärgert verschränkten Armen pfefferte sie zurück: „Ach, sei doch still! Immerhin interessiere ich mich für das Ganze hier, ich habe mir das ja auch nicht ausgesucht. Und falls du dich erinnerst: Ihr habt mich erst vor weniger als vierundzwanzig Stunden in euren kleinen Club aufgenommen! Also entschuldige bitte, dass ich nicht über Nacht auf dem aktuellen Wissensstand bin, aber ihr hättet mich ja ruhig auch mal früher über all das hier informieren können!"

Sofia antwortete darauf nichts mehr. Sie schenkte ihrem Gegenüber lediglich einen abfälligen Blick und ging dann geradewegs an Lisa vorbei auf den ausgetretenen Waldweg zu, den sie allem Anschein nach nehmen mussten.

„Kommt ihr jetzt mal, oder wollt ihr noch ewig da rumstehen?", rief sie zurück, ohne sich umzusehen, und erntete einen resignierten Seufzer von Elena, die allmählich wirklich genug von diesem ganzen Drama hatte. In ihren Augen waren die ständigen Anfeindungen nichts als sinnlose Zeitverschwendung. Am Ende würden sie sich doch sowieso zusammenraufen müssen, also warum machten sie es sich gegenseitig so schwer?

Kopfschüttelnd begann sie, ihrer störrischen Freundin zu folgen, bevor diese vollständig im Dämmerlicht verschwinden konnte, und stellte nach wenigen Schritten zufrieden fest, dass sich auch der Rest der Gruppe in Bewegung gesetzt hatte.

„Na dann, ab mit dir!", hörte sie Laura hinter sich sagen und im nächsten Moment erhob sich Figruan mit wenigen Flügelschlägen in die Luft, segelte haarscharf über die Köpfe der Mädchen hinweg und gesellte sich an die Spitze der kleinen Truppe, wo er in konstantem Tempo vorausflog. Die Wanderung ging also weiter, über schattige Waldwege, die sich alsbald zu immer schmaler werdenden Pfaden verengten, bis auch diese schließlich mehr oder weniger ganz verschwanden und einem von Moos und Farnen bewachsenen Untergrund wichen, über den die vier Elementbändigerinnen allein durch Figruans Vorgaben geführt stapften. Bewundernd ließ Elena den Blick um sich streifen und betrachtete die verschiedenen Pflanzen, die den weichen Waldboden bedeckten und das Geräusch ihrer Schritte dämpften. Es war schon faszinierend, wie viel Perfektion und zugleich Imperfektion in der Natur steckte, all die filigranen Blättchen, die glitzernden Tautropfen auf den Kappen der Pilze, die winzigen Knabberspuren an denselbigen, die Erdflecken, die das alles zierten, ja selbst das spärlich über den Boden verteilte, halb vermoderte Laub wirkte belanglos und geheimnisvoll zugleich, so als könnten diese Dinge tausende Geschichten erzählen, wenn es nur jemanden gäbe, der sie verstehen könnte.

Ob Lisa das wohl konnte? Die Wasserbändigerin warf einen kurzen Blick auf die vor ihr gehende Erdbändigerin und musterte sie nachdenklich. Als würde es die auf es gerichtete Aufmerksamkeit spüren, drehte das braunhaarige Mädchen sich plötzlich um und begegnete Elenas Blick, den diese daraufhin schnell abwandte. Angestrengt fixierte die Hüterin den nächstbesten Baum und hoffte mit einem Gefühl ertappter Verlegenheit, dass Lisa es einfach dabei belassen und keine unangenehmen Fragen stellen würde. Natürlich aber lag ein solches Verhalten ganz und gar nicht im Wesen der lebhaften Brünetten. Mit einem breiten Grinsen ließ sie sich zurückfallen und wandte sich mit interessierter Miene an ihre blonde Kollegin, sobald sie auf derselben Höhe gingen.

„Was gibts?"

Lisas Stimme klang unschuldig und ihre Augen glänzten vor Neugier, doch da war noch etwas anderes. Eine weitere Emotion, geschickt hinter dieser Sorglosigkeit verborgen, ruhte im Blick der Erdbändigerin, doch Elena konnte sie beim besten Willen nicht deuten. Dieses Mädchen wirkte nach dem ersten Eindruck so einfach gestrickt und war ihr dennoch ein größeres Rätsel als die meisten anderen Menschen, die die Wasserbändigerin kannte. Elena wusste absolut nicht, was es war, aber auch nach den inzwischen zahlreichen Unterhaltungen und Begegnungen, die sie mit dieser Person geteilt hatte, blieb dasselbe, undefinierbare Gefühl in ihr haften, das sie schon bei ihrem ersten Aufeinandertreffen verspürt hatte. Ein widerwilliges Kopfschütteln unterdrückend verscheuchte sie diese unwillkommenen Gedanken aus ihrem Kopf und antwortete stattdessen: „Nichts, wieso?"

„Ach, nur so", erwiderte Lisa schulterzuckend und drehte den Kopf wieder nach vorne in Richtung des Weges.

„Hey, also ... vielleicht ist das jetzt ein blöder Zeitpunkt, aber ... könntest du mir nicht noch ein bisschen mehr über den ganzen Magie-Kosmos erzählen? Ich komme mir irgendwie so unvorbereitet vor, und genau genommen bin ich es ja auch, also wenn es dir nicht allzu viel ausmacht ..."

Die Augenbrauen der blonden Jugendlichen schossen überrascht nach oben, als diese unerwartet unsicheren Worte aus dem Mund der Erdbändigerin neben ihr an ihre Ohren drangen. Hatte Lisa überhaupt schon einmal so gestottert? Warum machte sie diese simple Frage so nervös? Elena bemerkte, dass sie immer noch schwieg, und stieß daraufhin ein eiliges „Ähm ... klar, okay" hervor.

Wow. Smooth.

Die Wasserbändigerin hätte sich ohrfeigen können. Warum musste sie Situationen nur immer wieder so unangenehm werden lassen? Schnell räusperte sie sich und versuchte, ihre Verlegenheit zu kaschieren, indem sie nachhakte: „Was willst du denn wissen?"

Lisa tippte sich mit dem Finger gegen die Wange und schien für einen kurzen Moment zu überlegen.

„Naja, erzähl mir doch erst einmal etwas über eure Tiergeister! Wie sind die so? Sind sie immer bei euch?"

Elena dachte einen Augenblick lang nach, bevor sie antwortete.

„Mein Tiergeist heißt Nimo und ist ein Delfin, und Sofia hat einen Tiger namens Zaton. Im Grunde sind sie die Seelen der Element Tamers, wenn ich das richtig verstanden habe. Sie passen auf sie auf und verleihen ihnen ihre Kraft. Also sind sie wohl irgendwie immer dabei, wenn wir unsere Magie nutzen. Aber so genau weiß ich das auch nicht, wir hoffen ja, mit dem Treffen heute das alles mal genauer erklärt zu bekommen. Dann kannst du deinen Tiergeist auch selbst fragen. Hast du ihn inzwischen eigentlich schon kennengelernt?"

Die Erdbändigerin, die während des gesamten Monologs aufmerksam gelauscht hatte, schüttelte nun traurig den Kopf.

„Leider nicht", seufzte sie.

„Ich hatte seit meiner Auserwählung als Hüterin keine Visionen mehr und mit der Kontrolle meiner Kräfte bin ich auch noch nicht wirklich weitergekommen. Ich spüre zwar eine Verbindung zu meinem Element, wenn ich jetzt hier so durch die Natur laufe, aber beeinflussen kann ich nichts davon."

„Hey, ist doch kein Problem. Das wird schon noch, glaub mir! Vielleicht lösen sich ja heute Abend ein paar Blockaden", versuchte Elena ihre Kameradin zu ermutigen, und legte ihr aufmunternd eine Hand auf die Schulter, woraufhin diese leicht lächelte.

„Danke, das ist nett. Sag mal, was ist eigentlich Lauras Tamer? Ich weiß ja, dass du die Kette hast und Sofia ihre Ohrringe, aber bei ihr ist mir noch nichts aufgefallen."

Diese Frage kam unerwartet und brachte die Wasserbändigerin dermaßen aus dem Konzept, dass sie ohne es zu merken stehenblieb.

„Ich… ich weiß es gar nicht genau!", stieß sie hervor und war selbst überrascht von ihrer eigenen Unwissenheit. Wie konnte es sein, dass sie sich nie danach erkundigt hatte? Dass Laura wirklich die Luftbändigerin war, stand dank ihrer Elementkräfte außer Frage, aber die Tatsache, dass sie diese offensichtliche Wissenslücke nie hinterfragt hatte, ließ Elena sich selbst kläglich unvorbereitet vorkommen.

„Ähm … okay? Naja, ist für dich vielleicht auch gar nicht so wichtig. Aber kommst du weiter? Die anderen hauen uns sonst noch ab!"

Lisas leicht belustigte Stimme riss die still gewordene Hüterin aus ihren Gedanken und schnell schloss sie in wenigen Schritten wieder zu der Neuen auf, die mit ihrer Behauptung tatsächlich recht zu haben schien. Der Abstand zu den beiden anderen Bändigerinnen wurde immer größer, und wenn sie sich nicht ein wenig beeilten, würden sie sie am Ende vielleicht wirklich verlieren. Dabei waren sie gar nicht so langsam gegangen …

Konnte es sein, dass Figruan es plötzlich besonders eilig hatte? Wollte er sie abschütteln? Quatsch, das ergab doch gar keinen Sinn. Irritiert befreite sich Elena aus ihren verqueren Überlegungen und nahm lieber wieder das Gespräch mit Lisa auf, wobei sie ihr Tempo etwas beschleunigte.

„Gibt es sonst noch was, das du wissen willst?", fragte sie und bemühte sich um ein freundliches Lächeln, während sie versuchte, sich vollständig auf ihr Gegenüber zu konzentrieren und die wieder aufkeimenden Sorgen in ihrem Kopf auszublenden. Dass dies nur so halbwegs gut gelang, dürfte wohl jedem klar sein, der die Wasserbändigerin bereits ein bisschen besser kennengelernt hatte. Auch Lisa schien sich dessen bewusst zu sein, denn sie lächelte anstatt eines nachhakenden Kommentares bloß flüchtig und ging bereitwillig auf den Themenwechsel ein. Die beiden Mädchen redeten noch eine ganze Weile über dies und das und Lisa ließ sich über den Bändigerfortschritt der drei Hüterinnen sowie den aktuellen Wissensstand bezüglich des Bösen in Kenntnis setzen, bis sie schließlich abrupt durch einen Kreischlaut des Falken unterbrochen wurden. Fragend blickte Elena auf und wurde augenblicklich wieder ernst, als sie sah, wohin der Vogel sie geführt hatte. Vor den vier Mädchen erstreckte sich eine unwillkommen vertraute Lichtung mit einer feinen Rissnarbe auf dem Boden, die auf diese Entfernung noch kaum zu erkennen war. Spätestens der Anblick der verwilderten, stellenweise brutal zerfetzten Brombeerhecke um sie herum jedoch ließ auch die letzten Zweifel daran verblassen, dass sie sich an genau jenem Ort befanden, der allabendlich von den furchterregenden Masken heimgesucht wurde. Elenas Blick traf Lauras und für einige Sekunden starrten sie sich schweigend an, suchten in den Augen der jeweils anderen nach irgendeiner Möglichkeit, dass die gemeinsame Vermutung falsch war und fanden doch nur die eigenen Gefühle von Angst und Unsicherheit darin widergespiegelt. Schließlich war es zur Abwechslung einmal Sofia, die das Schweigen mit einem lauten Räuspern brach.

„Könnte mir mal jemand verraten, wo wir hier sind?", fragte sie spitz und versuchte gar nicht erst, ihre Anspannung in irgendeiner Art und Weise zu verbergen. Ungeduldig verschränkte sie die Arme vor der Brust und blickte erwartungsvoll zwischen ihren beiden offensichtlich mehr wissenden Freundinnen hin und her. Elena schluckte kurz, dann riss sie sich zusammen und verkündete mit fester Stimme: „Das hier ist die Lichtung, auf der wir neulich Nacht den Masken begegnet sind. Sie kommen jeden Abend aus der Erde, dort hinten."

Und sie wies mit dem Finger in Richtung der Stelle, an der der feine, braune Striemen das Gras zeichnete. Sofia folgte ihrer Geste und ihre Miene wurde ernst.

„Dann sollten wir hier schnellstmöglich wieder weg. Ich habe im Augenblick wenig Lust, mich auch noch mit diesen Viechern herumzuschlagen, ihr etwa?"

Die Feuerbändigerin hob zweifelnd die Augenbrauen und wollte sich gerade dem Ausgang zuwenden, als Elena sie am Handgelenk packte und zurückhielt.

„Wir können jetzt nicht einfach wieder abhauen, Sofia. Wenn Figruan uns hierhergeführt hat, dann muss es dafür einen Grund geben, und den müssen wir jetzt nur noch verstehen. Dazu brauchen wir aber den Einsatz von *allen*. Okay?"

Mit durchdringendem Blick durchbohrte sie die rückzugsbereite Hüterin, die zunächst zögerte, dann aber resigniert seufzend nachgab und sich wieder zu den anderen stellte.

„Na meinetwegen. Hat jemand einen Plan?"

„Wenn, dann muss das Figruan wissen", meldete sich Laura nun zu Wort und sah hilfesuchend zu dem Falken, der sich auf ihrer Schulter niedergelassen hatte. Dieser gab wie zur Antwort einen leisen Ton von sich, der so gewöhnlich wie jeder vorherige klang und doch unerwartete Auswirkungen hatte. Die etwas ausgebleichtere Strähne in Lauras Haaren begann mit einem Mal gleißend hellviolett zu strahlen und ihr Atem stockte. Für einen kurzen Moment huschte ein glänzender Schimmer über ihre

Augen und sie schien etwas zu sehen, das die anderen drei nicht wahrnehmen konnten, dann schnappte sie hastig nach Luft und das Leuchten verschwand genauso plötzlich, wie es gekommen war. Elena, die das Ganze mit vor Überraschung perplexem Gesichtsausdruck beobachtet hatte, trat nun eilig zu ihrer Freundin und fasste sie besorgt am Arm.

„Laura! Alles okay bei dir?", drang sie auf sie ein und schüttelte das Mädchen sanft, welches daraufhin endlich aus seiner Trance erwachte.

„Was? Ja ... warte mal! Ich weiß es jetzt!"

Lauras Stimme klang aufgeregt und von ihrer anfänglichen Verwirrung war nichts mehr zu spüren, als sie hastig fortfuhr: „Ich hatte eine Vision, von Figruan! Er hat es mir gezeigt, seht ihr, es ist ganz einfach! Ich kann es euch zeigen!"

Sofia und Lisa wechselten hinter Elenas Rücken einen ratlosen Blick, doch Laura schenkte ihnen keinerlei Beachtung.

„Hast du noch die Steine aus dem Riss?", wandte sie sich in drängendem Ton an die Wasserbändigerin vor ihr, die ein wenig verwirrt in die Seitentasche ihres Rucksacks griff und einen der dunklen Felsbrocken herausholte. Erleichtert nahm Laura ihr diesen aus der Hand und schmetterte ihn dann ohne jede Vorwarnung gegen das am Boden liegende Geröll. Elena entfuhr ein erschrockener Aufschrei, während Sofia noch beinahe im selben Augenblick nach vorne stürzte und Laura beiseiteschubste, um die Bruchstücke des Gesteins vom Boden aufzusammeln. Mit finsterem Blick richtete die Blondine sich wieder auf und drehte sich zu der Luftbändigerin um, um sie in der nächsten Sekunde wütend anzufauchen: „Sag mal, hast du sie noch alle?"

Unterdessen war die Wasserbändigerin immer noch so schockiert über das Geschehene, dass sie wortlos zusah, als Laura erstaunlich gelassen blieb und ihrer Kumpanin unbeeindruckt von deren Protesten die Splitter wegnahm. Einen davon drückte sie ihr jedoch gleich darauf wieder in die Hand und warf auch den anderen beiden Mädchen jeweils einen zu, bevor sie sich ein wenig weiter in die Mitte der Fläche stellte und abwartend auf die übrigen Hüterinnen blickte. Als alle drei sie nur verständnislos anstarrten und keinerlei Anstalten machten, ihrem Beispiel zu folgen, seufzte sie ungeduldig und rief ihnen zu: „Jetzt kommt schon! Vertraut mir doch einfach mal!"

Zögernd gab Elena sich einen Ruck und trat neben die Luftbändigerin, gefolgt von einer neugierigen und verwirrten Lisa und einer immer noch sehr verärgerten Sofia.

„Also, hört gut zu, denn das wird jetzt wichtig." Laura machte eine kunstvolle Pause, um jede einzelne ihrer Mitbändigerinnen forschend in Augenschein zu nehmen. Als sie sich der ungeteilten Aufmerksamkeit aller sicher war, begann sie in überzeugtem Tonfall zu erklären: „Diese Steine besitzen eine bestimmte magische Energie, die es uns ermöglicht, uns an den Ort zu teleportieren, den wir suchen, wenn wir nur alle fest daran denken. Normalerweise könnten uns die Tamers wahrscheinlich auch zum Ursprungsort bringen, aber da wir das noch nicht kontrollieren können und einige von uns im Moment sowieso geschwächt sind –", ihr Blick huschte kurz zu Elena, die unwillkommenerweise an ihre blockierte Verbindung zu Nimo erinnert wurde, „müssen wir es heute auf diesem Weg versuchen. Also, macht es mir nach und behaltet dabei unseren Zielort vor Augen. Ich bin mir ganz sicher, dass das funktioniert!"

Die drei übrigen Hüterinnen sahen sich zögerlich an, doch eigentlich war allen längst klar, dass es kaum eine andere Möglichkeit gab. Sie mussten also den nächsten Schritt wagen und darauf hoffen, dass Laura ihre Vision richtig verstanden hatte. Mit einem tiefen Atemzug legte Elena ihre letzten Zweifel ab und nickte der Luftbändigerin entschlossen zu.

„Einverstanden. Zeig uns, was wir tun sollen."

Laura hielt ihrem Blick einen Moment lang stand, bevor sie sich kerzengerade aufrichtete und die Hände mit dem Steinsplitter dazwischen vor ihrer Brust verschränkte. Die anderen taten es ihr nach und wiederholten auf Kommando in Gedanken den Namen ihres Zielortes, woraufhin die Tamers der Reihe nach in ihren jeweiligen Farben aufglühten. Elena wurde für einen Sekundenbruchteil von diesem unglaublichen Anblick in den Bann gezogen, riss sich dann aber wieder zusammen und konzentrierte sich weiter auf ihr Ziel. Sie fühlte, wie die Kette an ihrem Hals zu pulsieren begann, und schnappte vergeblich nach Luft, als sich der Boden unter ihren Füßen urplötzlich in Nichts auflöste. Mit einem letzten Gedanken, in dem sie endlich verstand, dass Lauras Tamer in ihrer Strähne stecken musste, fiel die Wasserbändigerin durch einen Strudel gleißend blauen Lichts und verlor für einige Augenblicke vollständig die Orientierung und die Kontrolle über sich selbst, bevor sie hart auf dem Boden aufschlug und ihre Sicht ihr von flimmernden schwarzen Punkten genommen wurde.

39. KAPITEL

Noch ganz benommen von dem plötzlichen Aufprall stützte Elena die Hände auf den Boden und blinzelte ein paar Mal keuchend, um ihre Sicht zurückzuerlangen. Sobald es ihr einigermaßen gelungen war, rappelte sie sich mit zittrigen Beinen auf und sah sich hastig nach ihren Freundinnen um. Hoffentlich hatte alles geklappt!

Ein leiser Seufzer der Erleichterung blieb ihr vor Überraschung im Halse stecken, als sie die drei Mädchen zwar wohlbehalten, aber völlig verändert neben sich stehen sah. Laura schien sich ihres neuen Aussehens auch gerade eben erst bewusst geworden zu sein, denn sie machte große Augen und blickte ungläubig an sich selbst hinunter. Die Luftbändigerin trug ein schwarzes T-Shirt mit dem Symbol eines hellvioletten Wirbels auf der Vorderseite und eine dazu passende, ebenfalls schwarze Cargo-Hose mit durch silberne Reißverschlüsse versiegelten Taschen an den Oberschenkeln. Ihre dunkelbraune Haarpracht wogte nach wie vor offen um ihre Schultern und wäre ihr wohl ins Gesicht gefallen, wenn die vordersten Strähnen nicht auf der einen Seite zurückgebunden und von einer strahlend weißen Feder befestigt gewesen wären, die, wie Elena richtig kombinierte, die eigentliche, ungetarnte Gestalt des Lufttamers darstellte. Zu allem Überfluss hatten sich die Schuhe des Mädchens im wahrsten Sinne des Wortes in Luft aufgelöst und waren durch stylische dunkle Stiefel ersetzt worden, die mit sorgfältig gebundenen Schnürsenkeln befestigt waren.

„Was in aller Welt …", flüsterte Laura fassungslos und drehte sich vorsichtig hin und her, um die unerwartete neue Kleidung zu begutachten und auf Beweglichkeit zu testen, was beinahe geräuschlos funktionierte. Ratlos hob sie den Blick und bekam nur noch größere Kulleraugen, als sie Sofia erblickte, die fasziniert und mit nachdenklicher Miene über den Stoff ihres eigenen Outfits strich. Elena folgte ihrem Blick und stellte fest, dass die Feuerbändigerin die gleichen Sachen trug wie ihre Kollegin. Mit dem einzigen Unterschied, dass ihr Shirtaufdruck eine orange-rötlich gefärbte Flamme zeigte. Bei näherem Hinsehen konnte man zwischen den einzelnen Strähnen ihrer blonden Frisur die magischen Ohrringe erkennen, in denen ein nie dagewesenes Glühen aus winzigen Funken zu sprühen schien.

Die Feuerbändigerin schien mit ihrem neuen Aufzug nach ausführlicher Inspektion ganz zufrieden zu sein, denn sie grinste breit und erwiderte Lauras staunenden Blick mit einem frechen Augenzwinkern. Auch auf Elenas Gesicht schlich sich ein kleines Schmunzeln und sie ließ ihren Fokus weiterschweifen zu der Dritten im Bunde, deren Erscheinungsbild sie wider Erwarten erneut überraschte. Lisas Aussehen hatte auf den ersten Blick einiges mit dem der beiden anderen Bändigerinnen gemeinsam, unterschied sich bei näherem Hinsehen aber dennoch deutlich von deren Erscheinung. Die Beine der Hüterin steckten in schwarz glänzenden Leggins aus scheinbar festem Stoff, die an den Füßen von dunklen, nicht allzu hohen Stiefeln vollendet wurden, und am Oberkörper trug sie ein eng anliegendes Top mit einem nicht genau erkennbaren Symbol, welches die darüberliegende, lederne Weste teilweise verdeckte. Beide Kleidungsstücke waren ebenso wie die Hose in klassischem Schwarz gehalten und wirkten stabil, aber nicht schwer oder irgendwie unhandlich. Ihre Haare waren zu einem hohen Pferdeschwanz gebunden und hatten ihre Farbe von einem hellen Braun zu einem dunkleren, etwas kräftigeren Ton geändert. Verschnörkelte schwarze Striemen schlängelten sich bis knapp über dem Handgelenk um ihre Arme. Apropos Arme ...

Elenas Blick fuhr diese suchend entlang und fand auch gleich das Objekt ihrer Neugierde, welches sie mit leicht zusammengekniffenen Augen begutachtete. Das Armband, das der Erdtamer sein sollte, bestand aus dunkel schimmernden Perlen, die an einem schmalen Kettchen aneinandergereiht waren und jetzt, in dieser verwandelten Form, viel kleiner wirkten als im Normalzustand.

Verwandelt? Ja, das mussten sie wohl sein, denn anders konnte sich Elena diese plötzliche Veränderung nicht erklären.

Ein Gedanke schoss ihr durch den Kopf und sie blickte nun auch endlich an sich selbst herunter. Verwirrung zeichnete sich auf dem Gesicht der Wasserbändigerin ab, als sie mit ihren Vermutungen zum wiederholten Mal innerhalb einer Minute falsch lag. Sie trug noch immer ihre gewöhnliche Kleidung, wie sie sie am Morgen angezogen hatte. Eine blaue Jeans, ein einfaches T-Shirt und ihre graue, um die Hüfte gebundene Stoffjacke. Die Hüterin runzelte die Stirn, als sie feststellte, dass sie als einzige normal gekleidete Person in dieser Situation die Außenseiterin war. Was für eine seltsame Vorstellung …

Irgendetwas konnte hier nicht stimmen. Instinktiv griff Elena nach ihrer Wasserkette und fühlte nach einem Puls oder einem Glühen, doch da war nichts. Nicht die leiseste Regung. Ob das etwas mit Nimos Verschwinden zu tun hatte? Würde sie heute Abend überhaupt mit ihm sprechen können?

Besorgt ließ die blonde Jugendliche den kalten Anhänger wieder gegen ihre Brust sinken und versuchte, logisch nachzudenken, während ihr Blick über die im Abendlicht erstrahlende Lichtung wanderte. In der aktuellen Verfassung waren ihre Kräfte so schwach wie nie zuvor, was bedeutete, dass sie sie sich gut einteilen musste, falls sie sie für das Treffen später noch benötigen sollte. Dazu kam, dass sie und ihre Freundinnen sich im Augenblick an einem ihnen unbekannten Ort befanden, an dem laut Legende die Element Tamers entstanden sein sollten, ohne auch nur den Hauch einer Ahnung zu haben, was sie jetzt eigentlich zu tun hatten. Würden die Tiergeister wirklich erscheinen?

Wenn ja, wann? Mussten sie irgendetwas Spezielles dafür tun? Vielleicht eine Art Ritual?

Elenas Kopf schwirrte so sehr von den darin umherwirbelnden Gedanken, dass sie ihn kurz schütteln musste, um wieder klar überlegen zu können.

„Alles in Ordnung bei dir?"

Laura war neben sie getreten und musterte sie zweifelnd, als die Wasserbändigerin statt einer richtigen Antwort nur abwesend nickte.

„Was glaubst du, was wir jetzt machen sollen?", äußerte sie nach kurzem Schweigen schließlich die dringendste der in ihr herumspukenden Fragen und wandte sich ihrer Freundin zu, die ihrem hoffnungsvollen Blick mit entschuldigender Miene begegnete.

„Keine Ahnung", erwiderte die Luftbändigerin wie zu erwarten und entlockte Elena damit ein angestrengtes Seufzen.

„Aber darüber sollten wir am besten alle zusammen entscheiden, oder?", meinte sie dann schon deutlich zuversichtlicher und rief im nächsten Moment quer über die Lichtung: „Hey, Sofia! Lisa! Kommt mal her, bitte!"

Die beiden Hüterinnen, die soeben noch andächtig ihr langsam im Schatten versinkendes Umfeld bestaunt hatten, kamen jetzt herübergelaufen und stellten sich mit erwartungsvollen Blicken zu ihren Kolleginnen.

„Was gibts?", ergriff Lisa das Wort und stützte selbstbewusst die Hände in die Hüften, ihr Gesicht voll ungewohntem Tatendrang und einer Emotion, die wohl am ehesten als Vorfreude beschrieben werden konnte. Sofia warf Elena unterdessen einen prüfenden Seitenblick zu. Sie schien die Unsicherheit ihrer Freundin zu spüren, entschied sich aber, diese nicht zu kommentieren, wofür das blonde Mädchen ihr insgeheim sehr dankbar war. Die Wasserbändigerin hob die Schultern ein kleines Stück an und sammelte sich kurz, um ihre Fassung wiederzugewinnen. Dann stellte sie die Frage in den Raum, die eigentlich klar auf der Hand lag:

„Wie geht es jetzt weiter? Hat jemand eine Idee?"

Sofia legte nachdenklich die Stirn in Falten und wollte gerade etwas erwidern, als Lisa ihr ins Wort fiel: „Bis zum Treffen bei Vollmond ist noch einiges an Zeit. Wir sollten uns erstmal in Ruhe umschauen, bevor wir weitere Pläne machen."

„Das klingt sinnvoll", willigte Laura nach kurzem Nachdenken ein und sah dann in die Runde.

„Alle einverstanden?"

Einstimmiges Nicken war die Antwort und Lisa fuhr in bestimmtem Tonfall fort: „Ich schlage vor, dass wir uns aufteilen. Am besten geht Elena da hinter zu den Bäumen und Sofia zum

See. Laura, du könntest die Felsen dort drüben auskundschaften und ich nehme mir dann die Mitte und diese Ecke hier vor. Alles klar?"

Elena war durchaus ein wenig überrascht vom plötzlichen Organisationsdrang der Erdbändigerin, erhob aber mangels eines besseren Vorschlags keinen Einspruch. Auch Laura zuckte nur mit den Schultern und nickte dann, was wohl in etwa „Können wir schon so machen" bedeuten sollte. Wie alle anderen schien sie ebenfalls nicht so recht weiterzuwissen.

Lisa, die sich in ihrem Vorschlag bestätigt fühlte, wollte sich nun gerade zum Gehen wenden, als ein Räuspern aus Sofias Richtung zu vernehmen war.

„Warum geht nicht Elena zum See und du zu den Bäumen? Das macht von den Elementen her doch viel mehr Sinn, oder etwa nicht?"

Ihre Worte klangen harmlos, doch in ihrer Stimme schwang ein gefährlich spitzer Unterton mit, der auch Lisa nicht entging. In besänftigendem Tonfall antwortete sie: „Natürlich, du hast Recht. Ich dachte nur, dass wir so ein bisschen Abwechslung reinbringen. Dann lernt jede, auch mal auf andere Dinge zu achten als das eigene Spezialgebiet. Meinst du nicht?"

Kurz blieb es still, und Elena spürte, wie die Feuerbändigerin zögerte.

„Von mir aus", murmelte sie dann mürrisch und wandte sich ab, um seewärts davonzustapfen. Auch die anderen beiden machten sich jetzt auf den Weg, jede in ihren zugewiesenen Bereich, und nur die Wasserbändigerin blieb noch einen Augenblick lang stehen und verfolgte die Schritte ihrer feurigen Freundin mit nachdenklichem Blick. Wieder kam ein unbehagliches Gefühl in ihr auf, das sie nicht so wirklich erklären konnte. Sie wusste nicht warum, aber die naheliegende Vermutung, dass es sich bei Sofias Einwand gerade nur um eine simple Trotzattacke gehandelt hatte, wollte ihr einfach nicht in den Kopf gehen. Mit einem leisen Seufzen verwarf die Hüterin ihre ins Nichts führenden Spekulationen und setzte sich ebenfalls in Bewegung, wobei sie wie vereinbart auf das kleine Baumgrüppchen zusteuerte, das sich auf der von ihr aus gesehen linken Seite des offenen Platzes befand. Einige Meter daneben hatte Laura sich bereits daran gemacht, die am Fuße eines kleinen Hügels aus dem Boden ragenden, bräunlichen Felsspitzen zu untersuchen, und wenn Elena den Kopf nach rechts wandte, konnte sie in einiger Entfernung Sofias Gestalt ausmachen, die aufmerksam am Ufer des beschaulichen Sees entlangging. Aus einem spontanen Impuls heraus blieb die unverwandelte Bändigerin einen Moment stehen und betrachtete die Szene gedankenverloren. Das Wasser lag ganz still da und funkelte geheimnisvoll im Licht der gerade untergehenden Sonne. Der Anblick war so schön, dass Elena für einige Sekunden ihre Aufgabe vergaß und sich im Türkis des leise ans Ufer schwappenden flüssigen Wunders verlor, das in der Tiefe immer mehr in ein ozeangleiches Blau überging.

„Wow …", hauchte sie unbewusst und wandte sich dann, als sie sich ihres Starrens bewusst wurde, hastig ab, um sich zu konzentrieren. Sie hatte jetzt Wichtigeres zu tun, als wieder einmal festzustellen, dass die Tiergeister definitiv das richtige Element für sie ausgewählt hatten. Mit einem tiefen Atemzug machte sich die Wasserbändigerin jetzt also an den grünen Laubbäumen zu schaffen. Andächtig fuhr sie mit dem Finger über die dunkle Rinde der vordersten Pflanze und stellte fest, dass dieses Exemplar trotz seiner geringen Größe schon sehr alt sein musste. Stamm und Äste waren breit und durch zahlreiche Einkerbungen und Unebenheiten vom Wetter gezeichnet, und an manchen Verzweigungen waren bereits knorrige, knotenähnliche Aufwölbungen zu sehen. Trotzdem machte der Baum einen ziemlich gesunden Eindruck, zumindest soweit sie als Laie das beurteilen konnte. Nach und nach begutachtete die Hüterin die einzelnen Gewächse, von denen es in dem Wäldchen insgesamt nur acht Stück waren, und kam zu dem Schluss, dass es sich bei den meisten davon um Weiden handelte. Aber auch eine Buche und eine kleingeratene Linde waren darunter, und ganz hinten stand etwas verdeckt vom Rest eine alte Kastanie, die bereits einige stachelige Früchte an den etwas über Kopfhöhe endenden Zweigen trug. Als sie ihre Inspektion soweit abgeschlossen hatte, trat Elena aus der kleinen Baumgruppe heraus und sah sich suchend nach den anderen um. Sofia stand schon wieder auf dem Fleckchen freier Wiese, auf dem sie angekommen waren, und betrachtete ein wenig gelangweilt das Gras unter ihren Füßen. Auch Laura tauchte gerade hinter ihr aus dem die ganze Fläche umrahmenden Gebüsch auf und zupfte sich einige Blätter aus den Haaren, während sie auf die wartende Feuerbändigerin zustakste. Und was war mit Lisa? Der Anblick ihrer nun völlig anders aussehenden Klassenkameradin stach der Wasserbändigerin immer noch ungewohnt ins Auge, als sie das zentral auf der Lichtung knieende Mädchen fokussierte. Den Blick fest auf das Objekt vor sich gerichtet fuhr die Erdbändigerin mit beiden Händen über die glatte Oberfläche eines rosafarbenen Quarzkristalls, der einfach so mitten auf der Ebene stand. Sie schien so gebannt, dass sie alles andere um sich herum gar nicht mehr wahrnahm und Elena rang sich ein schiefes Lächeln ab. Diese enorme Faszination war schon ein wenig schräg, andererseits aber vielleicht gar nicht so abwegig, denn immerhin befanden sie sich an einem ganz besonderen Ort und Lisa war ohnehin sehr schnell für alles Mögliche zu begeistern.

Die bislang untätig zusehende Hüterin entschied, ihrer Kollegin noch ein bisschen Zeit zu geben, und wandte sich dann ab, um sich zu ihren anderen beiden Freundinnen zu gesellen. Laura lächelte, als sie die auf sie zugehende Elena erblickte, und diese erwiderte das Lächeln, bis es auf einmal ruckartig vom Gesicht der Luftbändigerin verschwand und blankem Entsetzen wich. Den Mund zu einem lautlosen Schrei geöffnet hob sie den Arm und zeigte auf etwas, das sich offenbar hinter Elenas Rücken abspielte. Auch Sofia schnappte mit erschrocken geweiteten Augen nach Luft und schien wie erstarrt. Eine Reaktion, die bei ihr wirklich nur in Extremsituationen vorkam und deshalb umso alarmierender wirkte. Elena wollte sich eilig umschauen, um herauszufinden, was denn der Grund für diese plötzliche Bestürzung sein mochte, doch so weit kam sie gar nicht. Noch bevor die Wasserbändigerin sich zur Hälfte umgedreht hatte, durchzuckte sie ein höllischer Schmerz und sie knickte ein, als hätte ihr jemand einen Schlag in die Magengrube verpasst. Automatisch griff sie nach der Kette um ihren Hals und stellte fest, dass diese glühte, aber nicht so bekräftigend und wohltuend wie sonst. Vielmehr glich es einem schrecklichen Brennen, und es fühlte sich an, als würde das Amulett ihr Energie rauben, anstatt ihr welche zu verleihen. Das Gesicht zu einer gequälten Grimasse verzogen, vollendete die schwer atmende Hüterin ihre Kehrtwende, suchte die dämmrige Lichtung mit zusammengebissenen Zähnen nach der Ursache ihres Leidens ab und erstarrte vor Schreck, als sie sie gleich darauf tatsächlich entdeckte.

Lisa hatte ein beinahe schwertähnliches Messer aus ihrer Weste hervorgeholt und hackte damit wieder und wieder auf den Rosenquarz ein. Jedes Mal, wenn sie die scharfe Klinge in den Kristall schlug, durchfuhr Elena eine weitere Welle markerschütternden Schmerzes und ließ sie erzittern; wie sie aus dem Keuchen hinter sich schloss, erging es Laura und Sofia nicht anders.

„Lisa, hör auf!", brüllte die Wasserbändigerin jetzt aus vollem Halse und begann, so gut es ihr mit dem wiederkehrenden Stechen in ihrem Körper möglich war, auf das Mädchen zuzurennen, das immer noch wie eine Irre auf den Stein einhieb. Was war bloß in sie gefahren? Die Erdhüterin ignorierte nach wie vor Elenas Rufe und zertrümmerte weiterhin den Quarzblock, in den sich bereits immer tiefer werdende Risse eingruben. Erst, als die blonde Teenagerin schwer atmend neben ihr auf die Knie fiel und ihr das Messer aus der Hand schlug, blickte sie auf. Ein bedrohliches Grinsen zierte ihr Gesicht und wurde immer breiter, als Elena schockiert rückwärts taumelte und dabei das Gleichgewicht verlor, sodass sie rücklings zu Boden stürzte und den Aufprall gerade noch mit ihren Unterarmen abfangen konnte. Eilig rappelte sie sich wieder auf und wich vor Lisa zurück, die ebenfalls aufgestanden war und jetzt Schritt für Schritt näherkam.

„Oh Elena", hauchte sie in gespielt mitleidigem Ton und ihr Blick wurde spöttisch.

„Darauf warst du wohl nicht vorbereitet, oder?"

„Lisa, was tust du da? Hör auf damit!"

Die Stimme der Wasserbändigerin zitterte ein wenig, trotz aller Bemühungen, sich ihre Furcht nicht anmerken zu lassen.

Flehentlich fixierte sie abwechselnd das linke und rechte Auge ihres Gegenübers und suchte darin nach einer Spur des Charakters, den sie kennengelernt hatte, konnte aber nichts finden. Das dunkelhaarige Mädchen beobachtete ihre kläglichen Umstimmungsversuche mit kaum verschleierter Belustigung.

„Du hast es wirklich nicht begriffen, oder? Ich bin nicht mehr Lisa. Genau genommen war ich es auch noch nie. Eure kleine Freundin hat nie existiert."

„Und wer bist du dann?", zischte da plötzlich eine weitere Stimme und kaum eine Sekunde später tauchte Sofia neben Elena auf, die Hände drohend auf die unbekannte Person vor sich gerichtet. Ihre Augen sprühten vor Zorn über diesen Verrat und man konnte sehen, dass es nur das Bedürfnis nach Antworten war, das sie davon abhielt, ihr Gegenüber auf der Stelle anzugreifen.

„Los, antworte ihr!", kam es jetzt auch knurrend von Laura, die dieselbe Haltung wie Sofia eingenommen hatte und sich nun offenkundig wütend vor der ehemaligen Verbündeten aufbaute. In ihrem Blick blitzte bittere Enttäuschung, scheinbar hatte sie Lisa wirklich gemocht.

Dass das nicht auf Gegenseitigkeit beruhte, zeigte sich allerspätestens im nächsten Moment, als besagte Verräterin höhnisch zu lachen begann.

„Wer ich bin? Nun gut, wenn du das wirklich wissen willst … Ich habe dich gewarnt!"

Und noch bevor irgendeine der drei Freundinnen reagieren konnte, schleuderte die falsche Lisa einen Schwall schwarzen Rauchs aus ihrer Handfläche auf die Luftbändigerin und schmetterte diese mit einem krachenden Geräusch zu Boden. Lauras Körper erzitterte und sie stöhnte schmerzvoll auf, während sie sich vergeblich aufzurappeln versuchte. Elena, die sich jetzt endlich aus ihrer Schockstarre befreit hatte, reagierte geistesgegenwärtig und stellte sich schützend vor ihre Freundin, wobei sie die verräterische Gestalt vor sich nicht aus den Augen ließ. Wer immer sie war, ihr Handeln war unberechenbar und das machte sie gefährlich. Sie mussten unbedingt ihre Motivation erfahren, wenn sie gegen sie eine Chance haben wollten. Deshalb fragte die Wasserbändigerin weiter: „Ich nehme dann mal an, du bist auch nicht die Erdbändigerin, oder?"

„Scharf kombiniert", grinste die hinterhältige Magierin, bevor sie ungerührt fortfuhr: „Mein Name ist Slavia, aber ich erwarte nicht, dass euch das irgendetwas sagt. Und ja, meine Kräfte beziehen sich auf weit mehr als nur Dreck und Grünzeug."

Ihr Blick huschte zu dem Armband an ihrem Handgelenk und ihr schreckliches Grinsen wurde noch eine Spur finsterer.

„Aber genug geredet. Es wird Zeit, dass ihr den Rest selbst herausfindet. Man lernt schließlich am besten durch Erfahrung, nicht wahr?"

Während sie sprach, wurde ihre Stimme immer lauter, dennoch gingen ihre letzten Worte beinahe in einem ohrenbetäubenden Rauschen unter, als plötzlich überall um sie herum die Erde aufriss und dunkler Qualm in Massen aus dem Boden strömte. Wie auf Kommando nahmen die drei Bändigerinnen eine Verteidigungshaltung ein und drängten sich Rücken an Rücken zusammen, die Herzen rasend vor Anspannung und Ungewissheit. In fliegender Hast suchten sie ihr Umfeld mit den Augen nach Slavias Figur ab, die mit einem schaurigen Nachhall ihres schadenfrohen Lachens in den sich rasch ausbreitenden Rauchschwaden verschwunden war. Elena hörte Laura hinter sich keuchen und verspürte einen sorgenvollen Stich in der Brust, dem sie gerade allerdings keine Aufmerksamkeit schenken konnte. Hektisch scannte sie wieder und wieder ihr Blickfeld und hielt sich in Stellung, jederzeit bereit, ihre Gegnerin anzugreifen.

„Widerliches Miststück! Ich wusste doch, dass wir ihr nicht vertrauen können!", fluchte Sofia halblaut vor sich hin und fügte dann etwas leiser hinzu: „Ich bin mir fast sicher, dass sie noch mehr als das hier in petto hat, also passt bloß auf!"

Die Wasserbändigerin musste ihr Recht geben und versuchte, die Schuldgefühle zu verdrängen, die sich in ihr zusammenballten. Warum hatte sie nur nie auf ihr ungutes Bauchgefühl gehört? Sie hätte all das hier verhindern können!

Dafür war es jetzt jedoch zu spät, denn schon ertönte wieder Slavias Stimme aus dem dichten Qualm, der sich auf der gesamten

Fläche ausgebreitet hatte und den Bändigerinnen die in der hereinbrechenden Dunkelheit ohnehin schon schwierige Sicht raubte.

„Ihr dummen kleinen Kinder. Wie die Anfänger in die Falle getappt! Aber keine Sorge, es dauert nicht mehr lange. Nur noch ein paar Minuten, dann braucht ihr euch um eure kostbaren Tamers keine Sorgen mehr zu machen!"

Die Stimme lachte zynisch und sog dann mit einem Mal scharf die Luft ein, als erste Strahlen von Mondlicht das neblige Dunkel durchbrachen. Elena, deren Herz ihr immer noch bis zum Hals schlug, meinte, ein leises Fluchen zu vernehmen, als eine Gestalt ganz nahe an ihr vorbeihastete und sich auf die Mitte der Lichtung zubewegte.

„Der Kristall!", schoss es ihr durch den Kopf und sie gab ihre Deckung auf und rannte los. Hinter sich hörte sie Sofia und Laura atmen, die ihrem Beispiel nach ebenfalls die Verfolgung aufgenommen hatten. Ihr Gehirn ratterte im Takt ihrer Schritte und zermarterte sich selbst auf der Suche nach Lösungen. Was wollte dieses dämonische Mädchen bezwecken? Die Element Tamers zerstören? Ihnen ihre Kräfte nehmen?

Die Hüterin erschauderte, zwang sich aber zur Konzentration. Slavia wollte den Rosenquarz zerstören und sie hatte sich über das Erscheinen des Mondlichts geärgert. Hatten diese Dinge etwas mit der Elementmagie zu tun? Die zwielichtige Bändigerin, auch wenn sie keine Erdbändigerin war, besaß zweifellos mächtige magische Kräfte, und diese waren scheinbar mit Rauch verbunden. Aber konnte es wirklich so einfach sein? Elenas Herz setzte für einen Schlag aus, nur um anschließend doppelt so schnell gegen ihre Brust zu hämmern, während ihr etwas Übles bewusst wurde. Sie hatte diese Art von Qualm schon öfter gesehen, und auch das, was er mit sich brachte …

„So, jetzt reichts mir!"

Lauras Worte glichen einem erbosten Knurren, als sie abrupt stehen blieb und die Arme ruckartig von sich streckte. Ein Windstoß breitete sich ringförmig um sie herum aus und fegte den Rauch bis an den Rand der Wiese, sodass wieder freie Sicht herrschte und die Mädchen gierig die frische Luft einsogen. Der

Mond war inzwischen vollständig aufgegangen und warf sein bleiches Licht in flachem Winkel über das Gebüsch, was zeigte, dass er sich noch am Anfang seiner langen Reise über den Nachthimmel befand. Die Luftbändigerin hatte die Augen angesichts ihres Erfolges triumphierend zu Schlitzen verengt, erstarrte jedoch im nächsten Moment mitten in der Bewegung und blieb wie angewurzelt stehen, als auch sie erkannte, welche fatale Bedrohung hier wirklich auf sie wartete. Sie hatte es in dem einen winzigen Augenblick begriffen, in dem sich die Kleidung des fremden Mädchens verschoben und das zuvor verborgene Zeichen für knappe zwei Sekunden offenbart hatte.

Slavia war wenige Meter vor dem kostbaren Stein zum Stehen gekommen und blickte verärgert zurück auf die beiden übrigen Hüterinnen, die weiterhin in schnellem Tempo auf sie zuliefen.

„Ihr schon wieder! Könnt ihr nicht einfach einmal Ruhe geben?"

Ihr Tonfall war nun nicht mehr hämisch und überlegen wie zuvor, sondern wurde zunehmend wütender. Scheinbar hatte sie erkannt, dass ihre Gegnerinnen doch nicht ganz so leicht abzuschütteln waren, wie sie gedacht hatte. Sofia neben Elena schnaubte zornig und wollte sich auf ihre Feindin stürzten, aber die Wasserbändigerin packte sie am Arm und zerrte sie zurück.

„Nicht!", zischte sie ihr ins Ohr, „du weißt nicht, worauf du dich einlässt!"

Die Feuerbändigerin, die als einzige scheinbar immer noch nicht eins und eins zusammengezählt hatte, starrte ihre Mitstreiterin verwirrt an.

„Deine kleine Freundin hat Recht", verkündete Slavia laut und hatte bereits in der nächsten Sekunde wieder ihr diabolisches Grinsen im Gesicht, fast so, als wäre ihr selbst gerade erst wieder ihre eigene Macht bewusst geworden.

Dann ging alles ganz schnell. Urplötzlich machte die dunkle Bändigerin einen Satz nach vorne, der die Mädchen zurückzucken ließ und riss die Arme nach oben. Ein lautes Donnern ertönte, gefolgt von einem dröhnenden Brüllen, und im nächsten Augenblick schossen fünf riesige Masken aus den Erdrissen

hervor und formten einen schwebenden Halbkreis um ihre finstere Herrin, die sich besitzergreifend vor dem Kristall positio-
niert und diesem den Rücken zugewandt hatte.

„Nein …", flüsterte Sofia entsetzt und schien für einen Moment wie versteinert.

„Oh doch", entgegnete Laura und trat nun, da sie sich offenbar
von ihrem ersten Schock erholt hatte, ebenfalls zu ihren Freundinnen. Mit grimmiger Miene glitt ihr Blick abermals zu dem Zeichen
auf Slavias Shirt, das nun vollständig zu sehen war und im Mondlicht gefährlich schimmerte. Eine gestochen scharfe, dunkelviolett
glühende Maske. Natürlich. Noch bevor eines der drei Mädchen
etwas Weiteres sagen konnte, rauschte das erste Scheusal auf Slavias
Kommando hin auf sie zu und der Kampf begann. Die Bändigerinnen stoben auseinander und konnten dem Ungetüm gerade noch
ausweichen, das sich jedoch sofort umdrehte und sie erneut angriff.
Aus seinem weit aufgerissenen Maul spie es dunkellila Kreiswellen auf die drei und verfehlte sie nur knapp dank eines wirbelnden
Schutzschilds, den Laura in allerletzter Sekunde erscheinen ließ.
Schnell löste sie ihn wieder auf und sah sich über die Schulter zu
ihren Freundinnen um, um ihnen zuzurufen: „Seid ihr okay?"

Doch kaum hatte sie das letzte Wort zu Ende gesprochen,
wurde sie selbst von einer der Wellen getroffen und sackte augenblicklich stumm zu Boden. Ihre Miene wurde starr und sie
begann, wirres Zeug vor sich hin zu murmeln, während ihr unkontrolliert die ersten Tränen aus den Augen rannen.

Elena standen sämtliche Härchen zu Berge vor Grauen, als
sie mitansehen musste, wie ihre Freundin wie ferngesteuert den
Kopf zu der Maske drehte und ihr in die glühenden Augenhöhlen starrte. Die Luftbändigerin begann jetzt heftig zu zittern und
ihr Murmeln wurde immer schneller. Die Tränenbäche auf ihren Wangen verwandelten sich in wahre Ströme und liefen hem-
mungslos über ihr blasses Gesicht, und ihr Atem ging immer flacher und sehr schnell, als wäre sie kurz davor, an ihrer eigenen
Panik zu ersticken. Dieser grauenvolle Anblick brachte etwas in
Elenas Innerem zum Klicken und mit einem Mal verwandelte sich
ihr Schrecken in unbändige Wut. Wie konnte diese Verräterin es

wagen! Energisch formte sie mit beiden Händen eine Wasserkugel und schleuderte diese mit aller Kraft auf das Monster, um es so weit wie möglich von Laura weg zu stoßen. So war zumindest ihr Plan gewesen. Was stattdessen wirklich geschah, glich allerdings eher einem lächerlichen Kinderspiel als einer tatsächlichen Attacke. Müde klatschte der tennisballgroße Wassertropfen gegen die rechte Wange der Maske und floss dann schlaff in kleinen Rinnsalen daran herunter, ohne das Vieh auch nur um einen Millimeter zu bewegen. Elena starrte mit bestürzter Miene abwechselnd auf ihre Hände und dann auf das Ungeheuer, welches sich nun langsam zu ihr umwandte und dabei den Blickkontakt zu Laura unterbrach, woraufhin diese japsend auf dem Boden zusammensackte und nach Luft schnappte. Die Wasserbändigerin konnte es immer noch nicht fassen. War das etwa schon alles? War sie wirklich so schwach geworden?

Mehr Zeit, darüber nachzudenken, blieb ihr allerdings nicht, denn obwohl ihre mickrige Wasserbombe keinerlei Schaden verursacht hatte, so hatte sie doch ausgereicht, um das Monster gehörig zu reizen. Mit einem markerschütternden Brüllen raste das schreckliche Wesen auf seine Widersacherin zu, welche nun Hals über Kopf die Flucht ergriff. So schnell sie konnte rannte Elena über die Wiese und steuerte spontan auf das Zentrum der Seelichtung zu, mit dem vagen Ziel, irgendwie den mysteriösen Kristall zu erreichen. Dicht hinter sich konnte sie die Maske über das Gras rauschen hören und wich mit einigen schnellen Haken knapp den wiederkehrenden Schallwellen aus, wobei ihr Körper vor Adrenalin bebte. Fast hatte sie es geschafft, noch etwa drei Meter trennten sie von dem mächtigen Objekt, von dem sie sich in einem unerklärlichen Wahn Rettung versprach, als die Hüterin plötzlich fest am Knöchel gepackt und gewaltsam zu Boden gerissen wurde. Sie schrie auf, mehr aus Angst als aus tatsächlichem Schmerz und trat wild um sich in dem Versuch, die rankenähnliche Schlinge aus schwarzem Qualm abzuschütteln, die sich um ihr Bein gelegt hatte. Slavia, die das andere Ende des dunklen Taues in ihrer Hand hielt, ließ erneut ein boshaftes Lachen hören und brachte die nun nicht mehr zur

Verfolgung benötigte Maske mit einem Schlenker ihres Zeigefingers zum Halt, um die kläglichen Wehrversuche ihres Opfers noch ein wenig länger beobachten zu können.

„So nicht, meine Liebe. Den Kristall überlässt du schön mir." Das seilartige Ding schnürte sich unterdessen immer fester zu und Elena fühlte sich so schwach und hilflos wie nie zuvor, als sie mit einem dünnen Wasserärmchen auf die Schlinge einhieb und damit nicht die leiseste Spur einer Wirkung erzielte. Verzweiflung und Wut vermischten sich in ihrem Bauch zu einem schmerzhaften Klumpen und hätten ihr ebenfalls die Tränen in die Augen getrieben, wenn sie sich nicht zusammengerissen und verbissen weitergekämpft hätte. Endlich, nach einer gefühlten Ewigkeit, die in Wirklichkeit nur ein paar Sekunden gedauert hatte, kam Laura zu ihrer Hilfe angerannt und zerstreute die Rauchschwaden mit einem einzigen, gut platzierten Windstoß, was ihrer Gegnerin ein verärgertes Fauchen entlockte. Die finstere Bändigerin riss den Arm herum und hetzte den nächstbesten ihrer dämonischen Diener auf die beiden Mädchen, die sich hastig mit einem Luftschild zu schützen versuchten. Die Maske prallte dagegen und die unsichtbare Barrikade erzitterte. Es war klar, dass sie diesem Druck nicht lange standhalten würde.

„Alles okay bei dir?", erkundigte sich Laura etwas außer Atem und zog Elena mit einer Hand wieder auf die Beine, welche auf ihre Frage nur verbittert nickte.

„Gut. Pass bitte auf dich auf und geh kein Risiko ein! Sofia und ich schaffen das schon", trichterte ihr die Luftbändigerin eilig ein und bedachte sie mit einem schnellen, aber durchdringenden Blick, bevor sie mit einem Satz hinter ihrem zerbrechenden Schutzwall hervorsprang und sich wieder in den Kampf stürzte, um die für einen Augenblick abgelenkte Slavia von der Seite anzugreifen. Sofia war unterdessen damit beschäftigt, drei Masken auf einmal mit kurzen Feuerstößen auf Abstand zu halten. Ihre Gesichtszüge waren angespannt und ihr Atem ging schwer. Es war offensichtlich, dass sie das so nicht mehr besonders lange durchhalten konnte. Elena juckte es in den Fingern und sie fuhr sich frustriert durch die Haare. Sie musste doch irgendetwas tun können! Da kam ihr ein Gedanke und sie sah sich verstohlen um. Mit einem kurzen Blick vergewisserte sie sich, dass Slavia sich nun vollständig ihren beiden Freundinnen zugewandt hatte und wich dann langsam zurück, permanent sorgsam darauf bedacht, keine Aufmerksamkeit mehr auf sich zu ziehen. Gleichzeitig bewegte sie sich unauffällig ein wenig seitwärts und erreichte so einen Punkt, von welchem aus sie den beschädigten Kristall vollständig aus nicht allzu großer Entfernung betrachten konnte. Die größte Einkerbung zog sich einmal vom oberen Ende des Steins bis fast ganz hinunter zum Boden und war augenscheinlich mehrere Zentimeter breit. Von ihr ausgehend führten weitere, kleinere Risse tiefer in das Gestein und verdunkelten seine Farbe, sodass es so wirkte, als sickere violettes Gift langsam hinein und zerstöre den im Mondschein geheimnisvoll schimmernden Edelstein von innen.

Der Anblick ließ Elena erschaudern und ohne bewusst darüber nachzudenken, umschloss sie mit ihren Fingern das Schmuckstück an ihrem Hals. Ein kurzes Flackern durchzuckte den Anhänger und im nächsten Augenblick wurde die Wasserbändigerin abrupt aus ihrem Bewusstsein fortgerissen, wobei sich von außen betrachtet ein bläulicher Glanz über ihre Augen legte, ähnlich wie es zuvor schon einmal bei Laura geschehen war. In ihrem Kopf herrschte zunächst Stille, die einen Herzschlag später bis zum Bersten von etwas angefüllt wurde, das sich anfühlte wie schweres, klares Wasser. Es waren jedoch Worte, die sich stetig echoartig wiederholten und wie eine Beschwörungsformel auf sie eindrückten, bis ihr davon fast schwindelig wurde und sie beinahe versucht war, sich mit Eigeninitiative aus dieser visionsartigen Sequenz zu befreien.

Geh zum Wasser! Finde den Ort, an dem alles angefangen hat!

Elena stockte der Atem, als sie etwas Vertrautes zu erkennen glaubte.

War das Nimo?! Die Stimme, die in ihrem Inneren ertönte, klang definitiv nach ihm, wenngleich sie lange nicht so klar und deutlich zu hören war wie in der Vergangenheit. Es schien fast so, als riefe er aus weiter Entfernung nach ihr, als schallten seine Worte durch die Gänge einer tiefen Tropfsteinhöhle zu ihr herauf. Aus einer Höhle unter Wasser …

Zurück zum Anfang! Natürlich!

Wie elektrisiert fuhr die Wasserbändigerin aus ihrer Trance und stürzte los. Mit nahezu fliegenden Beinen steuerte sie geradewegs auf den See zu und spürte mit jedem Schritt deutlicher den Ruf, den das unergründlich scheinende Gewässer ihr seit ihrer Ankunft entgegenschickte. In ihrer Aufregung über diese mögliche Lösung, die sie nun gefunden zu haben glaubte, wäre Elena beinahe tatenlos an ihren immer noch kämpfenden Freundinnen vorbeigelaufen. Dann aber vernahm sie, wie Sofia ihrer Mitstreiterin mit vor Anstrengung heiserer Stimme etwas zuschrie, worauf die Luftbändigerin nur erschöpft und halb außer Atem antworten konnte und gleichzeitig mit einem weiteren Windwirbel eine Kreiswelle von sich ablenken und auf Slavia zurückschleudern musste. Ihre Worte wurden fast vollständig vom Gekreische der Masken übertönt, die erbarmungslos mit ihren hässlichen Fratzen auf die Mädchen einstürmten.

Unschlüssig hielt die unverwandelte Wasserhüterin in ihrer Bewegung inne und beobachtete das Geschehen für einige Sekunden zögernd. Beim Anblick der sich verteidigenden Elementbändigerinnen, die bereits gefährlich nahe am Ende ihrer Kräfte zu sein schienen, durchflutete sie ein Anflug von schlechtem Gewissen und sorgte dafür, dass sie kurzerhand beschloss, ihren Plan noch einen winzigen Moment aufzuschieben. Sie konnte ihre Freundinnen jetzt nicht sich selbst überlassen, zumindest nicht im absolut ungleichen Gefecht mit so vielen Gegnern. Slavia ließ mittlerweile alle Dämonenwesen gleichzeitig auf die Mädchen los und benutzte eine fiese Taktik, bei der sie die Monster so steuerte, dass sie die Bändigerinnen eng umkreisten und abwechselnd in einer nicht vorhersehbaren Reihenfolge vorschnellten, um nach ihren Opfern zu schnappen oder sie mit ihren Psychowellen zu bombardieren. Elena musste schnellstens etwas unternehmen, auch wenn ihr ihre magischen Kräfte dieses Mal nicht helfen konnten. In ihren eiligen Überlegungen versunken zupfte das Mädchen an dem Haargummi an ihrem Handgelenk und hielt mitten in der Handlung inne, als ihr plötzlich ein genialer Gedanke kam. Rasch ließ sie den Blick über den Boden schweifen und fand zu ihrem Glück sogleich, was sie suchte. Eine Ansammlung von kleinen Kieselsteinchen, die im Gras auf dem Boden lagen. Mit einer flinken Bewegung hob die clevere Teenagerin einen davon auf und zog sich gleichzeitig das Gummi vom Arm, welches sie noch im selben Atemzug zwischen Zeige- und Mittelfinger spannte und den Kiesel hineinlegte.

„He, ihr da!", schrie sie so laut sie konnte über den Lärm hinweg, zielte und ließ los, sobald sich die ihr am nächsten schwebende Maske umgedreht hatte. Mit einem leisen Klackern prallte der Brocken gegen die steinerne Wange des Ungetüms und ließ die Kämpfenden für einen Augenblick verdutzt innehalten. Dann entsandte das getroffene Scheusal wie schon beim letzten Mal einen bestialischen Schrei und stürzte gefolgt von einem seiner Artgenossen auf die Wasserbändigerin zu, die sich augenblicklich auf der Ferse herumdrehte und lossprintete, den See als ihr finales Ziel ständig vor Augen.

„Wenn ich schon vorübergehend abhauen muss, dann kann ich doch wenigstens ein paar Störenfriede mitnehmen!", dachte Elena und verspürte einen Anflug von Triumph, als sie am Ufer absprang und mitsamt ihrer Kleidung kopfüber ins Wasser tauchte. Die plötzliche Kälte um sie herum betäubte für einige Sekunden ihre Wahrnehmung, während sie sich so rasch wie in der trägen Strömung möglich umwandte und sah, dass die beiden Masken bei dem Versuch, ihr zu folgen, im festen Griff einiger Seepflanzen stecken geblieben waren und sich nun mit wütenden Bissen daraus zu befreien bemühten. Zufrieden kehrte die Hüterin ihnen den Rücken zu und tauchte tiefer hinab, wobei sie anfangs eigenständig voranruderte und sich irgendwann nur noch passiv von ihrem eigenen Gewicht nach unten ziehen ließ. Sicher, das bisschen Algen würde die beiden Monster nicht länger als ein paar Minuten festhalten können, aber immerhin die hatte sie ihren kämpfenden Freundinnen verschaffen können. Nun musste sie sich um ihr eigenes Element kümmern und darauf konzentrierte Elena all ihre Gedanken, während sie sich langsam auf den Grund des Sees sinken ließ und damit dem Entstehungsort ihres Tamers immer näherkam.

40. KAPITEL

Das Wasser um Elena herum wurde immer dunkler, je tiefer sie hinabsank. Bald hatte die sie umgebende Schwärze die der draußen hereingebrochenen Nacht übertrumpft und verhinderte, dass das blonde Mädchen irgendetwas in seinem Umfeld sehen konnte. Trotzdem verspürte Elena keine Angst oder Unruhe, wie sie da in der kühlen, trägen Strömung dahinglitt. Im Gegenteil. Jetzt, da die Hektik und das Geschrei des Kampfgetümmels an der Oberfläche in weite Ferne gerückt waren, breitete sich eine merkwürdige Ruhe in Elena aus. Sie spürte, dass sie hier richtig war, gleich würde etwas geschehen, und es würde ihr hoffentlich Antworten auf einige ihrer vielen Fragen liefern. Wie gerufen strahlte der blaue Stein ihrer Kette mit einem Mal hell auf und zog sie erneut in eine Vision, als die Bändigerin in der Schwerelosigkeit des Wassers danach griff. Sobald das Gefühl der betäubenden Kälte nach wenigen Sekunden nachließ, schlug die Hüterin die Augen auf und sah sich erwartungsvoll in ihrer neuen Umgebung um. Mit einem Anflug von Nostalgie stellte sie fest, dass sie sich tatsächlich wieder in derselben Unterwasserhöhle befand, in der sie ihre erste Vision gehabt hatte, mit dem einzigen Unterschied, dass diese nun um einiges größer wirkte und außerdem ein paar seitliche Nebenräume dazugewonnen zu haben schien. Kurz durchzuckte sie der Gedanke, dass dies etwas mit der Weiterentwicklung ihrer magischen Fähigkeiten zu tun haben könnte, was sie allerdings sofort verwarf, da sie ja hier war, um eben diese zurückzuerlangen. Zumindest sagte ihr das ihr Bauchgefühl, und wie sie ja nun aus schmerzlicher Erfahrung mit *Lisa* wusste, war es gut, darauf zu hören.

Mit einer leichten Bewegung ihrer Beine schob Elena sich durch das inzwischen nicht mehr eiskalte, sondern nur noch angenehm kühle Wasser und begann, die Grotte mit den Augen nach Nimo abzusuchen. Sicher musste er hier irgendwo sein, denn wer sonst hätte sie an diesen Ort rufen können? Nach wenigen

Schwimmzügen entdeckte die Jugendliche in einiger Entfernung tatsächlich einen schwachen Lichtschimmer und ruderte energisch darauf zu. Erleichterung und zugleich Sorge keimten in ihrem Herzen auf. Einerseits war sie froh, dass es ihrem Tiergeist einigermaßen gut zu gehen schien und dass er nun endlich hier war, andererseits fragte sie sich, was ihm geschehen sein musste, dass ihre Verbindung derart geschwächt worden war. Die Erleichterung siegte endgültig, als sie sah, wie die Umrisse des Delfins mit jedem schwindenden Meter der Distanz kräftiger wurden, bis aus seinem sachten Schimmern wieder das altbekannte, funkelnde Leuchten geworden war. Elena, die nun genau vor ihrem Tiergeist schwebte, erhob vorsichtig die Stimme: „Nimo?"

Die Augenlider des Delfins schnellten sofort nach oben, als er den vertrauten Klang seiner Hüterin vernahm und eine unbändige Freude spiegelte sich in den dahinter liegenden Knopfaugen wider. „Endlich!", flüsterte er mit glänzendem Blick und blinzelte dann ein paar Mal, um sich wieder zu fassen.

„Wo warst du? Geht es dir gut?", fragte die Wasserbändigerin nun einfach geradeheraus und betrachtete ihn besorgt, woraufhin der Geist nur seufzte und ein wenig ungeduldig mit der Schwanzflosse zuckte.

„Ich freue mich wirklich, dich zu sehen, Elena, aber die Erklärungen müssen noch etwas warten. Jetzt musst du unbedingt zurück an die Oberfläche und Slavia aufhalten. Ich wünschte, ich hätte dich früher vor ihr warnen können!"

Für einen kurzen Moment waren Schuldgefühle in seinem Gesicht zu erkennen, die er jedoch gleich darauf abschüttelte und fortfuhr:

„Deine Kräfte sind jetzt wieder einsatzbereit, nachdem sich diese seltsame Blockade so unverhofft gelöst hat. Du weißt, was zu tun ist. Denk daran: Nur vier Elemente bilden ein Ganzes und können Gleichgewicht herstellen!"

Elena wollte noch viel mehr sagen, wollte ihn jetzt gleich um Erklärungen bitten und ihn fragen, wie sie gegen Slavia bestehen konnten, doch schon erfasste sie erneut der interdimensionale Strudel und beförderte sie aus der Höhle zurück in die tiefen Gewässer des Sees, wo ihr die fast vergessene Kälte zum zweiten Mal einen Schauer über den Rücken jagte. Wieder war sie nun hier, in der Dunkelheit am untersten Ende einer gewaltigen Wassermasse, und schwebte schwerelos in der Stille. Doch auch wenn es von außen so scheinen mochte, als hätte sich nichts an der Situation verändert, so hatte sich diese doch in Wahrheit um einhundertachtzig Grad gedreht. Elena spürte es tief in ihrem Inneren, spürte, wie ihre Kräfte in sie zurückkehrten und sich den Weg durch ihren gesamten Körper bahnten wie ein gewaltiger Fluss, der nach langer Zeit einen Staudamm durchbrochen hat. Es war ein unvergleichliches, berauschendes Gefühl und sie genoss es in vollen Zügen, nahm sich jedoch nicht die Zeit, weiterhin tatenlos zu verweilen. Voller Elan und ungewohnter Selbstsicherheit ließ sie sich nicht länger mit der Strömung treiben, sondern bemächtigte sich derer und lenkte sie so um, dass sie mit ihr nach oben steigen konnte. Während die Hüterin so flink wie ein Fisch durch das mit zunehmender Höhe wärmer werdende Wasser glitt, formte sich in ihrem Kopf wie von selbst ein Plan, und obwohl sie so noch nie zuvor gebändigt hatte, wusste sie mit intuitiver Sicherheit, dass sie es konnte. Dann, ganz plötzlich, hatte sie die Oberfläche erreicht und durchbrach diese mit einem gewaltigen Spritzen. Geschickt bremste Elena ihren Schwung ab, sobald sie wieder frische Luft auf ihrer Haut spürte und landete leichtfüßig auf dem Wasser, das unter ihrem Gewicht nicht nachgab und ihr gewährte, wie auf einem kühlen Teppich darauf zu stehen. Noch war keine der Kämpfenden auf sie aufmerksam geworden, und so nahm sich die Wasserbändigerin einen Augenblick Zeit, um mit wachen Augen das Geschehen zu überfliegen.

Auf der Seewiese waren beide Parteien noch immer in einen verbissenen Kampf verwickelt, und inzwischen sah es stark nach einem Sieg für Slavia aus. Die dunkelhaarige Teufelin ergötzte sich sichtlich an ihrer Übermacht und spielte mit ihren Gegnerinnen wie eine Katze mit einer erbeuteten Maus spielt. So griff sie erst mit ein bis zwei Masken an und ließ diese nur einzeln vorstoßen, um ihre Opfer in falscher Sicherheit zu wiegen, bevor sie ihnen anschließend die ganze Brigade von Ungetümen auf den Hals hetzte, sobald sie die kleinste Spur von Fahrlässigkeit zeigten. Dazu kam, dass die beinahe zwanzig Minuten ständigen Beschusses leider nicht spurlos an den beiden Elementbändigerinnen vorbeigegangen waren, wie Elena bei knapper, prüfender Betrachtung schmerzlich feststellte.

Laura hatte es dem Anschein nach hart an der Flanke erwischt, denn bei genauem Hinsehen konnte man erkennen, dass sie ein wenig humpelte. Außerdem zierten einige kleinere Kratzer ihre entblößten Arme, wobei diese zum Glück nur oberflächlich waren. Fast so, als läge statt eines Stoffes eine unsichtbare Schutzschicht über den blanken Hautstellen.

Sofia trug einen blutverkrusteten Striemen im Gesicht, der sich von ihrem linken Ohr unter dem Auge bis etwa zur Mitte der Wange zog. Dazu kam ein flacher, aber beachtlich breiter Schnitt an ihrer Schulter. Einzig die maskenbändigende Betrügerin war von dem Gefecht nahezu unbeschadet geblieben. Die Wasserbändigerin spürte Wut in sich aufsteigen über diese Ungerechtigkeit, zwang sich aber entschlossen, diese nicht die Oberhand gewinnen zu lassen. Sie wusste, was sie zu tun hatte, und dazu brauchte sie all ihre Konzentration. Und eine ganz besondere Leidenschaft, die nur ein Elementbändiger verstehen konnte. Mit einem eigenartigen Lächeln auf den Lippen vergewisserte sich Elena, dass immer noch niemand ihre Anwesenheit bemerkt und sie somit den Überraschungsvorteil auf ihrer Seite hatte. Dann breitete sie die Arme zu beiden Seiten aus und begann ihr bislang größtes Bändigerkunststück.

Es war unmöglich in Worte zu fassen, wie es sich anfühlte, die eigene Energie durch die Fingerspitzen aus dem Körper hinausfließen zu sehen und sie außerhalb desselben mit einer elementaren Naturgewalt zu vereinen. Elena hatte noch nie eine solche Lebendigkeit gespürt wie in diesem Moment, als sie eine faszinierend große Menge Seewasser bis über ihren eigenen Kopf anhob und sie dann als gewaltige Welle von sich stieß. Noch in derselben flüssigen Bewegung formte sie zwei Blasen mit Atemluft für ihre beiden Freundinnen und schickte sie hinter dem

Wasserschwall her, der mit seinem lauten Getöse nun endlich die Aufmerksamkeit aller auf dem Schlachtfeld kämpfenden Bändigerinnen auf sich zog. In der Sekunde vor dem Eintreffen flackerten verschiedenste Ausdrücke über ihre Gesichter und wiesen doch nur auf einen Bruchteil der Emotionen hin, die sich dahinter im Inneren der Personen verbargen. Lauras und Sofias Blicke zeigten zum einen Überraschung und Erleichterung, zum anderen aber auch Angst und Verwirrung über das, was hier gerade geschah und dessen unmittelbare Konsequenzen für sie beide. Dabei war ihre Furcht genauso verständlich wie unbegründet, denn die Luftblasen erreichten sie exakt eine Sekunde vor dem Eintreffen der Welle und legten sich wie Helme um ihre Köpfe, um sie vor dem Ertrinken zu bewahren.

Der zuvor siegessicheren Slavia standen Schock und blankes Entsetzen ins Gesicht geschrieben, als sie das monströse Gebilde auf sich zurollen sah, vermischt mit einer gewissen Portion Wut über diesen unvorhergesehenen Gegenschlag. Vor allem aber sah Elena in den Augen ihrer Gegnerin die verbissene Angst vor dem Versagen, die sie beinahe nachempfinden konnte, auch wenn sie das konkrete Ziel des Mädchens gar nicht kannte. Diesen einen Augenblick speicherte die Hüterin des Wassers wie ein Foto in ihrem Gedächtnis ab und würde ihn sicher nie mehr vergessen, da die Erfahrung des ersten Bändigens im großen Stil, die sie damit verband, viel zu intensiv und berauschend, gleichzeitig aber auch beängstigend und eben ganz allgemein unbeschreiblich gewesen war.

Dann war der Moment vorbei und die Wassermasse brach mit gewaltigem Tosen über den Platz des Ursprungs herein. Mit ihrer enormen Wucht riss sie alle drei Magierinnen mit sich und spülte sie bis an den Rand des Gebüsches, hinter dem sich die Seelichtung in neblige Dunkelheit auflöste. Sofia und Laura waren durch einen scheinbar glücklichen Zufall, der in Wahrheit eine von Elena in die Wege geleitete Fügung gewesen war, unversehrt geblieben, ihre Feindin aber hatte es hart erwischt. Slavia war geradewegs gegen die rotbraunen Felszacken geschleudert worden, zu deren Untersuchung sie die Luftbändigerin eine knappe halbe Stunde zuvor noch so vorlaut angewiesen hatte. Nun lag sie schlaff wie ein nasser Sack neben den Gesteinsspitzen und zeigte keine Regung, sodass es für einen erschütternden Moment so aussah, als wäre sie auf die endgültigste aller Weisen besiegt worden. Dann jedoch, nach quälend langen Sekunden der Leblosigkeit, kam ein heiseres Röcheln aus ihrem Mund hervor und im nächsten Augenblick brach das dunkelhaarige Mädchen in einen heftigen Hustenanfall aus und spuckte literweise Seewasser auf den ohnehin schon nassen Boden.

Laura und Sofia stand bei diesem Anblick die Erleichterung offen ins Gesicht geschrieben und Elena konnte es ihnen nicht verübeln. Genau genommen war sie froh, dass die beiden ihrer Feindin gegenüber nicht so kaltherzig eingestellt waren, dass sie ihr den Tod gewünscht hätten. Sie selbst hätte mit Sicherheit ebenso um das Leben ihrer Gegnerin gebangt, wenn sie nicht die Kontrolle gehabt und somit von vornherein dafür gesorgt hätte, dass der Angriff niemanden in diesem Maße gefährden würde. Ihre einzige Absicht war es gewesen, die finstere Magierin für eine gewisse Weile ruhig zu stellen und so Zeit für ihren nächsten Zug zu gewinnen, denn die Schlacht war noch lange nicht vorbei. Zu diesem Zweck fasste die frisch wiedererstandene Wasserbändigerin jetzt das noch in Pfützen am Boden stehende Wasser zu einer großen Kugel zusammen und umschloss damit Slavia und ihre mit ihr weggeschwemmten Masken, um anschließend das ganze Gebilde zu Eis gefrieren zu lassen. Sorgsam achtete sie darauf, genügend Sauerstoff und Wärme für das verräterische Mädchen mit in die Kuppel einzuschließen, und ließ sich dann endlich mit einer diesmal sanften und flachen Welle ans Land tragen. Kaum, dass sie den ersten Fuß auf das steinige Ufer gesetzt hatte, kamen ihre Freundinnen bereits mit vor Ungläubigkeit und Erleichterung Bände sprechenden Gesichtern auf sie zugelaufen. Sofia erreichte die Hüterin als Erste und zog sie sofort in eine feste Umarmung, welche Elena nach einer perplexen Überraschungssekunde glücklich erwiderte.

„Du bist echt verrückt, weißt du das?", meinte die Feuerbändigerin dann, sobald sie wieder etwas Abstand zwischen sie beide gebracht hatte, und über ihr sonst so gefasstes Gesicht zog sich ein breites, ehrliches Strahlen. Auch Elena begann automatisch zu lächeln und sah sich nach einem beschwingenden Moment der Wiedersehensfreude nach ihrer anderen Freundin um, die mit ihrem ramponierten Bein nicht ganz so schnell hinterherkam. Rasch eilte sie dem humpelnden Mädchen zu Hilfe und duckte sich unter seinem Arm hindurch, um diesen auf ihrer Schulter abzustützen.

„Danke!", presste Laura schnaufend hervor und rang sich ein Lächeln ab, bevor sie von wiederholten, erschöpften Atemzügen unterbrochen hinzufügte: „Du weißt wirklich, wie man einen großen Auftritt hinlegt, was?"

Elena musste lachen und fühlte, wie ihr ein gigantischer Stein vom Herzen fiel. Wenn ihre Freundin noch solche Kommentare abgeben konnte, dann ging es ihr wohl doch nicht so schlecht, wie sie zunächst befürchtet hatte.

„Ihr zwei seid aber auch nicht unterzukriegen!", antwortete sie mit einem Augenzwinkern und beobachtete zufrieden, wie das Grinsen der geschwächten Luftbändigerin noch eine Spur breiter wurde. Dann aber erinnerte sie sich, in welcher Gefahr sie alle immer noch schwebten und aus ihrer Freude wurde schnell wieder Ernst. Zügig half die Hüterin ihrer verletzten Kollegin, sich auf einen flachen Stein nahe des Wassersaums zu setzen, und trat dann eilig zurück, um ihren beiden Mitstreiterinnen in die Augen sehen zu können.

„Hört zu, das hier ist noch nicht vorbei. Mein Eis wird nicht ewig halten, und auch zu dritt haben wir keine Chance gegen Slavia, schon gar nicht in dieser Verfassung."

Sie bemerkte, wie Laura bei dieser Bemerkung unangenehm berührt hin- und herrutschte, und fuhr eilig fort: „Ich habe mit Nimo gesprochen und weiß jetzt, dass wir diesen Kampf nur gewinnen können, wenn wir die richtige Erdbändigerin finden und unsere Kräfte mit ihren vereinen. Zumindest bin ich mir ziemlich sicher, dass es das war, was er mir mit seinen Worten sagen wollte. Ich habe auch einen Plan, wie ich sie hierherbringe, aber dazu brauche ich Zeit. Meint ihr, ihr könnt Slavia noch eine Weile hinhalten, bis ich zurück bin?"

Zu Elenas Erleichterung stellte dieses Mal keine der Angesprochenen irgendwelche Fragen. Beide Mädchen nickten entschlossen und hielten ihrem forschenden Blick stand.

„Gut, aber mach schnell. Wir verlassen uns auf dich", erinnerte Sofia sie mit ernster, aber kritikloser Stimme an ihre Verantwortung und Elena nickte nun ebenfalls, bevor sie sich zu Laura umdrehte.

„Hast du noch ein paar von diesen Gesteinsstückchen aus dem Riss bei dir?", fragte sie und bemühte sich, die in ihr aufkeimende Nervosität im Zaum zu halten. Davon hing jetzt alles Weitere ab.

Erst als ihr die Luftbändigerin ohne zu zögern eine Hand voll schwarzer Felssplitter aushändigte, legte sich dieses unwillkommene Gefühl ein wenig und sie atmete kaum hörbar auf.

„Tu, was du tun musst", sagte Laura leise und Elena schenkte ihr ein letztes, dankbares Lächeln, bevor sie auf dem Absatz kehrt machte und dann mit raschen Schritten ein paar Meter Distanz zwischen sich und ihre Freundinnen brachte. Mittlerweile bemerkte die Wasserbändigerin bereits, wie der anfängliche Schub an Energie langsam verebbte und sie sich wieder normal zu fühlen begann. Nicht mehr unbändig stark, aber auch nicht mehr beängstigend schwach, sondern eben einfach genau so normal, wie sie sich selbst in der ersten Zeit nach ihrer Auserwählung wahrgenommen hatte. Es war ein gutes Gefühl, das sie mehr vermisst hatte als bisher geglaubt, und diese Feststellung gab ihr Mut und Zuversicht für ihren nächsten Schritt.

Mit einem tiefen Atemzug stellte Elena sich am Rand der Fläche neben einen kleinen Haselstrauch, nahm eines der Steinchen zwischen die Finger und wollte den Rest in ihre Hosentasche stopfen, als ihr plötzlich auffiel, dass diese gar nicht mehr da war. Verblüfft stellte sie fest, dass sie sich bei der Wiederaktivierung ihrer Kräfte verwandelt haben musste, denn ihre Alltagskleidung war verschwunden und durch ein Outfit ersetzt worden, das dem von Laura und Sofia in den wesentlichen Punkten glich. Lediglich das Bild des azurblauen Wassertropfens auf ihrer Brust verriet, um welche der vier Elementbändigerinnen es sich handelte.

Während die Wasserbändigerin sich im Schnellverfahren begutachtete, fielen ihr einige Haarsträhnen ins Gesicht, und sie stellte fest, dass ihr Haargummi bei der Verwandlung verschwunden war und ihr die Haare dadurch nun einfach offen auf Schultern und Rücken lagen. Das ganze Kleidungsensemble wurde durch die Wasserkette vollendet, deren Anhänger kräftiger und satter denn je leuchtete.

Zufrieden füllte die Hüterin die rauen Bruchstücke in ihre linke Hosentasche und zog den Reißverschluss sorgfältig zu, damit auch ja nichts von der wertvollen Fracht verloren ging. Bevor sich noch eine weitere Ablenkung ergeben konnte, klemmte Elena anschließend das übrige Steinfragment zwischen ihre Finger, schloss die Augen und dachte ganz fest an ein einziges Wort. *Erdbändigerin.*

Das Mädchen hoffte inständig, dass das ausreichen würde, wenigstens dieses eine Mal, denn andere Anhaltspunkte hatte es nicht. Aus der Richtung des rötlichen Gesteins ertönte plötzlich ein unheilvolles Knacken, und die Hüterin sah gerade noch, wie Slavia sich aus dem Eis freibrach, bevor sie selbst im Strudel der Teleportation davonstürzte. Wie zuvor gab es ein blaues Leuchten, und als die Wasserbändigerin unsanft auf einem braunen Parkettboden landete, stellte sie als Erstes fest, dass sie wieder ihre normalen Sachen trug. Scheinbar hing der Ursprungsort mit ihrer Verwandlung zusammen. Ohne Zeit zu verlieren, kam Elena jetzt auf die Füße und musterte ihre Umgebung. Sie hatte gehofft, irgendetwas Vertrautes zu entdecken, bemerkte aber bald, dass sie an diesem Ort noch nie zuvor gewesen war. Es schien eine Art Schlafzimmer zu sein, denn unmittelbar vor ihr stand ein grau und weiß bezogenes Bett an der Wand und darüber hingen einige Fotos von verschiedenen Landschaften in schlichten, dunklen Rahmen.

Neugierig machte die uneingeladene Besucherin einen Schritt vorwärts, um die Bilder näher zu betrachten und so vielleicht einen Hinweis auf die Identität des fehlenden Hüters zu bekommen, als ihr Blick auf etwas fiel, das zur Hälfte unter dem unordentlich zerknautschten Kopfkissen steckte. Kurz zögerte das

Mädchen, dann zog es den Gegenstand vorsichtig hervor und hielt einen leicht ramponierten Zeichenblock in den Händen, auf dessen Kartoneinband in verschnörkelter Handschrift das Wort *Tagebuch* zu lesen war.

Elenas Gedanken überschlugen sich. Sollte sie? Eigentlich konnte sie es sich nicht herausnehmen, in einem fremden Haus private Tagebucheinträge zu lesen. Aber andererseits war dies vielleicht die Gelegenheit für Antworten und es juckte sie in den Fingern, diese endlich zu erfahren.

Kurz entschlossen schob die Wasserbändigerin ihre Zweifel aus dem Weg, schlug die erste Seite auf und begann, die Zeilen des darauf notierten Eintrags zu überfliegen. Wie sie erstaunt feststellte, war er vom fünfzehnten September diesen Jahres und damit noch gar nicht so alt.

Liebes Tagebuch, schrieb die unbekannte Person,
heute war der erste Schultag an der neuen Schule und ich will jetzt schon wieder zurück nach Neustadt. Dabei sind die meisten in meiner Klasse, glaube ich, sogar ganz okay, mal abgesehen von den paar Zimtzicken und Vollidioten, die es überall gibt. Trotzdem will ich mit denen nichts zu tun haben. Mum will, dass ich mir Freunde suche und mich in meinem neuen Heim einlebe, aber darauf kann sie lange warten. Als ob ich mich hier jemals wohlfühlen würde! Ich wünschte, Papa wäre noch bei uns. Obwohl das die Situation wahrscheinlich nur noch schwieriger machen würde.
Ach ja, und dann ist da auch noch dieses komische Armband in meinem Kleiderschrank, das ständig anfängt zu leuchten und mich dazu bringen will, dass ich es anlege. Nein, ich bin nicht verrückt geworden! Das Teil war plötzlich einfach da, nachdem ich irgendwas Komisches von einem Wolf geträumt habe ... richtig creepy! Irgendwie ging es um Magie und Erdbändigen, aber ich will gar nicht weiter daran denken. Ich habe sowieso schon genug Probleme, da brauche ich nicht auch noch so Pseudo-Voodoo, das mich in meinen Gedanken und Träumen verfolgt. Und selbst wenn der ganze Quatsch wahr wäre, das „Böse" bekämpfen und das Gleichgewicht in der Welt wiederherstellen und so, wer behauptet denn eigentlich, dass ich sowas könnte? Ich bekomme ja noch nicht einmal mein eigenes

Leben auf die Reihe! Egal, was schreibe ich da. Es ist ja nichts Echtes, es gibt keine Magie und das ist auch besser so. Damit würde so oder so mehr Chaos erzeugt als beseitigt werden und um das herauszufinden, muss man einen Fantasyroman nicht einmal zu Ende lesen. Jetzt muss ich los, Mum nervt schon wieder mit dem Essen. Morgen melde ich mich wieder und berichte dir, was es Neues gibt.

Bis dann,

Emily

Emily?

Emily.

Emily!

Dieses Wort war alles, woran Elena denken konnte, sobald sie die letzte Zeile gelesen hatte, und am liebsten hätte sie sich mit der flachen Hand gegen die Stirn geschlagen. Wie hatte sie so blind sein können? Sie hatte die Erdbändigerin die ganze Zeit vor der Nase gehabt, ohne irgendetwas davon zu merken!

Plötzlich hörte sie hinter sich Schritte hastig näher kommen und im nächsten Moment wurde ihr der Block unsanft aus der Hand gerissen. Die Wasserbändigerin sah auf und blickte direkt in bekannte, grüne Augen, in denen Wut, Verwirrung und eine Spur von Angst gegeneinander kämpften.

„Emily!", brachte sie wenig intelligent hervor und starrte das blonde Mädchen an, das angesichts dieser unpassenden ersten Worte eine ungläubige und verärgerte Miene aufsetzte.

„Wie viel hast du gelesen? Und wie kommst du überhaupt hierher?", verlangte Emily barsch zu wissen und Elena spürte, wie sie vor Scham rot anlief. Erst jetzt wurde ihr wieder bewusst, wie komisch diese Situation von außen betrachtet wirken musste, und sie schluckte einmal, bevor es in einem einzigen Redeschwall aus ihr herausbrach: „Hör zu, das klingt jetzt bestimmt total verrückt, aber die Magie gibt es wirklich! Ich besitze auch einen Tamer, meine Kette, siehst du? Sie verleiht mir Macht über das Wasser, damit ich mit ihr das Böse in Schach halte. Aber im Moment läuft alles aus dem Ruder! Sofia und Laura sind noch auf der Lichtung und sie werden angegriffen, aber ohne dich können wir nichts tun! Wir brauchen die Erdbändigerin. Wir brauchen dich, Emily!"

Schweigen folgte auf diese viel zu schnell herausgepresste Informationsmenge und zog sich in die Länge, sodass die Hüterin schon fürchtete, dass Emily gar nicht mehr auf diese Neuigkeiten reagieren würde oder sie überhaupt nicht erst verstanden hatte. Dann aber hörte sie sie schlucken und mehrmals zu einer Antwort ansetzen, bis sie schließlich etwas hastig sagte: „Ich habe keine Ahnung, wovon du redest. Bitte geh jetzt."

Die Stimme der blonden Jugendlichen klang gezwungen beherrscht und zitterte dennoch leicht, als sie diese Worte aussprach und schnell wandte sie sich ab, um ihre Lüge der entgeistert dreinblickenden Klassenkameradin nicht zu offenbaren. Aber Elena hatte nicht vor, sich so einfach abwimmeln zu lassen. Entschlossen packte sie die Neue an der Schulter und drehte sie zu sich herum, um ihr mit fester Miene geradewegs ins Gesicht zu sehen.

„Emily, ich habe es gelesen. Du kannst mir nichts erzählen, du und ich wissen beide, dass du die fehlende Erdbändigerin bist und damit zu uns gehörst! Ich weiß nicht, warum du das nicht akzeptieren willst, aber es ist so und ehrlich gesagt bin ich auch froh, dass du es bist. Frag mich nicht, warum. Bei der ganzen Sache geht es um so viel mehr als nur um uns beide! Die ganze Welt ist vielleicht in Gefahr, siehst du das denn nicht? Denkst du, es war Zufall, dass gleich zwei Lehrer an unserer Schule auf unerklärliche Art und Weise angegriffen wurden? Das wird nicht aufhören, solange wir nichts unternehmen! Emily, ich weiß, dass wir uns kaum kennen und dass du rational gesehen keinen Grund hast, mir zu vertrauen, aber ich bitte dich, es dieses Mal einfach zu tun. Noch können wir das Böse aufhalten. Aber dazu brauchen wir dich. Hilfst du uns?"

In Emilys Augen lag noch immer die Angst, doch jetzt blitzte ein Funken Hoffnung darin auf. Worauf er sich bezog, ob auf die insgeheim ersehnte Möglichkeit einer neuen Freundschaft oder die lang vermisste, wirklich wichtige Aufgabe in ihrem Leben, das konnte in diesem Moment nicht genau gesagt werden. Dennoch war dieser Funken da, und auch Elena sah ihn mit großer

Erleichterung und nahm sich vor, ihn nicht wieder verlöschen zu lassen, weder auf magischer Mission noch im Alltag, falls dieser denn jemals wirklich zurückkehren sollte. Das hing vom Ausgang dieser Schlacht ab, zu der sich die beiden Bändigerinnen jetzt schleunigst aufmachen mussten. Rasch holte die Hüterin des Wassers zwei neue verzauberte Steine aus ihren Hosentaschen hervor, da sie inzwischen festgestellt hatte, dass die benutzten Splitter nach Gebrauch ihrer Kräfte einfach verschwanden. Sie drückte ihrer soeben gewonnenen Mitstreiterin einen davon in die Hand und lächelte ihr ermutigend zu, bevor sie knapp erklärte, wie die Objekte zu gebrauchen waren.

„Und was machen wir, wenn wir dort sind?", fragte Emily, nachdem die Wasserbändigerin geendet hatte, und wartete gespannt auf die Antwort.

„Dann müssen wir unsere Kräfte vereinen und Slavia besiegen. Wie genau wir das anstellen, wird sich dann zeigen. Hauptsache, du erinnerst dich immer daran, welche von uns die Böse ist."

Elena lachte kurz auf, aber Emily runzelte verwirrt die Stirn.

„Und woher weiß ich, wer das ist?", hakte sie skeptisch nach und zog überrascht die Augenbrauen nach oben, als die andere Hüterin ihr scheinbar ungerührt, aber dennoch mit einem finsteren Beiklang in der Stimme Lisas Namen nannte.

„Das bedeutet, eigentlich heißt sie Slavia, die Rolle der Lisa war nur eine Tarnung. Sie hat so etwas ähnliches wie einen Element Tamer, auch ein Armband, nur, dass sie damit riesige Dämonenmasken kontrolliert. Sie kommen mit viel Rauch und stoßen gefährliche Kreiswellen aus, die dich psychisch vorübergehend außer Gefecht setzen, solange du in ihrem Blickfeld bleibst. Halt dich also am besten von ihnen fern und versuch, Laura und Sofia zu helfen, alles andere werden wir sehen. Bist du bereit?"

Erwartungsvoll blickte sie die Erdbändigerin an, die erst noch zweifelnd schaute und dann ergeben seufzte.

„Ich habe ja wohl keine andere Wahl. Aber ich warne dich, ich habe noch nie kontrolliert irgendetwas gebändigt!"

Auf Elenas Gesicht stahl sich ein kleines, freches Grinsen.

„Das können wir jetzt sowieso nicht ändern. Ich glaube aber, dass du das ganz schnell draufhast, sobald du dich verwandelst, werden deine Instinkte dir zumindest ein Stück weit die Richtung weisen. Jetzt hol dein Armband und dann schnell los!"

41. KAPITEL

Erneut stürzte Elena bei der Landung mit dem Oberkörper voran auf den mittlerweile etwas durchweichten Erdboden und verzog leicht angeekelt das Gesicht, bevor sie rasch wieder hochkam und sich mit einem kurzen Blick vergewisserte, dass die Verwandlung auch dieses Mal funktioniert hatte. Als dies tatsächlich der Fall war, atmete die Wasserbändigerin unmerklich auf und sah sich dann nach ihrer Begleiterin um. Ein wenig neidisch musste sie feststellen, dass Emily mehr Geschick für Teleportation als sie zu besitzen schien und demnach sicher auf den Beinen gelandet war. Die Erdbändigerin selbst staunte ebenfalls nicht schlecht, als sie sich der Veränderung ihres Erscheinungsbildes bewusst wurde. Ein grünes Blattsymbol prangte auf dem Stoff ihrer verwandelten Kleidung. Das wichtigste Detail jedoch bildete das Erdenarmband, das in Wirklichkeit um einiges schöner war als das von Lisa vorgetäuschte Exemplar. Dieses Schmuckstück bestand aus einem dünnen, braunen Band an dem an kleineren, kurzen Fäden winzige, grüne Blättchen befestigt waren, die beinahe so wirkten, als wären sie tatsächlich echt.

„Interessant …", kommentierte Emily trocken und hob ein wenig die Augenbrauen, um ihre allgemeine Skepsis gegenüber ihrer neuen Situation als Hüterin auszudrücken.

Plötzlich riss ein lautes Krachen die beiden Mädchen aus ihren für einen Augenblick abgelenkten Gedanken und holte sie schlagartig zurück in die Wirklichkeit. Alarmiert drehte Elena sich um und sah gerade noch, wie Sofia am Rand des kleinen Wäldchens unter einem herabstürzenden Ast wegsprang und im nächsten Moment von der durch den Aufprall entstehenden Staubwolke verschluckt wurde.

Ohne darüber nachzudenken rannte die Wasserbändigerin los, so schnell sie ihre Beine trugen, und Emily, die das Geschehen ebenfalls verfolgt hatte, tat es ihr gleich. Gerade als die beiden die undurchsichtige Aufwallung erreichten, schoss ein

Windstoß aus eben dieser hervor und zerstob sie von innen heraus in alle Richtungen. Hastig blinzelnd suchte Elena die sich Stück für Stück aus dem Dunst schälenden Baumtrümmer nach ihren Freundinnen ab, wobei ihr das Herz vor Sorge bis zum Hals schlug. Warum hatte es auch ausgerechnet den knorrigsten und schwersten aller Bäume treffen müssen? Erst, als sie Lauras schemenhaft umrissenen Kopf zwischen den Überresten des zerbrochenen Astes hervorragen sah, beruhigte sie sich ein wenig und begann, sich zu ihr durchzuzwängen, um sich nach Sofia zu erkundigen. Auf halber Strecke durch den Schutthaufen erübrigte sich dieses Vorhaben allerdings von selbst, als die Wasserbändigerin zu ihrem Grauen ein leises Stöhnen aus dem Laubwerk links von sich wahrnahm. Sofort blieb sie stehen und schlug sich mit tausend schrecklichen Vorahnungen weiter voran durch das knorrige Geäst, bis sie endlich die Urheberin des Geräusches entdeckte. Ihre blonde Freundin lag im Gestrüpp, hatte sich aber zu ihrer großen Erleichterung nichts eingeklemmt, wie sie nach rascher Analyse der Situation feststellte. Die Ursache ihres Stöhnens schien der Schnitt an der linken Schulter zu sein, den Elena zuvor schon registriert hatte und der nun augenscheinlich von einem Zweig gestriffen und ein kleines Stück weiter aufgerissen worden war. Vorsichtig stieg die Hüterin durch das Durcheinander von Holzsplittern und bahnte sich einen Weg zu Sofia, die die Augen vor Schmerz zusammengekniffen hatte und deshalb ihre Anwesenheit noch nicht bemerkt zu haben schien. Die Wasserbändigerin hielt einen Moment inne, sah sich verstohlen um, ob Slavia oder eines ihrer heimtückischen Monster in der Nähe war und kniete sich dann neben das verletzte Mädchen auf den Boden, um dessen Wunde zu begutachten. Vorsichtig drehte sie den Arm ein kleines Stück zu sich und redete mit leiser Stimme beruhigend auf die Feuerbändigerin ein, die daraufhin zwar kurz unwillig zusammenzuckte, sich dann aber widerstandslos untersuchen ließ.

„Elena", krächzte sie, hob den Kopf und öffnete ein Auge, um die Wasserbändigerin anzusehen, die ihren Blick jedoch nicht von dem Schnitt nehmen wollte.

„Bleib einfach ruhig liegen, das wird schon wieder. Ich kann deine Wunde zwar nicht heilen, aber wenn wir sie ordentlich kühlen und abdecken, dürfte das fürs Erste ganz gut halten."

Sofia sah aus, als wolle sie widersprechen, seufzte dann aber nur und ließ den Kopf wieder sinken. Elena tat unterdessen ihr Möglichstes, um dem Versprechen, das sie gerade gegeben hatte, gerecht zu werden, auch wenn sie ganz allgemein nicht sonderlich viel über Verletzungen und deren korrekte Behandlung wusste. Sorgsam zog sie eine Hand voll Wasser aus dem umliegenden Blattwerk und wickelte es wie eine Bandage um die Stelle, an der Slavias Rauchgeschosse die Feuerbändigerin tangiert hatten. Anschließend maximierte sie die Oberflächenspannung, um den Verband haltbar zu machen und gleichzeitig zu verhindern, dass die umliegende Haut zusätzliche Schnitte abbekam, wie es beispielsweise bei einer Eishülle hätte geschehen können. Prüfend betrachtete das Mädchen sein fertiges Werk und erlaubte sich einen Anflug von Zufriedenheit, bevor es zurückwich und aufstand.

„Das sollte reichen. Ich muss jetzt los und Slavia finden. Sie hat weiß Gott genug angerichtet und es ist Zeit, dass wir dem ein Ende setzen. Versuch aufzustehen und komm dann nach. Aber bitte beeil dich, wir brauchen alle vier Hüterinnen für das Konvergenzritual."

Mit diesen Worten setzte die Wasserbändigerin über den nächsten Ast und überließ Sofia für den Augenblick sich selbst, damit diese sich sammeln und wieder halbwegs zu Kräften kommen konnte.

So schnell sie es vermochte huschte Elena aus dem Trümmerhaufen hinaus und nahm vorsichtshalber eine Verteidigungshaltung ein, während sie mit einem schnellen Blick die Lichtung nach Kämpfenden absuchte. Diese Vorsicht in Kombination mit ihren glücklicherweise recht guten Reflexen war es, die ihr wenige Sekunden später die Haut rettete, als ein aus Qualm geformter Pfeil von rechts auf sie zugeschossen kam und sie ihn gerade noch rechtzeitig mit einem Eisschild abblockte, bevor er ihr Gesicht treffen und diesem eine noch viel schwerwiegendere Verletzung als die von Sofia zufügen konnte. So war dieser grässliche Schnitt also zustande gekommen. Elena blieb jedoch keine Zeit, sich über die neue Angriffstechnik ihrer Gegnerin Gedanken zu machen, denn schon im nächsten Augenblick folgte ein weiterer Pfeil und dann noch einer, bis sich die Wasserbändigerin in einem regelrechten Kreuzfeuer befand. Den ersten paar Schüssen konnte die Hüterin noch knapp ausweichen, dann aber erwischte eine der Spitzen sie im Vorbeizischen am Handgelenk und entlockte ihr beinahe einen schmerzhaften Aufschrei, den sie gerade noch im Keim erstickte, indem sie sich auf die Lippe biss. Diesen Triumph wollte sie Slavia nicht gönnen. Mit einer fließenden Bewegung ließ sie einen durchsichtigen Wasserschild um sich herum entstehen und feuerte dann mit aller Kraft zurück, wobei sie lange, spitze Eissplitter als Geschosse verwendete. Einige davon trafen tatsächlich ihr Ziel und verschafften Elena ein Gefühl grimmiger Genugtuung, wenn sie kleine Schrammen auf der bleichen Haut ihrer Gegnerin hinterließen. Sie erschrak fast über ihre eigene Niederträchtigkeit und achtete fortan sorgsam darauf, solche Gedanken gar nicht erst in ihrem Kopf entstehen zu lassen. Der dunklen Magierin entwich jetzt ein kreischender Wutschrei über diese erste kleine Untergrabung ihrer Übermacht und so stürzte sie sich nun mit umso mehr Inbrunst in den Zweikampf, der zu einem gnadenlos erbitterten Gefecht wurde. Kochend vor Zorn fiel Slavia über die Wasserbändigerin her und hielt sie unter ständigem Beschuss, ohne dabei auf etwas Bestimmtes abzuzielen. Sie wollte ihrer Widersacherin Schmerzen zufügen und sie aus dem Weg räumen, damit diese das Mondlicht und seine geheime Macht in dieser Nacht nicht nutzen konnte.

Genau da aber lag ihr großer Fehler, der dafür sorgte, dass sich dieses Duell unwahrscheinlich weit in die Länge zog. Hätte sie eine Strategie gehabt und kontrolliert zugeschlagen, so wäre Elena vermutlich nach wenigen Attacken besiegt worden, denn trotz ihrer wiedererlangten Kräfte war sie Slavia in Sachen Kampferfahrung deutlich unterlegen. Die Wasserbändigerin wusste aus vorherigen Beobachtungen um diese Schwäche ihres Gegenübers und nutzte sie nun in vollen Zügen aus.

Mit eiserner Disziplin zwang sie sich, nach außen hin emotionslos zu bleiben und einen kühlen Kopf zu bewahren, denn das, so hatte sie bemerkt, fachte Slavias Wut nur noch weiter an und ließ sie unachtsamer und voraussehbarer in ihren Angriffen werden. Es war ein einfacher Trick, mit dem Elena die Maskenbändigerin in dieser Nacht an den Rand der Erschöpfung trieb. Er basierte einzig und allein auf der Arroganz, die die ebenfalls noch recht unerfahrene Slavia als prägenden Charakterzug besaß, und der daraus folgenden Tatsache, die sie sich noch vor Ende des Gefechts höchst sträubend und voller Verbissenheit selbst eingestehen musste: Sie hatte ihre Gegnerinnen maßlos unterschätzt. Die dem Sieg entgegenblickende Hüterin hatte in einer vorausschauenden Eingebung eine Wasserkuppel um sich und ihre Duellantin herum entstehen lassen und dieser Einfall zahlte sich nun aus, als Slavias Masken auf ihren nonverbalen Ruf nicht zu ihr durchbrechen konnten.

„Nein!", schrie die dunkle Magierin außer sich vor Zorn, als sie diese List bemerkte, und stürzte drohend auf Elena zu.

„Du Miststück kämpfst unfair!"

„Ich und unfair? Wer wollte denn gerade ein Sechs-zu-eins-Match daraus machen, hm?", gab die Wasserbändigerin bissig zurück und blockte mühelos eine Attacke mit ihrem Eisschild ab, bevor sie unerwartet vorschnellte und Slavia einen Wasserstrahl mitten ins Gesicht schoss. Die nunmehr zur Rauchbändigerin heruntergebrochene Teenagergestalt kreischte abermals wütend und feuerte mit einer Salve qualmender Pfeile zurück, die haarscharf an Elena vorbeizischten. Vollkommen auf den Kampf fokussiert, stempelte die Hüterin dies kurzerhand als Fehlschlag ab und setzte bereits zum Gegenangriff an, als sich plötzlich ohne Vorwarnung von hinten mehrere scharfe Spitzen in ihren Rücken bohrten und der augenblicklich einsetzende höllische Schmerz ihr den Atem raubte. Mit vor Schock weit aufgerissenen Augen fiel Elena auf die Knie und musste beide Hände auf den Boden stützen, um nicht vollends auf selbigen zu stürzen, während erste reflexartige Tränen über ihr Gesicht rannen. Eine weitere Woge der Pein durchzuckte sie und ließ sie knirschend die Zähne zusammenbeißen, um ein erneutes Aufheulen zu verhindern.

Sie war für einen winzigen Moment unaufmerksam gewesen und musste nun den Preis dafür zahlen, die Hinterhältigkeit ihrer Feindin unterschätzt zu haben. So schnell es ihr unter diesen Umständen möglich war, verschanzte die verletzte Bändigerin sich selbst in einer Eiskuppel und ließ dann mit zitternden Fingern eine dünne Wasserschlinge aus ihrer Hand gleiten. Tief durchatmend kontrollierte sie den Strang so, dass er sich um den ersten Pfeilschaft in ihrer Schulter legte, kniff dann die Augen zusammen und zog das Geschoss mit einem Ruck heraus. Leise quietschend keuchte sie auf, als der Schmerz sie erneut wie ein Blitz durchzuckte, riss sich aber sogleich zusammen und fuhr fort, auf diese Weise die restlichen Pfeile aus ihrem Rücken zu entfernen. Ein gepeinigtes Stöhnen unterdrückend raffte sie sich schließlich hoch, hob ihr T-Shirt an und begutachtete ihre Wunden in der Spiegelung der gefrorenen Kuppelwand. Vier waren es an der Zahl, annähernd symmetrisch auf beide Körperhälften verteilt und glücklicherweise weit genug von der Wirbelsäule entfernt, um einen nachhaltig gravierenden Schaden zu hinterlassen. Die Stiche schienen zu Elenas Erleichterung auch nicht besonders tief zu gehen, woraus sie schlussfolgerte, dass die Verletzung zwar schmerzhaft, aber insgesamt wohl nicht allzu gefährlich war. Von draußen war mit einem Mal ein lautes Wummern zu hören und die Wände der Kuppel erbebten, als sich auf einer Seite langsam ein Riss in der kalten Materie bildete. In einer flinken Bewegung deckte die Hüterin ihren verwundeten Rücken mit ihrem Shirt sowie einem westenähnlichen Schild aus Wasser ab und machte sich dann kampfbereit. Keine Sekunde zu früh, denn im nächsten Augenblick brach die gefrorene Wand auf und ein Rauchball schoss auf Elena zu. Schon hatte diese eine weitere Eisplatte gebildet und ließ das Geschoss dagegen prallen, sodass es seine Richtung änderte und ein klaffendes Loch in die Decke riss, das die Kuppel gleich darauf laut krachend endgültig zum Einsturz brachte. Schnell reagierte die Wasserbändigerin und ließ die fallenden Brocken noch in der Luft zu ihrem flüssigen Urzustand zerschmelzen. Ihr suchender Blick fand Slavias und sie zuckte drohend mit den Fingern, woraufhin die schwebenden Tropfen an der Spitze wieder gefroren und sich auf ihr menschliches Ziel richteten.

Die Maskenbändigerin lachte höhnisch auf.

„Soll mir das etwa Angst machen?"

Und mit einem einzigen Pfeifen aus ihrem Mund schossen ihre monströsen Diener heran und durchbrachen alle auf einmal die isolierende Wasserkuppel, die dem plötzlichen Druck einfach nicht mehr standhalten konnte. Elena sah die Masken auf sich zurasen und zischte gestresst, bevor sie ihre kalte Munition ruckartig in alle Richtungen von sich stieß und dann blitzschnell die Flucht ergriff. Geschickt duckte sie sich zwischen zwei Monstern hindurch, die daraufhin hinter ihrem Rücken zusammenkrachten und sich ineinander verbissen und setzte ein weiteres Scheusal mit einem gut platzierten Wasserstrahl in das rechte Auge außer Gefecht. Das Wesen brüllte auf und raste halb blind ebenfalls in seine beiden Kollegen, die sich bereits unlösbar ineinander verkeilt hatten. Ein hässliches Knacken ertönte, und Elena drehte sich gerade noch rechtzeitig um, um zu sehen, wie eine der Masken mit einem lauten Krachen auseinanderbrach.

„Rrrrah!"

Slavia stieß einen spitzen, gellenden Wutschrei aus und wollte sich abermals auf die Wasserbändigerin stürzen, als sie plötzlich von einer Ranke am Bein gepackt und zu Boden geschleudert wurde.

„Diesmal nicht", grollte Emily und begegnete dem Blick ihrer Feindin voller Verachtung, während sie sich vor sie stellte und mit einer kreisenden Bewegung ihrer Finger das pflanzliche Tau um deren Arme und Beine schlang.

„Du!", fluchte die Gefangene und sträubte sich mit aller Kraft gegen die natürlichen Fesseln, die sich daraufhin nur noch fester zusammenzogen und ihrer Trägerin ein schmerzhaftes Zischen entlockten.

„Das hat keinen Zweck, du verletzt dich nur selber", informierte die Erdbändigerin das zappelnde Mädchen trocken und ließ, kaum dass sie geendet hatte, mit einem Fußstampfen einen Steinblock direkt hinter der Gefesselten aus dem Boden schnellen, der diese mit seiner Wucht nach oben riss. Der dunklen Magierin entwich ein kurzer Schreckensschrei bei dem plötzlichen Ruck und dann ein verdutztes Keuchen, als sie sich mit einem Mal in aufrechter Position an den Felsen gelehnt wiederfand und ihren Widersacherinnen ins Gesicht sehen konnte.

Sie öffnete den Mund, brachte aber vor lauter Entrüstung und Wut über diese unerwartete Überwältigung aus dem Hinterhalt kein Wort heraus.

„Gut gemacht, Emily."

Diese Stimme gehörte Sofia, die jetzt von der Wiese her auf die zwei Hüterinnen und ihre Gefangene zukam und die Erdbändigerin anerkennend angrinste.

„Willkommen im Team", fügte sie hinzu und nickte zufrieden, als die neue Mitstreiterin ihr kurz angebunden dankte.

„Ja, nicht schlecht! Du könntest uns wirklich noch nützlich werden. Im Gegensatz zu gewissen anderen Möchtegern-Hütern."

Laura tauchte hinter Emily auf und stützte sich notgedrungen auf deren Schulter, während sie Slavia mit einem finsteren Blick bedachte. Die Erdhüterin zuckte kurz zusammen bei dem unerwarteten Körperkontakt und warf der Verantwortlichen einen befremdeten und dennoch irgendwie bewundernden Seitenblick zu, ließ die Aktion letztendlich aber unkommentiert. Elena lächelte, froh darüber, dass ihre beiden Freundinnen das neue Teammitglied so bereitwillig aufgenommen hatten. Als ihr Blick jedoch wieder auf Slavia fiel, verfinsterte sich ihre Miene und sie musterte die verräterische Magierin mit steinernem Gesichtsausdruck, während diese noch immer unaufhörlich versuchte, sich irgendwie aus ihrer misslichen Lage zu befreien. Die Maskenbändigerin zog und zerrte vergeblich an ihren Fesseln und bemühte sich mit aller Kraft, ihre Hände loszureißen, um zumindest den Rest ihrer dämonischen Freunde zu Hilfe rufen zu können. Derer waren es mittlerweile nur noch zwei, nachdem die übrigen drei sich in ihrer Verkeilung gegenseitig zerstört hatten, und auch diese beiden noch intakten Exemplare wirkten nun, da Slavia sie nicht steuern konnte, um einiges weniger bedrohlich. Das unheimliche Glühen in ihren Augen war erloschen und sie bewegten sich nicht mehr, sondern schwebten nur leblos mit leeren Augenhöhlen an den Stellen, an denen sie zuletzt gekämpft hatten. Die finstere Herrin selbst war jämmerlich anzusehen, wie sie da hilflos an ihrem Felsen lehnte. Das Mädchen raste vor Zorn, es schrie und tobte und wehrte sich gegen die ihm aufgezwungenen Bewegungseinschränkungen, obwohl es sich vor Erschöpfung schon kaum mehr auf den Beinen halten konnte. Auch auf Slavia hatte der lange Kampf seine Spuren hinterlassen: So zierten zahlreiche Schnitte ihre entblößten Arme, die darum gewickelten Riemen waren seltsamerweise unbeschädigt geblieben und über ihr Gesicht zog sich eine übel aussehende Schramme, die von einer dünnen Kruste aus halb getrocknetem Blut überzogen war.

Slavia selbst schien davon keine Notiz zu nehmen, zu groß war ihre Wut über die Niederlage, die sie unter keinen Umständen akzeptieren wollte. Elena begann zu verstehen, dass ihr Kampfgeist nicht durch so etwas Einfaches wie Fesseln gebrochen werden konnte. Die dunkle Bändigerin würde niemals aufhören, ihr immer noch unbekanntes Ziel zu verfolgen und früher oder später würde sie sich befreien und erneut Unheil stiften. Das konnten sie auf keinen Fall zulassen. Es war Zeit, dem ganzen Spuk ein für alle Mal ein Ende zu machen. Stumm kniete sich die Wasserbändigerin vor ihre besiegte Feindin auf die Erde und sah ihr mit ausdruckslosem Blick in die Augen. Noch immer loderte eine rasende Wut darin, doch nun, da Elena ihr auf so nachdenkliche und untypisch emotionslose Weise plötzlich Aufmerksamkeit schenkte, schien sie die Brenzligkeit ihrer Situation zu spüren und wich zurück, soweit es ihr in ihrer ungünstigen Position irgendwie möglich war. Auch die anderen Hüterinnen hatten den ungewöhnlichen Ernst ihrer Kollegin bemerkt und waren verstummt, sodass auf der ganzen Lichtung eine beinahe geisterhafte Stille eingekehrt war. Langsam beugte Elena sich an Slavias Schulter vorbei und löste ohne Beachtung ihres verzweifelten Protests das magische Armband von ihrem Handgelenk. Augenblicklich erstrahlte der Körper der Gefesselten in einem schwarzen Licht und als es nach wenigen Sekunden wieder erloschen war, hatte es Slavias düsteren Aufzug mit sich genommen.

Vor ihnen saß nun wieder Lisa, und Elena überkam ein äußerst seltsames Gefühl von Befremdlichkeit. Dies war nicht die Person, für die sie sie gehalten hatte, auch wenn sie äußerlich exakt wie ihre quietschend fröhliche Klassenkameradin aussah. Nein, diese Person, die sie zu kennen geglaubt hatte, war in Wahrheit nichts anderes als eine Fremde und obendrein die Verkörperung des Bösen, zu dessen Bekämpfung sie auserwählt worden war.

„Ich würde dir gerne sagen, dass ich enttäuscht oder wenigstens überrascht von deinem Verrat wäre, aber wenn ich ehrlich bin, wurde ich nur in dem unguten Gefühl bestätigt, das ich seit unserer ersten Begegnung schon hatte."

Die Wasserbändigerin dachte nicht darüber nach, was sie in diesem Moment sagte, stattdessen ließ sie einfach die Wahrheit aus sich heraussprudeln und brachte damit eine unangenehm angespannte Stimmung über die Anwesenden, die nun alle spürten, dass dies das große Ende des Kampfes sein musste. Slavias Augen waren zu Schlitzen verengt, und irgendwo darin befand sich immer noch die unlöschbar züngelnde Flamme ihres Kampfgeistes, doch ihr Schein wurde bei Weitem überschattet von der Erkenntnis des Versagens, die das Mädchen nun langsam überkam und ihm einzelne, verbitterte Tränen in die Augen trieb. Es begann zu zittern vor Wut über die Ungerechtigkeit, die ihm das Universum hier antat, denn als solche empfand Slavia den Raub ihrer Kräfte und damit ihrer Macht. Zwei Dinge, die sie tief in ihrem Inneren mit ihrem eigenen Wert gleichgesetzt hatte.

Elena, die immer noch mit dem Armband in der Hand vor ihrer Gefangenen auf dem Boden kniete, verspürte endlich einen Anflug von Mitleid beim Anblick der offensichtlich mit sich kämpfenden Teenagerin und entschied, dass diese nun genug gelitten hatte.

Ohne ein weiteres Wort stand sie auf und trat in den Kreis ihrer Freundinnen zurück, die sie mit sehr gemischten Gesichtsausdrücken anblickten. Keine traute sich, etwas zu ihr zu sagen, und der Wasserbändigerin war in diesem Augenblick auch wirklich nicht nach Sprechen zumute, doch sie musste jetzt zu Ende bringen, was sie wenige Sekunden zuvor begonnen hatte.

„Gebt euch die Hände und stellt euch in einem Kreis um Slavia herum auf", wies sie die Hüterinnen an und diese taten wie ihnen geheißen und verteilten sich ringförmig um besagte Maskenbändigerin.

Eine nach der anderen verbanden sie ihre Hände miteinander und schlossen so den Kreis, der Voraussetzung für jenen Konvergenzzauber war, den Elena aus den Tiefen ihrer Instinkte heraus sicher zu kennen glaubte. Von links streckte Laura ihr ihre Hand entgegen und als die Wasserbändigerin diese entschlossen ergriff, begannen die Tamers hell in ihren Kennfarben zu erstrahlen. Die Gedanken der vier Hüterinnen verschmolzen augenblicklich auf magische Weise miteinander und ließen sie wie eine einzige Person in vollkommenem Einklang handeln, sodass keine weitere Absprache durch Worte nötig war, um das Ziel ihrer Konvergenz und dessen Umsetzung zu vereinbaren. Jede von ihnen war sich ihrer Aufgabe genau bewusst und als sie wie auf ein unsichtbares Kommando alle gleichzeitig zu bändigen begannen, geschah dies mit einer solchen Natürlichkeit und Eleganz, dass es von außen für jedermann übermenschlich und unwirklich erscheinen musste. Diese Magie, die sie nun erwirkten, war eine ihrer stärksten und glich in keiner Weise der, die sie bisher verwendet hatten. Anstatt ihrer Elemente waren es vier Strahlen aus hellviolettem, blauem, rotem und grünem Licht, die aus den Fingerspitzen der Hüterinnen flossen und sich in einem immer schneller wirbelnden Strudel um Slavia legten, welche sich mit vor Wut zu Schlitzen verengten Augen gegen den Fels drückte, um ihrem Schicksal zu entfliehen. Ein lautes Kreischen löste sich aus ihrer Brust und gellte gespenstisch durch die düstere Nacht, als die Maskenbändigerin von dem Leuchten erfasst und in die Luft gehoben wurde. Ihr Körper erglühte gleißend hell und die übrigen Masken auf der Lichtung zerbarsten mit einem ohrenbetäubenden Krachen zu schwarzem Staub, während Slavia noch immer mit einem letzten Rest Widerstand gegen die fremde Magie ankämpfte. Ihre Lage war aussichtslos und hätte sie jetzt aufgegeben, so wäre das ein schöner, klarer Sieg für die Elementbändigerinnen gewesen. Doch der Wille der dunklen

Magierin war stark, sogar sehr viel stärker, als die unerfahrene Wasserbändigerin es jemals zu denken gewagt hätte und noch dazu stand sie wie die anderen Hüterinnen der Element Tamers noch am Anfang ihrer Kräfte und hatte keinerlei Übung in einem so mächtigen Ritual wie dem der endgültigen magischen Neutralisation. Einige wenige Herzschläge lang trafen sich Elenas und Slavias Blicke, und die Wasserbändigerin sah etwas, das ihr ein eisiges Schaudern über den Rücken jagte. Das diabolische Funkeln in den Augen der dunklen Magierin brannte sich in ihr Herz und sie spürte, dass sich etwas noch viel Gewaltigeres hinter dieser unbekannten, finsteren Macht verbarg, und mit einem Mal wurde ihr klar, dass sie ihre Gegnerin maßlos unterschätzt hatten. Dann ging alles ganz schnell und noch bevor Elena die anderen warnen konnte, begann es inmitten des Kreises heftig zu blitzen. Slavia hatte mit ihrer verbissenen Beharrlichkeit tatsächlich eine Schwachstelle in dem Zauber gefunden und ihn innerhalb weniger Augenblicke durchbrochen. Die Elementbändigerinnen wurden ruckartig aus ihrem übersinnlichen Zustand gerissen und von einer unsichtbaren Kraft auseinandergestoßen, wobei sich ihre Verbindung vollständig löste.

Dichter Qualm bildete sich nun im Strudel und färbte ihn rußig schwarz. In grauenhaften Massen strömte er überall aus dem Wirbel und aus den umliegenden Erdrissen hervor und verdunkelte den vier Hüterinnen die Sicht, welche nun nicht einmal mehr durch das Mondlicht erhellt werden konnte.

Irgendwo in dem Rauch hörten die Mädchen ihre befreite Feindin teuflisch auflachen, doch sie konnten nichts tun, als jede für sich erneut in Verteidigungsstellung zu gehen und mit nervös klopfenden Herzen auf einen Angriff aus dem Hinterhalt zu warten. Plötzlich brauste ohne Vorwarnung ein Schatten auf Elena zu und stob durch sie hindurch, sodass sie keuchend nach Atem ringen musste, der ihr für einen Moment genommen schien.

„Heute hast du gewonnen, Elena Tarnow, aber glaube nicht, dass du mich so einfach besiegen kannst! Ich komme wieder, verlass dich darauf!", hörte sie Slavias Stimme hasserfüllt neben ihrem Ohr zischen und bekam bei dem Klang eine kalte

Gänsehaut. Augenblicklich fuhr sie herum, um die dunkle Bändigerin zu stellen, fand aber nichts als dichte schwarze Schwaden, wohin sie auch sah.

Dann ertönte mit einem Mal ein tosendes Rauschen und der Qualm begann, sich wie von einem starken Sog angetrieben in die Erde zurückzuziehen. Die verkohlten Bruchstücke der Dämonenmasken flogen mit ihm davon, und Elena glaubte für eine schreckerfüllte Sekunde, einen menschlichen Umriss zu erkennen und in die Öffnung springen zu sehen, bevor diese mit einem krachenden Geräusch zuschlug. Mit weit aufgerissenen Augen starrten die Elementbändigerinnen einander an und versuchten zu begreifen, was sich binnen weniger Sekunden wie ein Albtraum vor ihnen abgespielt hatte, während um sie herum die sanfte Ruhe der Nacht auf die Lichtung zurückkehrte, als ob nichts weiter geschehen sei.

„Geht es euch gut?", fragte Emily nach einer halben Minute beklemmenden Schweigens in bemüht belanglosem Ton und begann, sich ein wenig hin- und herzubewegen, um die in der Luft liegende Anspannung zu lockern. Die anderen Mädchen nahmen dieses unausgesprochene Angebot dankbar an und antworteten jeweils mit einem bemühten Lächeln, dass alles in Ordnung sei, auch wenn dem definitiv nicht so war. Keine von ihnen wusste, wie es jetzt weitergehen sollte. Die vage Niederlage war immer noch deutlich zu spüren, fühlte sich jedoch nicht so richtig wie eine an, da sie alle verhältnismäßig wohlauf waren und ihre Gegnerin buchstäblich vom Erdboden verschluckt worden war. Elena räusperte sich nun und trat einen Schritt nach vorne, woraufhin ihr die volle Aufmerksamkeit ihrer Freundinnen zuteil wurde.

„Ich denke, wir müssen jetzt dringend mit den Tiergeistern sprechen."

Noch im selben Moment, in dem sie diese Worte aussprach, hatte der runde Vollmond endlich seine senkrechte Position am Himmel erreicht und ließ einen einzelnen, gleißend hellen Lichtstrahl mitten auf den beschädigten Kristall fallen. Augenblicklich hielten die vier Hüterinnen inne und beobachteten staunend, wie ein warmes weißes Leuchten die Lichtung flutete und sie bis in die letzten Ecken erhellte. Die Tamers begannen erneut zu glühen, als vier Tiergestalten aus frostig glänzendem Mondlicht rund um den Rosenquarz erschienen und sich majestätisch vor den Bändigerinnen aufrichteten. In einer Reihe kamen sie herangeschwebt und blickten mit wohlwollenden Mienen auf ihre Auserwählten, die den magischen Wesen nun zum allerersten Mal alle vier gemeinsam in der realen Welt gegenüberstanden und es offensichtlich kaum glauben konnten.

Elena betrachtete die Tiergeister mit unverhohlener Faszination und stellte fest, dass neben Nimo, Zaton und Figruan eine weitere Gestalt in Form eines Wolfes auf sie zukam und vor Emily stehen blieb. Sein Pelz schimmerte geheimnisvoll und in seinem Blick lag ein kraftvolles Glitzern, das Weisheit und Stärke zugleich auszustrahlen schien. Aber es war auch Strenge darin und mit dieser schien der Geist nun die Erdbändigerin zu mustern, die als Einzige nicht vom Boden aufsehen wollte.

„Emily. Schau mich an", forderte der Wolf und seine Stimme ähnelte zu Elenas Überraschung der einer jungen menschlichen Frau, woraus sie schloss, dass es sich hier wohl doch eher um eine Wölfin handelte. Langsam und mit einem schuldbewussten Trotz in den Augen hob Emily den Blick und begegnete stumm dem ihres Tiergeistes.

„Du hast einen Fehler begangen, als du der Welt deine Hilfe verweigert hast, aber du hast ihn wiedergutgemacht, als du dich entschieden hast, mit Elena zu gehen und ihr zu helfen. Dich trifft keine Schuld an dem, was geschehen ist, doch von jetzt an musst du dem Team treu bleiben, wenn du weiterhin die Hüterin des Erdenarmbands sein willst. Kann ich mich auf dich verlassen?"

Emily nickte und begann dann leicht zu lächeln. Es schien, als hätten diese Worte ihr eine enorme Last von den Schultern genommen und die ernste Stimmung um die Bändigerinnen und ihre Tiergeister herum entspannte sich ein wenig angesichts der Tatsache, dass zumindest dieses Thema endlich geklärt war. Das etwas ruppige Wesen der Erdbändigerin kehrte nun, da sie nichts mehr hatte, wofür jemand sie hätte verurteilen können, binnen Sekunden in sie zurück, und so hakte sie unverblümt nach:

„Also Nimo, Zaton, Figruan und … wie heißt du noch mal?"
Elena sah sie ungläubig an.

„Das weißt du noch gar nicht?", fragte sie in überraschtem Ton, verwundert darüber, dass das Mädchen so wenig über seine eigene Tamermagie wusste.

„Natürlich weiß sie das."

Der Geist in Wolfsgestalt verdrehte die Augen.

„Du kannst mir nichts erzählen, meine Visionen haben dich noch in deinen Träumen verfolgt!", sagte er dann genervt zu Emily, welche daraufhin bloß unbeeindruckt mit den Schultern zuckte.

„Ich habs wohl vergessen, keine Ahnung. Aber lass mich raten …"

Sie überlegte einen Moment.

„Wie wärs mit … Wolfgang!", gab sie dann ihren wohl mehr scherzhaft gemeinten Tipp zum Besten. Elena hatte noch nie zuvor gehört, wie ein Delfin, ein Tiger und ein Falke in Gelächter ausbrachen und sie vermutete, dass man sich diesen verwirrenden und zugleich urkomischen Klang niemals richtig vorstellen konnte, wenn man ihn nicht tatsächlich erlebt hatte. Sie selbst musste ebenfalls kichern, genau wie ihre anderen beiden Freundinnen, und das letzte in der Luft verbliebene Unbehagen verschwand endgültig.

Emilys Tiergeist schien das Ganze nicht so lustig zu finden.

„Wie kreativ", bemerkte er trocken.

„Meine erste Hüterin hatte einen ganz ähnlichen Humor wie du. Zum Glück bin ich jedoch ein Weibchen, deshalb heiße ich Lupa."

„Lupa", wiederholte die Erdbändigerin und nickte scheinbar nachdenklich mit dem Kopf.

„Ganz nett, aber irgendwie auch nicht so der Renner. Aber okay, ich kann dich ja vielleicht *Wolfgängerin* nennen. Das klingt doch gut, oder?"

Lupa sah zunächst aus, als würde sie ernsthaft an Emilys Menschenverstand zweifeln und schüttelte ungläubig den Kopf. Dann aber kam ihr ein Gedanke und ihre Miene veränderte sich zu etwas, das wie ein selbstzufriedenes Schmunzeln aussah.

„Kein Problem, Emily Erdbeer", entgegnete die Wölfin gelassen und sah die junge Erdhüterin vor sich herausfordernd an. Das blonde Mädchen war für einen winzigen Augenblick überrumpelt von der Schlagfertigkeit des Tieres, fing sich jedoch schnell wieder und begann breit zu grinsen.

„Du fängst an, mir zu gefallen, Wolfgängerin."

„Freut mich."

42. KAPITEL

Der Mond zog langsam über den Himmel dahin, während die Elementbändigerinnen unten auf der Lichtung mit ihren Tiergeistern verweilten. Bis zum Morgengrauen blieb ihnen Zeit, und dann würde es einen weiteren Zyklus von knapp dreißig Tagen dauern, bis sie sich unter dem Licht des vollen Trabanten wiedersehen konnten. In Elenas Kopf schwirrten so viele Fragen umher, dass sie gar nicht wusste, welche sie zuerst stellen sollte. Wer war Slavia? Hatten sie sie nun besiegt? Wenn ja, was würde noch alles auf sie zukommen?

Bevor sie jedoch die Möglichkeit hatte, irgendeinen dieser Gedanken auszusprechen, ergriff Laura das Wort, schnitt das Thema Verwandlung an und bat um Erklärungen. Auch auf den Gesichtern der anderen Hüterinnen zeichnete sich zustimmende Verwirrung ab und sie blickten erwartungsvoll zu Zaton, der ihnen in diesem Augenblick am nächsten stand. Der Tiger ließ ein leises, kehliges Knurren hören, während er sich seine Sätze zurechtlegte, und begann dann mit tiefer Stimme zu sprechen.

„Die Verwandlung macht euch stärker und erweitert eure Möglichkeiten beim Bändigen, da dabei die Kräfte eures beschützenden Geistes mit euren eigenen verschmelzen. Ihr könnt sie einleiten, indem ihr den Namen des jeweiligen Tiergeistes und das Wort *Verwandlung* nacheinander aussprecht, nur an Orten mit starker magischer Energie wie zum Beispiel diesem hier wird sie automatisch ausgelöst."

Er machte eine kurze Pause und räusperte sich, bevor er fortfuhr: „Zusätzlich könnt ihr eure Basisausrüstung, die ihr jetzt tragt, um einige hilfreiche Details erweitern. Dazu gehören Masken, falls ihr bei einem Einsatz unerkannt bleiben müsst und spezielle Handschuhe, mit denen ihr euch gegenseitig Energie übertragen und sogar über Entfernungen kommunizieren könnt. Letztere braucht ihr eigentlich nur im Notfall. Generell könnt ihr mit unbedeckten Händen besser bändigen, aber wenn besondere Verletzungsgefahr besteht oder ihr jemand anderen Verletzten mit eurer Kraft retten müsst, dann können sie nützlich sein."

„Das ist jetzt alles sehr viel auf einmal", fügte Nimo schnell hinzu, als er bemerkte, wie sich die vier Mädchen leicht überforderte Blicke zuwarfen.

„Mit der Zeit werdet ihr euch daran gewöhnen und merken, wann ihr welche Funktion braucht. In den allermeisten Fällen reicht eure Grundausstattung vollkommen aus, ihr müsst euch darum also jetzt keine Sorgen machen."

„Okay. Danke", erwiderte Laura immer noch ein wenig überrumpelt und verstummte dann, um das Gesagte in ihrem Kopf zu verarbeiten.

„Und wie geht es jetzt mit Slavia weiter? Haben wir sie besiegt?", mischte sich nun Sofia in das Gespräch ein und sah erwartungsvoll zu ihrem Tiergeist, der daraufhin nur unzufrieden die Stirn runzelte. Er hob zu einer Antwort an, aber Nimo fiel ihm schnell ins Wort und meinte: „Das können wir noch nicht endgültig sagen, aber für den Moment seid ihr sie losgeworden und das wird auch erstmal eine ganze Weile so bleiben. Wir sagen euch Bescheid, falls von ihr wieder Gefahr droht."

Seine Stimme klang freundlich und er lächelte aufmunternd, trotzdem konnte Elena nicht glauben, dass dies die ganze Wahrheit sein sollte. Irgendetwas an seinem Benehmen wirkte gezwungen und seine Rückenflosse zuckte in einer minimalen Bewegung durch die klare Nachtluft, ganz so wie sie es immer tat, wenn der Delfin nervös wurde. Die Wasserbändigerin beschloss, ihn gleich darauf anzusprechen, sobald sie ihn allein erwischte. Sie musste wissen, was ihn so unsicher machte, dass er es nicht vor versammelter Mannschaft aussprechen konnte. Sofia schien ein wenig überrascht über diese hastige Antwort, gab sich dann aber damit zufrieden und warf einen besorgten Seitenblick auf Laura, die sich wieder gegen Emilys Schulter gelehnt hatte, um ihr beschädigtes Bein zu entlasten. Die Luftbändigerin lächelte, doch man sah ihr deutlich an, wie sehr sie die Strapazen des langen Kampfes erschöpft hatten.

„Habt ihr vielleicht etwas, das ihr helfen könnte, bis wir zu einem Arzt kommen? Ich weiß nicht, ob sie es so bis nach Hause schafft."

Sofia klang sehr besorgt um ihre Freundin und sah hoffnungsvoll in die Runde der Tiergeister. Dieses Mal war es Lupa, die erwiderte: „Ich wüsste vielleicht einen Weg, die Heilung zu beschleunigen, aber dafür brauche ich Emily."

Alle Blicke richteten sich auf die Erdbändigerin, die scheinbar in Gedanken versunken damit beschäftigt war, die Lichtung um sich herum zum ersten Mal seit ihrer Ankunft genau zu betrachten.

Gerade als Elena dachte, sie hätte ihre Diskussion gar nicht mitbekommen, hob die Jugendliche den Kopf und fragte: „Was muss ich tun?"

Ihre Worte klangen ruhig und fest, sodass die Wasserhüterin gar nicht anders konnte, als sie für die Selbstsicherheit zu bewundern, mit der sie dieser für sie völlig neuen Situation entgegentrat. Lupa rechnete ihr ihre Gefasstheit ebenfalls hoch an, ließ sich aber nichts anmerken, als sie in klarem Ton Auskunft gab: „Es gibt ein spezielles, magisches Kraut, das sehr gut gegen Gelenkschäden hilft, und ebenso eines gegen Schnittwunden. Allerdings ist es nicht ganz leicht, sie zum Wachsen zu bringen, es könnte also eine Weile dauern, bis es dir gelingt."

„Dann sollte ich wohl gleich anfangen, es zu versuchen. Zeig mir, wie es geht, bitte", gab die Erdbändigerin ohne zu zögern zurück und begegnete dem skeptisch-überraschten Blick ihres Tiergeistes mit ungewohnter Entschlossenheit. Die Wölfin kniff leicht die Augen zusammen, als könne sie sich den plötzlichen Sinneswandel ihrer Hüterin beim besten Willen nicht erklären, nickte dann aber zustimmend.

„In Ordnung, komm mit."

Während Emily und Lupa sich jetzt entfernten und Sofia sich mit Laura einen Platz zum Hinsetzen suchte, witterte Elena ihre Chance und gab Nimo ein Zeichen, zu ihr zu kommen. Der Delfin wirkte nervös, als spüre er, dass sie seinem unbesorgten Auftreten nicht geglaubt hatte, ließ sich aber von dem Mädchen beiseitewinken und schwebte neben ihm her, bis sie etwas Abstand zu Zaton und Figruan gewonnen hatten. Schließlich blieb die Wasserbändigerin stehen und fixierte ihren Tiergeist mit durchdringendem Blick.

„Also, jetzt wo wir unter uns sind, sag mir, was du wirklich über Slavias Verschwinden denkst. Und diesmal bitte die Wahrheit."

Nimo zögerte und Elena konnte förmlich spüren, wie er innerlich mit sich haderte. Als er nach einer gewissen Weile immer noch keine Antwort hervorgebracht hatte, wurde die Hüterin ungeduldig.

„Also? Was weißt du nun über sie?"

„Nun, um ehrlich zu sein, ich habe eine Vermutung, wer sie sein könnte", gestand der Delfin schließlich mit einem leisen Seufzen.

„Ich weiß aber nichts Genaues!", beeilte er sich dann rasch hinzuzufügen.

„Bitte frag nicht weiter nach, ich muss noch überprüfen, ob an meinem Verdacht wirklich etwas dran ist. Bleib einfach auf der Hut und vertrau mir, dass ich dich rechtzeitig informiere, falls ich eine Bedrohung für euch sehe, okay?"

Die Wasserbändigerin war mit dieser Auskunft alles andere als zufrieden, sah aber ein, dass sie sich wohl oder übel geschlagen geben musste.

„Okay", seufzte sie resigniert.

„Aber bitte, lass uns jetzt nicht schon wieder mit der Geheimniskrämerei anfangen. Das *unbekannte Böse* hat uns schon genug Nerven gekostet."

Erleichterung stand dem schuldbewussten Tiergeist ins Gesicht geschrieben und er nickte wie zum Versprechen. Da fiel Elena noch etwas ein, und sie fragte geradeheraus: „Was ist das eigentlich für eine Kraft, die Slavia besitzt?"

Die Miene des Delfins verdüsterte sich erneut. Er seufzte und schüttelte dann abwehrend den Kopf.

„Wie gesagt, das kann ich dir jetzt alles noch nicht so genau sagen. Es scheint eine Art psychische Manipulation dahinter zu stecken, und ihr Bändigungsstil weist einige Anzeichen auf, die meine Theorie bestätigen würden, dementsprechend muss ich auf jeden Fall noch etwas nachprüfen, bevor ich dir brauchbare Informationen liefern kann. Ich werde mich beeilen, so gut es geht, aber jetzt ist einfach noch nicht der Zeitpunkt dafür. Tut mir wirklich leid."

Und mit diesen Worten drehte er sich um und kehrte zu den bräunlichen Felsspitzen zurück, wo Figruan und Zaton gerade leise miteinander redeten. Die Wasserbändigerin blieb stehen und sah ihm nach, mit einem äußerst unguten Gefühl im Bauch und ebenso einem Hauch von Enttäuschung, dass Nimo sich ihr nicht anvertrauen wollte. Sollte so etwas zwischen Hüter und Tiergeist nicht selbstverständlich sein? Er hatte ja auch von ihr verlangt, ihm blind zu vertrauen, und sie dann beinahe vollkommen unvorbereitet in ein magisches Abenteuer gestürzt, das noch dazu nach wie vor nicht gerade ungefährlich war!

Frustriert stieß sie einen lauten Atemzug aus und ließ den Blick über die Lichtung schweifen. Dieser kam nur einige Meter weit, bevor er an dem geheimnisvollen Rosenquarz hängen blieb, der immer noch durch das Mondlicht erfüllt von innen heraus strahlte. Vor dem leuchtenden Hintergrund zeichneten sich seine tiefen Kerben noch deutlicher ab, und das darin enthaltene, dunkle Gift war selbst auf die Distanz klar zu erkennen. Wie von selbst setzten Elenas Beine sich in Bewegung und trugen sie auf den Stein zu, um ihn endlich einmal aus der Nähe untersuchen zu können. Andächtig ging sie vor dem Kristall in die Hocke und berührte vorsichtig seine kalte, glatte Oberfläche, die an den Rändern der klaffenden Hauptfuge durch widernatürlich scharfe Kanten unterbrochen wurde. Unwillkürlich und ohne, dass sie wirklich verstand, warum, verspürte sie einen Anflug von Ärger über die Frechheit, mit der Slavia es sich herausgenommen hatte, ein so wertvolles Objekt wie dieses so respektlos zu zertrümmern. Was glaubte das Mädchen denn eigentlich, wer sie war?

„Er ist schön, nicht wahr?", ertönte mit einem Mal eine leicht krächzende Stimme hinter der Hüterin und ließ sie herumschnellen. Figruan blickte ihr aus klugen, wissenden Augen entgegen und ließ sich auf dem grasbewachsenen Boden nieder, wobei er sorgsam die schlammigen Stellen vermied.

„Du fragst dich sicher, warum Slavia es so auf ihn abgesehen hatte", ergänzte er anschließend beiläufig und putzte sich das Brustgefieder, während Elena langsam nickte und ihn mit neu erwachtem Interesse beobachtete.

„Weißt du denn den Grund?", wollte sie von dem Falken wissen und war wenig überrascht, als er ohne zu zögern mit seinem kleinen, ovalen Kopf nickte.

„Oh ja, ich denke, ich weiß es. Wie du sicher schon bemerkt hast, ist dieser Fels kein gewöhnlicher. Vor unzählig vielen Jahren, als gerade die ersten Menschen auf dem Angesicht der Erde erschienen, entstand er aus dem magischen Licht des Kristallmonds, der immer nur einmal im Jahr zur Sommersonnenwende erscheint, und erschuf mit diesem Licht gemeinsam die Element Tamers aus der Essenz der vier Naturgewalten. Das geschah an diesem Ort, an dem wir jetzt stehen, und noch heute wird die Energie der Tamers einmal im Jahr in dieser bestimmten Nacht durch die Vereinigung des Mondlichts mit dem Kristall wieder aufgeladen. Er ist die Urquelle der Elementmagie, die seit Anbeginn der Zeit den Gegenpol zur schwarzen Magie bildet. Ich persönlich glaube, dass Slavia eine Vertreterin dieser dunklen Mächte war und durch das Zerstören des Steins auch die Element Tamers aus dem Weg räumen wollte, um freie Bahn für ihre eigenen, finsteren Pläne zu haben. Aber da hat sie die Rechnung wohl ohne euch gemacht!"

Der Tiergeist sprach diese Worte so unbekümmert und direkt aus, dass Elena zunächst gar nicht wusste, was sie darauf antworten sollte. Was er da sagte, klang unglaublich und doch passte es wie ein fehlendes Puzzleteil in das bisherige rätselhafte Geschehen und schien so viel Sinn zu ergeben, dass es einfach wahr sein musste.

„Aber warum hat sie dann auf uns gewartet? Warum ist sie nicht einfach früher allein hergekommen und hat den Kristall zerbrochen? Das wäre doch so viel einfacher gewesen …"

Figruan nickte wieder mit dem Kopf und sah die Wasserbändigerin zufrieden an.

„Eine berechtigte Frage, Elena. Ich sehe, du denkst mit. Es wäre in der Tat viel einfacher gewesen, den Stein in einer Nicht-Vollmondnacht zu zerstören und vermutlich hätte Slavia das auch getan, wenn sie gewusst hätte, wo sie nach ihm hätte suchen sollen. Zum Glück allerdings ist dieser Ort nur für die Hüter der Element Tamers auffindbar, und darum war sie auf euch angewiesen und musste euch täuschen, damit ihr sie hierher führt."

Als er Elenas entsetztes Gesicht sah, fügte er eilig hinzu: „Aber keine Sorge, alleine kann sie nicht hierher zurückkehren, der Kristall ist also vorerst sicher. Euch trifft keine Schuld, ihr wart ohnehin viel zu unvorbereitet und unerfahren, um eine solche Betrügerin auf Anhieb zu erkennen. Mit der Zeit werdet ihr lernen, Gut und Böse besser voneinander zu unterscheiden, doch auch das wird nicht bei allen Menschen funktionieren, denn die Welt ist nun einmal kein Schachbrett mit schwarzen und weißen Figuren. Und wie du siehst, ist es auch nicht immer die gute Seite, die den ersten Zug hat …"

Er schüttelte kurz den Kopf über sich selbst.

„Entschuldige, ich schweife gerne ab. Was ich eigentlich sagen will, ist, dass wir heute Nacht großes Glück gehabt haben. Der Kristall wurde nicht genug beschädigt, als dass wir durch ihn nicht mehr zu euch hätten kommen können, und auch die Tamers sind noch vollständig funktionsfähig. Nur das Gift aus Slavias Dolch macht mir Sorgen. Ich habe so etwas schon seit langer Zeit nicht mehr gesehen, und ich weiß mit Sicherheit, dass es nicht Slavias Magie war, die es erschaffen hat. Das Zeug wirkt zum Glück sehr langsam, dafür aber auch sehr stark. Du und deine Freundinnen, ihr müsst so schnell wie möglich einen Gegenzauber finden, bevor der Kristall von innen heraus zerfällt. Ich habe vollstes Vertrauen, dass ihr das schafft, aber ihr müsst bald mit der Suche beginnen, wenn ihr noch rechtzeitig dran sein wollt. Ansonsten könnte das das Ende der Elementbändiger bedeuten und damit einen Aufstieg des Bösen. Das muss um jeden Preis verhindert werden."

Sein Krächzen wurde gegen Ende seiner kleinen Rede hin immer eindringlicher und als er fertig gesprochen hatte, stieß er einen kurzen, hellen Kreischlaut aus, um seiner entstandenen

Aufregung Luft zu machen. Die lauschende Hüterin hatten seine Worte zutiefst beunruhigt. In einem Anflug plötzlicher Kälte schlang sie die Arme um ihren Körper, stand auf und ging von dem Stein weg, um das schmierige, dunkle Sekret nicht mehr ansehen zu müssen. Der Falke beobachtete dies mit mitfühlendem Blick und schüttelte bedauernd den Kopf.

„Ihr seid noch so jung", sprach er leise.

„Ihr solltet euch um sowas keine Gedanken machen müssen." Elena fühlte sich nur noch schlechter, als sie den Tiergeist das sagen hörte. War es dann nicht sehr wahrscheinlich, dass sie versagen würden?

Bevor sie etwas entgegnen oder weiter in ihre zweifelnden Grübeleien versinken konnte, wurde das Gespräch der beiden durch eine dritte, durchaus freudige Stimme unterbrochen.

„Hey, Elena! Schau mal, Emily hat es geschafft!"

Laura kam mit leuchtenden Augen auf sie zugehumpelt, ihr Bein steckte in einer provisorischen Schiene aus Holzstäben und war mit mehreren, mit grüner Paste beschmierten Blättern umwickelt. Der Luftbändigerin stand die Erleichterung darüber ins Gesicht geschrieben, dass ihre Schmerzen nun endlich gelindert waren, und so ließ sie es sich nicht nehmen, stolz bis zu ihrem Tiergeist zu watscheln und sich ohne eine Stütze neben ihn zu stellen.

„Worüber redet ihr denn?", wollte sie wissen, als sie die leicht bedrückte Stimmung zwischen ihrer Freundin und Figruan bemerkte, und sah interessiert von einem zum anderen.

„Er hat mir gerade erzählt, dass wir den Kristall retten müssen", teilte die Wasserbändigerin ihr sachlich mit und konnte nicht umhin, in ihrem Ton ein leises Seufzen mitklingen zu lassen. Das alles war einfach viel zu verrückt für sie.

„Retten? Inwiefern retten?", fragte Laura nun sichtlich verwirrt und in ihren Blick mischte sich eine Spur von Sorge.

„Hat Slavia ihn wirklich so schlimm zugerichtet?"

Diesmal war es Figruan, der nickte.

„Wir müssen einen Gegenzauber finden, um das Gift aus ihm herauszubekommen. Keiner weiß, wo Slavia dieses Zeug her hat, aber es scheint ziemlich aggressiv zu sein."

Elena vermied es bewusst, Nimos mögliches Wissen zu erwähnen. Sie selbst hielt zwar nicht viel von seinem Vorhaben, seine Informationen erst zur Überprüfung für sich zu behalten, doch sie hoffte, dass er bald von selbst damit herausrücken würde, wenn sie ihm nur genug Vertrauen entgegenbrachte.

„Können wir nicht das Konvergenzritual von vorhin noch mal versuchen? Die magische Neutralisation?"

Die Hüterin der Wasserkette öffnete den Mund, um ihrer Freundin zu widersprechen, hielt dann aber inne und dachte nach. Die Idee war gar nicht mal schlecht. Fragend sah sie zu dem Falken, der berechnend die Augen zusammengekniffen hatte und damit den beschädigten Quarz fokussierte.

„Ich glaube nicht, dass das bei dem momentanen Stand eurer Kräfte ausreicht. Ihr steht am Anfang eurer Hüterlaufbahn und habt noch viel zu lernen, bevor ihr einen solchen Zauber so ausführen könnt, dass er wirksam genug ist, um dieses Gift zu neutralisieren. Wer immer es hergestellt hat besitzt enorme magische Fähigkeiten und weiß diese sehr genau anzuwenden. Trotzdem könnte es einen Versuch wert sein, vielleicht würde es den Zerfallsprozess zumindest verlangsamen."

„Was würde welchen Zerfall verlangsamen?", mischte sich nun auch Emily ein, die mit Sofia hinter der Luftbändigerin herangetreten war. Letztere wandte sich jetzt zu ihr um und erklärte den beiden Neuankömmlingen ihren Plan in Kurzfassung, woraufhin sie zuerst verwirrtes Stirnrunzeln und dann allmählich verständnisvolles Nicken erntete.

„Dann mal los!", meinte Sofia schließlich entschlossen und machte sich daran, den Kristall zu umrunden, um ihre Position auf der anderen Seite einzunehmen. Laura und Emily stellten sich ihrem Beispiel folgend rechts und links des Steins auf und alle drei blickten abwartend zu Elena, die sich als Einzige noch nicht in Bewegung gesetzt hatte. Die Wasserbändigerin hatte Slavias Armband aus ihrer Hosentasche hervorgeholt und betrachtete es unsicher. Beinahe hätte sie es vollkommen vergessen, und auch wenn es ihr jetzt wieder eingefallen war, wusste sie dennoch nicht, was sie damit nun anstellen sollte. Hilfesuchend sah sie sich nach Nimo um, der gerade mit Lupa einige Meter entfernt in ein Gespräch vertieft war. Der Delfin schien zu spüren, dass seine Hüterin seinen Rat benötigte, denn er schüttelte mit einem Mal verwirrt den Kopf und blickte suchend um sich. Seine Augen fanden Elena und als diese auf das Schmuckstück in ihrer Handfläche deutete und ein wenig verloren mit den Schultern zuckte, verstand er sofort. Die geisterhafte Wölfin kurzerhand sich selbst überlassend kam er eilig zur Wasserbändigerin herübergeschwebt und setzte gerade zum Sprechen an, als er von dem offensichtlich verunsicherten Mädchen unterbrochen wurde: „Was sollen wir damit jetzt machen? Ich meine, Slavia darf es auf keinen Fall wieder in die Finger bekommen und sonst darf es auch niemand verwenden, aber einfach so zerstören können wir es ja auch nicht, oder?"

Die Worte sprudelten unaufhaltsam aus Elena hervor und verliehen der nervenaufreibenden Ungewissheit Ausdruck, die sich nach und nach in ihr aufgebaut hatte. Ratlos und fast schon verzweifelt begann sie ein wenig zu zittern, beherrschte sich dann aber sogleich und holte einmal tief Luft, um ihren Körper wieder unter Kontrolle zu bringen.

„Ganz ruhig, Elena. Es ist alles in Ordnung, der Kampf ist vorbei. Du machst das gut", redete Nimo ihr beruhigend zu und sah seine Hüterin mitfühlend an, woraufhin diese schwach lächelte.

„Danke", sagte sie leise, räusperte sich kurz und fuhr dann mit etwas festerer Stimme fort: „Aber weißt du denn, was jetzt mit dem Ding geschehen soll?"

Die Miene des Tiergeistes wurde nachdenklich und er schwieg. Nach einer Weile ordnete er mit sorgsam gewählten Worten an: „Ich denke, dass du diejenige bist, die es am besten verwahren sollte. Dieses Armband besitzt eine gefährliche Macht und kann in den falschen Händen großen Schaden anrichten, doch wenn wir es zerstören würden, könnte das fatale Auswirkungen auf das magische Gleichgewicht der gesamten Welt haben. Pass gut darauf auf, aber leg es niemals an. Du bist stark, Elena Tarnow, deshalb glaube ich, dir diese Aufgabe anvertrauen zu können. Unterschätze aber niemals die Bösartigkeit dieses Schmuckstücks!"

Die Wasserbändigerin wusste daraufhin nicht, was sie antworten sollte. Zu viele positive und negative Emotionen vermischten sich in ihrem Herzen und blockierten ihre Gedanken, sodass sie schließlich nur gehorsam nicken konnte. Dieser Herausforderung musste sie sich nun also auch noch stellen. Das konnte ja was werden, wenn sie wieder zuhause war …

„Elena? Kommst du?"

Sofias ungeduldige Stimme weckte das Mädchen schlagartig aus seiner Benommenheit und ließ es hochschrecken. Die geplante Neutralisation hätte sie beinahe vergessen. Rasch schob Elena das wirre Durcheinander in ihrem Kopf beiseite und verstaute das Maskenarmband wieder sicher in ihrer Tasche, bevor sie als Letzte ebenfalls ihren Platz in der bekannten Kreisformation einnahm. Es fühlte sich ein bisschen an wie ein Déjà-vu, als die vier Mädchen sich wie schon einmal zuvor die Hände reichten und ihre Tamers damit zum Glühen brachten. Der Kristall begann nun augenblicklich noch heller zu leuchten und die schwarzen Spuren des Giftes zischten auf wie heiße Kohlen, die mit eiskaltem Wasser übergossen wurden.

Dieses Mal wurde das Bändigerritual nicht unterbrochen und so war das Schauspiel, das sich in dieser Nacht unter dem bleichen Vollmond vollzog, ein wahrhaft atemberaubender und unvergesslicher Anblick. Der bereits bekannte, bunt schimmernde Strudel legte sich in immer enger werdenden Kreisen um den Rosenquarz und ließ ihn immer gleißender strahlen und das Fauchen des Giftes immer lauter werden. Schon begann es, sich an den Rändern zu verflüssigen, und schließlich, als der Wirbel sich wie ein Ring ganz nah um die Oberfläche des Kristalls wand, löste sich eine kleine Schicht der klebrigen Substanz ab und verpuffte mit einem leisen Knall zu einer Rauchfahne, die im sanften Wind sofort zerstäubt wurde. Gleich darauf zog sich der farbige Lichtkreisel in einer eleganten Spiralbewegung in sich zusammen, blinkte ein letztes Mal grell auf und kennzeichnete dann durch sein Verschwinden das Ende des Konvergenzrituals. Das vereinte Bewusstsein der Bändigerinnen spaltete sich wieder in die vier individuellen Wahrnehmungen und die Mädchen sanken aus ihrer minimal schwebenden Position auf die Erde zurück. Der Glanz der Tamers erlosch und die Hüterinnen öffneten die Augen und traten erschöpft auseinander, wobei sie die Verbindung ihrer Hände ebenfalls durchbrachen. Sobald sie selbst wieder stabil auf dem Boden angelangt war, ließ Elena einen prüfenden Blick über ihre Freundinnen schweifen und stellte voller Besorgnis fest, dass Laura erneut begonnen hatte, schwer und schnell zu atmen. Die Lufthüterin wirkte ein wenig wackelig auf den Beinen und schwankte gefährlich, sodass ihre Kollegin beinahe fürchtete, dass sie im nächsten Augenblick umkippen könnte. Schon diesen kleinen Bruchteil des Giftes zu entfernen, hatte sie scheinbar Unmengen an Kraft gekostet. Gerade als Elena jedoch eingreifen wollte, huschte Emily an ihr vorbei und kam der dankbaren Laura stützend zu Hilfe. Die Wasserbändigerin bemerkte dies mit Wohlwollen und überließ die beiden sich selbst, um stattdessen nach Sofia zu sehen. Wie so oft ließ sich die blonde Hüterin kaum etwas anmerken, doch auch sie litt unter ihren Verletzungen, deren von Emily erschaffener Blätterverband sich während der Zeremonie abgelöst hatte. Zwar sah der darunterliegende Schnitt bereits um einiges besser aus, als Elena ihn von ihrer provisorischen Behandlung in Erinnerung hatte, war aber definitiv noch nicht ausreichend verheilt. Ebenso spürte die zugegeben nicht besonders fähige Heilerin ihre eigenen Wunden, und beim Gedanken daran zuckte sie schmerzhaft zusammen. Sie würde die Erdbändigerin wohl auch um ein paar Kräuter bitten müssen, sobald sich die Gelegenheit dazu ergab.

Tatsächlich sollte diese nicht mehr allzu lange auf sich warten lassen, denn schon waren die ersten Streifen des Morgengrauens am Horizont zu erkennen und kennzeichneten den Beginn eines neuen Tages und somit gleichzeitig auch das bevorstehende Ende des Treffens. Die Zeit des Abschieds war schneller gekommen, als die Beteiligten es wahrhaben wollten, doch die Regeln standen unumgänglich fest. Keine Tiergeister durften sich auf der Erde befinden, ohne Vollmond. Und so begleiteten die vier schimmernden Gestalten ihre Hüterinnen über die Lichtung bis auf die freie Wiese, die ihnen am Vorabend nach der Teleportation als Ankunftsstelle gedient hatte. Schweigend langte Elena nach den Steinsplittern in ihrer Tasche und wollte sich gerade daran machen, sie unter ihren Freundinnen zu verteilen, als Nimo mit einem sanften Stupsen seiner Schnauze ihre Hand beiseitestieß.

„Die braucht ihr diesmal nicht", meinte er und erklärte dann an alle gewandt: „In Zukunft werdet ihr durch die Tamers an diesen Ort gelangen, an dem wir uns fortan an jedem beliebigen Vollmond treffen können, wenn es etwas zu besprechen gibt. Über die Schmuckstücke werden wir zwischendurch in Kontakt bleiben, wir Geister senden euch Visionen und ihr könnt über diese eine Verbindung zu uns herstellen, falls euch etwas wirklich Wichtiges auf der Seele brennt. Wie all das funktioniert, wird euch zum richtigen Zeitpunkt euer Gefühl sagen. Klar soweit?"

„Klar bis auf das Detail, wie wir jetzt genau zurückkommen sollen", bemerkte Emily trocken und grinste herausfordernd, als der Delfingeist bei dieser Antwort ein wenig verlegen wurde, da er sich in seiner Neigung zu großen, unkonkreten Worten ertappt fühlte. Elena und ihre Freundinnen mussten ebenfalls ein wenig schmunzeln und selbst Zaton und Lupa wechselten hinter dem Rücken ihres Kumpanen einen belustigten Blick.

„Was ihr tun müsst, ist eigentlich so einfach, dass ihr auch selbst darauf hättet kommen können, Emily", mischte sich nun Figruan in die Diskussion ein und versuchte, seinem Freund die Blamage zu ersparen, während er die Erdbändigerin aus scharfen Augen musterte.

„Eure Tamers bringen euch von selbst zurück, sobald ihr es euch wünscht. Sie wissen ja, wo ihr euch vor diesem interdimensionalen Ort befunden habt, und werden euch somit genau dort wieder auftauchen lassen."

Mit einem abschließenden, strengen Schnarren ließ er von der frechen Hüterin ab und fügte im selben Atemzug noch hinzu: „So könnt ihr übrigens jederzeit hierher kommen, ohne Vollmond oder gar Kristallmond gibt es allerdings keinen Anlass dafür."

„Dann heißt es wohl jetzt auf Wiedersehen", stellte Sofia sachlich fest und ließ den Blick noch einmal über die kleine Gruppe und besonders die Tiergeister wandern, um keine Kleinigkeit dieses ungewöhnlichen Bildes zu vergessen.

„Stimmt", bestätigte Zaton ihre Worte und Elena meinte, trotz seiner von Natur aus rauen Stimme eine Spur Bedauern in seinem Ton vernommen zu haben. Möglicherweise hatte sie sich aber auch geirrt, generell schien der Tiger nämlich nicht besonders empathisch zu sein, sofern das Mädchen das nach diesem ersten kurzen Aufeinandertreffen beurteilen konnte.

„Auf Wiedersehen", meinte nun auch Nimo, der seine Sprache inzwischen wiedergefunden hatte.

„Euer erstes Abenteuer habt ihr ziemlich gut überstanden. Ihr könnt wirklich stolz auf euch sein. Und bis wieder etwas ansteht, habt ihr erstmal eure Ruhe vor uns."

Elena lächelte wehmütig, als sie ihn das sagen hörte. Sie würde es vermissen, sich regelmäßig mit Magie auseinanderzusetzen und ihre neu erstarkten Fähigkeiten zu trainieren. Andererseits würde das ja trotz dem vorläufigen Ende dieser ersten Mission nicht wirklich aufhören, wie sie sicher wusste. Es gab noch viel zu lernen über das Bändigen und wahrscheinlich würde sie es auch noch mit dem einen oder anderen Bösewicht aufnehmen müssen, bevor sie sich als Hüterin eines Tages zur Ruhe setzen konnte. Bis dieser Augenblick kam, würde es noch sehr lange Zeit dauern, dessen war sie sich gewiss, und das war auch gut so. Sie fühlte sich richtig am Platz in ihrer Rolle in diesem so skurrilen Menschen-Geister-Team und blickte zuversichtlich auf die Zukunft, was immer sie ihnen auch für Herausforderungen und Schwierigkeiten bringen mochte. Die Wasserbändigerin war in ihren Gedanken abgeschweift und erschrak fast ein wenig, als Lupas klare Stimme sie mit einem Mal zurück in die Wirklichkeit holte.

„Vergesst aber bei eurer Siegesfreude bitte nicht, nach einem weiteren Entgiftungszauber Ausschau zu halten. Je schneller wir das Zeug aus dem Kristall entfernen, desto besser."

Mit ihrem forschenden Blick, der einem durch Mark und Bein ging, sah die kluge Wölfin die Bändigerinnen der Reihe nach an und gab sich erst zufrieden, als alle ihr mit einem bestätigenden Nicken ihr Versprechen gegeben hatten. Für den Moment schien alles gesagt zu sein, und so verabschiedeten sich die Mädchen mit einigen knappen letzten Worten von den Tiergeistern, traten dann zurück und berührten gleichzeitig ihre Tamers, wobei sie untereinander festen Blickkontakt hielten, wie um sich gegenseitig zu versichern, dass auch auf diesem neuen Teleportationsweg alles gut gehen würde. Elena rief sich vor ihrem inneren Auge das Bild der Maskenlichtung im heimatlichen Wald in Erinnerung und wünschte sich dorthin, so fest sie es irgendwie bewusst vermochte. Ihre Sicht begann auf altbekannte Weise zu verschwimmen und sie bereitete sich schon mental darauf vor, in der nächsten Sekunde wieder unangenehm durch eine dunkle Leere zu stürzen, als sie plötzlich unerwartet von einem warmen Gefühl durchflutet wurde. Verwundert öffnete sie ihre konzentriert zusammengekniffenen Augen einen Spalt breit und staunte nicht schlecht, als sie lediglich eine wohltuende Helligkeit vorfand. Das unterschwellige Gefühl der Übelkeit blieb ebenfalls aus und als sie wenige Augenblicke später tatsächlich sanft auf beiden Füßen auf der vertrauten Grasfläche landete, blieb dem Mädchen vor positiver Überraschung erstmal die Sprache weg. Sobald sie ihre Fassung wiedergewonnen hatte, fühlte die Wasserbändigerin in ihrer Jeanstasche nach Slavias Armband und atmete erleichtert auf, als sie es sicher und vollkommen unbeschädigt darin entdeckte. Die Rückverwandlung schien bei allen gut funktioniert zu haben und die blonde Hüterin wollte gerade halbwegs beruhigt zu Laura hinübergehen, als ihr plötzlich siedend heiß etwas einfiel.

Emily. Oh nein.

Sie hatten ihr gar nicht gesagt, welchen Zielort sie eigentlich angesteuert hatten! War sie also einfach wieder in ihr Zimmer zurückgekehrt? Beinahe panisch drehte Elena sich um und hielt verdutzt inne, als just in diesem Moment tatsächlich die Erdbändigerin vor ihren Augen auftauchte.

„Wie …?", brachte sie verständnislos hervor und musste dabei ziemlich komisch ausgesehen haben, denn Emily begann lauthals zu kichern, was für sie ein sehr ungewöhnliches Verhalten war.

„Keine Sorge, du Superhirn, der Tamer hat mich schon nach Hause gebracht. Aber Laura war eben so nett und hat mich noch für den Rest der Nacht zu eurem kleinen Campingausflug eingeladen und mir zwei dieser praktischen Dinger hier geschenkt, die sie noch übrighatte."

Das Mädchen hielt einen schwarzen Felssplitter in die Höhe und grinste.

„Einen für den Hinweg und einen für den Rückweg. Außerdem habe ich gehört, dass ihr weiterhin eine Heilerin braucht, vor allem du, dich habe ich mir ja noch gar nicht angeschaut."

Bei den letzten Worten mischte sich ein Hauch von Besorgnis in ihre wohlklingende Stimme und sie kam mit wenigen Schritten auf die Wasserbändigerin zu, die noch immer keinen Ton gesagt hatte.

„Dreh dich mal um!", forderte die Erdhüterin bestimmt, woraufhin die nach wie vor überraschte Elena widerspruchslos gehorchte.

„Danke...?", murmelte sie etwas verwirrt und auf Emilys vor ihr nun verborgenes Gesicht schlich sich ein leichtes, warmherziges Grinsen, als sie die Unsicherheit ihrer neuen Freundin bemerkte. Vorsichtig schob sie Elenas Shirt ein Stück nach oben, begutachtete analysierend deren Rücken und verzog dann kritisch das Gesicht.

„Das sieht nicht so toll aus", kommentierte sie stirnrunzelnd, bevor sie ihre Patientin kurzerhand am Arm mit sich zog, welche daraufhin ein wenig unbeholfen hinter ihr herstolperte. Die Heilerin führte sie zu einem brach geschürften Erdflecken und ließ sie dort los, um sich davor auf den Boden zu knien. Mit konzentrierter Miene fuhr die Erdbändigerin über den rauen Grundbelag und zog dann mit gespreizten Fingern einige Pflanzen daraus in die Höhe, die Elena vollkommen unbekannt waren. Die Gewächse hatten große, breite Blätter und im Vergleich dazu auffallend dünne Stiele, sodass diese beinahe sofort unter der Last ihrer Triebe einknickten.

„Ich hab das mit den Verhältnissen noch nicht so ganz raus", erklärte Emily entschuldigend, als sie den neugierigen Blick ihrer

Kameradin bemerkte, und entfernte dann schnell die benötigten schirmartigen Auswüchse, bevor sie sich wieder aufrichtete. Diesmal musste sie Elena nicht erklären, wie diese sich zu drehen hatte, und das stimmte die Jugendliche zufrieden, sodass sie mit besonders flinken Bewegungen und gleichzeitig sorgfältiger Genauigkeit einen Kräuterumschlag für die Stichwunden anfertigte. Schließlich machte sie die letzte grüne Spitze fest und zog dann mit den Fingerkuppen das T-Shirt wieder darüber, um ihre Patientin nicht unnötig frieren zu lassen.

„Fertig", informierte die Heilerin die Wasserbändigerin anschließend und begegnete deren erneutem Dank mit einem knappen Lächeln, bevor sie sich aufmachte, um nach Sofias Verletzungen zu sehen.

Die sich schon viel besser fühlende Hüterin schaute ihr nach und konnte sich ein Schmunzeln nicht verkneifen, als sie beobachtete, wie die Feuerbändigerin äußerst widerwillig die Ärmel nach oben rollte und sich mit zusammengebissenen Zähnen behandeln ließ. Es gefiel ihr offenbar immer noch nicht, vor anderen Menschen Schwäche zu zeigen, wenn es sich irgendwie vermeiden ließ, aber das war nun einmal nicht immer eine Option. Laura übte unterdessen ein Stück entfernt das Gehen mit ihrer neuen Schiene. Ihre Erschöpfung hatte dank Emilys Versorgung soweit nachgelassen, dass sie wieder in normalem Tempo atmete und sich die Schmerzen bei Bewegung im Zaum hielten. Mit etwas Glück würden ihre Beschwerden bis zum morgigen Montag endgültig verflogen sein. Da ihre Freundinnen ganz gut klarzukommen schienen, beschloss Elena, die drei fürs Erste sich selbst zu überlassen und sich stattdessen etwas Nützliches zu tun zu suchen. Nach einigem Umsehen machte sie eine sehr gelegen kommende Entdeckung und marschierte erfreut darauf zu, um ihren Fund zu untersuchen. Das Gepäck, das sie für ihren kleinen Ausflug mitgenommen hatten, lag noch immer an genau derselben Stelle, an der sie es bei ihrer Teleportation zurückgelassen hatten. Es schien unversehrt und vollständig zu sein, und auch wenn die blonde Hüterin nicht wirklich etwas anderes erwartet hatte, so war sie doch sehr froh darüber. Abwägend warf die Wasserbändigerin einen Blick in Richtung der etwas weiter entfernten Baumwipfel, hinter denen bereits der erste schmale Rand der aufgehenden Sonne zu sehen war, und begann dann kurzerhand mit dem Bau einer provisorischen Feuerstelle. Vielleicht war es erst fünf Uhr morgens, vielleicht war noch keine Menschenseele außer ihnen im Umkreis von zwei Kilometern wach und vielleicht war es völlig abwegig, nach so einer Schlacht zwischen Gut und Böse noch an Camping zu denken, aber Elena hatte das Gefühl, dass sie alle ein warmes Essen jetzt durchaus gebrauchen konnten. So gut sie es mit ihrem nicht vorhandenen Expertenwissen vermochte, sammelte die Jugendliche am Rand der Hecke ein wenig trockenes Brennholz zusammen, schichtete es zu einem Stapel auf und umrandete diesen mit einigen herumliegenden Steinen. Nach und nach stießen auch ihre Kolleginnen hinzu und halfen ihr, indem sie die Schlafsäcke als Decken um das zukünftige Lagerfeuer ausbreiteten und mithilfe von Campingkocher, mitgebrachtem Trinkwasser und Teebeuteln Tee zu kochen begannen. Das heiße Wasser zischte gemütlich vor sich hin, während die Hüterinnen sich an der Feuerstelle niederließen und Sofia zusahen, wie sie diese mit einer flotten Handbewegung entzündete. Bald darauf ertönte ein wohliges Knistern aus den erfolgreich entfachten Flammen und sie konnten beginnen, ihre Vorräte zuzubereiten und zu verzehren. Es tat unwahrscheinlich gut, nach so viel Aufregung mal wieder einfach nur dazusitzen, warme Dosensuppe in sich hineinzulöffeln und sich entspannt und völlig ungezwungen über alles andere außer Magie zu unterhalten. Selbst Emily taute in der Gesellschaft der ihr bislang eher fremden Mädchen auf und erzählte gelassen von den verschiedensten Dingen, die, wie Elena mit einem zufriedenen Lächeln feststellte, eindeutig über oberflächlichen Smalltalk hinausgingen. Sie hatte den Verdacht, dass diese ungewohnte Aufgeschlossenheit nicht zuletzt Laura zu verdanken war, die die Neue mit ihrer freundlichen und lebhaften Art bereits ins Herz geschlossen hatte und ihr nicht mehr von der Seite zu weichen schien.

Auch die Wasserbändigerin selbst musste zugeben, dass sie das kratzbürstige Mädchen irgendwie liebgewonnen hatte, und selbst die skeptische Sofia schien sich für den Moment mit ihm abgefunden zu haben. Wie lange das anhalten würde, konnte Elena zu diesem Zeitpunkt nicht wirklich einschätzen, doch sie beschloss, die gute Stimmung einfach zu genießen und auf das Beste zu hoffen. Um alles andere konnte man sich Gedanken machen, wenn es so weit war. Das war die Lektion, die sie für sich aus dem bestandenen Abenteuer mitgenommen hatte.

Die blonde Hüterin merkte, wie ihre Gedanken langsam aber sicher vom Gespräch abschweiften, und dieses Mal ließ sie es einfach geschehen. Ihr Blick suchte das Weite und blieb an der Sonne hängen, die sich nun allmählich majestätisch über den Wald erhob und die morgendliche Welt in ihr rotgoldenes, wärmendes Licht tauchte. Ein wohliger Seufzer entfuhr dem Mädchen und es schloss in einem plötzlichen Anflug von Müdigkeit die Augen und lehnte sich zurück, bis sein Rücken gegen das noch immer unausgepackte Zelt drückte. Sie hatten gemeinsam entschieden, dass es sich nicht mehr lohnen würde, es jetzt noch aufzubauen, denn in ein paar Stunden würden sie sowieso den Heimweg antreten und bis dahin würde bestimmt keine von ihnen mehr wirklich Schlaf finden können. Aber Elena wollte auch gar nicht schlafen. Sie wollte nur die Ruhe genießen, die angenehm vertraute Gesellschaft ihrer Freundinnen spüren und sich für einen Moment geborgen fühlen in der Gewissheit, dass sie ihren Auftrag erfüllt und die Welt vor Slavia beschützt hatten.

Dieses Abenteuer war bestanden und doch wusste die Wasserbändigerin, dass es mit Sicherheit nicht das letzte sein würde. Es war lediglich der Anfang einer langen Reise, die sie gemeinsam mit drei anderen, zum jetzigen Zeitpunkt nicht besonders vertrauten Mädchen am Tag ihrer ersten Vision angetreten hatte und deren unabsehbares Ende noch weit hinter dem Horizont lag. Manch einem mochte diese Vorstellung Angst gemacht haben, doch die sonst so besorgte Teenagerin verspürte bei dem Gedanken im Augenblick nur ein ehrliches Glück, welches tief aus ihrem Herzen kam und sie unbewusst lächeln ließ. Sie ging mit einer hoffnungsvollen Zuversicht in diese Zukunft und obwohl sie wusste, dass ihr Weg vermutlich schwer und steinig werden würde, so war ihr auch klar, dass es der richtige Pfad für sie war. Über diesen weitschweifenden Überlegungen nickte die Träumerin schließlich doch ein und erwachte erst wieder aus ihrem Dämmerschlaf, als Sofia sie grinsend an der Schulter wachrüttelte und sie mit einem liebevollen Augenrollen zum Aufstehen anwies. Gemeinsam packten die vier Mädchen ihre Sachen zusammen und machten sich dann zu dritt auf den Heimweg, nachdem sie sich von Emily verabschiedet und zugesehen hatten, wie diese mit einem letzten, verschmitzten Augenzwinkern und den Worten „Wir sehen uns morgen!" in der Teleportationssequenz verschwunden war. So zogen Laura, Sofia und Elena den Pfad wieder zurück, den sie gekommen waren, und ließen sich wie zuvor von Figruan führen, der im Augenblick ihres Aufbruchs völlig unerwartet aus dem Wald aufgetaucht und zu ihnen gestoßen war. Es herrschte ein einvernehmliches, behagliches Schweigen und die Schatten wurden immer kürzer, je weiter der Morgen fortschritt.

Jede von ihnen hing ihren eigenen Gedanken nach, und dennoch kamen sie alle früher oder später zu derselben Feststellung. Sie gehörten jetzt zusammen, ob sie wollten oder nicht, und hatten die gemeinsame, gewaltige Aufgabe vor sich, die Welt zu beschützen.

Nun gab es kein Zurück mehr.

EPILOG

„Bitte *was* ist passiert?! Und das erzählt ihr mir erst jetzt, nachdem alles schon seit *Tagen* vorbei ist? Schämt euch!"

Tamaras entrüstete Worte brachten die vier Hüterinnen zum Lachen, als sie am darauffolgenden Dienstagnachmittag bei ihr im Garten auf einer Picknickdecke saßen und von ihrem abenteuerlichen Treffen berichteten.

„Wir mussten das ja selber erstmal verdauen!", versuchte Elena halbherzig, ihr Verhalten zu verteidigen, sobald sie sich wieder einigermaßen gefasst hatte, und erntete daraufhin ein gespielt beleidigtes Schnauben von ihrer nichtmagischen besten Freundin, was dazu führte, dass die anderen drei nur noch mehr in Gelächter ausbrachen.

Laura kicherte am lautesten von allen und wurde dementsprechend von Emily in die Seite geknufft.

„Krieg dich mal wieder ein, du Huhn!", beschwerte sie sich grinsend, begann aber selbst gleich wieder zu gackern, als ihre rachsüchtige Sitznachbarin zum Gegenangriff ansetzte und anfing, sie wie wild zu kitzeln.

„H-hör auf!", keuchte die zu Boden gerungene Erdbändigerin mit ersten Ansätzen von Lachtränen in den Augen und kam völlig außer Atem wieder hoch, als Laura schließlich mit triumphierendem Blick von ihr abließ.

„Ihr zwei …", kommentierte Tamara das Gerangel kopfschüttelnd, aber dennoch gutmütig grinsend. Sofia verdrehte nur in gewohnter, überheblich angehauchter Manier die Augen und wandte sich dann an Elena, die das ganze Szenario mit einem entspannten Lächeln beobachtet hatte.

„Also echt! Findest du das nicht auch ein bisschen kindisch?"

„Vielleicht"" entgegnete die Wasserbändigerin ungerührt und zuckte mit den Schultern.

„Aber stört doch keinen, oder?"

Sofia verzog das Gesicht, hielt dann aber den Mund und ließ die beiden Mädchen in Frieden, die sich inzwischen wieder halbwegs beruhigt hatten und nun aufmerksam Tamaras mysteriöses Buch studierten.

„Und das hast du einfach so gefunden und gekauft?", hakte Emily gerade nach und schüttelte ungläubig den Kopf, als Elenas Freundin bestätigend nickte.

„Zufälle gibt es …", murmelte die Erdbändigerin und strich bewundernd über das Bild der vier Tamers, die sie ja mittlerweile auch alle aus der Realität kannte. Elena wurde bei diesem Anblick wieder einmal bewusst, wie froh sie war, dass das Geheimnis um die letzte Hüterin nun gelüftet war und es jetzt endlich ein festes, vollständiges Team gab. Bis sie als solches vollkommen reibungslos funktionieren konnten, würde es vermutlich noch eine ganze Menge an Zeit und gemeinsam bewältigten Schwierigkeiten benötigen, denn besonders zwischen Sofia und Emily herrschte nach wie vor ein Verhältnis freundlich-angespannter Distanz, welches mit Sicherheit noch des Öfteren zu Auseinandersetzungen innerhalb der Gruppe führen würde. Trotzdem, irgendwie würden sie das schon schaffen. Und dann würden sie die besten Hüterinnen werden, die diese Welt je gesehen hatte, und sie würden ihre Tiergeister stolz machen. Gedankenverloren wie sie war, bemerkte Elena es zunächst gar nicht, als Tamara etwas zu ihr sagte. Erst, als das dunkelhaarige Mädchen eine Hand ausstreckte und damit vor ihrem Gesicht herumwedelte, schreckte die Wasserbändigerin hoch und sah ihre Freundin entgeistert an.

„Was ist denn mit dir schiefgelaufen? Schock mich doch nicht so!", entfuhr es ihr etwas grober, als beabsichtigt und schon im nächsten Augenblick tat es ihr leid, sodass sie eilig zu einer Entschuldigung ansetzte. Tamara aber winkte ungeduldig ab und unterbrach die Hüterin mitten im Satz.

„Schon gut, nichts passiert. Ich wollte eigentlich auch nur wissen, ob ich mir Slavias Armband mal ansehen kann. Hast du es zufällig dabei?"

Elena überlegte kurz und schüttelte dann den Kopf.

„Ich kann es dir ja vielleicht beim nächsten Besuch mitbringen", meinte sie entschuldigend, woraufhin ihre Freundin ein wenig enttäuscht nickte.

„Und ihr habt jetzt also eure Erdbändigerin gefunden, hm?", sagte die Brünette dann plötzlich frei heraus und blickte in die Runde, als alle Köpfe beim Klang ihrer leicht erhobenen Stimme zu ihr herumschnellten.

„Hier!", kam es prompt von Emily und sie hob die Hand, während sie verlegen grinste.

„Ah ja", erwiderte Tamara nun ebenfalls schmunzelnd.

„Darf man fragen, warum du dich nicht schon früher bei uns gemeldet hast?"

Augenblicklich wurde es still und die Stimmung kippte von aufmerksam zu angespannt. Diese Frage hatte es in sich. Elena wusste als Einzige, dass Emily insgeheim sehr lange mit sich gehadert und deshalb ihre Elementbändigerseite verleugnet hatte. In ihrem Tagebuch hatte die Jugendliche Stichworte wie ihren Vater und den Umzug erwähnt, und die Art, in der sie darüber geschrieben hatte, ließ die Wasserbändigerin vermuten, dass diese Themen ihrer neugewonnenen Freundin irgendwie zu schaffen machten. Was genau es jedoch damit auf sich hatte, entzog sich ihrer Kenntnis, und sie wäre auch nicht so weit gegangen, Emily danach zu fragen. Allein die Tatsache, dass sie unerlaubt so tief in die Privatsphäre der zu diesem Zeitpunkt fremden Schülerin eingedrungen war, war Elena so unangenehm, dass sie die ganze Angelegenheit am liebsten einfach vergessen hätte. Trotz allem Schuldbewusstsein konnte die Hüterin allerdings nicht leugnen, dass auch in ihr eine gewisse Neugier schlummerte, die aufgrund ihres zusätzlichen Wissens aber vermutlich um einiges mehr besorgter Natur war als die ihrer Kolleginnen. So huschte ihr Blick ebenfalls erwartungsvoll und zugleich nervös zu der blonden Erdbändigerin, die sich mit einem Mal sehr unwohl zu fühlen schien und dies halbherzig zu überspielen versuchte.

„Das … hatte persönliche Gründe. Ich hatte viel um die Ohren mit dem Umzug und meiner Familie und da hatte ich nebenher einfach keine Zeit, mich genauer um die Visionen zu kümmern", antwortete sie kurz angebunden und sah dabei nicht von ihren Schuhen auf, mit deren Schnürsenkeln sie gezwungen lässig spielte. Tamara dämmerte inzwischen auch, dass sie mit ihren Worten scheinbar einen wunden Punkt getroffen hatte, und so erwiderte sie nur ein verständnisvolles „Ach so, okay" und wechselte dann schnell das Gesprächsthema. Nachdem sie eine Weile über dies und das geredet hatten, entstand allmählich eine angeregte Diskussion über das Buch und die Informationen, die es möglicherweise enthalten könnte, wodurch Emily und ihre private Hintergrundgeschichte rasch wieder in Vergessenheit gerieten und nicht weiter unangenehm nachgefragt wurde. Auch Elena lauschte interessiert Tamaras begeisterten Ausführungen über geheime Codes und unlesbare Schriftzeichen, die sie in dem Band über die Element Tamers entdeckt hatte, und fragte sich dabei insgeheim, ob irgendetwas davon vielleicht einen Heilzauber für den Kristall beinhaltete. Als hätte sie ihre Gedanken gelesen stellte Sofia im nächsten Moment laut dieselbe Frage und ließ die Augen der einzigen Nichtbändigerin in der Runde damit aufgeregt aufleuchten. Sofort begann die selbsternannte Magieexpertin, wie ein Wasserfall zu reden und über mögliche Referenzen und persönliche, vage Theorien zu philosophieren, von denen die meisten sich zwar im ersten Augenblick sinnvoll anhörten, bei genauerem Nachdenken aber immer unlogischer wurden. Letztendlich mussten die Mädchen sich wohl oder übel eingestehen, dass sie zum jetzigen Zeitpunkt und mit dem aktuellen Informationsstand keine Lösung für ihr Giftproblem finden konnten.

„Wäre ja auch zu schön gewesen."

Laura seufzte und machte ein enttäuschtes Gesicht, während sie sich auf ihren Unterarmen abstützte und zurücklehnte.

„Kann eben nicht alles einfach sein", erwiderte Emily darauf nur schulterzuckend und erntete prompt einen entgeisterten Blick von Sofia.

„*Einfach?* Was war denn bis jetzt bitte *einfach?*"

„Naja, vielleicht nicht unbedingt einfach", mischte sich Elena nun beschwichtigend ein, „aber immerhin hat nach dem Kampf alles ziemlich gut funktioniert, oder nicht?"

Als die vier Teenagerinnen sie nur abwartend ansahen, erklärte sie:

„Da wären zum Beispiel unsere beiden Lehrerinnen, die gestern aus dem Krankenhaus entlassen wurden und ab nächster Woche wieder unterrichten dürfen. Oder unsere eigenen Verletzungen, die ja auch schon ziemlich gut verheilt sind, es sei denn, bei euch hat noch irgendjemand Außenstehendes etwas bemerkt?" Ein kurzes Kopfschütteln vonseiten ihrer Kameradinnen bestätigte ihre Behauptung und brachte die Wasserbändigerin zum Lächeln.

„Stimmt, jetzt wo du es sagst … Ich habe wirklich kaum noch Schmerzen", stellte Laura nachdenklich fest und musste anschließend grinsen, als sie mit einem frechen Blick auf ihre Sitznachbarin hinzufügte: „Dazu kommt natürlich, dass Emily jetzt gleich ein cooles, neues Fahrrad und ein Set Campingausrüstung bekommen hat, was ja auch nicht schlecht ist!"

„Haha, sehr witzig!"

Die Erdbändigerin verdrehte die Augen, konnte sich ein Schmunzeln aber dennoch nicht verkneifen.

„Vielleicht gebe ich es Slavia auch einfach zurück, wenn ich sie das nächste Mal sehe", witzelte sie dann ironisch und sorgte damit erneut bei der ganzen Truppe für ausgelassene Erheiterung.

Einzig Sofia blieb wie so oft ernst und setzte eine finstere Miene auf.

„Ich hoffe doch sehr, dass es kein nächstes Mal geben wird", kommentierte sie in leisem Ton und verpasste der fröhlichen Stimmung auf diese Weise einen jähen Dämpfer. Keine der Zuhörerinnen wusste so recht, was sie auf diese Aussage antworten sollte, und folglich entstand ungewollt eine beklemmende Pause. Letzten Endes war es Elena, die sich ein Herz fasste und zum Sprechen anhob. Sie setzte sich gerade auf, legte so viel Zuversicht und Entschlossenheit in ihre Stimme, wie sie nur irgendwie in sich finden konnte, und lächelte flüchtig, als sie bemerkte, dass alle ihre Freundinnen ihr ihre ungeteilte Aufmerksamkeit schenkten. Was sie dann hervorbrachte, war Folgendes: „Keiner kann sagen, ob es ein nächstes Mal geben wird, noch nicht einmal Nimo oder einer der anderen Tiergeister. Slavia ist am Leben und ich kann mir gut vorstellen, dass sie eines Tages zurückkommt und Rache sucht. Aber wenn das passiert, dann werden wir da sein. Wir werden vorbereitet sein, wir werden viel mehr Erfahrung, Wissen und Können haben, als es heute der Fall ist, und wir werden sie besiegen. Egal, wie lange es dauert. Höchstwahrscheinlich wird sie auch nicht die einzige Gefahr sein, mit der wir es in Zukunft aufnehmen müssen, aber solange wir zusammenhalten und unser Bestes geben, glaube ich fest, dass wir so ziemlich jede Herausforderung meistern können. Ja, das klingt jetzt verdammt kitschig und ja, ich habe genau wie ihr auch ein bisschen Angst. Aber wir sind die Hüterinnen der Element Tamers! Wer soll das schaffen, wenn nicht wir?"

Dieser Ansprache folgte ein emotionsgeladenes Schweigen, in dem die Teenagerinnen sich alle gegenseitig ansahen und das Gesagte in sich aufnahmen, um es nie wieder zu vergessen. Dann durchbrach Laura mit belegter Stimme die Stille und meinte schluckend: „Du bist echt die beste Teamleaderin, von der ich je gehört habe."

Und kurz darauf lagen sich die fünf Mädchen in den Armen und lachten und weinten gleichzeitig über die Verrücktheit dieses neuen Lebensabschnitts in der Welt der Magie, deren Existenz immer noch so unwirklich schien und doch zweifellos realer war, als eine von ihnen es sich jemals vorzustellen gewagt hätte.

...

An einem ganz anderen Ort, fernab des behaglichen, grünen Gartens, beobachtete ein fremdes Gesicht die rührselige Szene durch glühende Augen und grinste dabei unheilvoll. Wenige Sekunden später wandte sich die Gestalt plötzlich um und sprach mit einem schrecklichen, vorwurfsvollen Unterton in der Stimme zu einer weiteren Person, die hinter ihr verborgen in der Dunkelheit stand.

Das, was sie von sich gab, hallte schaurig von den Wänden des Raumes wider und hätte die glückliche Stimmung der Hüterinnen schlagartig zerstört, wenn sie es in diesem Moment hätten hören können.

„Du hattest deine Chance mit ihnen und du bist erbärmlich gescheitert. Ab jetzt wirst du tun, was man dir aufträgt und ich warne dich. Ein weiteres Mal werden wir nicht versagen!"

Die Autorin

Jasmin Herrmann wurde 2004 in Konstanz,
Deutschland geboren. Derzeit besucht die
ambitionierte Schülerin das Gymnasium Miesbach.
Der Roman „Element Tamers – Die Legende
erwacht" ist das erste Buch der Autorin.
Jasmin Herrmann widmet sich in ihrer Freizeit dem
Schreiben, Lesen und begeistert sich für Musicals.
In ihrem Erstlingswerk nimmt die junge Autorin mit
auf eine vielversprechende literarische Reise, die
nicht die letzte bleiben soll.

Der Verlag

*Wer aufhört
besser zu werden,
hat aufgehört
gut zu sein!*

Basierend auf diesem Motto ist es dem novum Verlag
ein Anliegen, neue Manuskripte aufzuspüren, zu ver-
öffentlichen und deren Autoren langfristig zu fördern.
Mittlerweile gilt der 1997 gegründete und mehrfach
prämierte Verlag als Spezialist für Neuautoren in
Deutschland, Österreich und der Schweiz.

**Für jedes neue Manuskript wird innerhalb
weniger Wochen eine kostenfreie, unverbind-
liche Lektorats-Prüfung erstellt.**

Weitere Informationen zum Verlag und
seinen Büchern finden Sie im Internet unter:

www.novumverlag.com